U0007699

大神級超人氣作家
冬天的柳葉——著

韶光慢

卷八（完結篇）

二二二　春闈開喜

邵明淵端坐於馬上，凝視著茶樓上那抹倩影遲遲不動。

街道上的百姓越發困惑，很快就議論紛紛起來。

有眼尖的少女看到了茶樓上臨窗而立的喬昭，忍不住用力扯著身邊的小姊妹。「快看，冠軍侯在看茶樓上那個姑娘呢！」

「妳輕點。」身邊小姊妹被拉疼了，心中有些窩火，抬頭看了一眼撇嘴道：「才不是呢，冠軍侯這樣的大英雄怎麼會盯著一個姑娘瞧？那姑娘明明很普通嘛。」

「在下確實在看那位姑娘。」男子淡淡的聲音響起，帶著幾分疲憊，而這疲憊卻讓他的聲音醇厚低沉如美酒，令人聽了臉紅心跳。

兩名少女皆愣愣望著白馬上的銀甲將軍，像被仙術定住般，連眼睛都忘了眨動。

「她是我的未婚妻。」邵明淵說完翻身下馬，大步向茶樓走去。

直到男人高大背影消失在茶樓門口，一名少女才回過神來，激動扯著身旁少女尖叫。「冠軍侯對我說話了，對我說話了！」

「激動什麼，人家告訴我們他有未婚妻！」身邊少女顯然理智些，可微微顫抖的手還是暴露了她的激動。

「冠軍侯當然有未婚妻啊，那又怎麼樣？就算冠軍侯沒有未婚妻，也不會娶咱們呀。」

身旁少女琢磨了一下，點點頭。「說得也是。」

「所以啊，重點還是冠軍侯和咱們說話了，回去要羨慕死她們！」

「啊啊啊，妳說得對！」身旁少女徹底想通了，跟著尖叫起來。

特意來看冠軍侯而入城預定茶樓的人同樣不少，隨著冠軍侯走進茶樓，裡面人的全都沸騰了，潮水般擁了過來。

邵明淵站在大堂中看著被堵在二樓樓梯口的喬昭，對眾人抱拳。「請各位讓一下，容在下與未婚妻說幾句話。」

聽到邵明淵這麼說，眾人默默分開一條路，眼巴巴看著他一步步走上樓。喬昭看著走近的男人，經歷過各種場面的她竟莫名有些緊張，當那人來到面前已經忘了該說些什麼。

「我回來了。」邵明淵看著發愣的未婚妻，眼中滿是溫柔。

喬昭猛然回神，眼角餘光瞥見茶樓內外投過來的無數視線，尷尬道：「你上來做什麼？」

這可真正算得上萬眾矚目了。

「想聽聽妳的聲音，在下面聽不到。」

喬昭臉微熱，催促道：「好了，你快走吧，全城老百姓都看著呢。他們是來迎接你這個大英雄的，讓他們看到你這般兒女情長該失望了。」

邵明淵笑了。「昭昭，我不是活在別人目光下的大英雄，不怕別人失望。如果這些榮耀屬於我，那麼也該屬於妳。」他的功成名就，離不開她的默默等候，無論苦難還是榮耀他們都該一起承受。他取下頭盔，雙手遞給喬昭。「替我收著，等我覆命後再來取。」

銀頭盔入手冰涼，上面的紅纓絡有些褪色，顯然是仔細清洗過，正是喬昭親手編的那一條。

喬昭看著身高腿長的男人轉身走下樓梯，不由抱緊頭盔露出淡淡微笑。

他這是告訴全京城的小娘子，冠軍侯被黎家三姑娘定下來了嗎？

重新上馬的邵明淵帶著親衛軍漸漸遠去，冰綠捂著臉尖叫。「姑娘，婢子要被姑爺迷倒了，怎麼辦？」

喬昭睨了一眼小丫鬟，淡淡道：「這個問題，妳可以問問晨光。」

冰綠下意識向晨光看去。晨光黑著臉冷笑一聲。「別問我，我還被三姑娘迷倒了呢，也不知道該怎麼辦吶。」

喬昭嘴角一抽，不再搭理兩個白癡。

邵明淵進宮面聖，魏無邪忍不住道：「侯爺對未婚妻的保護還真是密不透風啊。」

邵明淵平靜看著魏無邪，魏無邪隱晦提了這一句後就不再多說，伸手道：「侯爺請，皇上還等著呢。」

明康帝穿著一身道袍，寬衣廣袖，清瘦單薄，瞧著倒真有幾分得道成仙的模樣。

「微臣見過皇上。」邵明淵單膝跪地向明康帝見禮。

「將軍請起。」明康帝見著年輕人出挑的樣子心中就不舒坦，面上卻不好表露出來。他剛得到消息，冠軍侯回來路上居然還停下來與未婚妻敘話，可見那位黎三姑娘在冠軍侯心中的分量。這樣看來，他倒是不好把八公主許給他了。既然成不了自己女婿，明康帝看邵明淵就越發不順眼，偏偏領兵打仗還離不開眼前之人。明康帝想到這些很窩火，卻只能硬憋著。

邵明淵垂眸，唇角輕揚。一國天子看他不順眼又如何？只要他能領兵打仗一日，看他不順眼就得憋著。至於將來——邵明淵眼中閃過冷意。

不要動他最在乎的東西，他會作忠君愛國的臣子。

明康帝詢問了幾句兩軍交戰的事宜，放邵明淵離去。年輕將軍出了皇宮後直奔杏子胡同，拜祭黎二老爺。黎府不是大富大貴之家，鄧老夫人崇尚簡樸，黎光書只停靈二七便已下葬，邵明淵由黎府人陪著去供奉黎家先人牌位的小祠堂上了三炷香，便算拜祭過了。

喬昭在外頭等著，見邵明淵出來，笑著解釋：「長輩們都在青松堂，祖母命我帶你過去。」

邵明淵趁人不注意悄悄握了一下她的手，而後迅速放開，低聲道：「祖母疼我。」

喬昭白他一眼，當著旁人的面不好多說，快步往前走去，邵明淵見狀幾步就跟上去。「走慢些，當心摔了。」

二人相攜走進青松堂，鄧老夫人示意婆子抱走浩哥兒，看著邵明淵的眼神滿是慈愛。「侯爺快坐吧，一路辛苦了。」

邵明淵自然不會立刻坐下，向鄧老夫人與黎光文夫婦見過禮這才入座。

寒暄過後，鄧老夫人看了喬昭一眼。「三丫頭，浩哥兒近來夜裡愛哭鬧，妳不如去瞧瞧是什麼原因。」自從冰娘沒了後，鄧老夫人就正式把浩哥兒養在了膝下，浩哥兒雖然年幼，卻似乎明白生母已不在，竟越發乖巧了。

喬昭心知祖母支開她，與邵明淵有話要說，略一琢磨便明白了是何事，忙應下退了出去。

喬昭一離開，邵明淵忽然就緊張起來，下意識挺直了脊背。老夫人特意支開昭昭與他說話，定然是要談論他們的婚期。他沒法不緊張。

鄧老夫人是過來人，看著邵明淵渾身緊繃的樣子，笑著嘆了口氣。「侯爺，按說這事呢應該與你的養父靖安侯商量，不過你既然已經開府另住，與你說這些想來也是一樣的。」

「老夫人請講。」邵明淵一顆心撲通跳起來。他猜得果然不錯，老夫人是要與他商量婚期了。莫非是見他打了大勝仗，破例在昭昭為叔父守喪期間讓他們完婚？現在已經四月了，這個月準備婚禮似乎有些趕了。嗯，五月也好，不冷不熱，昭昭坐在花轎裡不會憋悶。

「老婆子是想與侯爺商議一下你們的婚期。」鄧老夫人開門見山道。雖說婚姻大事由父母做主，以冠軍侯的特殊情況明顯不適用，既然如此她就沒必要浪費時間，找能做主的人就好。

「是。」邵明淵忽然發現第一次舉刀殺敵都沒這麼緊張過，應了一聲就不知道說什麼了。

「三丫頭明年及笄正好出了喪期，侯爺與三丫頭的婚期就訂在明年二月吧，侯爺以為如何？」

冠軍侯：「……」說好的今年五月呢？現在是四月份，離明年二月還有十個月！

一想到這漫長的十個月，邵明淵就覺得心中發苦。回頭他就把害死黎光書的那些人全揪出來，千刀萬剮！

見邵明淵毫無反應，鄧老夫人體貼問道：「侯爺是不是覺得太趕了，要是這樣——」

「不趕、不趕。」邵明淵打了個激靈。老夫人您就別嚇人了，他想娶個媳婦容易嗎。

「既然這樣，就訂在那時吧。侯爺一路辛苦，還要去拜見你養父，就不要在這裡久留了。」

邵明淵不露聲色站起來。「孫婿告辭了。」

大丈夫流血不流淚，他當然不可能哭天抹淚求老夫人改變主意，只能挺住。

喬昭送邵明淵出來，見他精神不佳，關切問道：「是不是累了？」

邵明淵抓過喬昭的手放到心口上。「不是累了，是心碎了。」

喬昭彎唇笑笑。「跟晨光學的貧嘴？」

「不是貧嘴，是肺腑之言。昭昭妳知道嗎，老夫人把咱們的婚期訂在了明年二月。」提起這個，邵明淵就覺得生無可戀。

「你嫌晚了？」

「十個月！按度日如年來算，昭昭妳算算這是多久。」

喬昭笑著睨了他一眼。「你就知足吧，祖母已經夠心疼你了。我二叔過世，當侄女的守喪一年是要的，你就當好事多磨吧。」曾經她等他兩年多，現在換他來等，可見老天還是公平的。

「是啊，好事多磨。」

二人走到二門的涼亭處駐足。

「九公主是怎麼回事？」

自從喬昭被黎光書擄走一次，邵明淵再不敢掉以輕心，吩咐隱在黎府四周的親衛但凡有點異常就要傳到北邊給他，因此自然知道龍影帶著真真公主半夜求救一事，具體緣由卻不清楚了。

喬昭早料到邵明淵有此一問，卻有那麼瞬間的猶豫。她對他沒什麼可隱瞞，但若是告訴他一國天子的卑劣手段，為人臣子者又該如何自處？

邵明淵把喬昭的猶豫看在眼裡，輕輕拉過她的手。「昭昭，咱們之間還有什麼不能說嗎？」

喬昭垂眸，視線落在鵝黃繡鞋上那一抹新綠。四月正是一年中最好的季節，亭外草木繁盛，一株石榴樹繁花似火，鳥鳴聲不絕於耳，處處都透著生機勃勃的熱鬧。

「皇上打算利用真真公主毒殺我，好招你當駙馬。」喬昭還是把真相說了出來。

雖然隱瞞下來會讓邵明淵好受些，但她不想將來再遇到類似的事讓他沒有防備。

邵明淵瞬間眼神緊縮，凝聚起滔天怒火。

又一次，在他浴血奮戰時安安穩穩坐在龍椅上的那位打他心愛之人的主意！忠君愛國，這本是刻在他骨子裡的信念，難道一定要逼得他走投無路，行那亂臣賊子之事嗎？

邵明淵看向喬昭。眼前少女神色平靜，眼中是對他全然的信賴。邵明淵只覺心頭一痛。

若是那些人再向他心愛之人伸手，背上亂臣賊子的罵名又何妨！

少女柔軟的手握緊男人粗糙的大手。「庭泉，我活過來了，別人想要我的命不是那麼容易的事，哪怕當今天子也一樣。你不要總是自責於不能把我保護得滴水不漏，要知道我首先是喬昭，之後才是你的未婚妻。」倘若沒有重生後與他的相遇相知相悅，難不成她就認命了？當然不，她還是會拚盡全力查明喬家大火真相，一一揪出來害喬家的那些人。

「我知道。」邵明淵輕輕攬過喬昭，沒有再多說。他就在這裡等著，無論是明處還是暗處的人統統來吧，他接著就是。

邵明淵與喬昭分別後，先去靖安侯府給靖安侯請安，向靖安侯稟明了婚期，在靖安侯欣慰的目光下回到了冠軍侯府。冠軍侯府空空蕩蕩，但留下來的僕人卻把侯府每一個角落都打掃得乾乾淨淨，哪怕沒有主人在也絲毫沒有破敗的樣子。

邵明淵才往裡走了不久，一道素色身影就撲了過來。「姊夫，你可算回來了。」

「晚晚。」邵明淵微微彎腰，摸著喬晚的頭笑道：「晚晚又長高了。」

喬晚聽了格外快活，麻雀般拉著邵明淵嘰嘰喳喳說個不停。他含笑聽著，沒有絲毫不耐。

「姊夫，還有一件最重要的事要告訴你。」

「什麼事？」

「我大哥就要進京了。」說到這，小姑娘又有些不滿。「可是他給黎姊姊寫了信，沒給我寫。」

「這麼說，這個好消息是黎姊姊告訴妳的？」

「是啊，黎姊姊給我看了信。」

邵明淵微微一笑。「因為妳大哥想要妳與黎姊姊多親近啊，他希望有個姊姊替他照顧妳。」

「原來是這樣啊。」喬晚一聽，立刻把這小小的不快拋到九霄雲外去了。

邵明淵回到書房，面色冷下來，叫來邵知與邵良。「從今天開始，你們給我盯死江遠朝。」

喬墨進京時已到了四月底。

接到信的喬昭與邵明淵早早就去了京郊碼頭候著。

初夏冰雪早已消融，正是水運的好時節，江面上船隻來往如梭，很是熱鬧，兩岸垂柳優雅地舒展著身姿。

喬昭踮腳望著江面，頗有些緊張。兄長的臉不知道怎麼樣了，雖然她堅信李爺爺的醫術，但事關最親近的人，忐忑不安自然是人之常情，任誰都不能免俗。

「別急，應該很快就到了。」邵明淵把一個水壺遞給喬昭。「喝些水潤潤喉。」

喬昭接過水壺抿了一口，邵明淵順手接過，對準壺嘴灌了幾口，喬昭見此有些發愣。

「怎麼？」邵明淵嘴角還掛著晶瑩水珠，見喬昭盯著他瞧忽然反應過來，瞥一眼手中水壺，面不改色笑笑。「常年領兵打仗都習慣了，一出門就忘了講究。」

嗯，以後這個好習慣還是要保持下去，昭昭喝過的水好像更甜一些。

喬昭默默移開眼。某人臉皮越來越厚了，別以為她不知道，看在他又要等十個月的份上，她只是不想拆穿。

「昭昭，妳看，舅兄的船來了。」

喬昭順著邵明淵手指的方向望去，果然見一艘中等客船緩緩向著岸邊駛來，甲板上一位身穿素服的年輕男子憑欄而立，正是喬墨無疑。

船越來越近了，喬昭已經能看清喬墨的樣子，眼中迸出欣喜之色。

喬墨果然已經恢復如初，甚至因為經歷過一場磨難，原先那種耀眼奪目的光彩盡數收斂起來，並非變為平庸，而是如一塊經過打磨的美玉，越發令人移不開眼睛。

喬昭忍不住向前兩步。這才是她兄長真正的樣子，謙謙君子，溫潤如玉。

「昭昭，小心打濕裙襬。」邵明淵扶了喬昭一下，卻能理解她的心情，陪著她迎了過去。

客船很快靠岸，喬墨走在前面，身後跟著幾名挑著書箱的小廝。

喬墨趕在四月底回來，就是為了明康二十六年推遲到五月的這次春闈。他本應為父母守孝三年，不能參加，但在喬昭等人為喬家沉冤昭雪後，明康帝一時興起，特命喬墨參加這次考試。

喬墨不是拘泥之人，這種時刻妹妹為了替家人報仇衝在前面，作兄長的卻以守孝為名當縮頭烏龜，這不是孝道，而是自私。他不但要參加科舉，還要考得好，這樣才能迅速接近權力中心，對付想對付的人。

喬大公子看著熟悉的京郊碼頭，眼中閃過寒意，卻在與喬昭視線相接時轉為溫和與歡喜。

「大哥，你好了。」喬昭開口說了一句，便有些說不下去了。

喬墨抬手想要拍拍喬昭肩膀，眼角餘光瞥到四周投來的那些好奇目光，方向一轉落到邵明淵手臂上。「多謝侯爺照顧我妹妹了。」

「舅兄，咱們回府再說。」

「好，咱們回府。」

冠軍侯府隨著邵明淵回京早熱鬧起來，知道喬墨這幾日要到，青石路更是打掃得纖塵不染。

「還是家裡好。」對喬墨來說，親人在哪裡，哪裡才是家。

雖然當著大舅子的面邵明淵老實了許多，離著喬昭足有半丈距離，喬墨卻隱隱察覺分別數月後，這二人之間越發默契了，顯然感情更進一步。

「不知兩府把婚期訂了嗎？」

提到這個話題，邵明淵心中就發苦，頗委屈道：「訂在了明年二月。」

說起來，舅兄才是昭昭真正的親人，到底還給不給他們做主了？

「明年二月？」喬墨聽了腳步一停，修長精緻的眉蹙起。「那時昭昭才剛及笄，是不是早了些？其實我覺得再晚個兩、三年也是可以的。」

萬軍之中取敵將首級如探囊取物的邵將軍險些平地摔跤，嚇出一身冷汗。幸虧現在舅兄不能做主了，真是蒼天保佑。

「大哥，李爺爺怎麼樣了？」把邵明淵的反應盡收眼底，喬昭暗暗好笑，忙把話題岔開。

提到李神醫，喬墨略皺眉，下意識看了一眼四周，低聲道：「李神醫不在嘉豐了。這幾個月來不斷有人來找他，甚至好多次半夜潛入宅子擄人。李神醫忍無可忍，讓葉落護著他走了。」

「李爺爺去了哪裡？」喬昭聽了不由擔心李神醫的安危，卻知道以他老人家的性子定然受不了這般騷擾。

「李神醫沒說，只說等安定下來後會託人給我們帶消息的，快則三、五月，遲則一、兩年，讓妳不用惦念他。」

喬昭輕嘆口氣。看來李爺爺是被騷擾怕了，輕易不敢吐露自己落腳之處。

「昭昭，妳不必擔心，葉落是我親衛中身手最好的，有他跟著李神醫，李神醫不會有事的。」邵明淵擔心喬昭憂心，出聲安慰道。還有件事他暫時不說了，葉落是他的親衛，李神醫一旦在某地安定下來，即便李神醫不說，葉落也會想法子把消息傳遞給他的。

幾人進了廳中，喬墨先去沐浴更衣，接下來一番熱鬧不必多提。

眨眼就到了五月，天氣開始轉熱，京城的氣氛則更加熱烈。

三年一次的春闈到了，雖然推遲了三個月，那也是春闈。不少人家開始訓練家僕，或者去雇庸勇武的壯漢，不知情的人若是問一句為何，那些人頂多神祕笑笑，卻一個字都不肯多說。

當然不能多說，大家都知道不就全盯上了。三年一次的春闈，考中的學子本來就少，其中尚未成親的更是鳳毛麟角，趕上倒楣的年份一個都沒有，可京城大把大把未出閣的姑娘啊。

不錯，這些人家都是準備好榜下捉婿的。攢了三年的勁，就等著這時候給女兒、孫女、妹子之類的搶個好女婿回家呢，他們也不容易啊。

邵明淵同樣不容易，反覆叮囑親衛務必把喬墨護好了。他可不敢想像等杏榜下來舅兄要是被人蒙上麻袋套走，媳婦會是個什麼表情。

會試分三場，初九一場，十二一場，十五一場，三日一場，一連九日下來考生們個個腳步虛浮搖搖欲墜，昏迷著抬出來的都有好幾人。惡夢般的考試過去後，很快就到了放榜的日子。

「張榜了、張榜了！」

官差才把杏榜一貼，圍觀者就一擁而上，把榜前擠得水洩不通。

富貴人家的考生也就罷了，矜持些的會派家丁前來看榜，一些迫不及待或出身普通的考生便都擠在榜前，爭相尋找榜上有無自己的名字。

一名年近三十的考生頗為焦急，一邊踮腳看一邊喊：「讓讓、讓讓。」他撥開前邊擋著的人，他總算仗著身高的便利看到了紅底黑字的榜單。與別人不同，他不是從上往下看，而是從下往上，很快就在倒數第二排看到自己的名字。

「中了、中了，我中了！」考生眼神狂熱，拔腿往外跑。媳婦為了供他讀書頭髮都熬白，這些年連根銀簪子都捨不得買。他終於考中了，要趕緊把這好消息告訴媳婦，讓她也高興高興。

「沒長眼啊！」被考生撞到的人罵了一聲，旁邊人忙把他拉住。

「算啦，人家馬上就是大老爺了，撞你一下說不定還能沾沾喜氣，計較什麼呢？」

那考生把這些話聽到耳裡，只覺終於揚眉吐氣，樂顛顛向外跑去，剛剛跑到一處胡同口忽然眼前一黑，一個麻袋當頭罩了下來。

「捉到一個、捉到一個！」

「叫喚什麼，還不趕緊帶走。」

頭套麻袋的考生死命掙扎。「我不行啊，快放開我，我是有家室的人了……」

可惜沒人理會考生的話，幾個人擁著他很快離開了。

不遠處的茶樓上，池燦拍了拍朱彥。「子哲，看到沒，你要是過去，就是這個下場。」

朱彥搖搖頭。「那人已經表明有家室，那些人竟還是把他帶走，簡直令人難以置信。」

「這有什麼？」池燦懶懶扶著白玉橫欄。「你沒看那人穿著普通嗎，可見是個寒門學子，一朝鯉魚躍龍門，正是那些富紳眼中的香餑餑，要是把你這樣的捉去，不還得老老實實送回來嘛。」

「我是否考中還未可知。」朱彥笑笑，倒是沒多少緊張。

他已經盡力了，自覺發揮不錯，剩下就看時運了。

「就是不知那人到時是選如花美眷呢，還是糟糠之妻。」池燦涼涼說了一句，很快就收回注意力，往內喊道：「庭泉、喬公子，你們就不出來瞧瞧熱鬧？」

邵明淵與喬墨一前一後走了出來，手中皆端著茶盞。

「喬公子這次定然萬無一失吧？」朱彥笑問。

喬拙先生的孫子，十三歲就考中舉人的神童，就算經歷這些變故，若未通過會試才奇怪了。

喬墨回之一笑。「並無十足把握。」前三名還是沒問題的，會元的話就不好說了，畢竟主考官的偏好對名次會有一定影響。

「喬公子謙虛了，你若沒把握，那我就只能等下一科了。」朱彥頗為佩服喬墨的氣度。到底是喬家人，明明把握十足的事還能如此謙遜，沒半點勳貴子弟的驕矜自滿，確實令人欽佩。

喬墨心知朱彥誤會了，也不點破，只是微微一笑。

蹬蹬的腳步聲傳來，被擠掉一隻鞋的桃生氣喘吁吁跑了上來。「公子，看、看到了……」他為了得點賞銀容易嘛，自告奮勇去看榜，差點搭上一條小命。

「朱世子在不在榜上？」到底偏向自家小夥伴，池燦問道。

桃生滿面紅光，連連點頭。「在呢，朱世子是一百二十六名。」

「子哲，恭喜了。」幾人紛紛向朱彥道喜。

沉穩如朱彥此時亦露出鬆口氣的笑容。一百二十六名，這名次當然不靠前，但也不差了。要知道天下讀書人多如繁星，特別是大多文官子弟與寒門學子，入仕就是科舉一途，這條獨木橋有多難走，只有經歷過十年寒窗苦讀的學子們才深有體會。

而他，以侯府世子的身分由科舉入仕，在勳貴與武將子弟中算是鳳毛麟角了。

「金榜題名時，洞房花燭夜。子哲，你很快要雙喜臨門了，恭喜。」邵明淵由衷替好友高興。看看小夥伴，娶媳婦多麼順利，下個月經過殿試正式成為天子門生後，女方定然樂意喜上加喜，取個雙喜臨門的好兆頭。再看看他——

一想到婚期還要等九個月，邵明淵就陷入了深深的自我懷疑中。難不成上輩子他打過月老？

聽到邵明淵的祝賀，朱彥並沒有不適，反而跟著笑了。未婚妻是長輩們精心挑選的，又是妹妹的好友，身為一個大齡青年，他對於即將到來的婚姻生活其實很期待。

「喬公子呢？」邵明淵問。

桃生立刻露出個大大的笑臉，眼睛成星星狀。「喬公子，您可真是太厲害了，您的名字在第一個！」

很快幾人向喬墨道喜：「恭喜得中會元！」

「會元在哪裡？會元在哪裡？」

許多人擁上幾人所在茶樓，爭相一睹新出爐的會元風采，領頭的就是茶樓掌櫃，懷裡抱著文房四寶，想要抓著會元郎留下墨寶。

那一瞬間，邵明淵一手抓著喬墨，另一手抓著朱彥，帶著二人從茶樓二樓一躍而下，避開了瘋狂的人們。池燦愣了愣，跟著跳下來，黑著臉道：「邵明淵，你厚此薄彼！」

「你又沒參加考試。」邵明淵知道池燦小心眼，忙解釋道。

池燦牽了牽唇角，忽然大喊：「會元郎在這裡！」

被好友推出去的邵明淵看著瞬間把他圍住的人群，有些發懵。

「快、快，趕緊把會元郎扛起來帶走，喬公子還沒訂親吶！」

對於一舉奪魁卻沒有家族庇護的喬墨，在許多人眼裡簡直是肥肉中的肥肉，早在沒有張榜前就不知多少府上打著主意，此刻一聽到會元郎在這裡，那些人不由分說就爭搶起來。

邵明淵黑著臉看著那些手伸向他，甚至連腰帶都被人扯住了，終於忍無可忍。傷害無辜雖然不好，但他要是當街被扯掉褲子，昭昭估計會因此嫌棄而退親吧？

「住手！」邵明淵怒喝一聲。場面忽然一靜。

「看清楚，我不是會元郎喬公子。」

人們愣了愣，隨後揉眼。媽呀，冠軍侯！

邵明淵很滿意他這一聲喝帶來的安靜。嗯，這時覺得京城中人都認識他這張臉還是不錯的，至少遇到這種事省了很多麻煩。

「啊啊啊，竟然是冠軍侯，我剛剛摸到了冠軍侯的腰帶！」隨著其中一個人狂熱的叫喊，那些被定格的人忽然活了過來，用比剛才還要勇猛的勁頭伸出手去。

要是能搶冠軍侯一條腰帶或者劍穗回去，那就能吹噓一輩子了。

會元郎每三年就有一個，可滿天下冠軍侯只有這麼一個啊。

錯過這村就沒這店了，兄弟們上啊！

邵明淵：「……」他是不是做錯了什麼？

對著普通人不好下狠手，直到有人扯下了邵明淵的荷包，將軍大人終於怒了，抬腳把那人狠狠踢了出去。眾目睽睽之下，那人如斷了線的風箏向空中飛去，最後貼著牆根滑下來，一臉痛苦喊了聲：「冠軍侯踢我……」

委屈的話還沒說完，那人白眼一翻昏了過去。眾人如牽線木偶，動作僵硬轉過脖子向邵明淵看去。英勇不凡如天神一樣保護著他們的冠軍侯居然會踹人！說好的愛國愛民呢？

愛國愛民？邵明淵俊臉緊繃。居然敢搶昭昭給他做的荷包，去他的愛國愛民！他又不是龍椅上坐著的那位，保家衛國是他身為武將的責任，愛國愛民還輪不到他來演。

年輕將軍大步走向躺在牆底下的倒楣蛋，圍著的人立刻讓出一條道路，連一點聲響都沒有發出，這些人的想法如出一轍：冠軍侯發火的樣子好可怕，然而太好奇他接下來要做什麼了。

隨著邵明淵走向那人，眾人把心提起。

難道踹暈了還不夠，還有軍法處置？想到這裡，眾人齊齊後退一步，讓出來的路更寬闊了。

邵明淵走到那人身邊，彎腰把荷包撿起來，仔細拍掉上面的灰重新繫好，在那人身邊放下一塊銀錠轉身離去。這次沒人敢圍上去了，直到邵明淵走遠，眾人齊齊看向那塊銀子。這塊銀子可不小啊！心有靈犀的眾人齊齊往前邁了一步。

一直昏迷的人忽然一躍而起，把銀子緊緊護在懷裡。「你們要幹什麼？這可是冠軍侯給我的醫藥費！」那人說完，唯恐被人搶了銀子，拔腿就跑。

眾人摸了摸鼻子，無奈散去。會元郎沒看到影子，冠軍侯好可怕，他們還是找那些手無縛雞之力的寒門學子去吧。

「拾曦，你這樣坑庭泉不好吧？」

池燦斜睨了朱彥一眼。「擔心什麼，那些人還能傷他一根寒毛不成？就算他迂腐不會對普通人動手，真的過頭了還有隱在暗處的親衛呢。」

朱彥笑笑。「我是擔心你。」他可忘不了之前楊厚承喝醉後抱著邵明淵胡言亂語，然後被邵明淵痛揍一頓的情景。

池燦揚眉。「他要是敢打我，我就去告訴黎三，說他在大街上被人扯掉了褲子，長腿翹臀都被街上的小娘子們看光了。」

周圍忽一冷，邵明淵無聲息進來，似笑非笑看著池燦。「長腿翹臀被街上小娘子看光？」

池燦嘴角笑意一收。該死，怎麼正好讓這小子聽到了。

「拾曦，沒想到你還有這樣的愛好。」邵明淵捏了捏拳頭。

池燦下意識後退一步，強撐著道：「邵明淵你可不要亂來，我和黎三可是很熟的。」小爺連看中的白菜都讓給你了，你還要怎麼樣！一提起這個，池燦心裡就發酸。他以後不會再娶媳婦了，就打光棍一輩子，讓邵明淵這混蛋內疚去吧。

「庭泉，義妹還在家中等消息。」喬墨見二人要鬧起來，忙打了個圓場。雖說知道這是他們兄弟交流感情的一種方式，喬墨還是希望盡快讓喬昭知道結果，把喜悅與她一同分享。

「已經有親衛去向她稟報了。」

留在府中的喬昭卻沒有幾人想得那般心焦，甚至還平心靜氣地畫完了前兩日畫一半的雨打芭蕉圖。對於兄長，她有信心。祖父還在時便說過大哥可以下場了，只可惜沒多久祖父就病逝，接下來便是守孝。

「姑娘，您的義兄喬公子中了會元！」冰綠跑進來，一臉興奮。

「會元？」喬昭眼中露出欣喜。雖說篤定兄長會高中，但一舉奪魁還是令人驚喜的。考卷是由人判出來的，那麼就必然會帶個人偏好，誰是第一誰是第二往往運氣會占去三分。

黎府還在喪期，三姑娘的義兄中了頭名會元，不便把喬墨請來熱鬧，鄧老夫人命管家帶去了賀儀和喬昭單獨準備的禮物。

喬墨立刻一躍成為京中各方側目的新貴。

十年寒窗無人問，一舉成名天下知。喬墨身為喬拙大儒的孫子雖不至於默默無聞，但喬家一場大火幾乎葬送了一切，特別是喬墨的毀容令無數人扼腕，料定喬家徹底沒希望了。然而喬家公子居然恢復了容貌，還在會試中一舉奪魁，這頓時成為京中人熱議的話題。

蘭府中，蘭松泉正對著老父親蘭山發脾氣。「父親，我就說不能讓喬家那小子翻身，不過是和主考官打聲招呼的事，您偏偏不聽。現在好了，野火燒不盡，春風吹又生，將來這小子定然是個大麻煩！」

蘭山臉一沉。「松泉，你太年輕氣盛了。你就沒發現近來皇上對咱們父子的不滿漸漸多了？先是邢舞陽一案，接著是二十年前鎮遠侯的舊案，皇上雖然沒有重罰咱們父子，可這絕對不是好兆頭。這時一動不如一靜啊。」

「可是──」

「可是什麼？會元郎也好，狀元郎也罷，三年一次的風光很快就過去了，之後不過是個剛從官場起步的小輩罷了，到時還怕尋不到他的錯處？」

身為一朝首輔，在科考中動手腳哪如在官場中整人方便？兒子還是急躁了。

蘭松泉這才不吭聲。

另一邊，許次輔府中，許明達正在問夫人孫女的事。

「現在未出閣的幾個孫女裡，還有誰沒訂親？」

「四丫頭、五丫頭、六丫頭她們幾個都還沒定下，怎麼，老爺有了合適的人選？」

每到大考之年，不只那些富紳們會盯著榜上有名的學子，如許次輔這樣的高官亦不能免俗。誰家都有女兒、孫女啊，當長輩的不容易，為了不讓家中女孩嫁一個不學無術的紈絝子弟，還是杏榜上的青年才俊們靠譜。

「四丫頭不小了，是該定下了。」許次輔想到四孫女，眉頭舒展。四孫女在京城貴女中也是拔尖的，不怕別人瞧不上眼。

「老爺這是有看中的了？」事關孫女的婚姻大事，當祖母的當然關心，於是又問了一句。

「夫人看喬家那孩子怎麼樣？」

次輔夫人一愣，許次輔則嘆了口氣。「到底是喬拙的孫子，一下場就是個會元郎。」同是從科舉中廝殺出來的，他只服喬拙。現在看看，當年比不過喬拙就罷了，現在的孫輩還比不上人家孫子，真是人比人得死，貨比貨得扔。還好，他雖然生不出這樣的孫子，但可以把孫女嫁過去嘛，他孫女也是京城有名的才女呢。

「老爺說好，自然是好的，只是喬家公子的父母才過世一年多，現在還在孝期呢。」次輔夫人向來不會反對許次輔的決定，卻提出了擔憂。

「這我自然知道。皇上特許喬墨參加科舉已是破例，喬墨定不會在孝期內考慮訂親的事。」

按著大梁的規矩，熱孝期間是絕對不能議親的，不過現在已經守滿了一年，說是總共守三年，其實只剩下一年左右，這時成親雖然不行，訂親卻是可以的。

但許明達心裡有數，喬墨參加科考在先，絕對不會考慮婚事，不然孝期又是科考又是議親，那就要惹天下人說閒話了，就算是皇上特准也不行。

「既然這樣，那老爺怎麼還——」

許明達笑笑。「不議親至少先私下通通氣嘛，若喬墨有這意思，四丫頭就等一年而已。」

次輔夫人跟著笑了。「老爺說得對，這麼好的孩子錯過可惜了。」

許明達不動聲色喝了一口茶水。喬拙曾經桃李滿天下，喬墨不踏入官場也就罷了，一旦入仕，曾經當過喬拙學生的那些人定然會大開方便之門。他的孫女與喬墨訂親，無形中就把喬拙留下的人脈拉了過來。不過喬墨是蘭山父子的眼中釘，這時要與喬墨議親定會引起蘭山不滿，等上一年剛剛好。明年，本來就是他等待多年準備出手的好時機。

喬墨接到許明達的邀請，在一處不起眼的茶樓會面時，心情頗為複雜。

他現在連殿試還沒參加，這幾日就已經風潮暗湧，接到的帖子如雪片堆在桌上，切實體會到了入仕與在野的天壤之別。

不入仕，哪怕名氣再大也只能享受世人敬仰，無法觸動朝政分毫。而他得中會元，不出意外殿試定會在一甲之內，成為一名清貴翰林，再過十幾二十年就可能成為官場上不可忽視的一員。文官不同武將，都是一步步往上熬，而對一名未來重臣的拉攏往往在他初入官場時就已開始了。

許明達看著對面端坐的喬墨，暗暗滿意。早就知道喬墨與長容長公主之子在京城被人相提並論，雖說到了他們這把年紀對此並不以為意，離得近了還是不得不感嘆一句，上天對喬家小子格外厚愛，生得是楚楚不凡，令人見之欣喜。

許明達先是提及與喬拙的交情，繼而感嘆喬家不幸，一番寒暄之後終於進入正題。「老夫有一孫女，家裡排行第四，長得不醜，字也是識的，不知喬公子以為如何？」

喬墨頓了一下。他記性好，當然知道許次輔的四孫女是哪位姑娘，甚至因為那位姑娘名氣不小，連她的閨名都是知道的，姓許，名驚鴻。同處一個圈子，早先他與這位許姑娘亦曾見過，印象中是位清冷矜貴的女孩子。這樣的人，大多人品都是過得去的。

喬墨心念一轉就明白了許明達的意思，婉拒道：「學生有孝在身，不便評價。」

許明達沉默片刻，端起茶杯喝上一口，笑道：「老夫就直說了吧，我那孫女已到適婚的年紀，老夫看來看去唯有喬公子一人入眼。若是你亦有意，那麼等你明年出了孝期就把親事定下來。若是無意，老夫便替孫女另覓佳婿，畢竟姑娘家不同男子，等不得。」

「學生──」

見喬墨不假思索開口，許明達打斷他的話：「不要急著回答我，年輕人總是性子急，實際上往往不清楚自己想要的是什麼。這樣吧，等你殿試之後再給我消息。」

聽許明達這樣說，喬墨不便再拒絕，輕輕點了點頭。

回到冠軍侯府，喬墨認真思索起來。他已經二十多歲了，作為喬家唯一的男丁，延續血脈是必須的責任，出了孝期之後婚事確實迫在眉睫。許明達的孫女──

喬墨記性絕佳，腦海中清清楚楚浮現許驚鴻的樣子，可耳邊響起的是父親的話。

「許次輔隱忍低調，許多人認為他無能，被蘭首輔壓得死死的，且看著吧，將來此人定會狠狠咬上蘭山一口，對首輔之位取而代之。」

這樣說來，許家與喬家的目標原就是一致的，倘若他與許家結為姻親，至少不會擔心將來因為立場問題而尷尬。喬墨想到這裡不再往深處想。罷了，有機會與妹妹商量一下好了。

「公子，寇府來人請您與二姑娘過去吃飯。」小廝進來稟報。

外祖家相請，又是在喬墨剛剛考中會元的時候，於情於理都不好拒絕，喬墨收拾一番，帶著喬晚乘上尚書府的馬車趕往寇府。路上喬晚悶悶不樂。

「晚晚怎麼不開心了？」對於這個妹妹，雖不是一母同胞，但因為年齡相差大，喬墨難免多幾分寵愛。

喬晚天性活潑，在最親近的兄長面前藏不住心事，抱怨道：「我覺得在侯府裡自在，去外祖家能見到表姊她們雖然開心，但想到在外祖母他們面前連話都不能大聲說，就覺得好煩吶。」

喬墨笑著揉揉喬晚的頭。「晚晚乖，忍忍吧。」

寇府招待喬墨兄妹很是隆重，薛老夫人一改往日嚴肅的模樣，全程笑臉不說，兄妹二人的外祖父寇行則與兩個舅舅特意告假給他慶祝。

喬晚頗不自在地拉了拉喬墨衣袖，喬墨悄悄拍拍妹妹的手以示安撫。

薛老夫人笑道：「晚晚一晃也是大姑娘了。難得今日高興，慶媽媽，妳去把幾個姑娘和哥兒都請過來，大家一起熱鬧熱鬧。」

寇梓墨與寇青嵐正在花園亭中坐著，說是賞花，實則心思都放在了喬墨兄妹過來的事上。

「大姊，這下子妳總算守得雲開見月明了。表哥恢復容貌，又中了會元，祖父祖母定然樂見其成。」寇青嵐很是為姊姊高興，臉上掛著輕鬆的笑。

寇梓墨卻沒有寇青嵐的開心，反而蛾眉輕蹙，嘴角扯出一抹苦笑。

「大姊，我瞧著妳怎麼不高興呢？」

寇梓墨輕輕拽了拽帕子。「怎麼會不高興。表哥苦盡甘來，是大喜事呢。」

「兩位姑娘，老夫人請妳們過去。」一名丫鬟走了過來。

寇青嵐立刻站了起來，見寇梓墨不動，伸手拉她。「大姊，走呀。」

寇梓墨捂腹輕輕搖頭。「我有些不適想回房歇著，不出去見客了，妹妹幫我對祖母說聲。」

「大姊？」寇青嵐很是意外，一臉詫異望著寇梓墨。

沒有人比她更清楚大姊對表哥的情意，自從表哥毀容，大姊就沒一日睡好過，這次表哥恢復容貌回京，一貫沉穩的大姊都拉著她喝醉了，待到表哥下場考試，大姊更是日日祈福，盼著表哥高中。現在大姊是怎麼了？

「青嵐，我真的不舒服，妳就按我說的對祖母說就是了。」

「大姊，那我陪妳回房吧。」

「不用，丫鬟陪我就行了，妳快去吧。」

寇梓墨安撫了妹妹獨自回房，一進屋就打發丫鬟出去，關好房門，背靠著門痛苦閉上眼睛。

以往表哥在府中時，長輩們防賊似地不讓她與表哥接觸，現在卻叫她過去與表哥相見。表哥那般聰敏的人怎麼會不明白其中的意思，而她，又有什麼臉面過去？

她與表哥，今生注定無緣了。

寇梓墨緩緩蹲下來，雙手掩面無聲痛哭。

二二三　看診插曲

「什麼，梓墨不舒服？」薛老夫人眼中詫異一閃而逝。

寇青嵐眼角餘光飛快瞥了喬墨一眼，點頭道：「嗯，可能是吹了風腹痛，說不來見客了。」

薛老夫人一聽就皺起眉。「這丫頭說的什麼話，墨兒怎麼是客呢，你們可是嫡表兄妹，除了自家兄弟姊妹，再沒人比你們更親近了。」

坐在喬墨身邊的喬晚一聽，不由抿了抿唇。她是庶女，真說起來和在場的這些人毫無血緣關係，難怪以前住在寇府時，老夫人從未對她笑過。

喬晚如坐針氈，可身為喬家人的驕傲又迫使她不願低下頭去，小姑娘把脊樑挺得筆直，一臉嚴肅。喬墨看在眼中，心疼又好笑，接話道：「大表妹既然不舒服，就讓她好好歇著吧。下午侯爺約我出門會友，我和晚晚也不能久留。」

聽喬墨這樣說，寇尚書等人自是不便強留，飯後便送兄妹二人回去了。

私下喝茶時，薛老夫人臉色微沉。「梓墨這丫頭到底在想什麼，沒有半點眼色！」

寇行則輕輕吹著浮在水面的茶葉。「急什麼，喬墨眼下還在孝期，咱們當外祖父外祖母的難不成還要主動提起他的親事？那把我們大姊兒置於何地？」

寇行則口中的「大姊兒」就是喬墨的母親，寇行則夫婦的長女，所以這時誰都能提喬墨的親事，他們是半個字都不能提的。

「正是因為不便提，才讓他們多接觸接觸，這樣等喬墨出了孝期，不就是順理成章的事了。」寇行則嘆了口氣。「梓墨那丫頭的心意喬墨定然明白的，可是喬墨那孩子的心思我卻看不清楚。妳還是不要插手了，等他出了孝期再說。」

坐在回府的馬車上，喬晚鬆了口氣。「可算回去了，我下午還要去騎馬呢，姊夫給我的小馬駒長高了。」

「吃飽了沒？」

喬晚臉一紅，搖頭。「沒吃飽，不知為什麼就是不自在，然後就吃不下去了。」

「那咱們先不回府，大哥帶妳去德勝樓買些吃的。」

喬晚眼睛一亮。「好呀，我要吃烤鴨。」

這個時候德勝樓正熱鬧，喬墨吩咐小廝去買烤鴨帶回府吃，兄妹二人坐在馬車裡等。喬晚覺得無聊，掀起車窗簾往外瞧。德勝樓不遠處是一家書齋，兩位姑娘相攜走出來，一人穿粉裙，一人著藍衫，身後各跟了一個丫鬟，懷中抱著書。

「大哥，你知道她們是誰嗎？」喬晚讓開一些，拉著喬墨看。

喬墨看了一眼便收回目光，把車窗簾放下來，笑道：「大哥怎麼會認識。」

那兩位姑娘，穿粉裙的是泰寧侯府的朱姑娘，穿藍衫的是許閣老家的許姑娘，喬墨記性好，一眼就認了出來。

「她們兩個都是馥山社的副社長呢。難怪她們才名遠播，我來買烤鴨，人家卻買那麼多書。大哥，以後我不貪玩了，過幾年我也要加入馥山社。」

「好，晚晚要努力。」

「對了，大哥，幾個月前黎姊姊在一個宴會上可威風了，與西姜人比試好幾場都贏了，那位許姑娘還把心愛的古琴送給了黎姊姊。」

喬墨眉梢微動，神色間多了些認真。「是嗎？這麼說，許姑娘與妳黎姊姊關係不錯？」雙方立場相同，又與大妹交好，可見那位許姑娘人品是頂好的，或許——

喬墨想到這裡，到底有些赧然，輕輕咳嗽一聲不說話了。

時光飛逝，轉眼就迎來了殿試。

明康帝手持朱筆看著擺在面前的十份佳卷。放在最顯眼位置的有三份，正是會試中的前三名。皇帝一份份草草看過，視線落在寫有「喬墨」二字的考卷上。這十份試卷是由閱卷大臣從三百份中選出來呈上御覽的，在他看來定哪三份為一甲都差不多，不過為了少些麻煩，會試成績是最重要的參考。

喬墨……明康帝把朱筆放到筆擱上，伸出手指點了點「喬墨」二字。

他是曾說過，即便喬墨面部有瑕，亦特許其參加科考，算是對喬家的補償。然而那明明就是句客氣話啊，誰毀了容還跑來參加科舉的？不怕嚇人嗎？

「哦，喬墨已經恢復了容貌？」問過魏無暇，明康帝有些意外。既然這樣，他倒是不必擔心將來看到礙眼了。皇帝想了想，在喬墨的考卷上用朱筆圈了一下。反正定誰都是定，那就把喬墨定為狀元好了，喬墨的祖父是大儒，孫子中狀元順理成章，世人定會覺得他這個皇上有眼光。

定好了頭名狀元，明康帝又費了指甲蓋那麼點大的心思把榜樣與探花定出來，然後喊道：「魏無邪，拿一枚銅錢來。」

魏無邪抖了抖嘴角。「皇上……」您這麼依賴銅錢不好吧？

「嗯？」

「是。」魏無邪雙手奉上一枚銅錢。

明康帝把其餘七份考卷圍成一圈，在中間轉起銅錢來。

嗯，等銅錢停下來後「招財進寶」的「寶」對準哪份考卷，就定為第四名。皇帝很快就在銅錢的協助下定出了四至十名，打發魏無邪遞了出去。

轉日清晨，明康帝比平時早起了半個時辰，為此很是不快。為了這三年一次的「小傳臚」，害他早起提前做早課，實在是煩人。

十名考生或是緊張或是激動，終於得見龍顏。

明康帝很快在考生中看到了喬墨，暗暗點頭。模樣比他想得還要出色些，名次不用再變動了。

小傳臚之後名次沒有變動，才正式填寫金榜，緊跟著便是放榜傳臚。報喜的官差敲鑼打鼓來到冠軍侯府，引得無數人爭相觀望，很快喬家公子高中狀元的消息就傳遍了大街小巷。

這還不算完，以喬墨為首的同科進士赴過瓊林宴，又在新科狀元的率領下孔廟拜謁，國子監立碑，整套程序才算走完。

同年素有弟兄之義，特別是進士同年這個圈子的人脈，對於即將踏入仕途的新科進士們來說意義非凡，而狀元在短時間內自然成了這批人中無形的領導者。當然隨著踏入官場後各自的發展，這種威望會減弱，可若是狀元郎發展得好，那麼就會對這一批同年有舉足輕重的影響。

喬墨深知此點，授翰林修撰後上敬長官下友同僚，差事又辦得漂亮，很快便贏得了翰林院上下交口稱讚。稱讚喬墨的人中還包括黎光文。

「喬墨那後生真不錯，每次陪著我下棋沒有半點敷衍，做事又俐落，不像那些混日子的糊塗蛋。」翹班回來的黎光文沒有回府，而是去了隔壁，吃著準女婿炒的青椒肚絲就著小酒點評道。

「是，我舅兄確實是極好的。」邵明淵笑看了陪坐一旁的喬昭一眼，附和道。

黎光文喝了一口小酒，半眯著眼瞄著邵明淵，邊看邊搖頭。「可惜了，可惜了。」

邵明淵一連聽了數聲「可惜」，終於忍不住問道：「岳父大人口中的『可惜』是何意？今日的酒菜不合胃口嗎？」

「可惜我就只有昭昭一個未嫁的女兒，喬墨那麼好的後生，嘖嘖——」黎光文已經喝了一壺酒，有了酒意心裡就藏不住話。

邵明淵驚出一身冷汗。岳父大人這是什麼意思！眾多情敵中，難不成要把大舅哥也算上？

喬昭一臉尷尬，伸手奪過黎光文手中酒壺，嗔道：「父親，您喝多了。」

邵明淵鬱悶揉了揉臉頰。就是因為岳父大人喝多了，才酒後吐真言啊。

「我喝多了嗎？沒有，我就是喜歡說實話，快把酒壺給我。」黎光文醉眼迷離，打了個酒嗝。

喬昭咳嗽兩聲，扶著黎光文站起來。「庭泉，我陪父親回去了。」

父親大人如此耿直，她也很無奈啊。邵明淵默默點頭，有些扎心，不想說話。

一隻手伸過來，握住他的手緊了緊，少女聲音放低。「等會兒我再過來。」

臉色發黑的某人立刻雲銷雨霽。娶自己的媳婦，讓岳父大人遺憾去吧。

眨眼進了七月，天氣炎熱起來，樹葉子沒精打采泛著白光，蟬鳴聲擾得人心煩意亂。沐王在書房中來回踱步，轉了幾圈後抬腳踢翻了一張椅子。

幕僚彎腰把椅子扶起來，勸道：「王爺不要著急——」

「不急？本王怎麼能不急！原是安排人弄掉老五小妾肚子裡的孩子，結果好幾次沒得手，反教老五防範起來，現在那小妾月份大了，就更不好得手了。」

「王爺稍安勿躁，咱們還有一個殺手鐧沒有使出來。」

沐王坐下來，靠著椅背瞇了瞇眼。「要是再不成，那些廢物就不要回來了。」

睿王府中，正是安靜祥和的午後，除了聒噪的蟬鳴聲整個王府靜悄悄的。

忽然一聲慘叫響徹王府。「不好啦，快來人呀，姨娘摔倒了——」

歇在黎皎院子裡的睿王幾乎是飛奔而出，臉色慘白。「誰摔倒了？」

婢女們跪了一地，戰戰兢兢道：「皎姨娘從臺階上滾下來了……」

「混帳，皎姨娘要是出了事，本王要妳們陪葬！」向來脾氣溫和的睿王抬腳狠狠揣向離他最近的婢女，踹完匆匆趕了過去。

「皎娘，妳沒事吧？」

黎皎意識是清醒的，卻痛苦捂著肚子。「王爺，妾肚子好疼……」

睿王下意識往下看去，就見黎皎淺色裙襬上一抹殷紅。

「血！」睿王身子一晃，大聲道：「快叫良醫正！」

不久後，良醫正從安置黎皎的房中走了出來，對睿王沉重搖了搖頭。

睿王一個趔趄險些栽倒，聲嘶力竭道：「太醫呢，去請的太醫還沒來嗎？」

良醫正退至一旁，垂頭不語。

一名丫鬟從房中跑出來。「王爺，姨娘請您進去！」

睿王立刻走了進去，半蹲在床榻邊握住黎皎的手。「皎娘，妳怎麼樣？妳一定要堅持住，太醫很快就來了。」

黎皎虛弱搖搖頭，用盡力氣回握睿王的手。「王爺，請……請我三妹來……她是李神醫的弟子，現在只有她才能保住咱們的孩子……」

黎皎面色蒼白，裙襬上的血跡漸漸蔓延而開，她彷彿折翼的蝴蝶脆弱不堪，卻吃力把睿王的手握緊，催促道：「王爺，再、再不叫我三妹來，就來不及了……」

「可她真的能保住咱們的孩子嗎？」

「王爺，李神醫是能起死回生的活神仙，現在他不在了，繼承他衣缽的就只有我三妹了啊……」黎皎越來越吃力，說完痛苦閉上了眼睛，渾身顫抖。

睿王突然就想起來真真公主當初臉上生怪瘡，就是黎三姑娘出海尋藥給治好的。

他王府上的良醫正本就是太醫院出身，醫術不比那些太醫們差，現在良醫正已經斷定沒希望，請太醫過來其實只是求個心理安慰罷了。這麼說，現在能保住他子嗣的真只有黎三姑娘了。

思及此處，睿王豁然起身。「皎娘，本王這就派人去請妳三妹過來。」

黎皎勉強睜開眼，睫毛上掛著晶瑩淚珠。「王爺，前幾次去請三妹，她都沒有來……」

睿王臉色發沉，一字一頓道：「本王親自去請！」

睿王離開的腳步聲越來越遠，黎皎閉著眼輕輕咬了咬唇，遮住了眼底的絕望。

為什麼她會這麼倒楣？明明已經小心翼翼，整日膽戰心驚，唯恐被別人暗算了去，可誰知還是這樣的結果。這個孩子一定保不住了，她已經能感覺到這個生命在她體內緩緩流失，既然這樣，就讓黎三陪她一起倒楣好了。

她不甘心，憑什麼她身為元配嫡女處處不順，而一個粗鄙繼室生的女兒卻能有錦繡人生？冠軍侯之妻又如何？黎三來了保不住她的孩子，王爺會把這筆帳記在心裡的，等將來王爺登上皇位，總有討還的時候。

「啊，好痛！」黎皎終於顧不得再想，捂著腹部在床榻上痛喊起來。

黎府上，鄧老夫人在待客廳見到睿王雖不動聲色，心裡卻一片茫然。堂堂王爺來這做什麼？

待睿王稟明來意，鄧老夫人臉色一變。無論她對大孫女如何失望，那個孩子畢竟是她看著長大的，祖孫親情割不斷。略略思索一下，鄧老夫人立刻交代青筠去請喬昭。

青筠匆匆趕到雅和苑的西跨院，待她說完，冰綠不由撇撇嘴。「懷孕出了狀況不請大夫找我們三姑娘幹嘛呀，簡直莫名其妙。」

喬昭睇了冰綠一眼，示意她不要多嘴，吩咐阿珠道：「去拿藥箱來。」

出門的時候，冰綠還忍不住悄悄拉拉喬昭衣袖。「姑娘，您真要去王府啊？」

「不然呢？」喬昭加快了腳步。睿王親自來請，又是人命關天，她再拿翹不去，會被睿王記恨一輩子的。她就算不為自己著想，也要替邵明淵與黎家著想。

喬昭帶著藥箱趕到睿王府時，太醫已給黎皎診斷過，得出的結論與良醫正如出一轍。

「王爺，這是……」

見喬昭匆匆走進安置黎皎的屋子，太醫一愣。

「太醫辛苦了，先去喝茶吧。」睿王在外人面前素來溫和近人，一副好脾氣的模樣。

「王爺莫非是請黎三姑娘來診治的？請恕下官直言，婕太太這狀況實在是——」後面的話太醫沒說下去，心中卻老大不痛快。在他診斷後居然又請個小丫頭來，這實在太羞辱人了。

這時良醫正發言了：「黎三姑娘說不準能妙手回春呢。」

他是親眼看著王爺在李神醫的治療下，原本枯木般的身體重新煥發生機，別說得到李神醫真傳，只要能受神醫點撥都是尋常醫者夢寐以求的造化了，他相信李神醫青睞的人沒有這麼簡單，哪怕只是個小姑娘。

「妙手回春？」太醫瞥了良醫正一眼，忍不住冷笑。「那我就等著看了。」

這人自從離開太醫院進了王府當良醫正，真越發不知所謂，他倒要看看等會兒如何丟臉。

喬昭帶著阿珠與冰綠走進去，一進屋就聞到了濃郁的血腥味。躺在床榻上的黎皎面無血色，散落下來的髮被汗水打成一縷一縷的，瞧著狼狽不堪。

喬昭走上前去，黎皎忽然睜開眼，眼底詫異一閃而逝。「妳、妳來了……」

「大姊不要說話，我先幫妳止血。冰綠，請別人全都出去。」

對於一個一直在算計自己的人，她真的不想聽到她的聲音，心煩扎錯了怎麼辦？

「好了，沒聽我們姑娘說嘛，妳們快出去吧。」冰綠趕起人來毫不含糊。

屋子裡的人都被氣壞了。這主僕三人太囂張，她們才是王府的人，這三人一來居然要把她們趕出去。

見她們不動，冰綠探頭喊道：「王爺，我們姑娘的醫術可不能外傳的，現在請屋子裡的人出去都不動呢。」

睿王額角青筋暴跳。「都給本王滾出來，姨娘要是出了事妳們打算陪葬嗎？」

眼看屋子裡的人灰溜溜出去，冰綠撇撇嘴，砰地關上房門。小半個時辰後，冰綠把門打開，阿珠扶著喬昭走了出來。

睿王忙迎上去。「三姑娘，怎麼樣了？」

「暫時穩定住了，病人已經不再大量出血，不過還是要吃藥保胎。王爺領人帶我這丫鬟去寫藥方吧，我已經把方子交代她了。」

睿王一臉狂喜。「孩子真的保住了？」對他來說解語花有千千萬，可血脈只有這麼一滴，只要能保住這個孩子，讓他付出多大代價都可以。

喬昭輕輕頷首。睿王顧不得說什麼，拔腿就要往裡走，喬昭淡淡提醒道：「王爺最好讓她好好休息一下。」

「我知道、我知道，我就進去看一眼。」

盯著睿王的背影，喬昭忽然彎唇。「王爺，還有一件事要跟您說一下。」

「妳說。」心情一下子從地府回到人間，睿王對喬昭的態度無比溫和。

「剛剛我來這裡的路上遇到兩位婦人，看穿著打扮應該是您的侍妾，觀其氣色與走路姿態，其中一位似乎也有孕了。」

「妳說什麼？」

喬昭笑笑。「沒有把過脈，並無十足把握。」來而不往非禮也，黎皎既然處處算計她，那她就說件喜事讓大家高興一下好了。

「這不可能！」睿王還沒反應過來，太醫就接過話，頓時吸引眾人目光過去。

太醫臉色漲紅，很是激動。「先不說裡邊姨太太那種情況能不能保住孩子，敢問黎姑娘，妳是怎麼僅憑看了一眼就能斷定婦人有孕的？」

「望聞問切本就是醫之綱領。太醫莫非忘了，望而知之者，望見其五色，以知其病。」喬昭並未因太醫的質疑而不快，淡淡反問道。

太醫冷笑一聲。「望而知之謂之神，聞而知之謂之聖，問而知之謂之工，切脈而知之謂之巧。黎姑娘是說自己的醫術已經達到神醫的水準了？」

小黃毛丫頭居然還敢與他爭辯，他當然知道醫術高超的醫者僅憑「望」就能斷人疾病，可她一個小丫頭能達到這種水準？就算從娘胎開始學也不可能！

睿王一顆心已經跳到了嗓子眼，顧不得進去看黎皎，立刻吩咐道：「去把——」他想了想不知道喬昭遇到的是哪位侍妾，心一橫道：「去把所有侍妾都叫來，請黎姑娘看看。」

太醫臉色一僵。看王爺這模樣，顯然沒把他的話聽進心裡去。罷了，人家脾氣再好也是堂堂王爺，他一個小太醫還是不說話了，等著看笑話好了。

「三姑娘，今天麻煩妳了。」睿王道謝。

「只是看看，稱不上麻煩。」到了這個時候，喬昭自然不會推辭。

沒過多久，王府所有侍妾就被請到了臨院，鶯鶯燕燕擠了一院子。

睿王親自陪著喬昭過去，喬昭看一眼黑壓壓的人群，險些被香風熏倒，不由看了睿王一眼。

睿王尷尬摸摸鼻子，想要解釋他不是好色之徒，一切為了子嗣罷了，可一想到對方是個未出閣的姑娘，只得把這些話默默嚥下。

「三姑娘當時遇到的是哪個？」

喬昭目光緩緩在人群中掃過，視線停留在某處。「東邊穿石榴裙的那個。」

「茜娘，妳過來。」睿王開口道。

被點到名的女子不知所措，忐忑來到睿王面前見禮。「妾見過王爺，見過——」她飛快抬頭看了喬昭一眼，卻不知如何稱呼，於是垂首默默屈了屈膝。

眾多侍妾中，睿王對這名叫茜娘的女子還有些印象。包括茜娘在內的十來名侍妾，都是幾個月前才進府的，容貌如何不重要，關鍵要好生養。眼前這個茜娘就是按著這標準找來的，臉盤似月餅，屁股趕得上磨盤，露在外面的肌膚粗糙發暗。

冰綠忍不住眨了眨眼。這樣的都能進王府當侍妾，大姑娘那次回府到底在得意什麼？

「請把手伸出來。」

茜娘聽喬昭這麼說，不由看向睿王，睿王臉一沉。「三姑娘讓妳怎樣就怎樣！」

茜娘忙伸出手。少女微涼指尖搭在茜娘手腕上，青蔥般的指尖細膩白皙，與茜娘肌膚形成鮮明對比，茜娘下意識往回縮了縮。

「不要動。」喬昭語氣溫和，很快放開茜娘手腕。

「怎麼樣？」睿王迫不及待問道。

眾多侍妾皆是一頭霧水，竊竊私語起來。

「到底怎麼回事啊？為什麼把茜娘叫出去把脈？」

「不知道啊，且瞧著吧，我總覺得王爺今天有些不一樣。」

喬昭略一點頭。「恭喜王爺了，確實是喜脈。」

「她真的有孕了？」睿王大喜過望。

「王爺可以請太醫來複診。」

睿王連連點頭。「好，複診、複診！」

眾多侍妾都愣了。茜娘有孕了？這不可能，她那麼醜，王爺就去過一次，居然能有孕？一定是這小姑娘為了哄王爺高興胡說八道的！

很快太醫被請來，在其一臉複雜尷尬的神情下，確認了茜娘有孕的事實。

睿王已是喜不自禁。「三姑娘，勞煩妳給她們都看看吧。」

喬昭遲疑道：「人數有些多……」

「三姑娘和太醫、良醫正三位一起看，妳們分三隊站好。」

眾侍妾一臉激動，忙依言站好。一個個把過脈，喬昭這隊竟又診斷出兩名有孕的侍妾，其他兩隊卻一無所獲。睿王已是喜瘋了，看著喬昭恨不得要把她藏起來，以後專替他的侍妾們把脈。

「三姑娘辛苦了，本王送妳去花廳。」

聽睿王這麼一說，其他兩隊的侍妾紛紛哭起來。「王爺，請三姑娘給我們也瞧瞧吧。」沒道理三姑娘那一隊有兩名有孕的，她們這兩隊一個都沒有啊。

子嗣自然是越多越好，睿王眼巴巴望向喬昭。喬昭抿唇不語。

「還請三姑娘給她們瞧瞧，算本王欠三姑娘一個人情。」一下子有三位侍妾有孕，加上黎皎就是四位，這讓睿王快歡喜瘋了。

喬昭笑笑，示意其他兩隊侍妾上前來。她不需要睿王欠她人情，只要把邵明淵欠睿王的人情抵了就好。然而花了一些時間把其他侍妾看過，喬昭搖了搖頭。

睿王有些失望，很快又平復了心情，對侍妾們擺擺手。「都回去吧。茜娘，妳們三個別回原來的住處了，本王會命管事另外給妳們安排住處。」

在眾侍妾嫉羨的目光下，三名被餡餅砸中的侍妾被婢女婆子們簇擁著走了。

睿王客客氣氣送走喬昭，這才想起來去看黎皎。黎皎不再腹痛後，面色已經緩和許多，見睿王進來，緩緩露出笑臉。

「還好吧？」睿王握住黎皎的手。

「托王爺的福，咱們的孩子保住了。」

王爺的歡喜都掩飾不住了，可見對她腹中骨肉的重視。而睿王確實正高興著，語氣輕鬆許多：「照本王看，應該是托了三姑娘的福。」

黎皎嘴角笑意一收，很快掩飾過去。「是呀，這次孩子能保住，多虧三妹了。」

「何止啊，皎娘妳知道嗎，剛剛三姑娘還診斷出三個有喜的侍妾。」

黎皎眼睛猛然瞪圓了。「什麼？」

睿王大笑起來。「這下好了，妳們四個都有了身孕，王府很快就要熱鬧起來了。」

黎皎眼皮一翻，昏了過去。

喬昭回到黎府，被鄧老夫人叫去說話。

聽聞黎皎已經平安，鄧老夫人摒退下人正色問道：「三丫頭，妳大姊腹中孩子是男是女？」

喬昭與鄧老夫人平靜的目光對視，略一遲疑，便道：「女孩。」

鄧老夫人長長吁了口氣，竟露出一抹笑意。「女孩好，女孩好啊。」

那樣的龍潭虎穴，還沒生產就諸多波折，一旦作為睿王的長子生出來，定然是步步危機，能不能活到成年是個大問題。女孩太好了，睿王目前一子半女都無，作為睿王府的長女不會受委屈的，大孫女後半生也算有靠。

「三丫頭，妳也辛苦了，回去休息吧。」

「孫女告退。」喬昭離開青松堂，回到住處沐浴更衣，接著去了何氏那裡。

何氏的兒子起名福哥兒，如今已四個多月，因早產瞧著比同月齡的娃娃個子小一些，分量卻不輕，看起來胖嘟嘟的，整日大半時間在睡覺，剩下時間都在吃奶，安靜乖巧，鮮少哭鬧。

「昭昭來啦。」何氏見女兒過來，喜笑顏開，招呼喬昭上前來。「快看看妳弟弟，他今天會翻身了呢。」

沒等喬昭說話，一個聲音就插進來：「福哥兒會翻身了？」

黎光文箭步衝過來，伸手就要去抱福哥兒，何氏輕輕拍了拍他的手背。「去淨手！」

何氏見黎光文忙著去淨手，搖搖頭，對喬昭埋怨道：「妳父親這麼斯文穩重的人，現在也變得毛躁了。」

喬昭：「呵呵。」父親大人斯文穩重過嗎？果然情人眼裡出西施。

喬昭伸手點點福哥兒的手。嬰兒的手肉嘟嘟的，手背上一個個小肉坑，讓人看了就想啃一口。感覺到喬昭的碰觸，福哥兒睜開了眼睛，小手一動握住了喬昭的手指。

何氏歡喜不已。「昭昭，妳弟弟稀罕妳呢。」

喬昭輕搖福哥兒的小手。嬰兒的手那麼小，卻用力握著她的，那黑葡萄一樣的雙眼好奇望著她，專注認真。喬昭心中忽然淌過一股暖流，與她牽手的，是她血脈相連的親兄弟呢。

這個小娃娃很快就會學會喊姊姊，等將來長大了，若是她在婆家受了欺負，還能站出來替她撐腰，把姊夫揍一頓。哦，這個好像有點困難。

想到這裡，喬昭不由笑了。福哥兒彷彿感知到喬昭愉悅的情緒，跟著笑起來。

「福哥兒真會翻身了？」淨過手換上家常衣裳的黎光文走了過來，一臉興奮。

黎光文越發興奮，伸手捏了捏福哥兒臉蛋。「福哥兒，翻個身給爹看看。」

「會了，今天上午福哥兒躺著躺著忽然就翻了個身。」

福哥兒嘴一癟，哇哇大哭起來。何氏一邊哄孩子一邊白了黎光文一眼。「哪有老爺這麼粗手粗腳的，嬰兒皮膚嫩，怎麼能捏呢？」

黎光文訕笑兩聲。黎輝出生時他還年輕，看著那麼小小一團手足無措，從來不敢捏的，哪裡知道小娃娃一捏就哭了。黎光文等福哥兒停止了哭泣，癟著嘴盯著自己瞧，便擠出個笑臉。

「福哥兒真厲害，翻個身啊。」

福哥兒癟癟嘴，又要開哭。何氏額角青筋跳了跳。「老爺，您還是出去吧。」

黎光文來了倔脾氣，往床邊一坐。「我還不信了，我是他爹，這小子敢不聽我的！」

他說著伸手在福哥兒小屁股上一拍。「福哥兒，翻身！」

「這麼點的孩子又聽不懂。」何氏撇撇嘴。可她話音才落，福哥兒居然一扭屁股翻過身去，成了小屁股朝天的樣子。

黎光文得意大笑，「看到了吧，我是他老子，他再小也得聽我的——」話沒說完，黎光文笑聲一停，一臉困惑。「咦，怎麼熱乎乎、濕乎乎的？」

「呀，福哥兒尿了。」何氏忙把福哥兒抱起來。

尿了黎光文一手的福哥兒吮著手指淡定看親爹一眼。

黎光文低頭看看手上那一泡尿，再看一眼吃手指的兒子，臉一下子黑了。「臭小子，今天要不教訓教訓你——」

「老爺還是先把手上的尿洗乾淨吧。」何氏淡淡道。

黎光文心塞地洗手去了。福哥兒格格地樂起來。

「對了，昭昭，妳今天去睿王府了？」何氏示意乳母把福哥兒抱下去換衣裳，拉著喬昭問道。

喬昭把緣由簡單講了一下，何氏撇撇嘴。「便宜黎皎了，孩子倒是無辜，可那丫頭心術不正，不是個好的。」她雖然是繼母，自嫁過來後也沒虐待過那丫頭，甚至因為黎家拮据，她用嫁妝銀子買吃買穿時從不少了繼女那一份，可有些人天生就是餵不熟的白眼狼。

她的昭昭幼時是個心思少的，就是被那丫頭三兩句酸話說得與她生分了，害她不知流了多少淚，還好現在昭昭回過味來，不然她們母女沒準要疏遠一輩子。

「那孩子是男是女？」何氏問了一句。

「女孩。」喬昭覺得好笑。母親和祖母問了同樣的問題，人們果真對胎兒性別永遠保持著旺盛的好奇心。

「真是好運氣。」何氏感慨一句，說起別的話題。

喬昭暗嘆口氣。如果黎皎也能如祖母與母親這麼想，少來尋她麻煩就好了。說實話，喬昭並不願與黎皎鬥，同府姊妹輸贏又如何，她有這個時間還不如與阿珠下幾盤棋。

睿王府一派喜氣洋洋，黎府人心安定，沐王府卻經歷了大喜大悲。

沐王還沒從睿王小妾孩子不保的喜悅中冷靜下來，很快就有安插在睿王府的暗棋來報：「王爺，睿王妾室的孩子保住了。」

「怎麼會保住了？不是說良醫正與太醫都斷言不行了嗎？」

「睿王親自去請了黎三姑娘。」

「孩子是她保住的？」沐王只覺不可思議，一拳捶在書案上，「難不成老天都站在老五那邊？莫名其妙冒出個小丫頭竟有如此醫術！」

暗棋把頭埋低。「王爺，屬下還有事要稟報。」

「說！」難道還有比睿王孩子保住更糟糕的消息嗎？

暗棋同情地看了沐王一眼，硬著頭皮稟報道：「黎三姑娘還替睿王其他侍妾把了脈，查出三名侍妾有了身孕……」

沐王身子晃了晃，險些栽倒。他果然太天真了，壞消息只有更壞，沒有最壞！不想活了。

四個有孕的小妾，這麼說老五的隱疾好了？那他先前算計著老五提前破戒，豈不是偷雞不成蝕把米？他當時要不是那麼算計，現在老五的那個小妾肚子裡也不會有幾個月大的小崽子了。現在可好，老五居然弄出四個小崽子來，也不怕得馬上風！

想到這些，沐王心都碎了。這樣一來再從老五子嗣上動手就太難辦了——

沐王在書房裡來回踱步，一個不注意撞到桌角，吃痛之下狠狠踹了花梨木桌腿一腳，眼中寒光一閃。不能對子嗣動手，那他就釜底抽薪，找機會要老五的命！

沐王越想越覺得這個主意可行。

不管老五折騰出多少孩子，只要老五一死，留下幾個吃奶娃娃有什麼用？難道父皇會繞過他這成年的兒子把皇位傳給孫子不成？沐王一屁股坐下，心情終於平復下來。

時間還有，只要在父皇去找前任錦鱗衛指揮使江堂喝茶前找到機會就好了。

沐王一時安分下來，如一條毒蛇伺機而動。

很快炎熱的夏天就過去了，明康二十六年的秋天格外涼爽，往年的十月京城人們這才剛剛換上夾衣，可今年這個時候居然就下雪了。到了十一月，大雪一場接一場，有了滴水成冰的勁頭，京中連出門閒逛的人都少了，除了必要的活動，全都縮在家裡取暖。

黎府現在有了冰娘留下來的兒子浩哥兒，還有何氏生的半歲多的福哥兒，再加上眼看就要生產的劉氏，自然把地龍燒得旺旺的，半點不吝惜炭火錢。

鄧老夫人望著屋簷下倒垂的冰凌嘆了口氣，與前來請安的喬昭閒聊：「今年冬天雪太多了些，明年春天恐怕要鬧水患。」

喬昭點點頭。雪水多可不止是鬧水患的問題，北齊人填不飽肚子，就算再畏懼大梁的冠軍侯，為了活下去也不會安分的。還有西姜那邊同樣地處西北，一個向來貧瘠的彈丸之地，天災之下日子同樣不會好過到哪裡去，北齊搗亂時跟著趁亂打劫是必然的。

這樣，邵明淵又要頻繁地領兵打仗了。喬昭有了這認知，忽然對明年的婚期憂心起來。

邵明淵比喬昭還要憂心。按著他對韃子的瞭解，每年二、三月正是他們最不安分的時候，而他與昭昭的婚期正是二月——只要這麼一想，邵明淵整個人都不好了。他一定和月老有仇！不行，他要想想辦法，若能破例讓昭昭今年底嫁過來就好了。

邵明淵那邊還沒有動靜，劉氏這裡突然就發作了。

劉氏身體底子好，先前又生養過兩個，在穩婆的協助下，不過兩個來時辰產房裡就響起了嬰兒嘹亮的哭聲。

「恭喜太太，您生了個哥兒，足有七斤重呢。」一屋子人圍著劉氏紛紛道喜。

劉氏吃力看一眼皺巴巴的嬰兒，突然哭起來。

「太太您別哭啊，仔細傷眼睛。」

劉氏抬手擦擦眼淚。「妳們快去向老夫人報喜吧。」

謝天謝地，當然更重要的是感謝三姑娘，她終於有兒子了，將來母女三人算是有了依靠。至於男人——呵呵，她現在有兒有女，還要男人幹什麼？能當飯吃嗎？

黎府又添新丁，鄧老夫人喪子的那點悲痛被沖淡不少，命婆子撒了不少喜錢出去，全府上下喜氣洋洋。劉氏順利生產，府中暫時沒有了需要操心的事，這種冰天雪地的日子喬昭便整日窩在炕上看書下棋打發時間，這一日從晨光那裡得到信兒，邵明淵在隔壁宅子等她。

喬昭穿好雪裘，換上鹿皮靴，帶著冰綠去了隔壁宅子。

邵明淵就等在大門口，一見喬昭過來忙握住她的手替她暖著。「當心路滑。」

連日下雪，哪怕院中積雪被掃至兩旁，空出一條乾淨的青石小徑，邵明淵還是提醒道。

「這天可太冷了。」進屋後熱氣撲面而來，喬昭解下大衣裳，沒等冰綠伸手就被邵明淵順手接過掛在衣架上。

「凍壞了吧？」邵明淵用雙手攏住喬昭的手，輕輕搓了搓。「怎麼不捧個手爐呢？」

「就這麼兩步。」

邵明淵遞了個眼色，晨光見狀對冰綠笑笑。「冰綠，咱們去堆個雪人怎麼樣？」

「幼稚，我又不是小孩子了。」冰綠嫌棄地撇撇嘴。

晨光眨眨眼。「用黑瑪瑙當雪人眼睛怎麼樣？我還收集了一塊紅寶石，挺適合當嘴巴。」

「走！」

見晨光把冰綠哄走了，邵明淵滿意笑笑，拉過喬昭坐下來，給她倒了一杯熱茶。

喬昭捧著茶杯喝了一口，笑問：「有事嗎？」

這麼冷的天，依她對邵明淵的瞭解，若不是有事，應該不會要她出門。

「有兩件事。」

喬昭握緊杯子，看著邵明淵。

「第一，我真的想妳了。」

見某人用一本正經的語氣說著不正經的話，喬昭輕咳一聲。「說正事！」

「這就是最緊要的正事啊。」邵明淵頗委屈。他這麼正經的人，什麼時候不說正事了？

「那第二呢？」

這次邵明淵沉默了一下，才試探問道：「昭昭，咱們提前成親怎麼樣？」

喬昭一怔。「我二叔過世還不到一年——」

「這個妳不用管，只說願不願意與我早些成親？」

喬昭想了想，輕輕頷首。既已認定眼前人，她自然希望順順利利嫁過去，別再出任何波折。

一見喬昭點頭，邵明淵喜不自禁，把她拉過來在唇上親了一口。少女的唇芬芳柔軟，他輕觸了下不敢再繼續，默默壓下升騰的火氣，嘴角輕揚，「昭昭，那妳就等著做新娘子吧。」

喬昭微微一笑。「那我等著。」

二人對視片刻，邵明淵忽然想到了什麼。「昭昭，妳繡好嫁衣了沒？」

喬昭嘴角笑意一滯。這時候能不能別問這麼掃興的問題？還讓不讓人開開心心備嫁了！

邵明淵揉揉臉。好像說錯了什麼！

「嗯，其實嫁衣那麼複雜，咱們找繡娘繡就好了，沒有老一輩的講究。」

喬姑娘點頭。某人還算識趣。

「那蓋頭呢？」

喬昭：「……」不嫁了！

二二四　皇帝作媒

明康帝心情越來越糟糕，失去了閉關的樂趣感覺人生都灰暗了。

「魏無邪，去把天師請來。」忍了許久，明康帝終於按耐不住，想找張天師來給算算能閉關的良辰吉日。

不多時身穿八卦袍的張天師趕了過來，明康帝面對張天師時臉色遠比面對其他人好看，甚至還對他親熱招招手。「天師快來。」

張天師一臉淡定走過去見禮。

「天師，朕近來閉關頗多不順，還請天師給朕算算，看下一次閉關什麼時候合適。」

張天師點點頭，雙眸微闔，掐指算起來。

「如何？」見張天師睜開眼睛，明康帝迫不及待問道。

張天師搖搖頭。「皇上，近來不宜閉關。」

「那什麼時候適宜？」

「今明兩年不宜閉關。」

明康帝眼前一黑。「天師可有破解之法？」這麼久不能閉關，這日子沒法過了。

「容貧道卜上一卦。」張天師取出三枚古錢置於手心搖上幾下，把銅錢撒在桌面上，如此數次，肅容道：「此乃巽卦，卦形為山下有險，仍不停止前進。」

明康帝一聽整個人都不好了。這是說他要是堅持閉關，又要倒楣？

「不過——」

一聽「不過」二字，明康帝精神一震，熱切望著張天師。

張天師依然一副世外高人的模樣。「不過若行動合宜，便能轉為通達。此卦暗隱姻緣，也就是說皇上若把這次閉關日期訂在他人大喜之日，借他人之喜生己方之喜，便可高枕無憂了。」

明康帝眼睛一眯，摸了摸稀疏的鬍子。「這麼說，朕要當媒人了？」

張天師沒有作聲。

「什麼人都可以？」明康帝再問。只要能讓他趕緊閉關，就算現在把女兒嫁出去都行。

「人選並無限制，只是所選之人不能勢弱，若是平頭百姓大婚難以撐起天子借喜。皇親國戚、朝中臣子皆可。」

「容朕想想。」明康帝琢磨起來。他現在還有個女兒沒出閣，老五亦沒有正妃，但既然是借喜，他要是把子女的「喜」給借走了，那子女不就受影響了？

雖說比起自己的長生大道這也不算什麼，不過天師說了朝廷官員亦可，既然能禍害外人，咳咳，不對，既然能施恩臣子，皇子公主就不必摻和了。選誰合適呢？

「魏無邪——」

「奴婢在。」

「把朝中官員及勳貴的花名冊給朕呈來。」

兩刻鐘後，魏無邪抱著高高一疊冊子走進來，身後還跟著幾個小太監，同樣各自抱著一疊。

明康帝嘴角一抽。「把尚未婚配的給朕挑出來。」

這工作量就大了，魏無邪叫了幾個小太監一起趕工，忙碌了半個多時辰才把整理好的兩份名單呈給明康帝。

「就這麼點人？」明康帝先看了列有朝廷官員的名單。

魏無邪滿是無奈，卻不敢表現出來。「回稟皇上，朝中官員大多年齡在三十歲以上，極少數尚未娶妻的主要是新科進士。」

明康帝聽得直皺眉。新科進士中的狀元郎不過授了從六品修撰，這些人能有什麼氣勢？萬一影響他閉關效果怎麼辦？明康帝正嫌棄著，魏無邪補充道：「因著咱們大梁有榜下捉婿的傳統，這些尚未娶妻的新科進士親事大多也定下來了。」

「那這些呢？」明康帝拿起另一份名單，這份名單倒是密密麻麻，「韓國公的孫子，長春伯的幼子……他們都幹著什麼差事？」

魏無邪扯了扯嘴角。「大多沒有差事……」都是些靠著祖宗基業吃喝玩樂的紈綺子，能有什麼差事啊，皇上總給他出難題。

明康帝沉默了。本以為當一次媒人是再簡單不過的事，誰知竟這麼麻煩，果然諸事不順！

「就沒有位高權重尚未娶妻的勳貴或重臣？」

魏無邪乾笑。皇上您真會開玩笑，要是還有這樣的人，他都恨不得生個女兒嫁過去了。不對……似乎真有這麼一個人！

「皇上，奴婢想起一個合適的人。」

「誰？」

「冠軍侯。」

明康帝眼睛一亮。對啊，他怎麼忘了那小子！

「冠軍侯與那個黎……」

「黎三姑娘。」魏無邪接上。

「嗯，就是他們，訂親多久了？」

「有一年了。」若說別人，魏無邪不見得能立刻說出訂親之日，但身為東廠提督，對冠軍侯的事自然盯得緊。

「婚期呢？」

「明年二月。」

「傳朕旨意，賜婚於冠軍侯與黎氏女，著他們七日後完婚。」

「是。」魏無邪早已養成了無論皇上說出什麼離奇的話都不動聲色的沉穩。

「去吧。」明康帝閉上了眼。

還要等七天，真是度日如年，是不是該收回旨意改為三日呢？

黎府接到魏無邪親自來宣讀的賜婚聖旨後都懵了。

為什麼會賜婚？皇上是吃飽了沒事幹，專門盯著臣子家的婚喪嫁娶嗎？

「黎三姑娘，接旨吧。」魏無邪淡淡提醒一聲。

鄧老夫人這才如夢初醒，神色複雜看著孫女接過聖旨。這突如其來的賜婚到底是什麼意思？等魏無邪一走，鄧老夫人立刻問道：「昭昭，妳可知道這是怎麼回事？」

喬昭眨眨眼。還能是怎麼回事，某個厚臉皮的迫不及待想娶媳婦了唄。

當然這話是不能和祖母等人直說的，喬昭彎了彎唇角道：「孫女也不知道為何，大概是要派庭泉再次出征，為了安撫人心，讓他早日完婚吧。」

這個理由倒是合理，鄧老夫人想了想，嘆道：「早日完婚也好。」

武將不同於文臣，各種難料的事情太多了，既然兩個孩子兩情相悅，還是早些成全他們吧，有這道賜婚聖旨在，也不怕別人說三丫頭喪期未滿的閒話。

鄧老夫人默默說服自己，何氏卻不幹了。「七日？七日時間哪夠啊，那麼多嫁妝還沒準備齊呢！對了，昭昭，妳那紅蓋頭繡出來了嗎？」

喬昭：「……」不提這個話題，她還能當個愉快的新娘子。

「哎呀，原想著還有三個月呢，妳練練手好歹能把蓋頭的邊給鎖了，現在只有七天時間，要不妳先把布裁出來吧，我感覺這不大難。」

賜婚聖旨傳下這日，黎光文正與上峰下棋，還圍著三五個觀棋的同僚。聽到府上小廝報信，黎光文黑著臉問：「七日後就成親？不會聽錯了吧？」

小廝臉都嚇白了。大老爺說話真不講究，這可是賜婚，誰敢多嘴啊，竟然說聽錯了。

「沒有啊，大老爺您趕緊回府吧，老夫人還等著您回去商議呢。」

「好，我這就回去！」黎光文把桌子一掀，拔腿就跑。

一枚棋子彈起來，打到上峰腦門上。上峰揉了揉額頭，臉瞬間黑成鍋底，幾名同僚面面相覷，想笑又不敢笑，只得低頭強忍著。上峰放開手，暗暗吸了口氣。他不和那個走了狗屎運的棒槌計較，要不是撞上冠軍侯那樣的女婿，他非要讓那棒槌知道什麼叫上峰的威嚴！

「都散了吧。」

眾人一哄而散。翰林院本就是閒得發慌的地方，有了這麼個八卦立刻傳揚開來。

喬墨回到衙門時正好聽到這些議論，不由腳步一頓。皇上賜婚大妹與冠軍侯，並命他們七日後完婚，這是怎麼回事？顯而易見，邵明淵對喬墨沒有吐露半點婚期會提前的事。

一見喬墨過來，議論聲一停，眾人看向他的眼神有些微妙。身為冠軍侯的大舅子，現在妹夫要娶新人了，不知心裡是什麼感覺？

喬墨剛進翰林院數月，本來與同僚們關係頗好，卻隨著內閣次輔許明達叫他去內閣當差而改變了。三年一批的新科進士們各自分配後，或是進翰林院當庶起士，或是去六部等處觀政，這些觀政進士練習政務數月，這時已經陸續分配到全國各處上任，唯有入選翰林院的庶起士要混滿三年才會授官。

可是現在問題來了，有些忙碌的衙門需要聽話懂事的新人做些打雜瑣事，觀政進士們一走，長官就把目光放到了新鮮出爐的庶起士們身上。沒辦法，一直升不上去而留在翰林院的那些老傢伙們都學油了，用起來不順手，所以這些新出爐的庶起士時不時就會被某個衙門借去幫忙。

喬墨是狀元，直接授了翰林修撰的官職，一般的衙門不好差遣，沒想到竟得了次輔青眼，叫他去內閣做事了。能去內閣打雜，這可是大好的差事，長見識不說，若是趁機贏得閣老們好感，平步青雲指日可待，說不準用不了二十年就能入閣封相了。

這喬墨真是好運，還是出身好，誰讓人家是大儒喬拙的孫子呢，當今次輔許明達與喬拙可是同科。只是不管眾人如何暗暗勸慰自己，心裡卻頗不是滋味，再看喬墨就沒那麼親熱了。

喬墨經歷一場家中巨變，早就由原先那個不理俗事的清貴公子變成了心思縝密之人，哪裡不明白這些變化。他對此只是一笑，照舊笑意對人。

同科情誼固然不一般，可隨著祖父過世，那些情誼還能剩幾分？若是舉手之勞任誰都樂得相幫，但冒著得罪蘭首輔的風險叫他去內閣長見識，這就絕對不一般了。

喬墨思及此處，心情有些複雜。

許閣老提攜他，原因再明顯不過，因為他應下了與許家的親事。

他現在還在孝期，議親自然不能提上日程，但這種事一旦應下了，便成雙方心照不宣之事，將來自是沒有反悔的道理。喬墨現在心思全被妹妹突然被賜婚一事給填滿了，忙去找上峰告假。翰林院任誰都知道這位新科狀元郎前途無量，上峰自然沒有為難，痛快准了假。

喬墨匆匆趕回冠軍侯府。

賜婚聖旨有兩道，一道去黎府宣讀，一道去冠軍侯府宣讀。喬墨趕回去時，宣旨太監已經走了，整個侯府喜氣洋洋，下人們擼著袖子開始掃灑，甚至一些親衛都加入了。

「公子小心腳下。」見喬墨走得飛快，掃地僕人提醒道。

喬墨直奔邵明淵住處，一眼見到邵明淵面帶喜色站在院中賞雪，直接問道：「庭泉，賜婚是怎麼回事？」

邵明淵笑意一收，一臉無辜。「嗯？」

「我剛剛回翰林院，聽翰林院的同僚們在議論皇上給你們賜婚的事。」

「是啊，我剛剛接到賜婚聖旨都懵了，現在還覺得在做夢。」

「這麼說你事先也沒聽到風聲了？」

邵明淵誠懇點頭。反正打死都不能承認，讓舅兄知道他沒堅持到昭昭及笄就要把人娶回家，挨白眼是肯定了。

喬墨眉頭一皺。「那位這是何意？」

「或許是覺得我領兵打仗辛苦了，特賜婚以示皇恩吧。」

喬墨想了想，似乎也沒有更合理的理由了，只得接受。

「只要那位別動別的心思就好。」

邵明淵嘴角輕揚，淡淡一笑。當然不會動別的心思，等他與昭昭大婚那日，皇上就閉關去了，再清淨不過。說起來，七日真的好長，皇上居然不是訂在三日後，還真出乎他意料呢。

另一邊，黎光文腳底生風回到黎府，卻發現找不到鄧老夫人與何氏，只得抓了個婆子問：「老夫人她們呢？」

婆子笑道：「主子們都忙著安排三姑娘婚事去了，老奴給大老爺道喜了。」

黎光文白眼一翻，拂袖而去。喜屁啊，他水靈靈的閨女馬上就要是別人家的了！

而錦鱗衛衙門中，得到消息的江遠朝在書房中枯坐許久，沒有說話。

外面滴水成冰，屋中卻暖如春日，他穿了件青色夾薄棉的修身袍子，襯得人清如玉，卻比去年春日消瘦多了。江鶴見狀轉了轉眼珠，沒敢吭聲。天要下雪，心上人要嫁人，誰都攔不住，反正總要傷心的，還是趕早不趕晚吧。

許久後，江遠朝站起來，抬腳往外走去。

「大人，衣裳——」江鶴拿起搭在屏風上的大氅追出去。

一出門口，刺骨寒風就迎面吹來，薄薄棉袍自然擋不住，江遠朝打了個寒戰，卻沒接江鶴遞來的大氅，大步走到院中樹下眺目遠望。

「大人，您趕緊穿上大衣裳吧，不然要凍壞的。」

「冬天一年比一年冷了。」江遠朝輕嘆著說了一句，披上大氅，心底那股寒意卻久久不去。

七日時間，確實太匆忙了些。

黎府上下忙得昏天暗地，總算在催妝日到來之前把一切安排妥當。

何氏累得靠在熏籠上拿帕子不停擦汗，對心腹婆子方媽媽道：「還發愁我生福哥兒長的這一身肉什麼時候掉下去，沒想到忙活這幾天身子都輕了。」

方媽媽端來蜜水給何氏潤喉，勸道：「太太也要仔細身體。」

何氏笑了，眼中閃著光芒。「再累也值了，這輩子也就嫁這麼一次女兒。」

到了她這個年紀，有了福哥兒已經是天大的造化，不會奢望再有孩子了。她的昭昭值得這世上最好的，她當然要把陪嫁準備得足足的，讓所有人都挑不出毛病。

何氏雖然沒什麼城府，卻有著土財主家的女兒源於本能的敏銳。

那些認為黎府窮得吃土的人家全都等著看笑話呢，別的事上她沒法子，至少在陪嫁上要讓那些人沒話說。嗯，她就喜歡拿錢讓那些愛嚼舌根的人閉嘴。

不出何氏所料，到了催妝這日，京城各府都盯上了黎府。

「嘖嘖，今天可有熱鬧看了，看黎家給女兒備了什麼嫁妝吧。」

「是呀，雖說高門嫁女，低門娶婦，可兩家差得也太懸殊了些，一個是堂堂冠軍侯，一個卻是小小翰林修撰的女兒。對了，翰林修撰月俸多少來著？」

「三石還是五石吧，反正能養活自己就不錯了。」

因著黎光文嫁女兒，不少同僚也來看熱鬧，聽到這些議論頓時黑了臉。什麼三石五石，他們明明月俸八石，一下子砍了一半還多，忒瞧不起人了！

「我看你們都說錯了，沒準侯府那邊嫌丟人，偷偷給女方塞銀子呢。」

立刻有人反駁道：「哪有這樣的規矩啊，訂親後男方給女方塞銀子可不吉利。再說了，他們是聖上賜婚，婚事這麼急，就算塞銀子也來不及置辦那些好東西啊。」

許多人家嫁女兒都是從女兒出生後就開始準備了，越是富貴人家越講究，像做工上好的花梨木拔步床等陪嫁可不是一、兩年能做出來的。

「哎，不管怎麼說，人家是聖上賜婚，陪嫁裡有上那麼一、兩件御賜之物就足夠體面了。」
「這倒也是，反正黎家是修了八輩子福氣，才養出個侯夫人來。」
「不止是侯夫人吧。」有人插了一句。
「怎麼說？」
「你們莫非忘了，冠軍侯是鎮遠公遺孤啊，人家其實是國公爺了。」
二十年前鎮遠侯一案翻案後便被明康帝追封為鎮遠公，不過明康帝比較講究，覺得親封的冠軍侯威風又吉利，能鎮得住那些韃子，便暫時沒有改稱呼，但邵明淵的一切待遇與國公無異。
聽人提起這個，看熱鬧的人又是一陣感嘆。
忽然一陣騷動，不少人往前擠了擠。
「出來了，出來了。」
很快地，披紅掛彩的嫁妝從杏子胡同一箱箱抬出來，頭一抬是一對御賜玉如意，光是這對玉如意就是許多人家想求都求不來的。天子賜婚，百年如意，對新人沒有比這更好的祝福了。緊跟著的則是十個妝奩盒子，盒子半敞，各放了一塊土磚。圍觀的人們看了一眼，齊齊倒抽涼氣。
按著大梁風俗，這樣尺寸的一塊土磚代表的可是一百頃良田，十塊土磚就是良田千頃。
看熱鬧的人中，有一人已是一臉癡迷，喃喃道：「我做夢都想著是個土財主家的少爺，家有良田千頃，坐擁美婢無數，沒事還可以上街調戲一下水靈靈的小姑娘。沒想到這麼多年我還在做夢，人家女兒一出嫁就把我的美夢給實現了……早知道幾年前我就向黎家提親去！」
旁邊小夥伴拉了拉那人。「快把口水擦擦吧，別胡思亂想了。」癡心妄想是病，得治！
再往後則是各式金銀器物，金飛魚壺、金盤碗杯爵、銀火爐等等，滿滿數抬幾乎壓彎了扁擔，竟然金多銀少，緊跟著的是綾羅綢緞、各式屏風、琴桌、畫桌等物。

看熱鬧的人不由瞪大了眼睛。

「不是說黎府窮嗎，這些良田和金銀器物都是哪來的？」

「看成色，這些金銀器物可不是新打的，應該有十幾年光景了，都是難得的好東西呢。」

千頃良田和有年頭的老物件可不是臨時能買到的，說明先前人們對男方私下給女方銀錢撐場面的猜測不做準。

「天啊，竟然有一百餘抬嫁妝，這規格僅次於嫁公主了吧？」

一旁的人趕忙拽了那人一下。「看熱鬧，別胡說。」滿京城的人都好奇黎府送妝，看熱鬧的人多了，那些錦鱗衛可就出動了，有些話還是放在心裡好。

這時有人輕「咦」一聲。「你們說後面那十幾抬箱子裡是什麼？瞧著一模一樣的。」

在嫁妝隊伍的最後面是十八個大小、材質一致的樟木箱子，皆繫著大紅綢緞，卻因為沒有敞開引起了一些人的好奇。

「呵呵，我看那些箱子裡估計隨便放了些東西，前面那些嫁妝已經夠驚人了，這些箱子裡要是實打實的好東西，黎家莫非有金山銀山不成？」

是什麼，看看不就知道了。人群中一名遊俠打扮的男子興味盎然看著熱鬧，聽到人們的議論，手指一彈射出一枚石子，正好打在抬著箱子的一名家僕腿上。那名家僕一個趔趄險些栽倒，本來蓋好的箱子隨著這麼一顛簸箱蓋張開，幾錠銀子滾落出來。

場面忽然一靜，看熱鬧的人彷彿被施了仙術定住，保持原本的動作神情，張大嘴巴盯著敞開的樟木箱子瞧。箱裡堆著白花花的銀錠，因為堆得太滿，所以顛簸那一下才把箱蓋衝開了。

家僕忙把掉在地上的銀錠撿起來，蓋好箱蓋重新啟程。直到送妝的隊伍走遠了，看熱鬧的人還如墜夢中。十幾箱堆得冒尖的銀錠子，誰家女兒的壓箱錢有這麼大的手筆？

「你們說，那些箱子裡會不會還有金子？不瞞你們說，在那十八個樟木箱子前邊，我還看到六抬橡木箱子。」

眾人都沉默了。似乎沒有什麼不可能！

送妝的隊伍很長，幼童追在隊伍後面追逐嬉戲，灑下一片歡聲笑語，看熱鬧的大人卻被這大手筆的嫁妝震得好一會兒回不過神來。

「說起來，黎家真邪性，得了個冠軍侯當女婿不說，你們還記得去年吧，黎家一大家子鬧到錦鱗衛去，結果全身而退——」

旁邊人猛然咳嗽一聲打斷了那人的感慨。

這時有個頭髮花白的老者開口了：「黎家邪不邪性先不說，黎家大房嫁女兒有這樣的手筆倒是不稀奇。」

「怎麼說？」眾人好奇心更勝，紛紛問道。

老者捋了捋鬍子。「你們這些後生不知道，當年黎家西府的大老爺娶繼室，本來不少人家等著看笑話的，結果新嫁娘十里紅妝，整個京城都轟動了。所以說啊，老漢早就料到他家嫁女兒寒酸不了。」

「那黎三姑娘的母親什麼來歷啊，怎麼這樣豪富？」眾人追問起來。

黎府中，小丫鬟們眉飛色舞議論著三姑娘豐厚的嫁妝，何氏笑瞇瞇聽著，只覺神清氣爽。

方媽媽忍不住道：「太太真是疼姑娘，還有福哥兒呢。」

何氏睨了她一眼，抱起兒子親了一口。「我的福哥兒將來長大了可不許說娘偏心，娘跟你說啊，女子的陪嫁就該留給女兒，兒子要自個兒爭氣，努力讀書，以後給娘掙個誥命回來。」

福哥兒自然聽不懂，但最熟悉的母親這樣親他，不由格格笑起來。

何氏抿嘴笑了。「方媽媽妳看，福哥兒同意了。」

方媽媽：「……」欺負半歲大的孩子好意思嗎？

何氏自然給福哥兒留了一份，雖然沒有給女兒的多，但足夠將來體面娶妻。

「哎呦，小公子尿了。」方媽媽伸手往包被裡摸了摸，忙把福哥兒接過去換尿布。

何氏得了閒，捧著一杯蜜水慢慢喝著，思緒一時飄到了別處。

她的父親雖只是個沒有一官半職的土財主，卻很會經營，到她長成時家中已有良田千頃，銀錢車載斗量。她是獨女，又嫁到了書香門第，父親唯恐黎家看輕了她，當年幾乎掏空了家底給她做陪嫁，為此還和親戚族人鬧了很大不愉快。

說起來，她正是因為手頭寬裕吃得好喝得好，才熬過老爺那些年的冷淡，而這多虧了父親的疼愛。現在到了她嫁女兒的時候，她當然也要給女兒最好的，這樣的話，即便最初認定的良人多年後不再靠得住，女兒至少還有很多很多錢。

唉，很快女兒就要去別人家了，不能每天再來給她請安，想著還真傷感呢。

尚在坐月子的劉氏聽著丫鬟一臉興奮描述著三姑娘送妝時的風光，臉上笑意越濃。四姑娘黎嫣皺眉把丫鬟趕出去。「太太還在養身體，別吵著太太。」

「娘不嫌吵，聽著這些怪高興的。」

黎嫣忍了忍，因著屋內沒有了旁人，便問道：「娘，您就不擔心嗎？」

「擔心什麼？」

「三姊出嫁如此風光，都是因為大伯娘有錢，等到了我們——」說到這裡黎嫣臉一紅，卻因為驟然喪父這幾個月來成熟許多，在親娘面前沒有什麼放不開的。「等到了我和妹妹出閣，與三姊嫁妝懸殊，別人定然說閒話的，女兒怕您著急……」

劉氏噗哧一笑。「傻丫頭，娘著急什麼，娘只有高興的份兒。」

黎嫣困惑眨眼。劉氏見女兒一臉懵懂，耐心解釋道：「妳們沒了父親，將來議親要比別人艱難，倘若妳三姊出閣寒酸無比，旁人更加認定咱們黎府底子薄，對妳們的親事更不利。現在妳三姊的嫁妝閃瞎了那些人的狗眼，等到了妳和妳妹妹議親時那些人就會高看一眼了。」

黎嫣恍悟，劉氏見狀抿嘴笑笑。「所以娘幹嘛著急呀，妳們是一個府的姊妹，一損俱損一榮俱榮，旁人說些閒話怎麼了，真正得到實惠的可不是他們。」

說到這裡，劉氏正色道：「嫣兒，妳記住，遇到事情先看好的方面，心寬路才寬。」

「娘，我明白了。」

「還有一點更要記住。」

「您請講。」

「跟著妳三姊走準沒錯。」劉氏頓了一下，認真叮囑，「這一點比先前那一點還重要。」

黎嫣：「……」娘把一小半嫁妝都給了三姊添妝，她其實是知道的！

黎家嫁女十里紅妝，很快成了京城中人茶餘飯後津津樂道的話題。

睿王去了黎皎那裡，神色有些複雜。黎皎很快就要臨產了，終於安安穩穩到了現在，先前得知其他侍妾有孕而產生的情緒波動早已穩定下來，甚至因為無需再提心吊膽，越發體貼。

「王爺怎麼了？」

睿王感慨嘆氣。「皎娘知道妳三妹因為賜婚而婚期提前的事吧？」

黎皎心中一動，擺出關切的模樣。「妾聽說了。三妹的婚事莫非因為太倉促出了什麼紕漏？」

祖母上了年紀，父親是個拎不清的，繼母又是個蠢的，婚期這麼急鬧出笑話來一點都不奇怪。呵，她還真想聽聽究竟鬧什麼笑話了，她已經入了王府當妾，能不能站穩腳跟，關鍵在她肚子裡的孩子，至於娘家如何都無所謂了，反正他們也沒真心疼過她。

睿王失笑，安慰道：「皎娘不要擔心，妳娘家不只沒有鬧出笑話來，反而風光無限呢。」

黎皎心中一沉。

「妳三妹的嫁妝連本王都吃驚，良田千頃，金銀無數，足有一百多抬，名副其實的十里紅妝。」沒想到黎氏娘家比他想得富足，可惜了，若早知如此，應該按側妃之禮把黎氏抬進來的。有個那樣的皇上老子，皇子的日子也不好過啊。

「皎娘，妳怎麼了？」

「我、我肚子疼……」黎皎神情蒼白。

「穩婆，快叫穩婆過來！」睿王大喊。

睿王府中早安排了七、八個穩婆候著，聽到傳喚全都趕了過來，黎皎被扶進產房，折騰了數個時辰後終於順利生產。

「男孩還是女孩？」黎皎渾身濕透，像是剛從水裡撈出來，眼中閃著光虛弱問道。

男孩、男孩，一定會是男孩！儘管從有孕以來黎皎就強烈預感會是個哥兒，可真到了這一刻，她還是緊張無比，竟覺得比生產時還要虛脫。

產房中靜了靜。

「到底是男孩還是女孩？」黎皎心驀地一沉。

「恭喜姨娘，是個小郡主。」

「不可能，絕對不可能！」黎皎猛然坐了起來，把眾人駭了一跳。

「姨娘，您剛生產，可不能亂動啊。」

黎皎眼睛瞪得大大的，直勾勾盯著說話的人，像是要把人吞進肚子裡去。「把孩子抱來給我，把孩子抱來給我看看！」

「姨娘，小郡主已經抱走給王爺看了。」

「妳們一定是在騙我，把孩子給我抱來！」黎皎聲嘶力竭喊者，因為產後虛弱，聲音落在眾人耳邊並不大，但其形容可怖的模樣卻讓人頭皮發麻。

眾人面面相覷。這位姨太太莫不是得了失心瘋吧？怎麼這麼想不開呢？

以前王府雖然有過小郡主，可是沒站住，真的算起來，現在降生的小郡主就是王府長女了，即便比不上小王孫，也比後面再生的小郡主體面太多。有了王府長女傍身，這位姨太太一輩子都有靠了，咋這麼不知足呢？

「孩子，我要看孩子！」黎皎歇斯底里，用力推搡身邊的婆子。

一股熱流汩汩湧出，眼尖的婆子驚叫起來。「不好啦，姨娘血崩了——」

睿王正一臉欣喜看著剛出生的女兒，雖說剛一聽到是個女孩有些失望，但很快失望就被喜悅取代了。女孩怕什麼，後面還有三個侍妾要生呢，總不可能全都是女孩。他現在一子半女都無，女孩也會當成掌上明珠，這可是他盼了幾年來的第一個孩子呢。

「恭喜王爺，小郡主真漂亮。」

睿王樂呵呵點頭。「是啊，看這小鼻子小嘴，眼睛又大又亮……」一大串讚美閨女的詞不要錢般往外冒。眾人見王爺沒有因為生的是小郡主就不高興，全圍著討賞錢。

這時產房內一陣騷動傳來，睿王不由皺眉。「鬧騰什麼？當心驚著小郡主。」

一名婆子神色慌張出來。「王爺，姨娘血崩了！」

「血崩？」睿王望了產房一眼，又低頭看看剛降生的女兒，對為他誕下孩子的人到底存了幾分疼惜，吩咐道：「給本王竭盡所能救治，姨娘若平安無事，本王重重有賞！」

睿王府中有人歡喜有人愁，到了冠軍侯府就全是喜氣洋洋了，大到侯府門前的石獅，小到月亮門旁一株桂樹，全都繫上了紅綢。

女方的家資已搬來列於廳堂任人觀看，披紅掛彩的器物給這偌大侯府更添幾分喜色。

邵明淵看著一箱箱金銀錠子摸了摸下巴。難怪以前他送銀子給昭昭，她一臉無動於衷，敢情媳婦不差錢。想到「媳婦」兩字，邵明淵的心彷彿浸了蜜，從內到外甜絲絲的，彎唇傻笑起來。

「侯爺，老侯爺來了。」

邵明淵出去相迎。經過一次牢獄之災，靖安侯明顯老邁許多，鬢角頭髮幾乎全白了，但精神頭卻不錯的。

「父親，您來了，快進屋坐。」

對靖安侯，邵明淵打心底感激敬重，忙上前一步攙扶住養父往內走去。

靖安侯拍拍他的胳膊。「扶什麼扶，我還沒走不動路呢。」

父子二人進了屋中，脫鞋上炕。燒得暖暖的熱炕頭立時把寒氣一掃而空。

「父親，您喝茶。」

靖安侯接過茶杯喝了一口，長長舒了口氣，笑道：「總算是盼到你成家了。」

二十餘載的擔心受怕，如今總算是守得雲開見月明。

「兒子能有今天，都是父親的功勞。」

靖安侯有些慚愧。「為父沒做什麼，這些年讓你受委屈了。」

看著養父蒼老面龐，邵明淵心中發酸，真心實意道：「您別這樣想，您已為我做太多了。」不是任何人都能為了保住忠臣良將的血脈，拿全族人安危做賭注，甚至因為他，導致夫妻反目、父子隔閡。他的身世曝光前，養父送走了大嫂、長孫與三弟，獨獨留下大哥一起入獄，現在大哥對父親明顯有了心結。

靖安侯眼角一熱，忙低頭喝了一口茶才平靜下來，笑道：「你成親娶妻，我就徹底放心了。」想了想，又補充道：「還是要盡快生幾個娃娃來，好讓你父母九泉之下跟著高興。」

「兒子盡力。」邵明淵笑道。

靖安侯猶豫了一下。兒子雖說二十好幾了，還成過一次親，但沒洞房就出征了，而以他對這個兒子的瞭解，領兵打仗時定不會亂來的。這麼說……

靖安侯深深看了邵明淵一眼。

他到底會不會啊？這種事按理說成親前是要安排人教的，但娶喬氏女時明淵匆匆奉旨回京成親，既來不及安排也無人給他安排，而現在靖安侯府管家的是大兒媳婦，總不能讓當嫂嫂的操心這些吧？這麼說，還是得他來。

靖安侯想到這些就頭疼。他一個大老粗怎麼知道如何委婉詳細把這種事講給兒子聽啊，這不是為難人嘛。

一把年紀的靖安侯抓了抓頭。要是長子與次子關係好，這事當哥哥的來說最合適了。

一想到還有這麼艱鉅的任務在身，靖安侯都沒心思喝茶了，起身下炕。「為父想起還有事要辦，過會兒再過來。」

「您去忙吧。」邵明淵親自把靖安侯送出侯府大門，扶著他上了馬車。

半個時辰後，親衛進來稟報：「侯爺，老侯爺又來了。」

邵明淵睇了親衛一眼，警告道：「注意你的用詞。」

父親大人短短時間內跑過來兩次，難道就是找他閒聊天嗎？

又一次把老侯爺迎進來，脫鞋、上炕、奉茶一套走了一遍，邵明淵還算沉得住氣，沒有主動相問。可靖安侯就沉不住氣了，養子馬上要洞房花燭了，要真不會，豈不是要鬧出笑話。

「咳咳，明淵啊——」灌了兩杯茶後，靖安侯終於開口。

「父親有什麼吩咐？」

看著養子一本正經的臉，靖安侯剛鼓起的勇氣瞬間消散了，輕咳一聲道：「咳咳，為父尿急，先去個淨房。」

邵明淵愣住了。究竟有什麼不好辦的事，父親居然尿遁？難道靖安侯府缺銀子？

沒過多久，靖安侯磨磨蹭蹭回來了。

「父親是不是有什麼事？您要是遇到難處就和兒子說，兒子能辦好的一定幫您辦。」

靖安侯一臉複雜點頭。「確實要靠你自己了。」

他還是說不出口，直接把祕笈給兒子好了。靖安侯從袖中抽出一個小冊子往邵明淵懷中一塞。「有不懂的再問，為父先回去了。」

話音落，老侯爺轉身就走，因為動作太急險些撞到門框上。

「父親，您小心。」邵明淵顧不得看小冊子，連忙扶住，再一次送靖安侯出門上車，直到馬車消失在街頭拐角才轉身回去。

父親給了他什麼？邵明淵淡定地從懷中掏出小冊子，就見小冊子包著個牛皮紙書皮，書皮一看就是沒做過細活的人匆匆包上的，上面竟連書名都沒有。邵明淵越發好奇，伸手一翻，而後一張臉迅速紅成了煮熟的蝦子。

內容太多，這一眼實在讓他這個大齡未婚的人猝不及防。

「將軍，您沒事吧？」一旁親衛關切問道，眼睛不由往邵明淵手中小冊子瞄去。

邵明淵忙把小冊子闔攏放入懷中，輕咳一聲道：「無事。」

年輕將軍懷中好似揣了個火爐子，甩開大長腿往前走去。

兩名親衛對視一眼，其中一人忽然擠擠眼。「你們猜將軍手裡是什麼？」

「沒看到啊，還沒來得及瞧就被將軍收起來了。」

「嘿嘿，我知道！」這話一出，不遠處豎著耳朵聽的幾名親衛也圍了過來。「說說到底是啥啊，剛剛將軍臉色都變了。」

「不會吧，你剛剛離著將軍比我還遠呢，我都沒瞧見，你能瞧見？」

「不用瞧，我大哥成親前我偷摸看到了，也是這麼大小的小冊子包著書皮，所以我遠遠看了一眼就知道是什麼了。」

「別賣關子了，快說吧。」

「是——將軍！」

眾人紛紛不解。「什麼是將軍？」

「將、將軍……」

邵明淵板著臉看著八卦的親衛們。「怎麼不說了？」

眾親衛大驚，迅速往兩邊一撤把那倒楣蛋凸顯出來。倒楣親衛可憐巴巴望著將軍大人。

「去演武場跑一百圈！」

「將軍！」您都要成親了，怎麼能這麼冷血無情！

「嗯？」

「卑職這就去！」倒楣親衛一溜煙跑了。

邵明淵掃其他親衛一眼，沉著臉轉身就走。逃過一劫的親衛們悄悄鬆了口氣。

走在前面的將軍大人腳步一頓，頭也不回淡淡道：「你們也去，跑五十圈！」

一幫吃飽了閒得慌的混小子，這種事需要他們亂操心嗎？

邵明淵回到起居室，脫鞋上炕，拿出小冊子認真研究起來。

黎府雅和苑中，何氏同樣為女兒的婚前教導問題操碎了心。

她生母早逝，父親一個大男人哪裡想到這些，糊里糊塗就嫁過來了，而老爺那時傷心元配夫人的死，鮮少踏入她的房門。直到很久後，因為老爺喝醉有了那一晚，她才算明白夫妻之間是怎麼回事兒。她吃過的苦當然不想讓女兒再吃，無論如何不能讓女兒糊塗著。

「去請三姑娘過來。」何氏吩咐丫鬟去請喬昭，想了想起身。「罷了，我過去吧。」

聽到阿珠稟報，喬昭往外迎去。「天寒地凍，娘怎麼過來了？」

何氏握住喬昭的手，拉著女兒往裡走。「知道外頭冷，妳還出來幹什麼？」

母女二人相攜進了內室，阿珠給何氏奉上香茗。

何氏接過茶杯放在一旁，笑道：「昭昭，妳明日就要出閣了，娘來找妳說說貼己話。」

喬昭對阿珠點點頭，阿珠悄悄退了出去。

何氏目不轉睛看著女兒，嘆道：「過了明天，我的昭昭就是大人了。」

喬昭睫毛垂下笑了笑。她大概知道母親來找她說貼己話是怎麼回事了。

果不其然，何氏很快就從懷中掏出一本包裝精美的小冊子，放到了桌几上。

喬昭迅速瞥了小冊子一眼，俏臉微熱。還是熟悉的情景，還是熟悉的小冊子，果然千變萬變，母親對女兒的婚前教導是不會變的。她也算是過來人了，要不等母親隨便說幾句，她就表示明白了，也省得母親難為情。到現在，喬昭都記得當初母親寇氏在她出閣前一晚教導她的情景。她與母親聚少離多，母女間雖有血緣維繫，感情卻很生疏，可以想像那情景有多尷尬。

「昭昭啊，妳看看。」何氏一臉淡定翻開小冊子，指著畫工精湛的圖笑道：「特意買的最貴的，妳瞧畫得多真切。」

喬昭：「……」她錯了，雖然還是熟悉的情景與小冊子，但母親大人換了！

「這個不行，昭昭，到時候可不能這麼做，這樣不易受孕的……等等，妳現在還小，太早有孕也不好……」何氏迅速翻了一遍，拿朱筆給女兒劃重點。「不想要孩子之前可以考慮這幾張上面的，將來想受孕了，可以用這個……」

「娘，要不還是讓我慢慢看吧。」

何氏果斷拒絕：「這怎麼行，妳還小，一個人怎看得懂，還是娘仔細給妳講解最方便。」

喬昭無奈揉了揉眉心。「娘，我其實看明白了。」實在不明白的話，明晚她可以與邵明淵研究一下，和母親討論這個話題委實有些尷尬。

何氏一臉嚴肅。「昭昭，娘知道妳是不好意思，娘理解，娘明白，不過妳還是認真聽吧。」

喬昭：「……」

一刻鐘後，何氏才心滿意足起身。「行，娘先回去了，這圖妳收好，再有不懂就找娘問。」

喬昭大鬆口氣，忙把何氏送走。

二二五　洞房花燭

翌日，冠軍侯娶妻，京城百姓全都出來看熱鬧，花轎經過一路吹吹打打抬到了黎家西府大門前。鼓樂聲響起，迎親隊伍喜氣洋洋進入黎府。

看著打扮妥當的女兒，黎光文忽然有些不是滋味。原來送女兒出嫁是這種感覺，歡喜有之，激動有之，可更多的是失落。這種感覺是長女不曾帶給他的，對長女他不是不疼，可還沒來得及體會這些，長女就一頂小轎抬進了睿王府，讓他只剩下火辣辣的難堪。

如果長女規規矩矩嫁人，這時該回娘家送妹妹出嫁，可現在她在王府當妾，哪怕生了小郡主他們都沒臉上門探望，更別說她能來娘家正常走動。罷了，他就當沒有這個女兒。

黎光文思緒回轉，看著身披嫁衣的次女一時間竟忘了該說些什麼。

鄧老夫人輕輕咳嗽一聲。現下該是新娘子父親告誡女兒的時候啊，你可說話啊！

黎光文總算回過神來，清清喉嚨，開口道：「往之爾家，無忘恭肅。」嗯，這個聽聽就算了，別當真。

何氏跟著開口道：「夙夜以思，無有違命。」

黎光文撇撇嘴角。這個就更別當真了，想他閨女這麼聰明也明白的。

喬昭雙手伏地叩首。「無違父母之訓。」

她認認真真地四拜，眼角驀地濕潤了。她曾是喬氏女，今是黎氏女，嫁去的卻是同一個地方，同一個男人。這次，她定會抓牢自己的幸福。

喬昭起身，何氏從阿珠手中拿過大紅蓋頭給女兒蓋上，難掩傷感道：「送姑娘回房候著吧。」

喬昭回屋，因頭上蒙著喜帕，只能看到腳下那一方天地。

天是冷的，屋內卻燒著地龍，也因此繁重的嫁衣穿在身上沒多久就覺得氣悶。喬昭忍不住想，這時候邵明淵應該叩拜岳父岳母了吧？希望他動作快點，趕緊接她走，不然她就要熱暈了。

衣袖突然被輕輕拉扯了一下，冰綠小心翼翼的聲音傳來。「姑娘，您要吃桂花糕嗎？」

喬昭啞然失笑，輕拍冰綠的手。「快收好，我不吃。」

她並不是死守規矩的人，可這一整天都不能去淨房，為了不出醜，自然不敢胡亂吃喝。

「姑娘都餓了兩天肚子呢。」冰綠語氣中滿是心疼，還是聽話把桂花糕收了回去，想了想，自己吃掉了。

聞著滿室桂花糕香味的喬昭：「……」

很快就有丫鬟催促新娘子去花廳。喬昭由送親太太與丫鬟婆子們簇擁著去花廳，隔著喜帕只能看到一雙乾淨挺闊的皂靴與一角紅色喜袍。喬昭忽然就緊張起來。

在贊者引領下，一對新人再次拜別鄧老夫人與黎光文夫婦。黎光文看著精神抖擻的女婿和蒙著蓋頭看不到模樣的女兒，擦了擦眼角。好煩，這破儀式趕緊結束好嗎？

有這個想法的不只是黎光文，邵明淵同樣是這麼想的。他雖然在鞠躬拜別岳父岳母大人，可一雙眼睛卻忍不住頻頻往新娘子那邊掃。

呵呵，昭昭的喜帕還真好看，針腳比他想像中齊整多了，上面居然還有繡花呢！

黎光文一看就來了火氣。渾小子就這麼迫不及待啊，看著想抽。

「咳咳，輝兒，還不背你妹妹上轎！」

把閨女送上花轎，看小混蛋還看什麼。不對，上了花轎很快就抬人家去了……

這麼一想，黎光文更心塞了。

「三妹，三哥背妳上轎。」介於男子與少年之間的清朗聲音響起，在喬昭視線裡，只能看到黎輝單薄的後背。喬昭伏上黎輝的背，低低道：「勞煩三哥了。」

「應該的，妹妹扶好了。」少年身形雖還單薄，卻穩穩起身，背著喬昭一步步向停在外面的花轎走去。

喬昭抓著黎輝的肩，忽然就想起兄長喬墨。那一次出閣，背著她的是大哥，大哥當時也這樣對她說：「大妹，大哥背妳上轎。」

喬昭從沒一刻有這般分明的感覺，在黎家她不只有疼愛她的祖母與父母，還有更多親人。

「三妹，妳放心，我會努力立業的，將來讓妳在娘家有依靠。」黎輝說出這話，有些臉紅，腳步加快了些。

「多謝三哥，我相信下一次鄉試三哥定然會金榜題名。」

黎輝往上托了托喬昭，走到大紅花轎前。看著頭蒙蓋頭的妹妹進了花轎，鼓樂聲不絕於耳，黎輝忍不住抬手擦了擦眼睛。

他一直以為會背著大姊上花轎的，他與大姊早早沒了母親，他是男孩子沒關係，可大姊一直不開心。他早就想著要很努力很努力，將來給大姊最有力的依靠，彌補她的遺憾與委屈。可是現在大姊已經不需要他這個依靠了。沒關係，他還有父母弟妹，他還是黎家西府大房的公子，無論為了自己還是家人，依然需要努力。

起轎了，喜氣洋洋的嗩吶聲響起，熙攘人群擁著長龍般的迎親隊伍在城中繞過，最終來到冠軍侯府門前。侯府門前一對半丈多高的石獅威風八面，頸上繫大紅綢花，比往日顯得還要精神。

坐在花轎中的喬昭頭暈眼花之際，忽然感覺轎子一陣輕晃，知道是新郎射了轎簾，緊跟著便被出轎小娘迎出轎門。一到外面，寒風吹得人頭腦一清，喬昭胸中悶氣頓時一掃而空。之後的儀式與所有婚禮無異，待到繁縟的拜堂儀式完畢送入新房，喬昭卻已是頭重腳輕。

上次沒覺得這麼難熬啊，莫非換了一具身子，體力差了這麼多？

喬昭想想自己的小短腿，暗下決心以後多吃些牛乳，好歹再長高兩寸才好。

「姑娘，吃點鮮果吧。」冰綠端過來一小碗切成小塊的蘋果，上面插著銀牙籤。「姑爺吩咐的呢，說這樣吃起來方便，不會弄花了妝容。」

喬昭輕輕頷首，由冰綠伺候著吃下小半碗蘋果，才覺得活了過來。阿珠忙拿來打濕的溫帕子給自家姑娘淨手，收拾妥當後，喬昭端坐在床榻邊靜等邵明淵的到來。

時間彷彿變慢了，不知等了多久，耳邊響起由遠及近的腳步聲，很快推門聲傳入耳中。凜冽的空氣與酒香一起吹進來。邵明淵對兩名丫鬟略一頷首，大步向著坐在床邊的新嫁娘走去。

阿珠與冰綠對視一眼，齊聲道：「夫人，婢子們先退下了。」

新房中很快只剩下一對新人。

天已暗下來，紅綃帳挽起，窗臺上小兒手臂粗的龍鳳喜燭跳躍著火苗，映得室內一片亮堂。

邵明淵來到喬昭身旁，看著端坐床邊一身繁重嫁衣的人兒莫名有些緊張，張了張嘴脫口而出：「餓了嗎？」

喬昭默了默，回道：「你說呢？」這個笨蛋，這難道還要問嗎？她已經餓了三天了好嘛！

邵明淵一聽更緊張了，再次脫口而出：「要不要去淨房？」

喬昭：「……」這是洞房花燭夜該說的話嗎？想像中的旖旎呢？臉紅心跳呢？

「那……我掀蓋頭了？」邵明淵覺得媳婦應該是害羞了，拿起秤桿挑開喜帕。

開過面的少女在精心妝點下顯得豔光四射，邵明淵看得一呆，好一會兒沒有說出話來。喬昭睫毛輕顫，抬起眼簾，看向立在她面前的男人。

「那個……昭昭……」邵明淵輕咬了下舌，癡癡望著明豔動人的新娘。「妳今天真好看。」

喬昭嫣然一笑。「傻子。」少女的嬌嗔彷彿是一支羽毛細膩的鵝毛，在邵明淵心尖上調皮掃過，他只剩下傻笑。

「真的傻啦？」花燭照耀的喜房中到處是深深淺淺的紅色，少女原本甜美軟糯的聲音不覺帶上了幾分旖旎。「又不是第一次成親了，怎麼像個傻麃子？」

邵明淵挨著喬昭坐下，笑意更深。「成親雖不是第一次，洞房是第一次啊。」

喬昭抽了抽嘴角。原來這傢伙一點不傻，是她傻了！

一隻大手伸過來，覆蓋住少女嬌小柔嫩的手掌，用力揉了揉放在自己胸口上。「昭昭，這次咱們才是光明正大牽手了，以後我們就是夫妻，再怎麼親密旁人都無話可說。」

喬昭眨眨眼。所以他的重點是以後怎麼親密，都讓別人無話可說嗎？

「昭昭，咱們先喝交杯酒吧，喝完好把妳這一身行頭換了。」

兩盞銀製酒杯用紅絲線繫在一起，倒上美酒，二人交換一飲而盡，完成了合巹儀式。

喬昭空腹許久，一杯酒落肚雙頰便已緋紅一片，如盛開了大朵大朵桃花。邵明淵見狀晃了下神，啞聲道：「昭昭，我們來結髮吧。」

他伸手取下喬昭頭上花冠，笨手笨腳除去她頭上釵環，如瀑長髮披散而下，而後分出一縷與自己的綁在一起，拿繫了紅絲帶的剪刀剪下髮結，裝入早就準備好的精美匣子中。

「結髮為夫婦，恩愛兩不疑。」邵明淵凝視著容光懾人的新婚妻子，柔聲道：「這一次，咱們把所有落下的儀式都補上。」

龍鳳喜燭爆了個燭花，燭淚在鎏金燭臺中堆成紅瑪瑙般的凝脂。

邵明淵萬分不捨站起身來。「昭昭，我先去洗漱，讓丫鬟們伺候妳把這身喜服脫下來吧。」

脫下厚重的喜服，喬昭鬆了口氣，隨後沐浴更衣，把頭髮簡單挽起，換上一身家常衣裳，衣裳照樣是大紅色的。待她重新回到裡間，邵明淵已經等在那裡。

他同樣換過了衣裳，卻是一身雪白中衣，並沒有著外衫。屋子裡燒著暖暖的地龍，一身中衣剛剛好。雪衣烏髮，因著剛沐浴過，男人一雙眸子彷彿盛滿了星光，令人移不開眼睛。

阿珠不由臉上一紅，慌忙低下頭去。

冰綠卻好奇多看了一眼，心道：姑爺還是很有看頭的嘛。

「咳咳，妳們退下吧。」喬昭忙把兩名丫鬟打發出去。

邵明淵大步迎過來，拉過喬昭的手往床榻那裡走，瞄了她身上繡金絲纏枝牡丹的大紅襖裙一眼，含笑道：「屋子裡這麼熱，穿中衣不就夠了。」

喬昭睇他一眼，沒吭聲。邵明淵愣了愣，忽然覺得喉嚨發乾。

莫非還有他不瞭解的步驟？昭昭後來換上的衣裳是不是應該由他來脫？

「咳咳。」邵明淵以拳抵唇輕咳一聲掩飾激動，啞聲道，「很晚了，妳睏了嗎？」

喬昭握拳，手背上青筋分明，長長睫毛垂下，盯著交握的雙手。她不和笨蛋生氣。

「睏了。」

邵明淵明顯一愣，抓了一下頭髮。「那睡吧，我幫妳把衣裳脫了。」

「嗯。」喬昭點頭，一副溫順乖巧的模樣。

邵明淵沒來由有些心慌，伸手去解貼著少女修長脖頸的衣領盤扣，卻怎麼都解不開，不多時額上就急出一層細密汗珠。喬昭也不催促，垂眸低頭，安安靜靜等著。她越是這般安靜，某人的動作就越發笨拙，到最後，他動作一停。喬昭抬眸與他對視，眼中俱是笑意。

邵明淵臉微紅，道了一聲抱歉。喬昭還在不解這聲道歉是何意，就聽「撕啦」一聲響，胸前立刻一陣涼風襲來。年輕將軍滿意點頭。早該這麼做了！

不過這分得意還沒持續多久，看到眼前美景的人便徹底愣住了。用力太猛，連裡面中衣外加肚兜帶子一塊給扯開了！現在該怎麼辦？看著新婚妻子隱隱發黑的臉，將軍大人呆若木雞。

「邵明淵！」喬昭匆忙捂住搖搖欲墜的小衣，一字一頓喊道。

她真低估了他的厚臉皮，剛才解她衣裳扣子時就想這麼做了吧？最可惱的是，這身衣裳雖然只是家常衣裳，卻是母親超常發揮給她裁剪出來，又命阿珠繡上的牡丹花，與針線房趕出來的衣裳意義完全不同，結果就被這混蛋一下子給毀了。

承受著媳婦熊熊怒火，邵明淵忙解釋：「昭昭，一不小心多用了點力氣，我不是有意的。」

「呵呵。」喬昭彎唇笑笑。少女粉面帶著薄怒，臉頰染上淡淡的紅，彷彿清晨花園中還沾著露水的薔薇花，讓人生出採擷的衝動。

邵明淵猛然抱住了喬昭。喬昭低呼一聲，嗔道：「別亂動，等我把衣裳穿好。」

耳邊一聲低笑傳來。「不用穿了，總是要脫的。」

一股大力把少女凌空抱起，大紅裙襬如水波搖曳而開，灑在對方雪白中衣上。喬昭不禁伸出雙手抓住了男人有力的手臂。

「邵明淵，你——」

「噓，乖乖別說話。」男人溫柔一笑，把少女拋到床榻上。

隨著他的動作，雕著百子千孫圖的紫檀木拔步床隨之一晃，垂掛的大紅色紗帳落了下來，遮住了內裡風光。邵明淵欺身而上，張口咬在少女雪白肩頭那抹桃紅色肚兜帶子上，直接把帶子扯了開來。喬昭雙手伸出，下意識抵著身上突如其來的重量，不由氣結。

她錯了。她一直以為這男人是個傻麅子，沒想到是頭狼，脫衣裳就脫吧，居然還用咬的！

「邵明淵，你別發瘋——」

這一次，男人卻沒理會少女的嬌嗔，灼熱的吻如雨點，密密麻麻落下來。那吻從髮梢開始一直往下，滑過少女秀氣的眉與高挺小巧的鼻梁，落到粉潤唇瓣時有那麼一瞬的停頓，而後靈巧的舌探進去，肆意糾纏起來。帳外紅燭爆了個燭花，光線瞬間暗了暗，紅紗帳無風自擺。

邵明淵狼狽翻至一側，重重喘息著。喬昭不解睜開眼睛，邵明淵低頭在她眼簾上親了親，啞聲道：「乖，我把衣裳給妳穿好。」

他用了最大自制力拿過皺巴巴的小衣蓋在喬昭身上，喬昭卻按住他的手，聲音同樣有些沙啞：「怎麼了？」

她不是真正的小姑娘，儘管沒經歷夫妻之事，可在這尚有些青澀的軀體內卻是二十多歲成熟女子的靈魂。對於嫁了兩次、如今兩情相悅的男人，她願意在今夜與他成為名副其實的夫妻。

邵明淵拉過錦被把喬昭遮得嚴嚴實實，苦笑道：「妳還沒及笄呢，再等等吧。」

天知道他剛才放任自己時，腦海中反覆迴蕩李神醫的警告，昭昭這副身體天生纖細柔弱，十八歲前若是有孕會有危險。只要想到這些，縱是天大的衝動都煙消雲散了，只剩不安與憐惜。

見喬昭沒吭聲，邵明淵仔細觀察著她的神色，見她蹙著眉似乎有些不快，忙保證道：「妳放心，我身體沒有問題。」

喬昭臉黑了黑。這笨蛋胡亂解釋什麼？她是這麼迫不及待的人嗎？

「我知道，睡吧。」就他剛剛那個樣子，能有問題才怪了。

邵明淵躺在喬昭身邊，側過身子攬住她的腰。「昭昭，妳喜歡喝羊乳嗎？」

喬姑娘抬了抬眉梢。嗯？這是嫌她胸小？

邵明淵以為她不喜歡，立刻道：「羊乳有些羶味，牛乳怎麼樣？」

「為什麼要喝牛乳？」喬昭不動聲色問道。要是她想的那個答案，她就把這混蛋踹下床。

因為挨得太近，邵明淵苦惱揉了揉臉，暗暗佩服了一下自己的自制力，解釋道：「常喝牛乳之人會長得健壯高挑，北齊人就愛喝牛乳，所以無論男女都生得人高馬大。」

人高馬大……喬昭睇著眼看著身邊的男人。「這麼說，夫君喜歡這樣的？」

邵明淵在聽到「夫君」二字時已經呆了，猛然抓住喬昭的手，隱忍道：「昭昭，妳再喊我一聲『夫君』。」從來沒想過，原來「夫君」二字比他名字好聽多了。

喬昭在對方灼灼目光的逼視下，哪裡喊得出來，不由別開眼去。

邵明淵卻不甘休。「昭昭，妳就喊一聲，我想聽。」

「你說件讓我高興的事，我就喊一聲。」聽他這麼一求，喬昭心裡早就鬆動了，給自己找了個臺階下。

邵明淵想了想道：「明日不用早起。」冠軍侯府沒有長輩，以前他最大，現在昭昭最大，不用像其他人家的新嫁娘，需要早起給公婆奉茶，他們完全可以多睡一會兒，拜祭過先人後再去靖安侯府請安。

「昭昭，這個值得高興吧？」

喬昭莞爾一笑。「確實值得高興，多謝夫君了。」

靖安侯府那將近三年樊籠般的生活，於她來說就是一段連天空都是灰色的夢，嘗過自由滋味，她再也不願受人管束。對一個新婦來說，上頭有正經公婆和沒有，那是天壤之別。

彷彿猜到喬昭的想法，邵明淵把她摟緊了些。「昭昭，妳放心，以後在咱們侯府妳最大，我也聽妳的，所以妳想做什麼都可以。」

喬昭回抱了邵明淵一下，低低道：「庭泉，我很高興。」

邵明淵身體驟然繃緊，往後挪了挪，苦笑著起身穿衣。「我再去洗個澡！」匆匆繫好衣帶的男人走到屏風處轉身，「小廚房熬了粥，等會兒讓人給妳端來。」

喬昭忍笑道：「快去吧，我等你回來一起吃。」

新婚之夜原就會為新人準備夜食，取共度良宵之意，她還以為這頓飯要放到後半夜了……想到這裡，喬昭臉上微熱，收起胡思亂想忙把衣裳穿好。

冒著熱氣的燕窩粥剛剛端來，邵明淵就沐浴歸來，臉上還帶著未擦乾的水珠。

阿珠頭也不敢抬，匆匆避了出去。

「這麼急做什麼？」喬昭嗔道。

邵明淵笑笑。「餓了。」

二人一起用過飯，簡單洗漱一番，相擁而眠。當然，喬昭確實睡著了，至於隔天頂著雙黑眼圈起來的某人睡沒睡好就不得而知了。夫妻倆穿戴妥當，相攜去了靖安侯府。靖安侯府同樣披紅掛彩，穿著簇新綢襖的僕從早早就立在侯府大門外候著，見到新人來了立刻迎上去請安。

「侯爺好，侯夫人好。」

邵明淵點頭回應，護著喬昭往內走去。跟著的晨光往問好的僕從拋了一塊碎銀子當賞錢。

「多謝光爺。」

晨光一個趔趄險些摔著。「光爺」是什麼鬼玩意？他快速瞄了前邊回頭偷笑的冰綠一眼，臉一板。「別瞎叫。」

僕從連連點頭。「晨爺、晨爺。」

晨光滿意點頭。嗯，這個稱呼比剛才那個順耳多了。他挺挺胸脯往內走，現在終於不用再給三姑娘當車夫了，他已經晉升為將軍大人與將軍夫人的車夫了！

「侯爺好，侯夫人好。」

喬昭二人一路往內走去，遇到的僕從紛紛問好，與以往靖安侯夫人管家時對二公子隱隱的怠慢迥然不同。喬昭環視著陌生又熟悉的環境，壓下複雜心情，保持著平靜神色。

這時一道少年聲音傳來。「二哥。」

邵惜淵今日穿了一件寶藍色團花綢袍，襯得少年眉目深刻，比往常多了幾分穩重。他本來是因為書院休假才回京過年的，沒想到正好趕上了邵明淵大婚。

邵惜淵向邵明淵打過招呼，視線直接落在喬昭面上，隱隱帶著幾分審視。

喬昭不由好笑。曾經追在她身後嫂子長、嫂子短的小兄弟如今也會這般打量人了。

喬昭含笑的模樣讓邵惜淵微感不快。不過是個小門小戶的女孩，又不是二嫂，對他笑得這般親切幹什麼？他們又不熟！再瞥一眼邵明淵，邵惜淵更加不快。

看二哥這一臉春風得意的模樣，果真是娶了新婦忘舊人。

「叫二嫂。」邵明淵淡淡睃了邵惜淵一眼。

這小子怎麼陰陽怪氣的？對了，他差點忘了，這臭小子曾對昭昭還有些少年心思呢。想到這裡，邵明淵神色微冷，只覺眼前混小子礙眼極了。

「二嫂。」邵惜淵不情不願喊了一聲。

「昭昭，我帶妳去拜見父親。」

邵明淵領著喬昭往前走，邵惜淵一個箭步衝過去，擋在二人面前。邵明淵擰眉看著他。

「二哥，你剛剛和二嫂喊昭昭？」邵惜淵神色有些激動。

「怎麼？」

邵惜淵飛快看了與邵明淵並肩而立的喬昭一眼，語氣莫名。「二哥知道嗎？先二嫂與新嫂嫂閨名一樣呢。」

邵明淵忍下抬腿把邵惜淵踹飛的衝動，伸手抓住他的肩膀往旁邊一提。「我妻子的閨名我當然知道，好了，我該帶你二嫂去見父親了。」

看著邵明淵護著喬昭往裡走，邵惜淵立在原處一動不動。

「三公子，敬茶時您也該在的，到時您還要給新嫂嫂問好呢。」一名婆子提醒道。

邵惜淵煩躁地踹了一下路邊樹木，這才抬腳跟上去。他知道不關新嫂嫂的事，二哥不可能一輩子不娶妻，只要再娶，不是眼前的新嫂嫂也會是別人。可是，他討厭二哥望著新二嫂時眼底的溫柔，那會讓他替九泉之下的二嫂難受。二嫂的死，成全了二哥的一世英名，成全了二哥與其他女子的伉儷情深，這對二嫂多麼不公平！

此刻，靖安侯早就在花廳裡等著了，一見邵明淵帶著喬昭進來便要起身，想想眼下的身分與規矩，忙裝作若無其事重新坐下。很快就有丫鬟端了茶水過來，新人各執一杯。

「父親請喝茶。」邵明淵跪下來，誠心實意敬道。

「好。」靖安侯接過茶杯喝了一口，拿出早準備好的紅封遞給邵明淵。

邵明淵謝過，換喬昭敬茶。

「父親請喝茶。」喬昭雙手捧著茶杯舉過額頭。

「好、好。」靖安侯忙把茶接過一飲而盡，拿出一個大大的紅封塞給喬昭。

邵明淵默了默。為什麼兩個紅封的厚度看起來不一樣？

靖安侯看著神色恭敬的新婦，眼角發酸。「二郎媳婦，二郎……不容易，以後就麻煩妳照顧他了。」

喬昭再次福了福。「父親放心，兒媳會照顧好二郎的。」

邵明淵翹了翹嘴角。繼「夫君」之後，他覺得「二郎」也好聽。

「那就好，那就好。」

邵明淵帶著喬昭走到邵景淵夫婦面前。「大哥、大嫂請喝茶。」

按理，以他如今的身分與邵景淵的行事，這茶可以不必敬，邵明淵之所以如此，看的自然是靖安侯的面子。邵景淵勉強喝了一口，把茶杯放到茶几上。世子夫人王氏倒是滿臉笑，喝過茶把她與邵景淵那份紅封一同給了喬昭。「弟妹別嫌棄。」

接下來就輪到邵惜淵給喬昭見禮，之後是邵景淵的三個孩子。而喬昭給邵惜淵準備的是一雙鞋墊外加一個幼兒巴掌大的小盒子，邵惜淵沒有打開盒子看。

三個孩子就好打發了，一人一袋金錁打成的花果、動物類小玩意，討喜又實用。除了春姊兒還小，只知道望著兩個哥哥笑，兩個男孩快活極了，對喬昭立刻親近起來。小孩子總是喜歡這類金燦燦又小巧可愛的東西。

順利認了親，邵明淵與喬昭拜別靖安侯。待一對新人走了，靖安侯坐在太師椅上久久不動，悄悄擦了擦眼淚。百年之後，他終於可以對老友說一聲不負所託。

而邵景淵是黑著臉回到世子所。王氏見丈夫這模樣，忍不住勸：「世子，您這又是何必？」

「妳知道什麼！」不用在人前遮掩，邵景淵眼中彷彿淬了毒。「邵明淵成親，妳看父親激動的，當初我娶妳都沒見他這樣！」

王氏抿唇不語，聽邵景淵發洩地說了一通，終於忍不住反駁道：「那又如何呢？侯爺再激動，咱們侯府的世子還是您，二弟又奪不走。再說了，二弟將來是要繼承國公之位的，咱們與他親近，只有好處沒有——」

「妳給我閉嘴！」邵景淵拂袖而去。王氏立在原處一會兒，扭身哄孩子去了。

而邵惜淵離開正院後，並沒有回住所，而是隨意閒逛，不知不覺就逛到了當初為邵明淵成親騰出的院子。院門沒有落鎖，邵惜淵推門而入，院中枯草雜生，一片荒涼。

邵惜淵走進去，看過喬昭曾經種在牆角的那叢薄荷，又在掉光葉子的鴛鴦藤面前駐留片刻，低頭看了看手中小盒子。

不知道新二嫂送了他什麼。邵惜淵揚手想把小盒子扔了，手伸到一半又縮回來，於是乾脆打開小盒子，見到盒中之物不由愣了。為什麼會是這個？他忍不住把盒中之物拿了出來。

那是一只扳指，與勳貴常戴的精美扳指不同，這扳指呈淺褐色，黑章環繞，乃駝鹿角所製。他教二嫂騎射時曾說過，駝鹿角製成的扳指最適合彎弓射箭，其中以黑章環繞者為貴，他曾見二哥戴過。邵惜淵不由握緊了扳指。

新二嫂怎麼會送他這樣一枚扳指？這是巧合嗎？還是說冥冥中自有天意……

邵惜淵不再往深處想，卻把扳指仔細收了起來。先不說新二嫂如何，這個禮物他很喜歡。

轉眼三天後，在黎府上下翹首以盼中，新姑爺帶著新嫁娘回門了。

作為女方家，格外重視回門禮。黎府一大早開始忙活，掃灑院子殺雞宰羊，由上自下忙忙碌碌。而黎光文又翹班了。正式晉升為岳父大人的黎大老爺打扮得體體面面，在院子來回踱步。

「三姑爺與三姑奶奶回來了。」僕從來報。京城這邊對出嫁的女兒稱呼為姑奶奶。

黎光文拔腿往前院走，因走得太急，腳下一滑往前衝了下，急忙扶住前方樹木才站穩身子。

「老爺，您這麼急幹什麼？」何氏含笑的聲音傳來。

黎光文扭頭看到何氏抱著福哥兒站在門口，不由皺眉。「大冷的天抱著孩子出來幹什麼？」

「昭昭回來了，當然是讓福哥兒看看姊姊、姊夫了。」

黎光文輕咳一聲。「那還不走！」

夫婦二人急忙往前院趕去，快到待客廳時何氏猛然停住腳步，把福哥兒交給乳母抱走，理了理衣領與鬢角，問道：「老爺，我頭髮亂了沒？」

「沒亂、沒亂，又不是小姑娘去參加花會，這麼在意幹什麼？」黎光文甩下一句，越過何氏便往裡走，到門口時悄悄整了整衣襬。何氏默默翻了個白眼。說好的不在意呢？

夫婦二人一前一後走進去，邵明淵立刻起身向二人見禮。「小婿拜見岳父、岳母。」

「咳咳。」黎光文昂首走進去，見女兒面色紅潤，滿意點點頭坐下，矜持「嗯」了一聲。

「侯爺快別多禮了。」何氏越看女婿越滿意。她剛剛進屋時可是瞧見了，女婿視線一直不離昭昭左右，可見對昭昭是真上心的。這男人對女人怎麼樣，不用聽他怎麼說，神情動作足以一目了然。她不在意女婿別的條件，對她女兒好是頂重要的。

邵明淵神色恭敬。「岳母大人喚小婿名字即可。」

「還是叫你姑爺吧。」何氏越發滿意了。

回門宴上，邵明淵入席上座，由鄧老夫人、黎光文夫婦及黎輝陪飲。劉氏目前還在坐月子，兩個女兒為父守孝，自然都不便出來。

邵明淵先敬過鄧老夫人，老夫人笑道：「老婆子也不求別的，只要侯爺好好待昭昭就好。」

「祖母放心，孫婿定然會對昭昭始終如一。」

而後是黎光文。黎光文清了清喉嚨，板著臉道：「侯爺記得今日的許諾就好。還有，男人能賺錢是好事，但也要守得住，你那一年兩千石可不要亂花，以後是有家室的人了。」

養家糊口容易嘛，這一點他深有體會。

邵明淵臉上掛著謙恭的笑。「岳父大人說得是，小婿歲祿五千石，以後全交給昭昭打理。」

「這就好。」黎光文笑瞇瞇點頭，突然愣住。「等等，不是兩千石嗎？怎麼變成五千石了？」

邵明淵面不改色解釋：「小婿慚愧，全賴先父餘蔭。」

鎮遠侯被追封為鎮遠公，爵位自然該由唯一的兒子邵明淵繼承，偏偏明康帝十分中意「冠軍侯」這個封號，認為胡亂改了會影響氣運，於是依然這般叫他，而實際上邵明淵一切待遇已經比照國公。大梁自開國到如今，有國公位的不過數家，歲祿驚人。

正在閉關的明康帝打了個噴嚏。又要過年了，去歲拖欠官員的部分俸祿按理該補上了，想著就好煩，要不要乾脆閉關過年呢？

聽到邵明淵的解釋，黎光文已經懵了。歲祿五千石，一個月就是四百餘石，而他一個月八石……這麼一想，黎光文整個人都不好了。差距這麼大，這是逼著人造反嗎？

何氏見夫君神色微妙，唯恐他再說出什麼不著調的話來，忙笑嗔道：「老爺說這些做什麼，又不是什麼緊要事兒。」

她給了閨女那麼多陪嫁，就算女婿月俸八石，女兒也能過得舒舒服服，能用銀子解決的事都不算大事兒。黎光文飛快瞪了何氏一眼。什麼叫不是緊要事兒，這女人真是站著說話不腰疼！

邵明淵裝作看不出岳父岳母之間的眉眼官司，給何氏敬酒之後便輪到黎輝。一見邵明淵舉起杯，黎輝立刻站了起來，眾人注視之下頗有些無措。

「這杯酒敬舅兄。」邵明淵面不改色把酒一飲而盡。

黎輝一張臉驀地紅了。「侯、侯爺別客氣……」

雖然妹妹的夫婿叫他舅兄沒錯，可眼前這人比他大好幾歲呢，他還是國子監的學生，靠父母庇護，對方已經是名震天下的冠軍侯了。聽冠軍侯對自己喊「舅兄」的心情實在惶恐。

鄧老夫人一旁瞧著，卻越發滿意了。

冠軍侯能對平輩的輝兒尊稱一聲「舅兄」，這說明他確實把三丫頭放在心上了。一個男人只有愛護妻子，才會尊重妻子的娘家人。

一頓飯吃完，黎光文父子招待新姑爺喝茶，喬昭則被何氏拉走說貼己話。

「昭昭，這兩日怎麼樣，習慣嗎？」何氏打發走伺候的丫鬟，拉過喬昭的手問道。

喬昭頷首。「娘放心，侯府中沒有長輩，凡事都由女兒做主，不需要特意去習慣什麼。」

誰知何氏聽了卻飛了個白眼。「誰問妳這個了。」

喬昭微怔，不解看著何氏。何氏瞄一眼門口，確定丫鬟守在外面無人進來，從懷中掏出一本包裝精美的小冊子。喬昭看著熟悉的包裝不由一愣。她愣神的工夫，何氏已經打開小冊子，一臉淡定翻著。「有沒有按娘推薦的來？」

喬昭：「……」

「別光臉紅不說話啊，這可是關乎女人身體與子嗣的大事兒。」

「沒有。」喬昭尷尬回道。原來不只有婚前教育，還有婚後考核！

「沒有？」何氏立刻拔高了聲音。「那怎麼成？娘不是說了，妳年紀小，夫妻通房時不能馬虎的！那事後呢，有沒有採取措施？娘跟妳說，尋常人家給侍妾喝的避子湯可不能碰，那種湯藥喝多了難免會傷身子的……」

眼看何氏還要教育下去，喬昭忙道：「娘，我是說……我們還沒……」

為什麼有這麼負責任的親娘？她能換一個嗎？

聽喬昭這麼說，何氏驀地瞪大了眼睛。「昭昭，妳的意思是……你們還沒圓房？」

喬昭下意識看了一眼門口。這裡隔聲還好吧？

「昭昭，妳可說話啊。」何氏有些急了。

喬昭點點頭。何氏先是愣了愣，隨後掩口低呼。「天，難道京城中流傳的那個說法是真的？」

「說法？」

「就是說姑爺他不行——」

喬昭哭笑不得。「娘，您怎麼也信那些？」

「那是行？」何氏轉驚為喜。

「行……」喬姑娘破罐子破摔，只要親娘別再繼續這個話題了，她臉可以不要了。

「既然行，那怎麼——」

「他說等我及笄。」

何氏愣了愣，伸手把喬昭攬入懷中，嘆道：「我的女兒就是有福氣。」

回到侯府，邵明淵拉過喬昭，含笑問道：「岳母找妳說了什麼貼己話？」

「這你也要問。」喬昭推推他，「滿身酒氣，快去沐浴。」

「不去。」邵明淵下巴抵著少女雪頸，嗅著誘人芳香。「除非妳陪我。」

喬昭不語，揚眉看他。這是耍酒瘋了？

男人有了酒意，眼睛看來霧濛濛的，少了平日沉穩，帶著幾分稚氣。「昭昭，我喝多了。」

「所以呢？」

「所以，妳要是不陪我一起沐浴，我會掉進桶裡爬不出來的。」

喬昭噗哧一笑。「你腿長，怎麼會爬不出來？」

「我洗澡的桶大。」邵明淵笑著，眼中盛滿碎光，耍賴般環住喬昭的腰。「好昭昭，好夫人，妳就陪我去吧。」

「你鬆開。」

「不鬆。」

「真的不鬆手？」

悠長的呼吸聲傳來。喬昭看著頭抵在她肩頭呼呼大睡的男人，不由傻了眼。

「邵明淵，你醒醒。」

掛在喬姑娘身上的人自然毫無動靜。

「我陪你去還不成嗎。」

邵明淵猛然睜開眼。「真的？」

喬昭忍不住捏緊拳頭，瞇眼看著他。「剛剛裝睡？」

邵明淵直接把喬昭攔腰抱了起來，朗聲笑道：「反正妳都答應了，不許反悔！」

「邵明淵！」

許久後，邵明淵抱著喬昭從浴室走了出來。二人頭髮如海藻糾纏在一起，濕漉漉往下淌著水珠，許是泡得久了，面上皆泛著紅。

冰綠與阿珠領著小丫鬟收拾浴室，看著地面上到處都是的水跡，冰綠尚不覺得如何，阿珠一張臉卻紅透了。

「阿珠，妳臉紅什麼呀？」

被冰綠這麼一問，阿珠臉更紅了，訥訥不語。冰綠歪頭打量著阿珠，福至心靈想到了原因，想到原因後小丫鬟反而笑了。「阿珠，妳該不會是見到姑爺與姑娘相處就害羞吧？」

阿珠本不好意思與冰綠討論這個話題，見她輕鬆自如的模樣，忍不住問道：「妳呢？」

冰綠掩口笑起來。「這有什麼呀，姑娘出閣前我娘還特意叮囑過我，姑娘嫁了人和以前不一樣，不能大驚小怪的。再說，姑娘還沒讓咱們近身伺候呢，妳就害羞成這樣，那別人家值夜的丫鬟就歇在外間，裡邊什麼動靜都能聽到，換了妳就不睡覺了？」

阿珠臉一紅，睃了冰綠一眼。

她越是這樣冰綠越忍不住逗她。「還不止呢，值夜的丫鬟還要隨時等著主子傳喚送水……」

阿珠愣了愣。「那咱們姑娘——」

「好了別愁了，咱們姑爺行伍出身，不習慣讓人近身伺候，所以咱們都免了值夜了。」

哎呀，聽不到姑娘與姑爺相親相愛，還真是遺憾啊。冰綠默默想。

臥房中，喬昭匆匆穿好外衫，伸手擰了男人一下。「都你胡鬧，沒看丫鬟們多不自在？」

邵明淵默默望天。他疼自己媳婦，難道還要照顧丫鬟們的心情嗎？

「總之以後不許胡來了。」

少女的肌膚因剛剛被熱氣浸潤過，彷彿沾了露珠的桃花嬌豔欲滴，邵明淵低頭親了一口，從善如流道：「遵命，我的娘子大人，以後我不胡來了。」

大不了下一次再尋個藉口喝醉好了。

自從冠軍侯府迎來了女主人，原本肅然冰冷的府邸頓時鮮活起來，那些從南邊沿海帶回來的苦命女子，在將軍大人的示意下從犄角旮旯放了出來，開始有了正兒八經的差事，另外還從牙婆手中買了不少資質上佳、身分清白的女孩子進府當差。

最開始阿珠與冰綠是有些戒備的，經過牙婆調教的婢女也就罷了，最怕那些原本良家子的姑娘沒有當丫鬟的自覺，對她們年輕俊朗的姑爺生出不該有的念頭。

但後來她們就發現那些姑娘居然比新買來的還老實勤快，冰綠多嘴問了一句才知原因。

「我們盼著夫人入府盼得眼都綠了，當時將軍說府上都是大男人，不需要我們伺候，讓我們待在一個院子裡繡花就好，什麼時候夫人來了才許我們出來伺候夫人……」一位從南邊來的姑娘就差淚流滿面了。待在小院子裡繡了一年的花，她們容易嗎！

冰綠聽了，格格笑起來。就說她們姑娘眼光好，會挑姑爺。

臘月裡時間似乎過得飛快，臘八一過年味就越發濃了。

喬昭打理著庶務，漸漸得心應手，又有喬墨與喬晚時時相見，算是重生以來最自在的一段時光。這日邵明淵從外頭回來，喬昭迎上去，順手接過他脫下的大氅，抖了抖領子毛上的雪花，笑道：「沒打傘嗎？」

這年冬天的雪委實有些多，三天兩頭地下著。

「下得不算很大。昭昭，妳隨我進裡屋，我有話和妳說。」

見邵明淵神色鄭重，喬昭把大氅交給阿珠，隨他走進屋。

邵明淵拉著喬昭坐下，伸手入懷拿出一物，把包在外面的帕子打開。喬昭看著帕子中的事物眼中閃過驚詫，不由看向邵明淵。帕中之物赫然是她先前交給邵明淵的沉香手珠。

「庭泉，莫非你研究出手珠中的祕密了？」

二二六　天子之怒

邵明淵笑笑。「我可沒這能耐，我把它交給軍中擅打器械的兩個匠人了。那對兄弟原都是手藝人，兄長擅雕，弟弟擅珠寶打造，這串手珠的祕密就是當兄長的發現的。」

喬昭目不轉睛盯著那串手珠。這串給她帶來天大麻煩的手珠究竟有什麼祕密？她摸索過許多次，卻一無所獲。

「昭昭，妳看這些紋路。」邵明淵指了指其中一顆珠子。

喬昭把沉香手珠舉起來看。深沉的顏色，順暢的油線，顆顆珠子圓潤飽滿。

她走至窗旁對著透進來的日光再次打量，眼神忽然一縮。那些原本瞧著自然的紋路，若沒有邵明淵的提醒依然會被忽略過去，然而現在仔細分辨，卻發現了一絲端倪。

「這些紋路著過色——」

「對，不只著過色，那位擅長雕刻的匠人用特殊工具把珠子放大了看，看到很多有趣的東西。昭昭妳看——」邵明淵把一幅畫卷徐徐展開。

畫卷上竟是一幅山水圖，圖上寫著四個小字：千嶺九疊。

「這是……」喬昭閉上眼，腦海閃過無數碎片，最終定格，睜眼與邵明淵對視。「嶺南？」

她並不熟知大梁每一處山河，但這一年多來她翻閱了不少關於嶺南的書冊，所以「千嶺九疊」四個字很快就找到了出處。那是位於嶺南崇巒縣的一座瀑布，因其宏偉壯觀得名。

邵明淵眼中閃過讚賞，笑道：「昭昭妳知道嗎，這四個字是從這四顆珠子上發現的。喏，這道暗紋尾處的黑斑放大了就是一個『疊』字。」

邵明淵指出的四顆珠子並不是相鄰的，而是毫無規律分布在手串各處，那個所謂的黑斑只有針尖大小。喬昭默然。祖父說得不錯，這世上永遠人外有人，山外有山，很多奇人能為常人所不解之事。

「那這幅山水圖加上『千嶺九疊』，代表什麼意思呢？」喬昭喃喃道。

邵明淵伸手撫平她眉心。「不要傷腦筋，我已經派人去那邊了，相信見到實景總會發現一些端倪，比憑空想破頭要好。」

喬昭眉目舒展。「你說得是，不想了。」

邵明淵笑道：「肚子餓了。」

「廚房煨著兔肉羹，我叫阿珠給你端來。」喬昭扭身往外走，被邵明淵從背後抱住。

「庭泉？」喬昭喊了一聲。那雙大手罩上她的豐盈。

「這是白天……」

男人下巴抵著少女豐潤青絲，輕嘆道：「昭昭，妳快長大吧，我好辛苦。」

少女聲音低不可聞。「到了正月，我就及笄了。」

喬昭是正月二十五生，過了這個年便滿十五歲了。

「好了不說這些，吃粥吧。」喬昭掙脫邵明淵的懷抱，理了理鬢髮，佯裝若無其事喊道：「阿珠，把粥端來。」

看來她要給某人配些清心寡欲的湯藥喝才好。

很快年關就到了。

明康帝雖然一百個不情願，還是不得不出關了。他又不是任性的昏君，總要出關過年的。年關、年關，欠租負債的人都要在這時候還債，他這個皇帝也不例外。此時他坐在御書房的龍椅上，聽著內閣大臣與六部尚書爭相哭窮的聲音，額角青筋突突直跳。

「今冬連續大雪，數十縣遭災，百姓多有凍死餓死，我們戶部雖開倉放糧，竭力救災，可巧婦難為無米之炊啊。」

「孫尚書這話說的，難道我們工部就有米下鍋嗎？那些被大雪壓垮的屋舍不需要修葺？先不說別的，就連宮中垮塌的毓文殿還原樣擺著呢。」工部尚書不甘示弱道。

刑部尚書寇行則連連嘆氣。「因為雪災京城多了許多流民，作奸犯科的越發多了，可不安置好這些流民，就不能從根子上解決這難題。」怎麼安置流民？當然是要錢了！

這時吏部尚書插話了：「流民需要銀錢，大大小小的官員就不需要了？你們戶部還欠著官員們去歲的臘賜呢，現在別說補上，連今年的臘賜都沒見著。」

所謂臘賜，就是各衙門封印前，以天子名義發下來的年終獎勵，與固定的月俸不同，數額隨著每年國庫銀子的豐少而有所增減。對大梁官員們來說，臘賜已數年只減不增，到了去歲乾脆沒發，說與今年的臘賜一道發放，誰知盼星星盼月亮，最後一個銅板都沒盼來。

吏部尚書想到那些哭天抹淚的下官就頭疼，甚至有個下官醉酒後與同僚發牢騷，說已經兼職當了一個冬天的寫字先生，再這樣下去就只能去尚書府大門外靜坐了。

戶部尚書聽到吏部尚書的指責，牙根發酸，恨不得一口唾沫呸到那張老臘肉臉上。

他們戶部不發臘賜？這是他們樂意的嗎？去年皇上焚香修道時不小心把宮殿燒著了，難道讓皇上去睡大街上？當然要掏銀子修啊！現在庫裡乾乾淨淨連老鼠都沒了，他們拿什麼發？這可真是不當家不知柴米貴！

「你們都給朕住口！」明康帝黑著臉冷喝一聲。他才剛剛出關，這些酒囊飯袋就追著他要錢？什麼都要他這個皇上安排妥當，還要他們幹什麼？沒銀子不會想辦法啊！

想辦法？明康帝忽然一愣，視線緩緩從一個個重臣臉上掃過。

似乎也不是沒有辦法，這些老傢伙個個跟他哭窮，實則哪個家中不是富得流油？結果弄到現在他這個當皇上的最窮！不就是不小心燒燬了宮殿用了點銀子嗎，這些老混蛋就抓著去歲的臘賜不放，一而再，再而三來提醒他。

呵呵，他是會被威脅的人？嗯，最近要打起精神留意著，誰犯了錯就抄家填充國庫好了。

眾臣忽然覺得後頸涼颼颼的。怎麼回事，難道窗子沒關嚴，外面的寒風吹進來了？

從頭至尾一言未發的蘭山撩了撩眼皮，嘴角掛著淺笑。看來明年的臘賜有著落了啊，就是不知用誰家銀子發的了，反正不用他家的就好。想到這裡，蘭山嘴角笑意更深。

明康帝目光一閃，視線落到蘭山臉上。蘭山打了個激靈，忙擺出眼觀鼻鼻觀心的模樣。

「好了，你們都退下吧。」明康帝淡淡道。

「臣等告退。」

御書房中瞬間安靜下來，明康帝用手指輕輕敲著龍案。

嗯，究竟是擲銅錢決定呢，還是再等等看有沒有犯錯的？

又落了一日的雪，冠軍侯府的碧瓦朱簷全覆上皚皚白雪，青石小徑旁積雪已有兩尺餘深。

「黎姊姊，妳看我堆的雪人漂不漂亮？」

喬晚在花園中堆了一個半人高的雪人，兩粒黑瑪瑙扣子當了雪人的眼睛，鼻子則是一根長長的胡蘿蔔。

沒等喬昭回答，冰綠就拍手笑道：「漂亮呢，比晨光堆得漂亮多了。」

夾著掃帚搓手的晨光默默翻了個白眼。

罷了，他不和沒品味的小丫頭計較。這麼想著，被抓來當勞力的晨光揮起掃帚掃起雪來。

冰綠從地上抓了一團雪團成雪球，躡手躡腳溜到晨光後面，把雪球塞進他後衣領中。晨光跳起來，把掃帚一扔，一邊往外掏雪一邊轉過身去黑著臉喊：「冰綠大姊，妳幹嘛呀？」

冰綠格格笑著跑回喬昭身後躲著。

晨光一臉無奈告狀：「夫人，您看看冰綠，簡直是個瘋丫頭。」

喬昭笑瞇瞇點頭。「是，確實太不像話了。冰綠。」

「婢子在。」

「給我去雪地上跪著去。」

「是。」冰綠脆生生應了，狠狠瞪晨光一眼，拔腿便走。

「哎、哎，妳別去啊——」晨光見冰綠根本不理他，追了兩步停下來，對喬昭舔臉求道：「夫人，您就別罰冰綠了唄。」

「這怎麼行，這丫頭越來越瘋，都敢拿雪球往人衣領裡塞，不罰不行。」喬昭一臉嚴肅。

「哎呦，三姑娘，我這苦主都不介意呢，您就別罰了吧。」眼看冰綠就要跪到雪地上了，晨光一時情急，連以前的稱呼都喊出來了。

「那好吧，看在你替她求情的面子上，我就勉為其難饒過她這一遭。」

晨光大大鬆了口氣，屁顛屁顛跑到冰綠面前邀功。「冰綠，不用跪了。」

冰綠輕哼一聲，瞟晨光一眼，回到喬昭身邊去了。

「姑娘，婢子扶您進屋吧，外頭冷。」

「不用，妳陪晚晚一塊玩吧，我看著。」喬昭打發冰綠去玩，不一會兒小丫鬟帶著喬晚就打起了雪仗，最後連晨光都加入了，雪地上落下一串串大小不一的腳印和歡聲笑語。

喬昭立在一株銀裝素裹的丹桂樹旁看了一眼天色。熟悉的腳步聲傳來，溫熱的手落在她肩頭，男人清朗的聲音傳來。「在外面多久了？」

「有一會兒了。」喬昭如實道。

邵明淵抬手摸了摸她臉頰，笑道：「冰的，回屋吧。」

喬昭站著沒動。「近來大哥總是早出晚歸，快過年怎麼反而忙了？」

邵明淵拉過她的手塞入袖中。「舅兄不是被許次輔要到內閣幫忙了？到了年底各衙門封印前內閣事多。」

內閣的事確實不少，每到過年的時候，最費人力的就是審閱大小官員呈上來的賀章。這些歌功頌德的賀章明康帝可是要一一看過的，這是一年來皇上最「勤政」的時候了。

喬墨此時就埋在紙堆裡，與幾個同僚整理歸納。

吏部、戶部、禮部……他們需要按部門與官職大小等順序整理好呈給聖上御覽，據說皇上看得相當認真，興致來了還會朗誦。皇上看得仔細，當臣子的就不能馬虎了，成百上千道賀章都需要逐一看過，確定內容沒有犯忌諱才算合格，這些合格的賀章會被捲起來繫上紅絲線放到一邊。

「開飯了，走吧，吃飯再說。」一名官員伸伸懶腰站起來。

其他人跟著站起，一人笑道：「看多了這些，簡直吃不下飯了。」

「好了，少說些有的沒的，當心閣老們聽見。」

喬墨不動聲色跟著眾人出去用飯，飯後那些人照例小憩，他趁無人注意悄悄返了回來。

架子上放著一排排繫著紅絲線的賀章，喬墨快速抽取一份，小心翼翼展開。

勁挺端秀的字映入眼簾，令人不得不讚一聲書法出眾。喬墨當然沒心情欣賞這些，取出同樣大小的青藤紙，提起朱筆快速書寫起來。不多時，他把筆放下，認真對比著兩份賀章，確定從第一字到最後一字幾乎沒有二致，這才露出滿意笑容。

兩份賀章只改動了一個字，就算拿給原主看，他也自信對方無從分辨。

待字跡乾了，喬墨把仿寫的賀章用紅絲線繫好，原卷收入袖中，悄悄離去。

做完了這件事，喬墨懸著的心放下了一半，剩下便是等待明康帝看到那份賀章後的反應了。對於明康帝能否看到那份賀章，他有十足把握，原因無他，那份賀章是首輔蘭山之子蘭松泉所寫。身為在明康帝心中能排上號的人物，喜看青詞的皇帝當然不會錯過。

喬墨拿出帕子擦掉沾在指尖的紅痕，回侯府後把原卷丟入火盆燒得灰飛煙滅，這才鬆口氣。入內閣打雜以來他格外勤快，別人不願意查找的資料他查，別人不願意謄寫的文書他謄，目的只有一個，熟悉朝中百官筆跡。到現在，他不敢說能臨摹所有京官筆跡，但那些重臣，特別是與蘭山相關的官員筆跡他都可以臨摹一二，而這其中模仿最像的便是蘭山父子的筆跡。

「公子，夫人請您去花廳用飯。」

僕從前來傳信，喬墨起身撣了撣身上不存在的灰塵，神色從容往外走去。一直是妹妹為這個家奔波，現在該輪到他這個當兄長的出力了。

很快地，那些賀章就呈到了明康帝的龍案前。

這次出關後，除了幾個老傢伙哭窮倒是沒發生什麼晦氣事，明康帝心情相當不錯，先拿起擺在最顯眼處的賀章看了，滿意點點頭，繼續看下一份。

嗯，要說起來，首輔蘭山與次輔許明達寫的往往最合他心意，不知道今年有沒有能超越的。明康帝很快拿起了蘭松泉的賀章。一眼看到蘭松泉的字，明康帝忍不住點點頭。

嗯，別的不說，蘭山這個兒子的一筆好字讓人看了真是心情愉悅。當然，能寫一手好字的官員數不勝數，這算不得什麼大本事，關鍵還是看賀章寫得如何。

再看內容，明康帝眼睛一亮，不由喃喃念起來。

「洛水玄龜初獻瑞，陰數九，陽數九，九九八十一數，數通乎道，道合原始天尊，一誠有感……」明康帝越念眼睛越亮，甚至忍不住拍案。「好詞！魏無邪，來，和朕一道欣賞欣賞。」

明康帝喊來魏無邪分享喜悅的心情，接著往下念：「岐山丹鳳雙呈祥，雄鳴六，雌鳴六，六六三十六聲，聲聞於天，天生明康皇帝，萬壽無疆——」

念到這裡，明康帝話音一頓，覺得哪裡有些不對勁。

他倒回去重新念：「岐山丹鳳雙呈祥，雄鳴六，雌鳴六，六六三十六聲，聲聞於天，犬生明康皇帝——」

明康帝盯著那「犬」字，一張臉沉得能滴出水。他就說哪不對勁，先前把這個字當作「天」字順口讀過去了。

「犬生明康皇帝——」青藤紙上，朱筆寫成的「犬」字彷彿趴在面前的惡犬，吐著舌頭嘲諷望著明康帝，明康帝勃然大怒，氣得聲音都變了調子，「魏無邪，讓蘭山父子給朕滾過來！」

「是。」魏無邪幾乎是逃出御書房，站在銀裝素裹的殿外悄悄呼了口氣。

看來蘭山父子要倒大楣了。

蘭山府邸，蘭山接到魏無邪傳來的口諭，謹慎問道：「廠公，皇上這時喚我們父子進宮，不知為了何事？」

「蘭首輔這話問的，咱家可不敢胡亂揣測聖意。」魏無邪打了個太極，琢磨著要是蘭山塞銀票的話他就透露些許。

蘭松泉一聲笑。「父親這還用問嗎，定是皇上看到兒子寫的賀章出眾，才叫咱們過去。」

「廠公，真與犬子賀章有關？」蘭山比性情暴躁的兒子要沉穩許多，不放心追問。

魏無邪不動聲色笑笑。「蘭首輔，這咱家真不知道，您就別為難咱家了，不過皇上宣您二位進宮前確實正在書房中看賀章。」

蘭松泉嘿嘿樂了。「父親，我就說吧，除了這個沒別的了。」

蘭山這才舒展開雪白稀疏的眉毛，顫巍巍道：「那走吧，不能讓皇上等著。」

魏無邪在前面領路，眼尾餘光掃過蘭松泉，心中冷笑。斷人財路如殺人父母，蘭松泉害他少收了一袋子銀子，他就坐等他倒楣了。

蘭山父子輕車熟路進了御書房，一踏進御書房門口，蘭山莫名頭皮發麻，當下就腳步一頓。憑他對皇上多年來的瞭解，屋中氣氛表明皇上此刻很不高興。

蘭松泉卻毫無所覺，中氣十足見禮。「臣拜見皇上。」

「這是你寫的？」明康帝把手中賀章往蘭松泉眼前一晃。

熟悉的字跡映入眼簾，蘭松泉忙點頭。「正是微臣所寫。」這次的賀詞是他多年所作賀詞中最得意的，也不知皇上會如何獎賞他。

「混帳！」明康帝直接把奏章砸到了蘭松泉臉上。

蘭松泉正等著聽表揚呢，根本毫無準備，那賀章不偏不倚砸到他的鼻梁上，當下鼻血就竄了出來。看著鼻血落到金磚上，明康帝更是火冒三丈，揚聲道：「來人，把蘭松泉這個冒犯天顏的混帳東西拖出去斬了！」

一臉血的蘭松泉愣住了。「皇上，這是為何！臣做錯了什麼事？」

蘭山飛起一腳把蘭松泉踹個趔趄，撲倒在明康帝面前，涕淚橫流道：「皇上饒命、皇上饒命啊！求皇上告知老臣，小畜生究竟犯了什麼錯？」

「你自己看！」明康帝雖然盛怒，內心深處卻沒打算要蘭松泉的命。

蘭山顫巍巍撿起掉在地上的賀章，緩緩展開，看完上面內容臉色猛然一變，跌坐在地失聲道：「這、這不可能，小畜生怎麼會寫成這樣——」

蘭松泉一頭霧水，衝過來道：「我看看！」

這時蘭山也顧不得斥他御前失儀了，厲聲問道：「你寫賀章時腦子抽了嗎？」

蘭松泉匆匆看完，目光如釘子般落到那「犬」字上，眼神變得茫然。「這不可能！」

明康帝冷笑一聲。「怎麼，你要告訴朕，這不是你寫的？」

「皇上，這絕對不是臣寫的！」蘭松泉大聲道。

明康帝撩撩眼皮。「你的字就算朕認不出來，你父親也認不出來嗎？蘭首輔，你來說說，這字究竟是不是你兒子寫的？」

蘭山被問得說不出話來，蘭松泉急了。「父親，這真不是我寫的，我怎麼會犯這種錯誤！」

明康帝淡淡哼了一聲。「蘭閣老，你就告訴朕，這到底是不是你兒子的字跡？」

蘭山盯著紙上朱字，想找出一點不同，可最終只剩下喪氣，艱難道：「是他的字跡……」

「父親！」蘭松泉大急，轉而朝明康帝一拜，「皇上，臣又不是得了失心瘋，怎麼會寫出這樣的賀章呢！」

「呵呵，都說日有所思，夜有所夢。你或許在心裡這麼罵朕久矣，一不小心就把心裡話寫出來了。」跟朕狡辯？朕從來不聽！

最懂明康帝心思的還是蘭山，見兒子還要再說，忙狠扯了他一下，雙手伏地請罪：「皇上，小畜生絕不敢有這樣心思，求您看在老臣只有這麼個兒子的份上，饒他條賤命吧……」

明康帝冷眼看著蘭山砰砰磕了好幾個響頭，稀疏白髮一下子就散亂了，終於開口道：「既然蘭愛卿替你兒子求情，那麼死罪可免活罪難逃，就賞他一百大板吧。」

蘭山一聽冷汗就流下來了。一百大板真要打下去，兒子不死也殘廢了，這可萬萬不成！

「皇上，小畜生皮糙肉厚，萬一把您的御板硌壞就不好了……」

蘭山可憐巴巴求了一通，明康帝瞇眼聽著，最後才緩緩睜開眼。「蘭愛卿盡心盡力多年，朕也不是無情之人，只是金口玉言怎麼能隨便更改呢？這樣吧，打板子的賞賜依然不變，不過蘭愛卿可以用銀子來抵。」

「銀子來抵？」蘭山愣愣問。他年紀大了，誰來告訴他皇上這是什麼意思？

「對，拿銀子來抵，一千兩白銀抵一板子。」明康帝面無表情道。

一千兩白銀抵一板子，一百大板就是十萬雪花銀，嗯，好歹今年臘賜可以發下去了。

蘭山飛快在心裡默算了一下。十萬白銀免兒子一百大板，咬牙也得答應啊，不然兒子沒了，要這麼多錢做什麼？

「怎麼，蘭愛卿不願意？」明康帝抬抬眼皮。

「願意、願意，臣一百個願意。」

「那蘭愛卿打算抵幾板子啊？」明康帝不動聲色問道。

哼，反正他會示意魏無邪，只要不是全額抵了，無論打一百大板還是五十大板效果都一樣，絕對讓這小畜生知道花兒為什麼這樣紅，板子為什麼這麼重！

蘭山眼皮突突直跳。皇上這麼問就沒安好心啊，他敢說只抵幾板子嗎？現在他可算知道臘賜用誰家銀子發了，可嘆那日在御書房他只猜到了開頭，沒有猜到結果！

蘭山越想越心酸，在明康帝波瀾不驚的目光下，含淚道：「自然是全抵了。」

明康帝眼底滿意之色一閃而逝，暗暗點頭。別的不說，蘭山這份識眼色他還是很滿意的。十萬兩白銀，少一錢都不行！

「好了，帶著你兒子回去吧，早點把銀子送來。」

蘭山如蒙大赦，涕淚交加謝恩，拽著蘭松泉往外走。蘭松泉心中窩火，背影就帶出些緊繃。

明康帝盯著蘭松泉背影，嫌棄皺眉。

蘭山雖是個好的，他這個兒子太不成樣子了，瞧見就扎心。說起來，蘭山也是七十歲的人了，陪了他這麼多年好歹有幾分感情，不到迫不得已他是不願讓老臣傷心的。如若不然，把蘭家一抄，想必以後就再也不用為臘賜的事發愁了。

「魏無邪，把這裡收拾一下。」明康帝淡淡吩咐一聲，起身出去了。

嗯，臘賜的事情解決了，神清氣爽，做功課去了。

魏無邪忙喊來人收拾。兩個小太監跪地拿著軟巾擦拭蘭松泉落下的鼻血，魏無邪皺眉踢了離他最近的小太監一下。「誰讓你擦了！」

「啊？」小太監眨眨眼。

「把沾上鼻血的金磚撬開，換了！」

兩個小太監面面相覷。還要換金磚？

「蠢貨，趕緊的！」魏無邪甩袖子出去，心底冷笑。要不說他當上了秉筆太監兼東廠提督，這兩個蠢貨還在擦地板呢。滴上別人鼻血的金磚還能用？皇上不拿金磚敲死他們才怪。

魏無邪離去後，兩個小太監費勁巴力地撬著金磚，其中一人嘆道：「這御書房是怎麼了，前些日子因為老鼠洞換了一波金磚，這才多久啊，又換了。」

「行了，趕緊做事吧，等會兒連飯點都趕不上了。」

蘭山父子回到府中，直奔書房。蘭山的書房分了隔間，在裡面談些機密不怕被人聽了去。一進到書房隔間，蘭松泉就一腳踹翻了桌子，桌子上擺著的筆山硯臺等物落了一地。

「這有什麼用，看看你幹的好事！」蘭山恨聲道。

這個小畜生，那十萬兩白花花的銀子還沒送出去呢，又糟蹋東西！

「父親，我真沒寫成『犬』字！」

「那你說這到底是不是你的筆跡？」

那份讓人心塞的賀章當然是被父子二人帶回來了。

蘭松泉盯著賀章看了許久，喃喃道：「父親，這事有點邪性，我確定當時寫的是『天』。再者說，我寫完會檢查啊，『犬』這麼刺眼的字我會發現不了？」

蘭山抬手敲了蘭松泉的頭一下。「刺眼嗎？一個筆誤檢查幾遍發現不了，這種事也不是沒有，或許你內心深處就是覺得這個字順眼呢。」

蘭松泉扯扯嘴角。父親這話倒是說對了，那狗皇帝三天兩頭逼著他們寫青詞、寫賀表，長年累月下來還不許重樣的，簡直要逼死人好嘛。

想到這裡，蘭松泉倒抽口氣。難道真是因為這樣，他筆誤了才沒有發現？

蘭松泉頭疼抓了抓頭髮。邪門，太邪門了！

「你趕緊去把一臉血洗乾淨了，別嚇著你娘。」蘭山雖覺有些蹊蹺，可他不認為兒子連自己筆跡都認不出來，只能嘆一聲人走背運就出邪事。

蘭松泉沒有動彈。「父親，今天這事，咱們得好好琢磨琢磨。」

「賀章的事？」

「不，皇上的態度。」

蘭山皺眉坐下來。他上了年紀，腦子沒有以前靈光了，近年來遇到事都是兒子拿主意的。

「父親，我覺得皇上對咱們父子沒有以前恩寵了。」

「這還用你說？」蘭山翻了翻眼皮。蘭山已經很大年紀了，可以說滿朝上下沒有比他更年長的人，眼皮上全是褶皺，這麼一翻露出混濁的眼珠。

蘭松泉見了暗嘆一聲：父親果然太老了。

「父親，您有考慮過以後該怎麼辦嗎？」

「以後……」蘭山眼神閃了閃。

「我看皇上是不待見兒子的，等您一致仕，說不準就要抄兒子的家了。」

蘭山瞪眼。「胡說什麼呢，你又沒分家！」

蘭松泉動了動唇。父親腦子真是不轉彎了，他這是委婉的說法，父親致仕了或許皇上還不會動手，萬一駕鶴西歸了呢？別忘了，現在那狗皇帝就做得出拿他家十萬兩銀子抵一百大板的事！

蘭松泉越想越氣，眼神陰狠，喃喃道：「要是沐王早日繼位就好了。」

「住口！」蘭山喝了一聲，被蘭松泉的話驚出一身冷汗。

盼著沐王繼位，那不就是盼著皇上早日——

蘭松泉一屁股坐下，頂著滿臉血毫不在乎道：「未雨綢繆，說說又怎麼了，反正沒人聽見。」

「皇上對我們父子不薄。」

「那是對父親不薄，對兒子可沒有。父親，您別激動，其實就算沒有發生今天這事，咱們也該好好合計一下了。」

「你想說什麼？」

蘭松泉身子前傾，湊近父親。「睿王目前已經有了女兒，還有三名妾室將要陸續生產，到時總會有兒子的，皇上的天平可要偏到睿王那邊去了。」

蘭松泉年輕氣盛時曾欺負過睿王，這事京中不少人都知道，也因此父子二人一直堅定地站在沐王那邊。真讓睿王繼位，他們父子就危險了。

蘭山長長嘆了口氣。「這事是要好好研究一下。」

不管蘭山父子關在書房裡如何研究，十萬兩罰金很快就作為臘賜發了下去，一時之間官員們個個喜氣洋洋。翰林院中得到臘賜的翰林們一陣歡呼。

這些月俸八石的翰林最期盼的就是一年一次的臘賜了，要知道多年前國庫還算充盈之時，臨近年關發下的臘賜抵得上他們一年的俸祿。當然，近些年是不能比了，但比起去年的乾脆沒發，現在得了雙份臘賜的欣喜不言而喻。

更令人高興的是，臘賜是在各衙門封印前的最後一日發下的，也就是說明日這些官員們都可以放大假，整天喝酒應酬或陪老婆孩子去了。

「走、走，喝酒去。」

「百味齋、百味齋。」

同是翰林，就不需要在人前裝矜持，一個個喜笑顏開道。

「喬修撰，去不去喝酒？」

喬墨溫和笑道：「我有孝在身，就不去了，各位同僚好好喝。」

提議的同僚這才想起來，尷尬笑道：「也對，那我們去了。」

看著同僚們高高興興走了，喬墨彎彎唇角走出翰林院。

外面青石街面被打掃得乾乾淨淨，積雪堆至道路兩旁，足有數尺高。隨著喬墨走過，一隻在雪地裡覓食的麻雀受到驚擾，張開翅膀忽地一下飛走了，帶起的雪沫飄落到喬墨髮絲上。

喬墨抬手彈了彈，大步往停在街角的馬車走去，交代車夫道：「回冠軍侯府。」

馬車吱吱呀呀開始前行，喬墨掀起窗簾往外看。因為下了一個冬天的雪，等馬車駛出眾多衙門所在的街道，街上衣衫襤褸的人陡然多了起來。那些人神情麻木，衣不蔽體，裸露在外的肌膚生了大大小小的凍瘡，多數都是因雪災逃到京城的流民。

喬墨眼神一黯。皇上一心求道，蘭山父子把持朝政二十載，鬧得朝中烏煙瘴氣，百姓民不聊生，蘭山父子一日不除就難還大梁朗朗乾坤。

回到府中，僕從來報：「公子，夫人請您過去。」

喬墨點點頭，去了喬昭那裡。

「大哥下衙了。」喬昭迎出來。

「侯爺呢？」

「在書房與人議事呢。」

「妹妹找我何事？」憑喬墨對喬昭的理解，自然明白一回府她就派人來請，那必是有事。

喬昭看著兄長，笑盈盈道：「庭泉的臘賜發下來了。」

喬墨笑起來。「就知道瞞不過妳。」

「大哥就在蘭山眼皮子底下做事，不怕他們發現端倪嗎？」

「不怕，我在內閣摸透了朝中那些重臣的性子，蘭松泉此人剛愎自用，一時很難相信有人能模仿他的筆跡到以假亂真的地步。退一步講，就算他有所懷疑，也不會查到我頭上來。」

「為何？」喬昭知道兄長性格沉穩，哪怕恨不得生啖蘭山父子血肉也不會急於求成，但還是好奇問道。

「我們各有分工，負責審查工部那一塊的不是我，而是蘭山的人。」

喬昭笑起來。「那就讓他們狗咬狗好了。」

喬墨抬手想要揉揉喬昭的頭，想到妹妹已經不是小姑娘了，不動聲色把手放下。「朝廷的事交給大哥吧，妳不用擔心。」

「嗯，有大哥在朝中隨時留意蘭山父子動向，那就好多了。」

朝中有人與朝中無人是完全不同的，這也是許多簪纓之家傾盡全力培養族中子弟的原因，不然有一代人在野，那就漸漸淪為邊緣。

官員們得到臘賜，高興之餘開始好奇臘賜是怎麼發下來的，這麼一打聽險些樂死，敢情是免了首輔之子蘭松泉打屁股之苦換來的。

隨著領到臘賜的官員歡呼雀躍去大大小小的酒肆把酒言歡，蘭松泉險些氣歪了鼻子。

「氣死我了，氣死我了，領著老子的錢還要取笑老子，都是些王八蛋！」

「好了，你也消消氣，和那些月俸不過數石的窮酸計較什麼？」蘭山淡淡勸道。

「我就是氣不過那些兜裡沒幾個銅板的人，用一副洋洋得意的語氣議論我。」

「不招人嫉是庸才，由他們說去。」蘭山心平氣和寫了一副對聯，笑道，「你看看這副對聯過年時貼到大門上怎麼樣？」

蘭松泉草草看了一眼，敷衍道：「挺好。父親，我回去了。」

「去吧。」蘭山把筆放下，盯著剛寫好的對聯嘆了口氣。

他老了，曾經對他唯命是從的兒子漸漸管不住了，還好兒子脾氣雖差了些卻是個有主意的，只希望順順利利等到沐王繼位才好。

很快就到了除夕，外面爆竹聲此起彼伏響起，伴隨著幼童的興奮尖叫聲。

冠軍侯府人口簡單，規矩少，大年三十一大早開始貼春聯，邵明淵拉著喬昭道：「走，咱們親自給大門貼上去。」

「姊夫，我也去！」喬晚一聽就來了興趣，纏著邵明淵不放。

「好，一起去。」

喬晚扭頭喊喬墨：「大哥，你也來啊。」

四人一起來到大門口，邵明淵請喬墨貼了上聯，喬昭貼了下聯，他則把金粉寫成的大大「福字」倒著貼了上去。

喬晚拍手道：「福到了！」

喬墨望著吉祥喜慶的金字，喃喃道：「是呀，福到了。」

「可是你們都貼了，我幹什麼呀？」喬晚興奮過後，著急問道。

邵明淵從親衛手中接過鞭炮，笑道：「晚晚來點炮竹怎麼樣？」

喬晚是個膽子大的，立刻點頭。「好。」

很快鞭炮就劈里啪啦響起來，喬晚捂著耳朵躲得老遠，邊笑邊跳。喬昭與喬墨對視一眼，兄妹二人皆笑了。到了晚上，四人圍坐在一起包餃子，喬晚不知從何處拿出兩朵紅絨花。

「黎姊姊，我給妳戴花。以前每年過年母親都會給家中女眷發紅絨花戴，說戴著紅花包餃子就不會被年獸叼跑了。」

喬晚口中的母親指的是嫡母寇氏。

「好，多謝晚晚了。」喬昭低下頭來，由喬晚把那紅絨花插到她青絲間。

「姊夫、大哥，你們看黎姊姊戴紅花好看吧？」

兩個大男人齊齊點頭。少女雪膚烏髮點綴著一朵小巧紅絨花，確實是極好看的。

「大哥，我能戴嗎？」喬晚可憐巴巴問道。

「戴吧。來，大哥給妳戴上。」

喬昭含笑看著喬墨替喬晚戴花，忽覺衣袖被人扯了扯。

「怎麼，你也要戴花？」喬昭睨著邵明淵打趣道。

邵明淵笑了。「如果是昭昭給我戴，那也未嘗不可。」

男子喜慶之日戴花並不是驚世駭俗之事，反而很常見，當然多是文人雅士，如冠軍侯這樣名震天下的鐵血將軍反差就有點大了。

「剛剛拉我做什麼？」當著兄長與幼妹的面，喬昭自然不會和他貧嘴。

「昭昭，妳看我包的這個餃子怎麼樣？」

喬昭看了看，點頭。「比我包得齊整。」

所以他這是來炫耀嗎？以己之長攻彼之短，這男人該收拾了！

「妳看，我在這裡多捏了一道褶，等子時煮餃子吃，妳吃這個。」邵明淵壓低了聲音，「我在這裡放了一顆糖。」第一口餃子吃到糖，預示著新的一年裡會甜甜蜜蜜，不會吃苦頭。

「你這是作弊吧？」

邵明淵揚眉。「誰說的，我又不是在吃餃子時告訴妳的。」

「姊夫，你們說什麼悄悄話呢？」

邵明淵坐正，一本正經道：「姊夫教妳姊姊包餃子呢。」

喬晚看了看喬昭，嘀咕道：「是黎姊姊。」姊夫這麼說，不知道的人還以為黎姊姊就是她大姊呢。雖然相處了這些日子，她覺得黎姊姊也是很好的人，可是再好也不是大姊啊。

小姑娘雖然放低了聲音，在場三人卻都聽到了，互相看了一眼，一時有些安靜。

在喬晚沒反應過來氣氛變化前，喬墨笑著道：「來，晚晚，大哥教妳包餃子。」

氣氛很快變得和樂融融，到了子時，外面鞭炮聲不絕於耳，喬墨喊起昏昏欲睡的喬晚：「晚晚，該起來吃餃子了。」

邵明淵側頭問喬昭：「睏了嗎？」

除夕夜守歲是傳統，守到子時吃完餃子才能睡覺，較平時晚了許久，他擔心喬昭熬不住。

「沒事，還精神著呢。」

很快熱氣騰騰的餃子端上桌來，喬昭瞧了瞧，發現煮過的餃子根本分辨不出特意做過的記號，隨意挾起一個放入口中。咬開餃子，融化的糖汁在舌尖散開，喬昭微怔，詫異看向邵明淵。

「是什麼餡的？」邵明淵問道。

「甜的。」

邵明淵展眉笑起來。嗯，回頭給盛餃子的廚娘賞一個大紅封，幹得漂亮。

喬昭深深看了邵明淵一眼，雖知其中定然有古怪，心中卻覺甜絲絲的。無論如何，有個好彩頭都是件令人高興的事，希望新的一年裡他們甜蜜如此刻。

「黎姊姊運氣真好，我只吃到肉的！」喬晚滿是羨慕。

四人熱熱鬧鬧吃完餃子，喬晚早已睏得睜不開眼睛。

「我送晚晚回去。」喬墨帶著喬晚走了。

收拾杯盞碗筷自然用不著當主子的，邵明淵拉過喬昭的手。「我們洗漱一下也休息吧，明早還要進宮拜年。」

喬昭不再是不起眼的翰林修撰之女，是堂堂侯夫人了，大年初一自然要入宮給太后朝賀。

一夜無話。天還是暗的，喬昭便起身洗漱收拾，光是梳頭換衣就足足用去大半個時辰。

初一這日，外命婦與文武百官的朝賀分開進行，邵明淵騎馬，喬昭上馬車，各自向皇宮而去。張燈結綵的皇宮驅散了黎明前的黑暗，流光溢彩中顯得威儀堂皇。

喬昭趕到那裡時，早已有許多外命婦在等候，見她由小太監提著燈籠引來，紛紛看過來。象徵著侯夫人身分的真紅大袖衫，深青色蹙金繡雲霞翟紋霞帔，繁複華美的松山特髻上金翟鳥振翅欲飛，緩緩走來的女子從頭髮絲到鞋尖的裝飾，都透出令人不可侵犯的莊重華貴。

不少外命婦眼中就流露出嫉羨。

黎家女這才多大年紀，聽說還未及笄吧，這就穿著侯夫人的朝服前來朝賀了，而各家府上像她這麼大的女子才剛剛從孫媳婦熬起。

喬昭走到安置眾多侯夫人之處腳步微頓，引領她的小太監卻笑道：「夫人這邊請。」

外命婦們眼見喬昭被小太監領到寥寥數位國公夫人那裡，再也忍不住低聲議論起來，看向喬昭的眼神已經不能用嫉羨來形容。

「嘶，這人和人真是比不得啊。我剛還想著十幾歲就穿著這樣的朝服，不知是幾輩子修來的福氣，結果人家比咱想得還要能耐。」

國公夫人，這是什麼樣的尊榮？看看殿中排在外命婦最前面的那三、四位老得快要走不動的國公夫人就知道了。

「可不是嗎，想想咱們十幾歲的時候什麼樣？還在府中低眉順眼伺候婆婆呢。」

旁邊人噗哧一笑。「妳比我還強些，我那時除了伺候婆婆，婆婆上面還有婆婆呢。」

大理寺卿王氏站在三品夫人堆裡，平時高高在上的三品夫人此時卻沒有坐著的資格，看向喬昭的神情格外複雜。她一直想著求黎氏女給她的小兒媳瞧瞧，卻一直未能如願，現在人家身分遠超過她，想要求得對方答應就更難了。該想個什麼法子才好呢？王氏絞盡腦汁琢磨起來。

「太后駕到——」

殿中頓時一靜，所有人起身。在宮人的簇擁下太后緩緩走來，奏樂升座，眾命婦齊齊賀拜，再然後命婦們按品級分成若干班進賀箋。

喬昭與其他幾位國公夫人僅排在長容長公主和沐王妃等人之後，太后很快便注意到她。太后面上絲毫不露聲色，冷眼審視著命婦中年輕得過分的女孩子，見她從頭至尾規矩上挑不出絲毫差錯，甚至比許多命婦更加從容，不由納罕。

她早就知道這個女孩子有些與眾不同，卻沒想到能走到這一步。小小翰林修撰的女兒，果然善於鑽營，竟攀上了冠軍侯這棵大樹，一朝成了金鳳凰。太后遮住眼中不喜，悄悄移開視線。

待太后接受完所有命婦賀拜，贊樂聲中步入內殿，開始單獨宣外命婦敘話。

剛剛的賀拜只是多年來的慣例，而這時才是體現太后對外命婦恩寵的時候，每年初一哪位命婦被太后單獨召見，那便足以揚眉吐氣一年。

先是長容長公主等人進去，不多時大太監來喜喊道：「宣冠軍侯夫人黎氏覲見——」

二二七　朝賀殊榮

命婦中響起一陣小小的騷動。

先召見長容長公主等皇族中人也就罷了，接下來召見的怎麼會是冠軍侯夫人？

眾人不由向幾位年長的國公夫人瞄去。

這還真有趣了，往年太后見完長公主與王妃等人，緊接著就會召見幾位國公夫人。要知道未接到召見之前她們都要在殿中候著，排得越晚等得越久，而且太后不可能一一見過，絕大多數人都是乾等上一、兩個時辰後直接離宮。幾位國公夫人在眾人各色目光下，臉色變得有些微妙。

「侯夫人，請吧。」來喜喊了一聲。

喬昭點點頭，隨來喜往內殿走去，心中暗嘆了一聲。太后定然極不喜她，才把她架到火上烤。不過是小小調換了一下召見順序，她什麼都沒做就把幾位國公夫人得罪了。

內殿中燃著香，喬昭穿過重重帷幔，看到端坐上首的楊太后正端茶盞喝茶，在她左下方坐著長容長公主，右下首則是沐王妃，除這二人，還有名三十來歲的婦人恭謹地坐在張小凳子上。

喬昭不由多看了那名婦人一眼。婦人梳著規矩的圓髻，姿色秀美，氣質溫和，眉梢眼角都透著柔順，見到喬昭進來，與楊太后等人審視的目光不同，眼中瞬間迸發出渴盼與激動。

儘管那絲渴盼一閃而逝，還是被喬昭捕捉到了。

這個婦人她還有印象，正是睿王眾多侍妾之一。當時她給睿王侍妾診脈，在那群黑壓壓的侍妾之中這名侍妾排在最前面，可惜卻沒有診出身孕。

這也不奇怪，以睿王對子嗣的渴盼程度，定然會多在年輕好生養的侍妾那裡留宿，而以眼前婦人的年紀，顯然是沒有多少機會了。喬昭猜測這名婦人應就是自睿王妃過世後暫管王府內宅事務的侍妾，所以才有見太后的機會。

楊太后此時正與那名婦人說話：「妳也知道王府子嗣多麼珍貴，現在府上有三名侍妾快要生產了，妳可要把她們照顧妥當，若是出了差池，哀家要唯妳是問。」

婦人低眉順眼，忙道：「請太后放心，賤妾定然照顧好妹妹們。」

楊太后這才點點頭，看向走進來的喬昭。

喬昭向楊太后見禮。「臣婦謹賀太后新年新喜。」

楊太后定定看了跪在地上的盛裝女子一眼，淡淡笑道：「起來吧。」

喬昭又向沐王妃與長容長公主見禮。

沐王妃啟唇笑道：「春日宴會上我見到冠軍侯夫人，就覺得這樣靈氣秀麗的人兒滿天下都找不出第二個來。」

長容長公主淡淡接話：「是啊，這般年輕的侯夫人我也是頭一次見呢。」

若是楊太后對喬昭有七分不喜，長容長公主對喬昭的不喜就有十分了。長容長公主最恨的就是引得男子意亂情迷的狐狸精，而眼前這小姑娘，先是勾得她兒子動了心思，而後竟一躍成為冠軍侯的妻子，這其中若說沒有蹊蹺就怪了。

冠軍侯與燦兒是至交好友，她一個小姑娘能認識冠軍侯，定然是借了兒子的助力。這可真是好得很，先把她兒子迷住，再通過她兒子攀上冠軍侯，這般有能耐的小姑娘她還是頭一次見呢。這可比她府上只知道勾引駙馬的那個賤人有本事多了。

喬昭微動了下眉梢。若說沐王妃那話只是尋常場面話，長公主話中的刻薄之意就太明顯了，她如何會聽不出來。她輕輕看了長容長公主一眼，目光下移，在其腹部停留片刻，收回視線。

長容長公主蹙眉。「侯夫人為何這般看本宮？」

喬昭笑笑。「臣婦謹賀殿下新喜。」

莫名其妙！長容長公主淡淡瞥了喬昭一眼，不屑再開口。

楊太后冷眼看著，心中一動。從第一次見到這個小丫頭，她就發現她很不一般，後來治好真真的臉更是出人意料。據說，黎氏的醫術得了李神醫真傳……

若是如此，她剛剛看長容那一眼莫非有別的意思？

楊太后存了這個念頭，對喬昭露出慈愛的笑容。「黎氏，哀家早就想再傳妳過來了。」

她說著對喬昭招招手。「來哀家身邊坐。」

喬昭走上前去。「太后厚愛，臣婦惶恐。」

太后拉過她的手拍了拍。「哀家得向妳道謝呢，聽睿王府上三名侍妾有孕都是妳發現的。」

「臣婦不敢當，婦人有孕早晚都會知道的，換了其他醫者同樣能夠診斷出來。」

楊太后笑笑。「話雖如此，但能及早發現才是頂要緊的。這婦人啊，有孕前三個月最嬌貴，半點大意不得。」

喬昭跟著笑笑，沒再多言。她不需要討好太后，只要保證不出錯就好。

「妳可否給她瞧瞧？」楊太后一指睿王侍妾。「她是個頂規矩的，多年來把睿王府打理得井井有條，就是不知道這肚子何時能有消息。」

就黎三那個會作妖的姊姊，雖然生下了目前睿王府唯一的孩子，她依然瞧不上。

楊太后這麼說，喬昭自然不好推脫，替睿王侍妾把過脈，笑道：「這位夫人身體康健，想來早晚能稱心如意。」

婦人眼中滿是失望，強笑道：「妾承侯夫人吉言。」

楊太后神色倒是沒有什麼變化。她雖對這名侍妾印象不錯，但也僅此而已了，畢竟不是正兒八經的孫媳婦，還要專門費心。之後太后拉著喬昭問了諸如「在侯府可還習慣」之類的問題，這才放喬昭離去。見喬昭走出來，等得心焦的命婦們精神一振。可算出來了，也不知等太后召見過幾位國公夫人，還有誰會被召見。

「太后今日有些乏了，請各位夫人回去吧。」來喜笑道。

喬昭頓時感覺到無數視線投過來，要是那些視線能化為實質，她此時恐怕就被扎成了馬蜂窩。

內殿中，楊太后打發走了沐王妃與睿王侍妾，獨獨把長容長公主留了下來。

「母后還有事？」長容長公主漫不經心問道。

楊太后沒理會長容長公主，吩咐來喜道：「去請楊太醫來。」

聽楊太后命來喜去請楊太醫，長容長公主眉頭輕蹙。「母后不舒服嗎？」

大年初一，為了圖吉利一般是不看大夫的。

楊太后深深看了長容長公主一眼。「哀家沒有不舒服。」

「那母后為何請太醫？」

「哀家是給妳請的。」

長容長公主一臉訝然。「給我請？我沒有哪裡不舒服啊。」

「有備無患，還是看看吧。」楊太后心裡存著事，不願多說，閉上了眼睛。

「母后，您究竟是什麼意思？」長容長公主自從被死去的駙馬傷了心，變得性情乖張，面對人人敬畏的太后仍像在公主府中一樣隨意。她是楊太后唯一的女兒，從小受盡寵愛。

楊太后睜開眼，緩緩道：「剛剛黎氏看妳的眼神有些奇怪。」

長公主微怔，而後失笑道：「母后多慮了，她就是聽出我拿話刺她，年輕氣盛不服氣唄。」

「可她對妳說的話也有些奇怪。」

「她說了什麼？」長容長公主回憶了一下，「她就是給女兒拜年問好，沒說什麼特別的，不是和對母后說的話一樣嗎？」

楊太后搖搖頭。「不一樣，妳仔細回憶一下她的話。」

「她對您說『臣婦謹賀太后新年新喜』，對女兒也說的這句話啊。」長容長公主越發覺得楊太后大驚小怪了。

「不一樣，她恭賀了哀家新年新喜，卻只對妳恭賀新喜。」

「這有什麼不同？」長容長公主隨口反問，忽然想到喬昭落在她腹部的那道視線，不由打了個激靈，臉色猛然變了。

這時來喜的聲音傳來。「太后，楊太醫到了。」

「傳他進來。」

一名頭髮花白的老太醫很快就提著藥箱走進來，一進門便給楊太后和長容長公主拜年。「微臣謹賀太后新年新喜，長公主新年新喜。」

楊太醫是楊太后本家，深得楊太后信任。

「太醫給長公主把把脈。」楊太后現在聽到「新喜」兩個字就腦仁兒疼。

大年初一給長公主把脈，楊太醫識趣沒有多問，走到長容長公主面前道一聲冒犯，號起脈來。

一摸到脈象，楊太醫手就一抖。大過年的這不是開玩笑吧，長公主這明明就是喜脈啊！

「怎麼？」楊太后一直仔細留意著楊太醫的表情，見他變了臉色心中不由一緊。

楊太醫神色凝重看向楊太后。

「太醫儘管直言。」

殿中除了楊太后與長容長公主，就只有來喜伺候著，來喜是楊太后的頭號心腹。

「回稟太后，長公主殿下有喜了。」楊太醫把頭埋得低低的，不敢抬眼看楊太后的表情。

聽到結果的瞬間長容長公主驀地站起來，失聲道：「怎麼可能？」

楊太后臉色也好看不到哪裡去。她寡居的女兒居然有喜了，這能是什麼光彩事？

「幾個月了？」楊太后強行壓下心中波濤問道。

「尚不足一個半月，剛剛能診斷出來。」

「好了，太醫先退下吧。」楊太后示意來喜領楊太醫出去。

很快殿中只剩下太后母女二人。瞧著長公主不可置信的模樣，太后氣得一拍茶几。「孩子是誰的！」

楊太后一發火，長容長公主反而鎮定下來，懶洋洋道：「我怎麼知道。」

她養了那麼多面首，天知道是誰的。只是她明明生了燦兒後就再沒受孕過，到了這個年紀怎麼突然就有了？長容長公主忽然想起剛剛喬昭看向她時似笑非笑的樣子。

那個小姑娘說什麼來著？臣婦謹賀殿下新喜——

殿下新喜……豈有此理，那小丫頭片子竟這般譏諷她！

長容長公主養尊處優多年，何曾吃過這樣的暗虧，想明白後氣得手都抖了。

楊太后一瞧氣得心肝一顫。「妳這什麼態度！早跟妳說過，妳是兒子娶妻早的話孫子都滿地跑的人了，多少收斂一下，偏偏不聽！現在好了弄出個野孩子，妳讓燦兒的臉面往哪放？」

長容長公主抬了抬下巴，眼中閃過惱怒。「他的臉面？我足對得起他。」

「妳——」楊太后想要發火，看著長容長公主桀驁不馴的模樣堵得說不出話來。女兒要是能聽勸，也不會荒唐這麼多年了。

「罷了，事已至此多說無益，等過這兩日讓楊太醫給妳熬碗藥喝了，請穩妥的人照應著。」

長容長公主沉默了一會兒，點點頭。她當然不能把這個孩子生下來。她養面首雖不是什麼祕密，畢竟沒擺到明面上，公主府大門一關誰管得著她做什麼？

可一旦生下孩子就不同了，她總不能把這孩子關在公主府一輩子不見天日。

「還有冠軍侯夫人那裡……」

長容長公主沉著臉看著楊太后。

楊太后嘆氣。「既然被她瞧出了端倪，總要好生安撫一下。」

長容長公主一張臉徹底黑了。怎麼著，諷刺了她，還要好生哄著？

長公主滿心不甘，奈何把柄落到人家手裡，最終還是只能選擇妥協。她以前瞧誰不順眼都是立刻把這口氣出了，現在居然反了過來，想想真是憋屈！

喬昭才回到府中不久，宮中就賞賜下許多好玩意兒，邵明淵笑道：「昭昭，妳進宮一趟，得到的賞賜比我的臘賜都多了。」嗯，他家媳婦果然人見人愛，連太后也不例外。

喬昭莞爾一笑。「我也意外呢。」看來太后已經請御醫給長公主診斷過了，封口費還挺高。

「昭昭，明日要去岳父家拜年，咱們商量一下該帶些什麼禮物合適吧。」

書房中擺著數個火盆，銀絲炭燒得旺旺的，小夫妻頭挨著頭擠在書案旁，一人研墨，一人執筆，擬起回娘家的禮單。

而長容長公主回到公主府心情卻差到極點，以至於池燦前來請安時都沉著個臉。池燦很是莫名其妙，悄悄打聽到命婦給太后朝賀的情形，心中疑慮更甚，暗自留意起長公主這邊的動靜。

才過兩日，楊太醫低調進了長公主府，離開時雙腿發抖，臉色發青，像是失了魂般。一隻修長白皙的手捏住楊太醫手腕，在他尖叫前另一隻手捂上他的嘴，把人拖進小巷中一座不起眼的民宅裡。楊太醫被抵在門板上，待嘴巴得了自由驚慌失措問道：「什麼人？」

看清那人樣子，楊太醫一愣，語氣變得奇異。「池公子？」

池燦眯著眼，聲音冰冷。「我母親怎麼了？」

「長公主——」楊太醫被問住了。長容長公主有孕這件事告訴她兒子合適嗎？在肚子裡的孩子親爹不明的情況下。

「說！」池燦一臉狠厲。

這幾日母親那邊奇怪極了，偏偏楊太醫這副鬼樣子，讓他由不得不懷疑。莫非母親得了不治之症——想到這種可能，池燦只覺心中一痛。這些年來，無論他們母子間有什麼心結，她終究是他的母親，是那個在凌臺山上把自己的血餵給他喝，讓他活下來的母親。

「池公子，這……」楊太醫猶豫不決。

說了肯定沒好下場，不說似乎同樣沒好下場，說不說這真是個讓人心碎的問題。

池燦抽出一把閃著寒光的匕首，絕美的臉上籠罩著一層寒霜。「太醫真的不說？」

楊太醫眉頭一皺。「池公子，下官是奉太后之命來給長公主看診的，若是回不去，太后她老人家恐怕會派人尋呢。」他就不信了，這小兔崽子還敢殺了他？

池燦呵呵一笑。「放心，我可不會殺人。」話音落，他手中匕首一個漂亮旋轉，流星般向楊太醫下體射去。楊太醫白眼一翻昏了過去。

池燦：「……」

不知過多久，楊太醫終於醒來，入目是池燦似笑非笑的臉，手下意識向下邊摸去。還在！

楊太醫狠狠鬆了口氣。他雖然這把年紀了，可男人的尊嚴不能丟啊。

輕笑聲傳來。「別摸了，現在還在又不代表以後還在。」

楊太醫：「……」小王八羔子威脅我！

池燦用一塊雪白的手帕擦拭著匕首，笑吟吟道：「楊太醫也算看著我長大的，知道我的脾氣吧，真惹了什麼禍，大不了我這身官服不要了，外祖母與舅舅還會怎麼樣我不成？」

楊太醫抬手拭汗。

「我最後問一遍，我母親怎麼了？」

眼看著寒光湛湛的匕首逼近，楊太醫眼一閉喊道：「長公主有喜了！」

匕首落下，正好扎在池燦腳背上，鮮血瞬間透過皮靴滲了出來。

「池公子，你的腳受傷了，要包紮一下——」

池燦伸手把楊太醫拽過來，面無表情道：「太醫再說一遍剛剛的話。」

楊太醫看著還帶有幾分少年不羈的年輕人冷然的模樣，暗暗嘆了口氣，說道：「長公主有喜了，下官今日過來是給長公主落胎的……」

「那你為何早早離開？」池燦覺得腦子要炸開了，可不知為何心卻出奇地冷靜，彷彿感覺不到跳動。

「長公主她……」楊太醫看著池燦的眼神幾乎帶著同情了，垂下眼皮道：「長公主她早年虧了身子，此次胎相凶險，不能隨意落胎，否則有性命之憂。」

池燦身子微晃，冷笑溢出唇角。「這麼說，我母親要把這胎生下來了？」

楊太醫當然沒辦法回答這話，低頭拱手道：「下官要回宮向太后覆命。」是不顧長公主性命強行落胎，還是把這胎生下來，當然不是他一個小小太醫可以置喙的。

「楊太醫請走吧。」池燦冷冷道。

「池公子，你的腳——」

「我說請楊太醫離開，楊太醫捨不得走嗎？」池燦彎腰拔下插入靴中的匕首攥在手中，手背青筋凸起。

楊太醫頭皮一麻，趕忙走了。院子裡瞬間空蕩蕩的，池燦緩緩蹲下來。

「公子……」桃生小心翼翼湊過來。池燦淡淡看他一眼，收回目光。

桃生險些哭了。完了、完了，公子連罵人都不會了，一定是傷心透了。

「公子，您沒事吧？」

池燦把靴子脫下來，雪白羅襪已經被鮮血染透了。

「公子，您流了好多血啊，要趕緊包紮一下。哎，這、這得多疼啊！」

池燦看了桃生一眼，笑笑。「不疼。」

此時長容長公主府中看來與往日沒什麼兩樣，掛著彩綢的花木依然透著過年的喜慶，但眉眼靈活的僕從這兩日卻很是謹慎，連走路都不敢發出聲音。

長容長公主保持一動不動的姿勢足有一炷香的工夫了。

女官冬瑜立在她身側，並不敢胡亂開口，心中卻翻江倒海般凌亂。長公主有了身孕，還不能輕易落胎，這可怎麼辦？莫非真要把這個孩子生下來？

「冬瑜。」

冬瑜心中一凜，忙道：「奴婢在。」

長容長公主摸了摸肚子。「妳說這孩子是男孩還是女孩呢？」

「奴婢……猜不出……」

「殿下，公子過來了。」一名婢女前來稟報。

長容長公主眉梢微動。池燦穿過重重帷幔走至長容長公主面前，長公主看了冬瑜一眼，冬瑜微微屈膝退了下去。

外面冬陽明媚，碧瓦朱簷覆蓋著皚皚白雪，室內卻因窗簾紗帳的遮掩顯得有些昏暗。母子二人對視著。良久後，池燦開口：「兒子該向母親道喜。」

長容長公主眼神倏地一縮。「你知道了？」

「母親打算怎麼辦？」

「怎麼辦？」長容長公主挑了挑眉，看著與早死駙馬越發相似的容顏，涼涼笑道：「你不是才向我道過喜，自然是要生下來了。」

池燦既然知道她有了身孕，那也應該知道落胎的凶險，這是寧願她死了也別給他丟臉，不想看著這孩子生下來嗎？長公主思及此處，笑容越冷，看向兒子的眼神竟隱有幾分挑釁了。

池燦何等敏感，只覺心被大錘重重敲擊一下，一口熱血湧了上來。他咬咬舌尖，對長容長公主微微一笑。「母親有了決定就好，兒子告退了。」

看著池燦轉身而去的背影，長容長公主喊道：「站住！」

池燦停下腳步，轉過身來。「母親還有什麼吩咐？」

長容長公主其實也說不出喊住兒子的原因，就這麼冷冷看著他。

「母親既然無事，我就走了。」

池燦離開長容長公主住處，回到房中，張口吐出一口血來。

「公子！公子您可別嚇我啊！」桃生直接嚇哭了。

池燦抹了抹嘴角，輕笑。「死不了。」

「公子，小的給您去請大夫吧。」

「不用。」池燦站起來，拿起掛在屏風上的大氅往外走。

「公子，您去哪兒啊？」

池燦沒有理會桃生，大步往外走去。桃生趕忙跟上。

「給我備馬。」不多時桃生把馬牽來，池燦接過韁繩翻身上馬，交代道：「晚些回來。」

很快地，棗紅駿馬載著主人絕塵而去，桃生重重嘆了口氣。

正月初六，街道兩旁的商舖尚未開張，行人卻不少，都是走親戚拜年的。

池燦騎著馬到了春風樓，看著迎風招展的酒旗瞇了瞇眼。與幾名好友把酒言歡的情景猶在眼前，可轉眼間楊厚承去了南方，朱彥與邵明淵先後娶妻，到現在竟只剩下他一人無處可去。

「開門。」池燦翻身下馬，來到春風樓後門用力拍著門板。

「誰？」不多時門「吱呀」打開了，裡面夥計一看是池燦立刻滿臉笑。「給池公子拜年。」

池燦拋了一塊碎銀子給夥子，抬腳走進去。「給我拿兩罈酒，再準備幾個下酒菜。」

「好嘞。」夥計忙去安排。

雖然過年期間春風樓不做生意，但他們幾個無家可歸的還要在這裡生活，自然備足了食材。不多時酒菜擺上桌，池燦打發夥計出去，自斟自飲起來。

夥計想了想，悄悄趕去冠軍侯府。春風樓是邵明淵的產業，酒樓中不少夥計都是在戰場上受傷後退下來的，忠心自然沒得說。

聽了夥計稟報，邵明淵有些吃驚，回屋對喬昭道：「我去一趟春風樓。」

「這個時候春風樓不是休息了？」

「拾曦過去了，一個人在喝悶酒，我去看看，中午不用等我吃飯了。」邵明淵低頭在喬昭額頭上落下一吻。見他急著往外走，喬昭喊道：「庭泉，我大概知道是怎麼回事兒。」

邵明淵腳步一頓回轉過來，攬著喬昭問：「怎麼回事兒？」

「初一那天進宮朝賀，我發覺長容長公主有孕了。」

邵明淵表情瞬間有些精彩。

「本來想著這不是什麼能宣揚的事，我就沒對你說，以為太后與長公主定然不會留下這孩子，現在看來，池大哥應該是知道了。」

「嗯，我先去看看拾曦。」邵明淵心中有了數，前往春風樓的路上心情頗為凝重。

來自關係最親近之人的傷害有多深，他深有體會。

邵明淵趕到時，池燦已經喝光了一罈子酒。半醉的人雙頰通紅似火，一雙眸子卻晶亮，見到邵明淵笑道：「你怎麼來了？」

邵明淵走過去，劈手奪過池燦手中酒碗放到一旁。

池燦挑眉看他。「幹什麼？」

「一個人喝酒多無趣。」邵明淵端起酒碗一飲而盡，又抓過酒罈滿上。

池燦瞇眼看著邵明淵，好一會兒後笑了，「你知道了？黎三告訴你的？」他想了想，有點生氣，「她告訴你，沒告訴我。」是他母親懷孕了，又不是邵明淵的母親懷孕了！

邵明淵安撫道：「她本來也沒告訴我，猜到你知道了才對我說。」

「那她為什麼不早點告訴我？是等著看我笑話？」

邵明淵無奈笑笑。「拾曦，你喝多了。她怎麼會看你笑話呢，她本來以為——」

「以為我不知道？」池燦笑容越發慘澹。「是啊，我就該不聞不問，偏偏犯賤去打聽！」

見他又要去端酒碗，邵明淵握住他手腕。「拾曦，別喝了。」

池燦努力睜著矇矓的眸子，眼角淚光閃過。「我母親要把孩子生下來。」

邵明淵張張嘴，頭一次感到口拙，小心勸道：「長輩既有了決定，你且看開些吧。」

他在北地多年，見慣了人們那些為了活下去、放在太平盛地會覺得不可思議的言行，長容長公主決定生子的行為並不會讓他太吃驚。

「你以為我是為了她要把孩子生下來難受？」池燦嘴角掛著譏誚的笑意，酒意上湧有些支撐不住，雙手扶住桌面，埋頭好一會兒沒出聲。邵明淵默默陪著。

「她怎麼能這樣想我呢？我會為了莫名其妙的面子無視她的安危？」含糊的聲音傳來，邵明淵看不到池燦的表情，只能從聲音中聽出悲涼的自嘲。

「在她心裡我到底算什麼？算什麼呢？」池燦終於抬起頭來，已是淚流滿面。他的眼睛通紅，冰涼淚水滴落到修長手指上，指尖同樣是冰涼的，可這些都沒心裡那麼冷。

「拾曦——」邵明淵重重拍了拍池燦肩頭。

「庭泉，你小時候，一心以為靖安侯夫人是你親生母親，有沒有想過自己不存在就好了？」

邵明淵沉默了片刻，答道：「沒想過。」

池燦默默看著他，邵明淵見狀笑笑。「那時候，我只想弄明白自己哪裡做得不好，是不是再努力些母親就會喜歡我了，然後努力著努力著就長大了。」

池燦端起酒碗又喝了一大口，因為喝得急，掩口咳嗽起來。

「希望她生個兒子，這樣我就徹底解脫了。」

這樣也好，他以後可以只做他自己，從此不再有期盼和束縛。

慈寧宮中，楊太后聽了太醫的回稟內心卻是崩潰的。

「真的不能落胎？」一連問了三遍，楊太后才算是接受了這個殘酷的事實。

見太后面如死灰，楊太醫小心翼翼道：「或許請眾太醫會診，能想出妥當法子來……」太醫署中，他不是最擅長婦科的，因為是太后的本家才成了給太后請平安脈最多的御醫。

「這怎麼行！」楊太后立刻否定這提議。請太醫會診，那長容有孕的事豈非人盡皆知了！

「你先退下吧，容哀家想想。」

楊太醫如蒙大赦，忙退了下去。

楊太后頭疼欲裂閉上眼。長容腹中的野孩子萬萬不能留，不然生下來就成了皇家恥辱，將來甚至要在史冊上記上一筆。

「來喜。」楊太后豁然睜開眼睛。「宣冠軍侯夫人黎氏進宮。」

稍後，喬昭接到了來喜傳的口諭，但並不覺得驚訝，從容道：「請公公稍後，容我換衣。」

皇宮在白雪覆蓋下少了往日的肅穆，多了幾分瑰麗。

喬昭目不斜視走在來喜身側，穿過一重宮門迎頭遇到一個人。

「公主殿下新年新喜。」喬昭向八公主出聲問好。

一身淺紅宮裝的八公主面對如今的喬昭卻不敢托大，忍著心中不喜回禮。「侯夫人新年新喜。」她看一眼來喜，問道：「是皇祖母召見侯夫人嗎？」

來喜回道：「是呢，太后她老人家還等著。」

八公主退至一旁，淺笑道：「本來要去給她老人家請安的，既然如此本宮改時間再過去吧。」

駐足看著喬昭走遠，八公主收起笑容，眼神轉冷。

冠軍侯夫人，聽著可真威風呢，可明明父皇有意招冠軍侯為駙馬的——八公主一想到就恨得心中滴血。過了這年她已十九歲，婚事至今毫無動靜。她不像九妹，有母妃替她考慮，還得了皇祖母喜歡，像她這樣的公主若不是偶爾被父皇想起來，還不知要在這皇宮中虛耗多少日夜。

八公主越想越恨，遙遙瞥了一眼慈寧宮的方向，這才轉身離去。

「太后，冠軍侯夫人到了。」來喜站在外頭稟報。

沉沉的聲音透過帷幔傳來。「請侯夫人進來。」

「侯夫人，請吧。」

喬昭走進去，香氣瀰漫中瞥見楊太后深沉的眼神，屈膝見禮。「臣婦給太后請安。」

「侯夫人坐吧。」

來喜搬了小凳子放到喬昭身邊，喬昭從善如流坐下。楊太后仔細打量著喬昭。眉眼尚還青澀的少女挽著墮馬髻，耳上垂著蓮子米大小的粉色珍珠，讓她看起來成熟些許，然而到底太過年輕了。太后一瞬間有些動搖那念頭，很快又說服了自己。事已至此，難道還有更好的辦法不成？

「侯夫人，長容她有了身孕，妳是知道的吧？」

喬昭微訝。她沒料到太后問得如此開門見山，不過轉念一想也就明白了。如果太后問得含蓄，她自然就可以打太極，而現在問得這麼直接，她再裝傻就不好了。

「侯夫人師承李神醫，哀家便知道錯不了，也難怪當初那麼多大夫診不出黎府二太太有了身孕，侯夫人卻慧眼如炬。」

「太后謬讚。」果然太后召她進宮，早把情況打聽清楚了。她剛若推說不知，現在就難堪了。

「別的話哀家也不說，今日傳妳過來，是想請妳走一趟長公主府。」

喬昭面色平靜聽著。

「侯夫人應該知道長容肚裡的孩子不能留的，可哀家命太醫過去看了，卻發現長容胎相凶險，落胎恐會引發血崩……」楊太后邊說邊不動聲色打量著喬昭，見她面色淡淡瞧不出任何端倪，這才接著道：「所以哀家只能求到黎夫人頭上了。」

喬昭忙道：「太后折煞臣婦了，能替太后解憂是臣婦的榮幸，哪裡敢當一個『求』字。」

太后都愣了。這發展是不是有些不對啊？以她派人打聽到的那些事蹟，這位冠軍侯夫人可不是什麼泥性子。喬昭則規規矩矩坐著，唇角微彎。她是祖父教養大的，可同時也由同出皇族的祖母教養大，儘管對那些規矩不以為然，卻絕不會讓人以不懂規矩來拿捏她。

「那就勞煩侯夫人走一趟了。」

「太后是想讓臣婦——」

楊太后神情陡然轉冷。「那個孩子絕對不能留，但同時不能傷著長容的身體。」

喬昭暗暗好笑。要求這麼多，怎麼不上天呢？

「臣婦先去看看。」

「來喜，陪侯夫人去長公主府。」

喬昭辭別楊太后，由來喜陪著去了長容長公主府。

長公主府門前的石獅經連日雨雪沖刷，顯得格外精神，一道單薄背影正扶著獅身狂吐。

桃生在一旁手忙腳亂。「公子，咱進去吐吧，您都吐獅子臉上了。」

「去、去，一邊去，我又沒吐你臉上！」池燦趕蒼蠅般趕著桃生，張口又開始乾嘔，卻是連酸水都吐不出來。

「公子，冠軍侯夫人來了。」

「什麼侯夫人，關我何事？」

「哎呦，公子，是冠軍侯夫人啊，黎三姑娘！」桃生忍不住加重了語氣。

雖然他家公子自從黎三姑娘與冠軍侯在一起後就徹底死了心，可是同為男人他是清楚的，在喜歡過的姑娘面前當然還是要維持一點形象。

「黎三——」池燦聽到這兩個字直起身來，轉頭與剛剛下了馬車的喬昭視線相觸。

喬昭遙遙對池燦頷首算是打過招呼。

「侯夫人，太后一直為長公主的事心焦，還等著回話呢，請您快些進去見長公主吧。」來喜催促道。喬昭收回視線，隨來喜往側門走去。

池燦轉了轉眼珠，落到來喜身上，本來朦朧的眸子陡然褪去霧氣，顯出幾分清明。他大步向著喬昭二人的方向走去。

「公子，您好歹擦擦嘴角啊！」桃生怕池燦摔著，趕忙追上去，把手帕遞到池燦眼前。池燦接過來隨便擦了擦，直接把手帕擲到地上，三兩步就走到喬昭面前，擋住二人去路。

「池公子——」

池燦直接把來喜扒拉到一邊去。「我沒和你說話！」

來喜被推了一個趔趄，還沒來得及開口，就見喬昭被池燦扯走了。

「這是怎麼說的？」來喜抬腳欲追，被桃生攔下來。

「來喜公公，讓我們公子與冠軍侯夫人說幾句吧，他心裡不好受呢。」

「可是——」來喜忽然反應過來，「池公子知道了？」

「嗯，知道了。」

「你也知道了？」

桃生：「呵呵。」他家公子都要氣死了，他能不知道嗎？

來喜嘆了口氣。罷了，說兩句就說兩句，池公子總不能對冠軍侯夫人動手吧？

池燦把喬昭拽到角落裡才鬆開手，泛紅的眼睛盯著她，目光熾烈幾乎能把人融化。

「妳來幹什麼？」池燦一字一頓問，未等喬昭回答，他冷笑道：「太后讓妳來的，是嗎？」

喬昭定定看著池燦，嘆了口氣。「是，我——」

池燦直接打斷她的話。「所以，妳是來給我母親落胎的？黎三，妳可真是能耐了！」

喬昭站在一株桂樹旁，整個人都被籠罩在對方的酒氣中。

她往後退了退，蛾眉微蹙。「池大哥——」

「別這麼叫我，我不敢當！」池燦說出這話的瞬間眼角更紅，匆匆別開眼去。

「池大哥——」

池燦嗤笑一聲，唇邊帶著譏誚。「是不是所有人進了這圈子，原本的珍珠也變成魚眼珠？」

喬昭唇角動了動，最終什麼都沒說，對池燦略略屈膝，轉身便走。如果池燦這麼認為，那未嘗不是件好事。她希望他心中再沒有她一絲一毫影子，將來娶一位好姑娘，熱熱鬧鬧過日子。

一股大力傳來，她手腕被人死死拽住。喬昭只得停下來，抬眸看著醉得不輕的男人。果然不能和酒鬼打交道。

「黎三，不許妳去——」池燦醉酒下，早忘了眼前人已經成親，帶著幾分委屈與惱怒。「太后讓妳給人落胎妳就來，那以後讓妳殺人，妳是不是也去？」

他認識的黎三才不是這樣子的。從小到大，已經有太多人變得面無全非。他親手撿回來的水靈靈白菜長到別人園子裡去也就罷了，可是變成菜花他就不能忍了。
「落胎也是殺人。」喬昭淡淡道。
池燦笑意更冷。「可妳還是來了！」
「是啊，太后讓我來的呀。」喬昭面色平靜回答。
池燦怔住，抬手揉了揉太陽穴。他腦子有些混亂，眼前的人所說的話明明聽清楚了，又彷彿什麼都聽不明白。
「來喜公公還等著，我先走了。」喬昭轉身而去。
池燦眼睜睜看著喬昭走遠了，拔腿追上去，卻被擋在長公主院門外。
「池公子，您還是去醒醒酒吧。」來喜勸了一聲，趕緊走了進去。
池燦伸手抵住院門。
女官冬瑜低聲勸道：「公子，您總要替長公主想一下，不能鬧得人盡皆知。」
「她不是要生下來嗎，既然這樣，早晚不都會人盡皆知？」池燦雖醉了，對長容長公主這句話卻記得清清楚楚。
「那是殿下說氣話呢。」
「氣話？」池燦琢磨著這兩個字，不怒反笑。「太后容不得這個孩子，我母親也沒打算要，而黎三則是成人之美，這麼說就我裡外不是人了？」
這話冬瑜就沒法接了。池燦冷笑一聲。「桃生，扶我回屋。」
「噯。」桃生忙應了一聲。可就算能回屋了，公子這一喝醉他還得一直心驚肉跳。
「公子，您小心腳下。」隨著池燦一個趔趄，桃生忙扶住他。
看著主僕二人走遠了，冬瑜這才放心進去。

「沒想到母后把妳派來了。」長容長公主橫臥在美人榻上，明明是滴水成冰的日子，在溫暖如春的屋中卻只披了件水紅色羅衣，盡顯豐滿妖嬈的身姿。

一名面容俊美的男子跪坐在長容長公主身邊替她按捏著小腿。

「太后讓我來給殿下看看。」

「看吧。」長容長公主懶懶伸出手來，皓腕凝霜，全然不似這個年紀的婦人，看向喬昭的眼神帶著濃濃的譏諷。

喬昭看在眼裡，不由感到好笑。父母的影響是潛移默化的，哪怕池燦對長容長公主諸多怨言，母子二人某個瞬間的神情卻如出一轍。喬昭伸手替她把脈，約莫半盞茶的工夫收回手去。

「如何？」長容長公主的語氣越發輕佻。喬昭視線落在跪坐的男子身上。

長容長公主輕呵一聲。「他不敢說出去的。」

敢讓她不順心的人早就弄死了。男子把頭垂得更低。

「婦人過了三十五歲受孕本就危險，殿下早年損了根本，此胎更是凶險，若是強行落胎，恐有性命之憂。」

長容長公主輕笑。「妳說的與太醫所說沒有什麼區別。」

喬昭笑笑。「是，因為這就是長公主殿下的脈象，誰來看診都是如此。所以我與太醫一樣，不敢胡亂開藥。」

太后讓她來看診，她當然不會推辭，然而沒人規定無論什麼病症她必須能治好啊。非不願，而是不能，縱然權高位重如當朝太后，又有什麼話說？她現在畢竟已不是卑微如螻蟻的小小修撰之女，而是冠軍侯的妻子，只要明面上給足太后面子，她無能為力太后還能逼死她不成？

「既然這樣，那妳回去吧，我乏了。」

喬昭深深看了長容長公主一眼，起身告辭，走在回去的路上心中卻忍不住琢磨起來。她對長容長公主說無能為力時，竟感覺到長公主瞬間的放鬆，這麼說來，長公主其實是想把這個孩子留下來的？這麼一想，喬昭不知為何覺得心情鬆快許多。

「侯爺。」來喜突然出聲打斷了喬昭的思索。

「你怎麼在這裡？」見到邵明淵，喬昭不由展眉。

當著來喜的面，邵明淵面不改色抓過喬昭的手。「接妳回家。」

「我還要向太后覆命。」

邵明淵微微一笑，睃了來喜一眼。「那我等妳回家。」

來喜：「……」堂堂冠軍侯這麼閒嗎？正月裡不出去應酬跑到宮門口接媳婦。

到了慈寧宮，來喜先一步把情況說了，楊太后再看向喬昭的神情就帶了幾分鄭重。冠軍侯對他的小妻子比她想像中要看重。

楊太后聽了喬昭對長容長公主的診斷，眼中有著顯而易見的失落與不甘，盯著喬昭道：「侯夫人可是神醫的弟子——」

喬昭謙恭一笑。「雖僥倖得李神醫一些指點，臣婦與他老人家相比就如螢蟲之光比之皓月。」認清楚了，她只是神醫的「弟子」，又不是神醫。說話滴水不漏，態度不卑不亢又不失恭敬，外頭還有個名震天下的冠軍侯等著，太后顯然也很無奈，縱滿心不甘亦只得放喬昭離去。

邵明淵見喬昭出了宮門，迎上來，二人相視一笑，攜手上了馬車。

「我與拾曦喝完酒回來就聽說太后傳妳進宮了，她沒有為難妳吧？」

邵明淵顯然沒顧得換衣裳，整個車廂中充斥著淡淡酒氣。

「放心吧，言語上別人為難不了我，至於別的方面，大概也不會來為難我了。」

而此時池燦酒醒了大半，聽到桃生打探來的消息好久沒有反應。

黎三說無能為力？池燦枯坐半晌，問桃生：「我對黎……冠軍侯夫人都說了什麼？」

桃生用同情的眼神看著池燦。「公子，您不記得了啊？」

池燦揉了揉眉心，隱約想了起來。他說黎三從珍珠變成了魚眼珠——

池燦重重敲了一下頭，滿是懊惱。醉酒果然害死人，他明明不是那樣想的，只不過……只不過是心裡太疼了，胡亂抓著一個人陪他一起痛罷了。

池燦霍地站了起來。

「公子，您去哪兒啊？」

池燦沒理會桃生，逕直往外走去，到了院中被冷風一吹這才清醒過來，猛然停住腳步。她都已為人婦，他還跑過去特意道歉又有什麼意思。吹了會兒風，池燦默默轉身回屋。

二三八　太后薄情

楊太醫又被傳進宮去。

楊太后歪躺在炕上，神色怏怏。楊太醫垂手而立，心中直打鼓。

沉默了一會兒，太后睜眼看向楊太醫。「若強行給長公主落胎，大人安全有幾分把握？」

楊太醫把頭埋得更低了。幾分把握？當然是沒把握啊！

「太醫，哀家要聽實話，到底能有幾分把握？」楊太后加重了語氣，帶著一絲不耐。

「三成、三成！」楊太醫心一橫說了出來。

「只有三成？」楊太后深深擰眉。

楊太醫苦笑。「是啊，太后，最多只有三成把握。」他這已經是往好的方面說了，就長公主的胎相，哪有醫者敢出手呢？

楊太后闔上了眼。時間一點點流逝，彷彿被無限拉長，楊太醫有種不好的預感，心情越發凝重。

許久後，太后睜開眼，緩緩道：「三成便三成，太醫，把藥熬好了送去長公主府吧。」

楊太醫踉蹌後退，大吃一驚。「太后，這、這萬萬不可啊！」

「萬萬不可？莫非要哀家看著長公主把那孩子生下來，讓皇家成為天下人的笑柄？」

楊太后每問出一句，楊太醫臉色就灰敗三分。

「還是說，哀家使喚不動你了？」

最後一問讓楊太醫徹底不敢說話了。

「去吧，哀家等著結果。」

楊太醫心底發涼離開了慈寧宮。楊太后疲憊閉上眼睛，深深嘆了口氣。長容是她從小疼到大的女兒，如果不是實在沒有辦法，她如何捨得傷害呢？

「公子，楊太醫又來了。」桃生得過池燦吩咐一直留意外邊動靜，發現太醫又登門忙來稟報。

池燦已經徹底沒了酒意，聽完桃生打探來的消息眉頭一皺，喃喃道：「又來？」

黎三既然已經向太后覆命，太后再次派楊太醫來做什麼？

「去看看。」池燦抬腳走了出去。

長容長公主的屋中暖意襲人，可是看著楊太醫從食盒中取出的那碗黑漆漆的湯藥，長公主整個人卻像浸在冰窟裡。

「這是什麼？說啊，這是什麼？」

「殿下，您一定要保持平靜的情緒。」

「去你的平靜情緒！楊太醫，你告訴我，這究竟是什麼？」

楊太醫不敢看長容長公主的眼睛，諾諾道：「落胎藥。」

長容長公主眼神一縮，冷笑道：「太后命你送來的？」

楊太醫輕輕點了一下頭。不然呢？難不成他吃飽了撐跑來給長公主落胎？

這可是件吃力不討好的差事，長公主平安無事定然會恨上他，將來想拿他出氣太后難道還攔著不成？若是長公主出事，他恐怕就要跟著陪葬了……楊太醫越想越覺得沒有活路。

長容長公主隨手抓起枕頭擲到地上，狠狠瞪著楊太醫。

楊太醫端著湯藥一言不發。這是長公主，不是什麼卑微宮女，他可不敢強行逼著喝藥。

「太后怎麼說？」長容長公主彷彿平靜下來，冷冷問道。

「太后說……盡全力保證殿下安全……」楊太醫磕磕絆絆道。

「盡全力？要是保證不了呢？」長容長公主搭在床欄上的手一直在抖。

母后對她不是千依百順嗎，現在就為了不讓皇家丟臉便視她的安危於不顧？

「殿下，您就別為難微臣了……」楊太醫抬袖擦了擦額頭。

「好、好，本宮不為難你！」長容長公主慘笑一聲，抓起楊太醫手中湯藥往嘴邊送去。

房門突然被踢開，閉目欲喝下藥的長容長公主猛然睜開了眼睛，池燦大步走進來，劈手打翻她手中藥碗。

「燦兒？」長容長公主怔怔喊了一聲。池燦卻沒有看她，轉身冷冷盯著目瞪口呆的楊太醫。

楊太醫下意識覺得下邊涼颼颼的，不由夾緊雙腿。

「回去告訴太后，這藥我母親不會喝的。」

「燦兒，你給我出去！」

池燦回頭看了長容長公主一眼，大步走了出去。

湯藥已經被打翻，楊太醫只得回宮覆命。長容長公主呆坐在床上，時而想到太后的薄情，時而想到池燦打翻的那碗藥，只覺五味雜陳。

池燦出門後便交代桃生：「去找些長舌的無賴，把長公主有孕一事散播出去，越快越好。」

「公子，這——」

「讓你去你就去，少廢話！」

既然太后為了面子不顧母親性命，那他乾脆釜底抽薪，等滿京城人都知道長公主有了身孕，太后還要堵住天下人的嘴嗎？面子？呵呵，母親養面首時太后選擇睜一隻眼閉一隻眼，現在母親有了身孕再想起要面子，不嫌太遲了？

楊太醫回宮稟明情況，楊太后罵了池燦幾聲混帳，吩咐楊太醫重新熬藥，然而還沒等再次熬好的藥送到長公主府上，長容長公主有孕的八卦就如插上翅膀般傳得沸沸揚揚。

楊太醫聽到消息提著食盒就回宮覆命了。不管是誰傳出去這個消息，真是謝天謝地不用經由他的手給長公主落胎了。

太后得知後大發雷霆，氣得險些犯了心疾，慈寧宮中頓時一陣人仰馬翻。

冠軍侯府中，邵明淵聽了親衛稟報不由笑了。「拾曦做事總是出人意料。」

喬昭卻沒有多少笑意，搖頭道：「長公主落胎有性命之憂，但要保胎同樣凶險，將來生產更是一大難關。」

邵明淵攬過喬昭，低頭笑道：「不要想別人了，昭昭，再過十多日就是妳的及笄禮了。」

按著規矩，笄禮應在女子出嫁之前舉行，因喬昭已經出閣，這場笄禮其實說是慶賀她年滿十五歲的生辰更為恰當。到了正月二十五那日，馥山社中與喬昭關係不錯的許驚鴻、蘇洛衣等人受邀前來，黎府因為黎光書的死，黎嫣姊妹不能來，平輩中只來了黎輝。而何氏本不必出席，卻歡歡喜喜抱著福哥兒給出嫁的女兒過生日來了，為此黎光文還吃了好大的醋。

冠軍侯府的待客廳寬敞明亮，以一排八扇山水檀木屏風隔開男女賓客。廳內每隔數步就擺著燒得旺旺的炭盆，桌案上堆滿了鮮果，甚至還擺著數盆怒放的鮮花。這時節雞鴨魚肉不稀奇，鮮果與盆花才是少見的。

朱顏摘下一粒葡萄丟入口中，吃完舒服嘆息一聲，與蘇洛衣咬耳朵道：「嫂子，妳說這些葡萄冠軍侯府是從哪兒弄來的呀？」

蘇洛衣新婚不久，在外被朱顏這樣叫依然有些羞澀，紅著臉道：「誰知道呢，這個時節能吃到葡萄委實難得，可見侯爺對黎姑娘的用心了。」

朱顏噗哧一笑。「嫂子，妳這樣說，我五哥聽到該傷心了，莫非我五哥對妳不好？」

「別胡鬧。」蘇洛衣輕輕打了朱顏一下。

她們這樣的貴女見過的好東西多了，朱顏因著葡萄感嘆一下也就作罷，許驚鴻今日卻有些心不在焉，目光忍不住掃向那一排屏風。

祖父有意把她許給喬家公子，她是知道的，然而想到要與全然陌生的男子成親生活，她便心生忐忑。喬墨是個什麼樣的人呢？

「許姊姊，妳不舒服嗎？」朱顏甜美的聲音傳來。

許驚鴻回神，淡淡笑笑。「沒有。」

「我還以為妳哪裡不舒服，剛剛喊了妳兩次呢。」朱顏笑道。

「並沒有。」許驚鴻天性冷淡，即便心中諸多波瀾依然不動聲色。

很快地，喬昭端了酒杯來向眾人道謝。

簡單卻不失精緻的一頓宴席吃得賓主盡歡，飯後喬昭命婢女引著蘇洛衣等人前往花園賞梅，自己則留下來陪著何氏說貼己話。福哥兒已經睡著了，何氏把他交給乳母照看，愛憐撫摸著喬昭的長髮。「我的昭昭十五歲了，本該有個隆重盛大的及笄禮，可現在——」

喬昭笑著打斷何氏的話。「娘，我都有個盛大的婚禮了，少個正式的及笄禮沒什麼。」

何氏想了想點頭。「也是，關鍵是姑爺對妳好就行了。我看今天準備的那些鮮花瓜果就知道他對妳是用心的。」說到這，她飛快瞄了一眼門口，壓低聲音道：「你們還沒有吧？」

喬昭臉上笑意一僵。「沒……」

何氏拍拍喬昭的手。「別怕，這一關早晚要過的，妳記著我給妳畫的重點就沒問題。」

「咳咳咳。」喬昭再忍不住咳嗽起來。

冰綠送走眾人，一臉八卦跑了過來。「夫人，今天許姑娘與喬公子在梅林裡說話了。」

「說了什麼？」事關兄長將來的生活是否美滿，喬昭立刻來了興致。

「好像是許姑娘吟了句詩，喬公子隔著梅樹接了下句。」冰綠眨眨眼，捂嘴笑了。「說起來喬公子與許姑娘沒見面吶，書讀得多就是講究。」

「那許姑娘後來是什麼表情，我大哥又是什麼表情？」

「啊，婢子沒覺得他們有什麼變化呢，兩個人一直都是面色平靜的樣子。」

喬昭想想兄長，再想想許驚鴻，覺得要求他們這樣的人情緒外露確實有些難為人，不由笑了。能搭話，說明兩個人對將來生活都是有期待的吧？有期待就是好的開端。

是夜，喬昭沐浴更衣，換上一身淺粉色中衣，長長的頭髮已經擰乾了，並沒有挽起，就這麼披散著走進內室。早已洗漱完的邵明淵等在房中，拿著一本書在看，聽到腳步聲抬眸一笑，故作鎮定道：「好了？」

喬昭視線下移，落到邵明淵手中書卷上。美人青絲如瀑，皓腕凝霜，邵明淵喉嚨發緊，輕咳一聲道：「隨便翻了翻兵書。」他這麼一本正經的人，絕不會看小人書的，不能讓媳婦誤會了。

伴隨著淡淡香風，喬昭走了過來，素手輕點書卷。

「怎麼？」邵明淵渾身更加緊繃了。

「拿倒了。」

「嗯？」邵明淵低頭，看到書卷果然拿倒了，耳根迅速紅了。

這下糟了，昭昭定然會以為他迫不及待的。雖然他確實已經迫不及待——

喬昭見邵明淵手中書卷越攥越緊，一張俊臉神色不斷變化，忍不住輕笑起來。她本來是很緊張的，可是看到某人比她還緊張，忽然就不緊張了。

少女輕笑聲好似蜜糖拉成了絲線，纏繞在人的心尖上，撩撥得人坐立不安。

邵明淵把書卷往桌上一扔，攔腰把喬昭抱起。喬昭笑聲頓止，目不轉睛看著上方的男人。

「睡吧。」男人聲音微啞，眸子卻好似盛滿星光，熠熠生輝。

喬昭垂下眼簾，輕輕點了點頭。邵明淵眼睛更亮，把懷中人輕輕放到床榻上，甩掉鞋子躺在她身側。二人頭挨著頭，四目相對，彼此氣息清晰可聞。

「妳今天用了茉莉香膏嗎？」對視了好一會兒，邵明淵胡亂找了個話題，「聞著好香。」

「是玫瑰香露。」喬昭忍耐地動了動眉梢。這傻子，就不知道找個他擅長的話題嗎？

「真的是玫瑰香露？」邵明淵眨眨眼。

喬昭睨他一眼。「那幾箱香露不是你送我的嗎？」

「我聞聞。」邵明淵翻身把喬昭罩在身下，手撐在繡鴛鴦戲水的枕頭旁，眼神專注。

在那樣溫柔似水的目光下，喬昭覺得整個人好似被烤化了，眼神躲閃間紅霞不知不覺爬滿雙頰與雪頸。邵明淵揚手一彈，燭火瞬間熄滅，只剩小小的起夜燈閃了閃，把二人交錯的身影映在重重床帳上。大床發出輕微的吱呀聲，紗帳跟著輕輕搖擺，令人臉紅的聲音從帳子裡傳出來，羞得天上皎月躲進了雲層裡，屋內光線越發朦朧昏暗。

不知過了多久，邵明淵猛然坐起。喬昭陡覺身上一涼，泛著水波的眸子帶著幾分疑惑看向竭力抑制喘息的男人。邵明淵拉過錦被遮到她身上，啞聲道：「要不……還是再等等吧……」

喬昭低頭，看著自己頸間被種下的無數桃花瓣，再看看沒有衣物遮掩、露出精壯身材的男人，不由瞇了瞇眼。都到這一步了，他跟她說這個？

「我想知道原因。」喬昭乾脆坐起來，任由錦被往下滑落，露出雪膩香肩。

邵明淵彷彿觸到了炭火，急忙移開視線，呼吸越發急促了。

「還是說，你根本沒有那麼心悅我？」

「不是的！」邵明淵忍不住攬住喬昭，替她把被子拉好。此刻身體的激蕩餘韻未消，隨著雙方的貼近，男人向來自傲的自制力險些崩潰。邵明淵用力咬了咬唇，深深呼吸。

「到底是為什麼？」喬昭執著追問。

「我——」邵明淵稍有遲疑，察覺少女眼底的委屈，才說出原因。「我一想到神醫的話，就進行不下去了。」有李神醫那樣一番話在先，他如何敢冒著失去她的風險貪一時之歡，他要的是他們長長久久在一起，白首偕老，子孫滿堂。

「李爺爺對你說了什麼？」

「他說妳未滿十八歲前不能有孕，不然有性命之憂。」邵明淵越說越不安，那些旖念頓時煙消雲散，連火熱的身體都冷下來。

喬昭斜睨著輕蹙眉頭的男人，笑問：「那你要等到我十八歲了？」

邵明淵遲疑著點了點頭。儘管他不確定能不能忍到那個時候，但他會盡力的。嗯，或者從明天開始睡書房好了。

喬昭揚眉。「怎麼，你該不會打算以後都睡書房吧？」

被說中了心思，邵明淵啞口無言，對著心愛的女孩子只剩下傻笑。喬昭見狀抿了抿唇，忽然把錦被扔到一旁，伸出雙手勾住他的脖頸。

邵明淵頓時僵住了，壓抑道：「昭昭？」

少女淺笑盈盈。「傻子，再等三年，你都老啦。」

對方香甜的氣息撲面而來，好似陳年的酒讓人心神俱醉，邵明淵額頭沁出細密的汗珠，某處瞬間脹得發疼。

「昭昭，妳……別這樣……」

喬昭卻環著邵明淵的脖頸直接坐到了他身上，吐氣如蘭問：「別哪樣？」

他願意等，她卻不想再等了，她不想他們來之不易的婚姻生活在等待中度過，更不想哪日聖旨一下他再次出征，而他們還沒做成真正的夫妻。人生變數太多，她要把握現在。

「昭昭——」邵明淵有些慌了，他感覺到自制力在土崩瓦解，隨時都可能不顧一切把懷中人壓在身下肆意馳騁。

「昭昭，妳別——」邵明淵在做最後的抵抗，可那雙柔荑卻用力把他往下一推。

柔軟厚實的床褥瞬間沉了下去。少女柔軟的唇貼上來，聲音溫柔繾綣。「我在呢，喊我做什麼？」

「庭泉，我娘教過我了，再配著某些藥膳，不要緊的……」

……

天空已經泛起魚肚白，水紅色的紗帳才漸漸停歇下來。

喬昭連手指都動彈不得，如瀑青絲胡亂散落在大紅撒花錦褥上，咬唇瞪著一臉饜足的男人。

「怎麼了？」邵明淵親了親喬昭臉頰，滿足過後的聲音清朗溫和。

「你還有臉問怎麼了！」

邵明淵有些赧然，摟著喬昭哄道：「以後我注意些，保證不要這麼多次了。」

二人本來就還沒穿衣，這麼一靠近，喬昭立時感覺到某人又起了變化，慌忙把他推開，嗔道：「你趕緊去沐浴吧，別賴著了。」

「那我叫丫鬟進來給妳擦洗，然後妳繼續睡吧，睡飽了再起來用飯。」

「不用，我自己收拾就可以了，不許你叫她們。」喬昭慌忙阻止。

她現在這個樣子哪裡能見人，更別提要人給擦洗了。

「妳還能動嗎？」男人湊在她耳邊低笑問道。

「那是誰鬧的？」喬昭瞪著得了便宜還賣乖的男人。

邵明淵穿好衣裳走出門去，沒過多久又返了回來，手中多了個水盆。喬昭看到後怔了怔。

「妳不好意思讓她們來，那我來吧。」

「庭泉，別——」喬昭無力推了推抱起她的男人。

「這有什麼，反正都是我弄的……」

片刻後，邵明淵替喬昭蓋好錦被，在她額頭落下一吻，眼中滿是溫柔。「睡吧，我洗漱一下去打一套拳就回來。」

「嗯。」喬昭清理過後舒爽很多，點點頭閉上了眼睛。

喬昭這一睡就睡到了下午，睜開眼時聽到冰綠嘰嘰喳喳道：「夫人，您可算醒了。」

喬昭臉微熱。什麼叫可算醒了?這丫頭越來越不會說話了。

「夫人餓了吧，婢子給您端紅棗粥來先墊墊肚子。」阿珠紅著臉看喬昭一眼，匆忙出去了。

喬昭動了動，發現渾身無一處不疼，只得喊道：「冰綠，扶我起來。」

冰綠忙把喬昭扶起來，忙前忙後伺候她洗漱，待看到她露在外邊的肌膚上一片片紅痕，不由驚呼：「夫人，這好疼吧？」媽呀，嫁人好可怕，她還是一輩子伺候姑娘好了。

喬昭睇她一眼。「妳可以安靜地伺候我嗎？」她需要靜靜調整一下由少女變為婦人的複雜心情，而不是旁邊有個人隨時提醒她才與某個混蛋瘋狂一夜的事實。

「是。」冰綠吐吐舌頭，不敢再吱聲了。

喬昭洗漱完畢才喝了幾口粥，就聽門外熟悉的聲音傳來。「夫人醒了嗎？」

「夫人已經醒了，請侯爺稍等——」

阿珠後面的話還未說完，邵明淵已挑開棉簾子走了進來。比起喬昭此刻的嬌柔無力，某人顯得神清氣爽，好似積攢多年的鬱氣被一掃而空，連笑容都比往日多了幾分明朗。

「吃粥呢。」邵明淵幾步走到床邊，挨著喬昭坐下來。許是因為成了真正夫妻，二人的親近無形中又近了一層，沒有旁人插進來的餘地。

冰綠自覺退了出去，拉著阿珠咬耳朵：「阿珠，我覺得將軍與夫人好般配呢。」

阿珠臉紅點頭。「我也這樣覺得。」

初嘗魚水之歡的小夫妻難免放縱，二人整日癡纏，日子不知不覺過得飛快。

冠軍侯府中依然春意無邊，外頭卻風波再起。

睿王府的三名侍妾先後產子，為睿王府又添了一位小郡主、兩位小王孫。接連有了兩個兒子，睿王簡直要歡喜瘋了，喜訊傳到明康帝耳中，明康帝同樣很高興，賞賜如流水搬進睿王府。

有人歡喜有人愁，沐王府中僕從連大氣都不敢出，沐王一張臉沉得能滴出水來。

「王爺稍安勿躁，先前咱們不是已經定好了，睿王是否有子並無多少影響。」幕僚勸道。

沐王一臉陰狠。「話雖如此，可一想到老五現在得意洋洋的樣子，本王就心煩。」原本老五若是一直無子，皇位對他來說唾手可得，可現在卻要百般謀劃，這讓人如何不懊惱？

「更重要的是，父皇明顯偏向老五了，沒看不少人都往老五那邊靠，咱們時間不多了。」

「王爺，所謀越大越不能急躁，沉住氣，機會總會有的。」

「希望吧。」

很快，沐王等待的機會就來了。

明康二十七年春，冬雪初融，離京城不遠的數縣鬧了水患，十數個村子被淹，死傷無數。

忍不住閉了三天關的明康帝一出關就被這個消息弄懵了。他只閉了三天關，為什麼就又出了么蛾子？到底還讓不讓他好好修道了？

緊跟著又有邊關急報，北齊與西姜勾結搶了邊境數個村寨，且沒有收手的意思。

明康帝忙下了一道聖旨命邵明淵再次領兵出征，又把朝廷重臣叫到御書房劈頭蓋臉痛罵一頓，讓他們安排救災事宜。事情都安排完後，明康帝開始琢磨起來：從去年到今年，除了國師算好日子那一次，但凡他閉關就要鬧么蛾子，這是不是衝撞了哪路神仙？

不行，他要去凌臺山祈福！

明康帝這主意一出，立刻遭到了大臣們一致反對。

「皇上，這萬萬不可啊，現在四處都在鬧水患，水患過後十之八九會鬧瘟病，您萬金之軀，絕不能涉險啊。」

明康帝皺眉。「朕乃真龍天子，有龍氣護體，怎麼會有危險？」

眾臣：「……」遇到這樣的皇上，他們能怎麼辦？他們也很絕望呀。

還是禮部尚書蘇和會說話：「皇上想去凌臺山為民祈福這是天大的好事，不過何時出發，祈福過程中該注意什麼都是有講究的，皇上何不與天師商討一下？」

數道隱含鄙視的視線落在蘇和身上，明康帝卻滿意點頭。「蘇尚書這個提議不錯，朕是該與天師商議一下。」在這方面明康帝還是相當俐落的，立刻趕走一干重臣把張天師請了過來。

「天師覺得朕何時去凌臺山祈福比較合適？」

張天師掐指一算，鄭重道：「而今邪祟四起，是該祈福化解災禍，不過——」

一個「不過」讓明康帝皺起了眉。難不成天師也要攔著他？

「不過此次圍繞京城而起的邪祟，需天子坐鎮才能壓下，皇上最好不要出京。」

就皇上這身體哪經得起長途跋涉到凌臺山，萬一出事他這天師也當到頭了。

「那祈福的事怎麼辦？」明康帝忽然覺得張天師說得很有道理，這時京城確實離不開他。

「皇上可選一位皇子代天子行事。」

明康帝眼睛一亮，讚道：「天師果然能解朕之所憂，這確實是兩全其美的辦法。」

張天師笑瞇瞇不說話。反正皇上別折騰就好。

「那選哪位皇子去呢？」明康帝又問起張天師的意見。

這問題張天師自然不好回答，胡說幾句把皮球踢了回去。明康帝琢磨來琢磨去，選定了五子睿王。論年紀，五子年長，現在又有了二子二女，可說是最合適的繼承人，是該創造機會讓老五歷練歷練了。有了祈福的功績在身，將來也好服眾。

當然，這只是有備無患，他這天子還準備長長久久當下去的。

大臣們得知皇上歇了去凌臺山祈福的念頭不由鬆了口氣，聽說由睿王代行，一時間心思各異，那些原本中立的大臣開始琢磨起來，而沐王那派的則開始人人自危。

沐王一聽到消息摔了好幾個茶杯，招來幕僚密談半日才恢復了平靜。

而睿王接到聖旨後整個人是懵的。父皇居然讓他代天子前往凌臺山祈福，這是不是說明儲君之位父皇是傾向於他的？

幕僚提醒道：「王爺，代天子祈福雖然表明皇上對您的信賴，但畢竟要出遠門，這途中恐有諸多危險，您一定要安排妥當，萬分小心。」

「本王自是知道。」想著即將出遠門，睿王先去看了三個出生不久的小娃娃，又去了黎皎那裡。黎皎的女兒已經三個多月了，乳名玉兒。睿王接過玉兒親了親，笑道：「玉兒越長越好看了，隨妳。」

黎皎面上笑著，心中卻鬱悶不已。長得再好看又如何，到底只是個郡主罷了。

她本想著那三名侍妾或許同樣會生女兒，那她的女兒占著長女名分還是比她們體面尊貴，可沒想到竟有兩個都生了兒子，實在讓她嘔個半死。

不說別的，今天王爺就是先去看了那三個小崽子才來看玉兒的。

「本王即將出門，恐要一段日子才能回來，皎娘要把玉兒照顧好了。」睿王抱了抱玉兒，把孩子交給乳母。

「王爺放心吧，妾一定會照顧好玉兒的。」黎皎收斂好滿心不甘，笑得溫柔。她還年輕，只要王爺身體沒問題，兒子總會有的。

睿王點點頭，心滿意足走了。

另一邊，蘭山府上，蘭松泉走進蘭山書房，發狠道：「父親，咱們的機會來了，睿王這次去凌臺山絕不能讓他活著回來。」

蘭山抬抬眼皮。「這件事，沐王比咱們急。」

蘭松泉冷笑。「急有何用？不是兒子看不起人，就沐王那廢物要能得手也不會等到今天了。」

「你啊，就是太急躁了。」

「這件事就交給兒子好了。」蘭松泉起身走了出去。

七日後，睿王奉旨離京，代天子前往凌臺山祈福。又過了大半月，南邊卻傳來急報，睿王祈福後返程的路上遇到流民暴亂，目前下落不知，生死未明。

整個京城一片譁然。這半年來皇上明顯把睿王當儲君看待，這次派睿王前往凌臺山祈福就是為他增加政績的，等回來後說不準就要立其為太子。現在睿王生死不明，那儲君之位——

百官勳貴們紛紛把目光落到了沐王身上。

沐王歡喜之餘又有些疑惑。「莫非是天助我等？派去的刺客還沒行動，老五那倒楣蛋就遇到流民暴亂了……」

幕僚恭維道：「萬事自然是該順應天命的。」

順應天命？那就是說他才是天命所歸的儲君，未來的天子。沐王被恭維得心花怒放，大笑起來。能不出手當然是好的，這樣可以省去很多麻煩。還有想弄死一個人，結果沒等出手那人就被老天收了這麼舒心的事嗎？

蘭山府上，父子二人湊在書房議事。

「那場流民暴亂是你安排的？」蘭山問。

蘭松泉笑道：「不是兒子還會是誰？指望沐王那蠢貨派刺客直接刺殺睿王嗎？那不是引得全天下人側目，說不準還會被皇上猜疑。流民暴亂就不一樣了，眼下多處鬧水患饑荒，有流民鬧事毫不稀奇。」

蘭山點頭，對此做法表達讚許：「由此入手確實不錯，不過你安排的人是否妥當？」

「父親放心，兒子聯繫的江湖中人，到時銀貨兩訖就是了。」

蘭山父子雖在朝廷中一手遮天，文臣到底不同武將，需要以武力解決問題時，那些家丁護院是指望不上的。

「記得賞銀給豐厚些。」蘭山叮囑道。

「這個父親放心就是了。」

父子二人相視而笑。

邵明淵離京已有些時日，喬昭頭一次感到度日如年，心不在焉地撥弄著紅豆串成的珠鏈。

阿珠立在門外，輕嘆道：「姑娘又想姑爺了。」

「這妳也能看出來啊？」冰綠從外邊走來，笑嘻嘻問。

「玲瓏骰子安紅豆，入骨相思知不知。」阿珠喃喃念了一句，淺笑。「妳看姑娘整日把玩那串紅豆手鏈，難道只是因為手鏈好看嗎？」

「手鏈好不好看我不知道，紅豆是不是相思我也不懂，但我有這個。」冰綠晃了晃手中信箋。

阿珠瞥了一眼信封，輕輕推了推冰綠。「還不快把信給姑娘送去。」

冰綠笑嘻嘻跑了進去。「夫人，姑爺給您的信到了！」

喬昭眼中迸發出喜悅，忙輕咳一聲遮掩，淡淡道：「拿來吧。」

冰綠把信藏到身後，笑盈盈道：「夫人把這串紅豆手鏈送給婢子，婢子就把信給您。」

「敢和主子討價還價了？」喬昭揚眉，還是把手鏈丟給冰綠。「拿去，又不是什麼好玩意兒。」

嗯，看來是該把這丫頭嫁出去，讓她嘗嘗惦念一個人的滋味了。

喬昭接過信，抽出信紙看起來。

「昭昭吾妻，別後月餘，夢寐神馳，我在北地一切安好，不日即歸……」

喬昭一個字一個字讀完，忍不住笑起來，提筆回信，寫到睿王失蹤一事停下來，想了想，把寫了一半的信紙揉碎，重新鋪了一張紙。

邵明淵出征時正趕上睿王出京，睿王用先前的人情討了幾名親衛隨行保護。

邵明淵曾對她說這次睿王南下危機重重，出於多種考慮，他會力保睿王平安歸來。現在睿王生死不明，或許不是表面這麼簡單，保險起見她還是不要在信中提起了。

喬昭把寫好的信封口，輕輕撫摸著信封。不日即歸，也不知他回來時桃花謝了沒。

就在睿王失蹤一事在京城掀起軒然大波時，又一則八卦如火如荼傳開了，且因涉及的人與事戳到了人們心坎上，很快壓過了睿王出事的鋒頭。

黎光文偶然聽聞後一張臉氣得鐵青，把才上衙的喬墨扯到一旁，揮拳便打。

「黎大人，您這是何意？」喬墨避開，不解問道。

「你還問我，難道外邊那些風言風語你沒聽說？」

「風言風語？」喬墨越發疑惑。

黎光文察覺不少同僚投來火熱的目光，冷冷道：「你跟我來！」

翰林院外不遠處的茶樓裡，喬墨聽完黎光文的話神色冰冷。「這謠言是怎麼傳起來的？那人真是其心可誅！黎大人，請您相信，我與侯夫人是義兄妹，那些不堪傳言純屬子虛烏有！」

喬墨越說越憤怒。外面竟然傳他與大妹趁著冠軍侯不在關係不同尋常，這簡直是荒謬。他一個男人，真坐實了頂多丟了前程，可大妹一個女子被潑上這麼一盆汙水，如果上面還有正經公婆哪還有活路，一紙休書是跑不了的。

黎光文冷笑一聲。「這個不用你說，我不相信你也相信我閨女。我就是問問，你好歹也是個朝廷命官了，怎麼就非住在侯府上呢？」

喬墨被黎光文問得只剩苦笑。他入翰林院為官後原是提出搬出侯府另住，大妹與侯爺百般挽留，後來侯爺說等出了孝期再搬，也好讓他們兄妹三人多聚聚，這才作罷。他未嘗沒有私心，想藉著冠軍侯的威風盡快在官場站穩腳跟，好早日與蘭山父子有一爭之力。

不說別的，三年一次春闈，年輕才俊不只他一個，許次輔之所以看中他，難道只因為他是已逝大儒喬拙的孫子？這恐怕只是一個原因，另一個則是冠軍侯對他的親近，讓世人知道喬家與侯府的姻親關係並沒有因喬氏女的離去而斷了。

但如果他知道住在侯府最終會有這樣的謠言傳出，他情願早早搬出去。

「你趕緊給我搬走，不許帶累了我女兒的名聲！」黎光文虎著臉道。

本還覺得這小子挺不錯，他還可惜沒有別的女兒了，現在看來還是自個兒女婿好。

「黎大人，我現在更不能搬走了，不然豈不是讓人覺得作賊心虛？」

黎光文怔了怔，鬱悶不已。「那你準備怎麼辦？」

這種謠言沒根沒據，偏偏尋不到出處，最是難辦，喬墨哪有什麼好法子，只得回侯府與喬昭商議。喬昭自然也得了消息，惱怒又尷尬。編排別人也就罷，編排她與大哥，這實在惱火。

「謠言的產生總不會無緣無故，大哥在翰林院中兢兢業業，雖然得了機會去內閣做事，想來那些同僚不至於因此使出這種內宅手段。我看這事十之八九還是衝我來的。」喬昭分析道。

「大妹認為是婦人所為？」

「傳我與大哥關係不同尋常，對庭泉來說頂多是丟臉，不會傷到根本，對大哥來說卻可能前程盡毀。即便大哥木秀於林遭人嫉，官場陷害打壓有之，這般手段卻太上不了檯面了。所以我推斷，大哥八成還是受了我的連累。」

「大妹——」

喬昭笑笑。「大哥不必擔心，我這名聲就沒好過，但別人隨便作踐我，我卻不能讓那人如意。」毀她名節，圖的到底是什麼？是看不慣她年紀輕輕成了侯夫人，還是原先就有過節的？喬昭仔細一琢磨，先前與她有過節的好像都死得差不多了……

這可就不好辦了，莫非還是有人眼熱她這侯夫人的位子，恨不得讓庭泉休了她？

如果說最容易遭人嫉恨的那一次，無疑是正月初一進宮朝賀，太后當時可是坑起她來不遺餘力。喬昭記性好，略一回憶就把當時同在一殿的夫人們都想了起來，進了書房提筆寫下一個單子，叫來晨光。

「晨光，近來外面的風言風語你都聽說了吧？」

晨光撓撓頭。「聽說了。夫人，您可別把那些汙言穢語放在心上，不值當的。」

「不啊，我很放在心上呢。」喬昭笑瞇瞇道。與人私通是多麼嚴重的汙名，說不放在心上不過是無能為力，自欺欺人而已。

晨光一愣。夫人這反應不對啊，一般不是該說不在意嘛。

喬昭把手中單子交給晨光，「雖說謠言如浮萍，很難尋到出處，那只是沒人願意花大工夫罷了，任何事既然傳出來，總有個來處，好在咱們現在最不缺的就是時間。」

「這是——」晨光低頭掃了一眼名單。

「這是正月初一那日進宮朝賀時，與我同處一殿的各府夫人名單，用朱筆標記的幾位是需要優先查探的。晨光，我希望你多派些人手揪出散布謠言的那人。當然，要是實在不能那便罷了，不過總要先試試。」別人今天說她與別的男人私通，明日就可能說她生的孩子不是冠軍侯的，不揪出那個人，豈不是人人都可以踩她一腳。

見喬昭說得鄭重，晨光肅容道：「夫人放心吧，將軍手下有幾人混跡在茶樓酒肆，專門拉攏了一些無所事事的混混，吃的就是打探消息這口飯，現在已有些氣候，正好讓他們練練手。」

喬昭頷首。她不輕易揭過此事，當然也是邵明淵出京前跟她透過底，有這麼批人可用。

不出五日，晨光就來稟報：「夫人，查出來了！」

「是誰？」

「就是這位。」晨光把名單遞過去，在一個人名處點了點。

喬昭看了一眼，意外之餘又不覺奇怪。既然要晨光重點查那幾位，自是覺得她們最有可能。

大理寺卿之妻王氏，她散布謠言的目的是什麼？

雖然王氏因丈夫與東府的伯父有些過節，進而影響到了內宅婦人之間的交際，但她是西府的姑娘，又已經出嫁，究竟礙著王氏什麼事能讓她編排出那般惡毒的話？

喬昭微垂眼簾，手指輕輕敲打著紫檀木的書桌，忽然想起一事。

王氏曾多次求到祖母頭上，想讓她替小兒媳治不孕之症，都被祖母婉拒了，莫非今日的事就是這麼來的？可僅僅就是婉拒替她小兒媳看診，就值當一個三品誥命做出這樣的事？

喬昭抿了抿唇。她不認為到了王氏這般身分，會純粹為了出一口氣幹出這般損人不利己的事。毀了她的名聲，於王氏有什麼好處？喬昭心念百轉，看著窗外一叢美人蕉忽然明白過來。

丈夫遠征在外，妻子傳出與人私通的笑話，換作尋常夫妻，等丈夫回來後能有什麼後果？

一紙休書恐怕還是輕的。倘若她被休回娘家，以黎家一直以來護著她的行為，性命定然無憂，但黎家名聲及她的處境就堪憂了。到那時，堂堂大理寺卿夫人的名頭想使喚黎家不就格外好用了？

喬昭走到窗前，看著嬌豔無雙的美人蕉心底發寒。

人不為己天誅地滅，她再次體會到了這句話放在某些人身上是多麼貼切。

「夫人，卑職還發現了一件很有意思的事。」

「什麼事？」喬昭轉過身去。

「咱們的人不是一直盯著他們家嗎，前天他家小兒媳回娘家，無意間聽到她哭訴說男人一直睡在隔間，哪裡能有孩子呢。」

迎上喬昭微訝的眼神，晨光不好意思撓撓頭，趕忙解釋道：「夫人，不是我們有意打聽人家房裡事啊，這不是一個不小心聽到了……」

「這就是你說的有意思的事？」喬昭是真沒看出人家小夫妻合不來哪裡有意思了。咳咳，一直分房睡，當然是合不來的。

「當然不是這個。」晨光說到這裡猛然住口，白皙的面龐爬上一抹可疑的紅暈。

喬昭眼神閃了閃，問道：「怎麼？」

「夫人，這話說出來怕汙了您的耳朵。」

喬昭笑了。「外頭那般說我，我還活得好好的，能有什麼話聽不得的？」

晨光遲疑了一下，心一橫道：「他家小兒子是個好男風的。」

「好男風？」

「對，就是不喜歡女子，只喜歡男人。咱們的人跟蹤他家小兒子，撞見了他與一名男子在一塊，嘿嘿，他還是被壓在下邊那個呢——」晨光忙捂著嘴，可憐巴巴看著喬昭。

他真的很正經的，夫人千萬不要誤會啊！男人和男人——

喬姑娘滿心震驚，腦中走馬燈閃過小冊子上的畫面。她確定，那上頭沒有這方面的內容！

二二九　火辣還擊

「夫人、夫人。」

喬昭回神，擺出嚴肅的神情。「嗯。」

「夫人，您看這事怎麼辦才好？」晨光自是有一百個收拾大理寺卿家小公子的主意，但主子沒發話自是不好擅作主張。

喬昭略一琢磨便問道：「你們是在何處發現的？」

「就離大理寺卿府上不遠一條胡同的民宅裡。」

「這事好辦，你叫人盯緊了點兒，等他們家那位公子再與……男子私會，就安排人喊抓賊，說賊子進了那家，直接踢門進去把他們堵個正著就是了，到時自然有聽到動靜幫忙抓賊的四鄰八舍跟進去的。」喬昭淡淡吩咐道。

晨光看著喬昭的目光有些複雜。沒想到夫人與他想到一處去，他還以為女子總是下不了這狠心呢——等等，夫人可不算一般女子，他怎麼忘了，當初夫人可是讓他裝鬼去嚇過人的。

喬昭能猜到晨光幾分心思，不以為意笑笑。

別人算計到她頭上來，難不成還要溫柔體貼替對方著想嗎？祖父可是教導過她，以德報怨不是聖人，而是蠢貨。再者說，大理寺卿夫人心心念念找大夫給小兒媳治不孕之症，可見她兒子把這事瞞得死死的，小兒媳這幾年既沒夫君疼惜，還要承受婆婆的壓力，日子不知多難過。

她把這事挑明，說不準還能把一個無辜女子解救出水火之中。

「對了，等事情辦成後，記得讓大理寺卿夫人明白究竟是為了什麼。」報仇不留名，無異於錦衣夜行，可不是她喬昭的風格。

「夫人放心就是了，交給卑職去辦，保證給您辦得妥妥的。」

喬昭笑笑，見晨光還不走，納悶看他一眼。「還有事？」

晨光一張俊臉慢慢紅了。「夫人，卑職其實比將軍只小兩歲呢。」

「嗯？」喬昭似笑非笑看著晨光。

好不容易起了話頭，晨光心一橫，豁出去道：「夫人給卑職挑個媳婦唄。」

喬昭眯了眯眼睛，笑盈盈問：「你看石榴怎麼樣？」

「石榴？」晨光一臉懵。「這是哪位大姊啊？」

「就是掃院子那個。」

晨光腦海中瞬間閃過一個五大三粗的形象，不由垮下臉。「夫人，卑職覺得還年輕，要不再等等吧。」說完這話，晨光落荒而逃。

揪出來造謠的人，又有了應付之法，喬昭心情不錯，喊來冰綠笑道：「晨光今天求我給他挑個媳婦呢。」

「是嗎。」冰綠有些不自在，強裝出若無其事的樣子。等會兒夫人要說晨光想娶她，她是答應呢，還是拒絕呢？哎呀，真是難辦！

「我覺得石榴不錯。」

冰綠猛地瞪大了眼睛。「姑娘，您別開玩笑了，石榴的腰比晨光的還粗呢！」

阿珠聽了抿嘴直樂。剛還裝著不在意呢，現在連「夫人」都忘喊了。

「腰粗怎麼了？據說這樣的好生養。」喬昭故意逗小丫鬟。
冰綠卻真著了急。「夫人，您可千萬別亂點鴛鴦譜啊，晨光肯定不喜歡石榴的。」
喬昭笑起來。冰綠這才反應過來，跺腳道：「夫人，您怎麼能打趣人呢？」
她都沒笑話將軍在家時夫人時常起不來床，一晚上要好幾次水呢！
喬昭斂了笑，問道：「冰綠，妳和阿珠都是我屋裡最親近的丫鬟，也到了配人的年紀了，所以沒什麼害羞的，妳覺得晨光如何？」
平時大大咧咧的冰綠瞬間紅了臉，抿唇不語。
「要是妳沒這個心思，我就問問石榴啦——」
「別啊！」冰綠急忙開口，迎上喬昭含笑的眼神，紅著臉道：「就那樣唄。」
「哪樣？」
「哎呀，就那樣啦，好歹算個男人。」冰綠說完急匆匆跑了。
喬昭笑了笑，看向阿珠。阿珠雖然紅著臉，語氣卻平靜。「婢子還想再伺候夫人兩年。」
喬昭沒有當媒婆的愛好，對於有情人樂見其成，若是無心，並不想隨便把身邊丫鬟配人，便點頭道：「那以後倘若遇到合心意的就和我說，只要那人品行端正，我是不會攔著的。」
「多謝夫人。」阿珠忙道謝，滿心感激。
身為一個丫鬟，婚姻上自己能做一部分主，這已是天大的造化了。

晨光派了人去盯梢，很快地，大理寺卿府上的小公子又溜出去與情人私會了。
那處民宅毫不起眼，周圍住的或是小官小吏，或是做點小買賣的商戶。得到屋裡兩人已經忙活起來的消息，胡同口突然一個聲音響起。「抓賊呀，抓賊呀——」

但凡遇到抓賊、走水這種事，聽到動靜的四鄰八舍都會出來幫忙的，何況這還是青天白日，很快就有不少人出來瞧動靜，只見一個賊眉鼠眼的人在前邊跑，後邊追的則是胡同口早點攤的老鄰居，立刻加入了抓賊的隊伍。

「快，那小賊進這家了，不能讓他跑了，他把我棺材本都偷啦！」追過來的人聲嘶力竭喊道。鄰居們一聽這還了得，有性子急的立刻一腳踹開大門，眾人瞬間湧了進去。

此時大理寺卿家的小公子正與男伴最投入，門忽然就被推開了，黑壓壓的人站在房門外目瞪口呆。鴉雀無聲了瞬間，驚叫聲接著此起彼伏。

「天啦，兩個大男人，傷風敗俗啦！」

「怎麼能讓這樣的人當鄰居，不是把風水帶壞了，不行，要送他們去見官，簡直有傷風化！」

可憐大理寺卿家的小公子是偷偷摸摸賃下的這處宅子，別人也不知道他的身分，很快就被一群人綁了起來，推著要去見官。一聽要去見官，張公子嚇得魂飛魄散，可這種情形他是萬不敢自報家門的，只得不停掙扎喊著。

這時突然有人開口：「咦，這不是大理寺卿府上的小公子嘛，我有一次去百味齋吃酒見過的。」

張公子一聽身分暴露，又急又羞，眼一黑昏了過去。

大理寺卿夫人王氏這日正好邀請了幾位夫人來府上吃茶，夫人們正聊著近來京城最熱鬧的八卦，婆子急匆匆跑進來，附在王氏耳邊道：「夫人不好了，出大事了！」

王夫人瞪了婆子一眼。沒有規矩的東西，也不看看這是什麼場合，竟大驚小怪跑來亂說，枉費她平時的信任。婆子卻顧不得王夫人責怪的眼神，壓低聲音道：「夫人，小公子因著與人私通被人抓到昏了過去，送到咱們府上來了。」

「什麼！」王夫人驀地站了起來，迎上幾位夫人驚訝的眼神，勉強笑笑。「我突然有急事先去料理一下，妳們先坐啊。」

眼見王夫人急匆匆出去，幾位夫人互視一眼，皆給心腹丫鬟婆子打了個眼色，幾個丫鬟婆子很快就溜出去打探消息了。不多時，出去的丫鬟婆子陸續回來，個個面色古怪。

「究竟發生了什麼事？」一位夫人開口問道。

丫鬟們紅著臉不說話，一個婆子清清喉嚨回道：「回稟夫人，外頭亂糟糟的來了好些人，說是張家小公子與人私通被撞見，嚇昏迷了，還光著身子就被人送回來了。」

「哦，還有這等事？」夫人們眼中立刻閃著八卦的光，面上卻擺出關切的模樣。

「張家小公子沒事吧？那與他私通的女子又是何人？」

這其中有位夫人正是大理寺卿夫人王氏的娘家嫂子，聽到此處皺了皺眉，覺得被小姑子連累丟了人，同時心中不由慶幸。當初她小女兒到了議親的年紀，婆婆還曾有意把孩子嫁到小姑家來，現在想想可真是萬幸，婆婆知道了這消息也該感激她當初不同意。

想到這裡，她反而沒了勸阻這些夫人瞧熱鬧的打算。嫁出去的女兒潑出去的水，小姑沒教養好兒子總怪不到王家頭上來。

「怎麼，女子來路不清楚？」問話的夫人有些遺憾。

婆子臉色瞬間精彩。「與張家小公子私通的不是女子，而是……一名男子……」

說到這，婆子飛快掃了王家那位夫人一眼。幾位夫人頓時被這離奇的消息給震住，張張嘴，才有人找回聲音問道：「那名男子是什麼人？」

婆子猶豫了下道：「是、是少卿夫人的公子——」

王家夫人面色一僵。

她的夫君乃太常寺少卿，這婆子看著她說這個是什麼意思？直到幾位夫人齊齊看過來，王家夫人才後知後覺反應過來。難不成與小姑家兒子亂來的是她兒子？

先前幾位夫人派人打探消息，但她是王氏的娘家嫂子，不好照做，現在反而兩眼一抹黑。

「這不可能！」王家夫人猛然站了起來，再顧不得什麼臉面不臉面的，找小姑問個究竟去了。

剩下幾位夫人面面相覷，乾脆全都趕了過去。

「這到底是怎麼回事？」大理寺卿夫人王氏見兒子昏迷著，娘家侄兒身上就胡亂披著一件不知是誰的衣裳，眼前陣陣發黑，抓著侄兒嘶聲問道。

「姑母，總要讓我穿好衣裳再說吧。」

「振兒，你怎麼會與你表弟在一起？」王家夫人趕了過來。

王氏扭頭一看後邊跟著的幾位夫人，恨不得立刻昏死過去。今天鬧了這一齣，可真是把所有臉面都丟盡了。

「幾位夫人，今天就不招待了。」王氏強打起精神把幾位夫人送走，揪著醒過來的兒子與侄兒痛罵起來。

王家夫人聽小姑話裡話外都是自家兒子帶壞了表弟，惱火道：「小姑這話就沒意思了，兩個孩子犯了錯，好好管教就是，怎麼能把所有錯推到振兒身上呢？」

王氏冷笑。「大嫂妳說這話也不虧心，振兒有這毛病可不是一天兩天了，禍害誰不行，怎麼能禍害親表弟呢？」

王家夫人一聽更加惱怒。「小姑這是說的什麼話？振兒可沒耽誤娶妻生子呢，也不過是偶爾放縱一下。京城那些府上的公子不懂事時胡鬧的可不少，回頭不是照樣成家立業嗎？」

想到這裡，王家夫人眼底閃過鄙夷。她還納悶小姑家的小兒子成親幾年怎麼就沒動靜，敢情是沒把自個兒當男人呢。

「大嫂也別說這個，事情沒鬧到明面上怎麼都無所謂，現在他們兩個的醜事滿京城都知道了，妳看到底怎麼辦吧！」

正說著，一位管事匆匆走來，把一封信交給王氏。「夫人，有人把這個交給您。」

王氏神色木然接過信，抽出來看，只見上面寫著幾個大字：來而不往非禮也。

「這是什麼意思？」王家夫人湊過來一看，納悶問道。

王氏如遭雷擊，失聲道：「我兒子是被陷害的，是被陷害的！」

「誰陷害的？」

「冠軍侯夫人！」

「小姑為何說是冠軍侯夫人？」

王氏猛然反應過來，察覺失言，支支吾吾說不出話來。

大理寺卿府上與太常寺少卿府上的醜事很快就傳得沸沸揚揚，立刻蓋過了冠軍侯府的八卦。

冠軍侯夫人與喬家公子關係密切這則傳言畢竟沒有真憑實據，哪裡比得上兩個大男人光著身子被一群人堵在屋裡勁爆呢？更何況兩個大男人還都是高門大戶的公子哥兒，還是表兄弟！

一時之間，大理寺卿上至主子下至僕從都沒臉出門，可這還不算完，很快王氏小兒媳的娘家就找上門來。

「今天無論如何貴府也要給我們一個交代。我女兒也是如珠似寶養大的，嫁到你們家三、四年因遲遲沒有孩子，不知受了你們家多少冷言冷語，鬧半天你們家兒子是個不願意當男人的，白白糟蹋了我女兒好幾年光景。」

原本因為女兒一直無子，而在王氏面前總是低一頭的親家太太，此時恨不得衝上來咬下王氏一塊肉來。天知道因為沒有孩子她女兒遭了多少罪，原來真相卻是這麼回事兒！真是拿刀殺了那王八蛋都不解恨！

兩家鬧騰了好幾日，最終以和離告終。大理寺卿很快就被御史紛紛彈劾家風不正、治家不嚴，明康帝正心煩著呢，直接就把大理寺卿停了職，命他閉門思過去了。

大理寺卿在官場撲騰了大半輩子，莫名其妙就弄了個停職思過，幾乎氣個半死，仔細盤問才知道禍起根源，一個耳光把王氏打翻在地，二話不說寫了休書。

王氏都是有孫子的人了，一把年紀被休回娘家一張老臉都丟盡，嫂子又因王氏算計冠軍侯夫人的緣故，才讓她兒子出了如此大醜，自然對被休回娘家的小姑沒有好臉色。

王氏羞惱交加，一口氣憋在心裡，沒多久就抑鬱成疾，不出十日就去了。

不知怎的，誰得罪了冠軍侯夫人就要倒大楣的說法，在京城夫人太太們中間悄悄流傳起來，一來二去竟傳得幾乎無人不知。

黎家東府老鄉君姜氏得知後不由大笑三聲，對心腹婆子道：「西府的三丫頭雖是個討人嫌的，但能把王氏那賤婦剋死也算是做了件好事。」

心腹婆子附和道：「是呀，現在人們都說不能得罪三姑奶奶呢，誰若是得罪了非死即殘。」

姜氏愣了愣，想到當年在大福寺讓孫女冒名的事，心底忽然發寒。老鄉君畢竟上了年紀，琢磨了一整夜，第二天就嚇病了。

喬昭自然不知道東府老鄉君這一病是因為她的緣故，已經開始命人裡裡外外打掃侯府，準備迎接邵明淵回來了。新婚夫妻，這一離別自然是想到骨子裡去。

就在冠軍侯平了北邊動亂回京之際，另有一撥人低調進了城。

那撥人人高馬大，走路生風，仔細留意便知道定然不是一般人。

一行人尋了客棧住下來，一個黑臉漢子皺眉道：「大哥，咱們去找姓蘭的官老爺收尾款，他們要是以沒見到屍首為由不給錢咋辦啊？」

被稱作「大哥」的漢子生著一張國字臉，眉心有一道疤痕，顯得面相凶惡，聽黑臉漢子這麼一說眼中閃過寒光。「他們敢！那個短命王爺都挨了刀子掉進江裡去了，還能有活路？見不著屍首就不給錢？以為咱們是那些小老百姓呢，由他們這些官老爺欺凌？」

「也是，不給錢咱們就讓他們吃不了兜著走。」見大哥態度強硬，黑臉漢子鬆了口氣。

「行了，你們都養好精神，晚上收帳去！」

蘭松泉書房裡，蘭松泉正在交代心腹：「那些人都是走江湖的渾不吝（注），到時閒話少說，趕緊給了錢讓他們走人。」

「大人放心就是，銀票已經準備好了，全是按著當初說好的，面額最大不超過百兩，全國可以兌換的銀莊。」

「去吧，記得別露面，叫幾個眼生的過去，到時這幾個人是滅口還是遠遠打發走你看著安排。」蘭松泉打發走了心腹，心頭鬆快不少，回到起居室叫來兩個侍妾伺候著吃荔枝。

注　北京方言，意思接近「誰都不怕」，多用於形容街頭痞子。

水靈靈的荔枝剝了殼，露出晶瑩剔透的果肉，素指纖纖的美人兒拈起一個餵到蘭松泉口裡去。蘭松泉嚼了幾下，把荔枝核直接吐到了美人兒臉上，冷笑道：「不會伺候人的東西，滾出去換別人來！」

被訓斥的侍妾花容失色，連連請罪告退。另一位美人忙把荔枝剝皮去核，用櫻桃小口含著餵到蘭松泉嘴邊，蘭松泉這才心滿意足吃起來。

「隊長，有人出來了。」夜黑風高，蘭山府外有一人壓低聲音道。

易過容的邵知使了個眼色，幾人悄悄跟了上去，待那三人遮遮掩掩走到偏僻之處，迅速出手制住三人拖到早賃下的民宅裡。

蘭松泉的人到底比不上軍中歷練出來的，一番手段下去就把在何處交接、暗號是什麼等情報全都拷問出來。邵知帶著兩個手下把三人的嘴嚴嚴實實堵住綁好，收起一匣子銀票往約定地點趕去。雙方約定交銀票的地方是個因傳言鬧鬼而廢棄的荒宅，別說夜裡，就算青天白日尋常人都會繞道走，自是不擔心被人意外撞見。

潛進荒宅裡，一名親衛笑笑。「真難為他們能尋到這麼個地方。」

「好了，廢話少說，辦好將軍安排的事才是正經。」邵知低斥了一聲。

兩名手下不敢再說笑，隨著邵知趕到破敗的主院。主院中有一處房間有著朦朧光亮，三人往那邊走去，忽然一道勁風襲來。三人強忍著沒有避開。

「站住！」冰涼的匕首抵在三人心口，一聲冷喝傳來。

邵知雙手舉了舉，示意沒有利器。

很快對方清清喉嚨問道：「來者可是二郎神？」

邵知一本正經回道：「不，我是趙公明。」

「進去吧。」對上了暗號，對方收起了匕首。

邵知默默為自己剛才沒有笑場而自得了一下，帶著兩名手下走進去。屋子裡只點著一盞油燈，七、八個漢子或坐或站，把一間屋子擠得滿滿的。

三人一進去，裡面便是一靜，坐在最中間的國字臉漢子問道：「錢帶來了嗎？」

邵知笑著打過招呼，才道：「銀票自然早就準備好了，不過這趟沒帶來。」

黑臉漢子猛然一拍桌子。「沒帶錢你們來幹什麼？給我們當下酒菜的嗎？」

邵知露出幾分驚慌，強作鎮定道：「我們大人說了，生要見人死要見屍，總不能你們說得手了，我們就把錢交給你們。」

「這是信不過我們了？」

「不是信不過，一手交錢一手交貨，這是放到哪裡都該有的規矩。」

「你們的貨掉進江裡了，讓我們怎麼交？」

「那不是我們大人的問題啊。」邵知火上澆油道。

「刷」的一聲，黑臉漢子把刀拔了出來，指著邵知罵道：「臭小子，我看你今天是不準備走出這個門口了！」

「你們想殺人不成？我們大人還等我們回去覆命呢，若等不到，恐怕幾位也別想出城了。」

「你——」黑臉漢子舉刀欲砍。

領頭漢子攔住黑臉漢子，對邵知冷聲問：「這麼說，你們就是不打算給剩下的銀子了？」

邵知笑笑。「還是那句話，你們交貨，我們交錢。」

「老子宰了你們！」

「讓他們走。」領頭漢子冷冷道。

「咱們走。」卲知擺出鬆了口氣的模樣，帶著兩名手下迅速離去。

黑臉漢子氣得臉更黑了。「大哥，他們分明想賴帳！」

領頭漢子冷笑一聲。「兩面三刀，出爾反爾，本就是那些當官的拿手好戲，好在我們也不是軟柿子，想讓老子吃這個啞巴虧，他休想！」

荒宅暗影叢生，如豆燈火勉強照亮破敗的屋子。

屋中七、八個人，領頭漢子朝坐在最角落的一人招招手。「老九，過來。」

被叫做「老九」的漢子走了過來。「大哥什麼吩咐？」

「我記得你手下有個人腋下生了毒瘡，大夫說只有兩、三個月壽命了，叫什麼來著？」

「叫鐵牛，這次沒跟著咱們幹，用最後這點時間陪老娘和婆娘孩子去了。」

「你把他找來。」

「好嘞，大哥您等著。」

等到後半夜，老九帶著個瘦高漢子走了進來。瘦高漢子一看到領頭漢子忙見禮。

「鐵牛，你這些日子過得怎麼樣？」

「挺好的。」鐵牛頭一低。

「跟咱們這些兄弟你還來虛的？」老九輕捶鐵牛一拳，一股腦抖落出來。「我可瞧見了，你那家裡都快揭不開鍋了，四、五個小崽子擠一塊睡，大晚上的最小的還餓得哇哇哭呢。」

鐵牛眼眶慢慢紅了。他能有什麼辦法呢，雖然混了江湖，卻只是個搖旗吶喊的，為了他這個病攢的銀錢早就花差不多了，可家裡除了老母，還有婆娘和五個孩子要養活。

他都不敢想像等他之後眼一閉，一家老小該怎麼過。

「老六。」領頭漢子朝身邊黑臉漢子使了個眼色。黑臉漢子把一個小匣子推到鐵牛面前，直接打開。匣子裡滿滿一摞銀票。鐵牛眼睛頓時直了。這麼多銀子，莫不是有上千兩！

這時領頭漢子發話了：「鐵牛，跟著我混了一場，有話我就直說了，用這些銀子買你這條命，幹嗎？」

鐵牛一愣，不由抬頭去看領頭漢子，見他神情不似作偽，幾乎沒有猶豫就點了頭。「幹！」他這條賤命用不了多久就沒了，早死晚死有什麼區別，現在死能賺這麼多銀子留給家人，他是傻子才不幹呢。

「你放心，以後你的家人我們都會照應著。」

「大哥，您就吩咐吧。」鐵牛撲通跪下來。

領頭漢子把鐵牛招到近前，低聲交代一番。

邵知等人離開荒宅，立刻趕回民宅那裡。

被綁的三人正「嗚嗚嗚」地掙扎，一見三人進來立刻噤聲。邵知示意手下把三人塞嘴的抹布取下來，對三人道：「我可以放你們回去。」

三人一臉不信，邵知輕笑。「留著你們又不能下飯吃，不過你們也該知道，丟了銀子事又沒辦成，你們的蘭大人會如何懲治你們吧？」

三人頓時面色如土。

「也別想著戴罪立功的心思，你們連我們是什麼來路都不知，能立什麼功？」邵知這句話更是讓三人險些流出淚來。讓三人消化了一會兒，邵知再道：「就算沒有我們插手，你們順利完成了任務，難道以為會有賞？恐怕滅口或打發你們遠走高飛才是你們蘭大人的作風。」

聽到這裡，三人才真的站不住了，個個白著臉抖如篩糠。

其中一人強撐道：「我們頭兒說了，事成就給我們一人一筆銀子，安排我們連夜離京。」

「那不是正好。」邵知笑著拿出一疊銀票往三人面前一放，「這些銀票你們分了，照樣回去覆命說事情辦成了，然後不就可以帶著兩筆銀子遠走高飛了。等你們蘭大人察覺出不對來，你們已遠在京城之外，天下之大還愁無處可去？」

三人不由交換了一下眼色。邵知又把一柄匕首擺在三人面前，聲音轉冷。「我們都是心善的，不願沾了人命，當然你們要是堅持尋死，我還是願意成人之美的。」

「我們回去！」其中一人立刻抓過銀票塞進懷裡。

等三人狼狽走進夜色裡，邵知笑了笑。「走，把銀票給夫人帶回去。」

這夜，蘭松泉的書房燈火一直未熄，等到心腹覆命，蘭松泉才美滋滋地抱著侍妾睡覺去。

隔天一大早，喬昭就聽冰綠傳信說晨光求見，收拾妥當後在前廳見了他。

「是有將軍的消息了？」

「啊，將軍很快就要到京城了。」

喬昭聽了便不自覺露出個笑容。「馬車那些都備好，等將軍快到京郊時我去接。」

「夫人放心，都安排好了呢，卑職這時候過來是有東西要給您。」

「給我何物？」

晨光把一匣子銀票遞了過去，眉飛色舞講了昨夜的事。

喬昭把匣子推回去，笑道：「你們拿去分了吧，這些日子都辛苦了。」

晨光一臉呆滯。「都、都給我們？」

「是呀，不是說年紀大了該娶媳婦了，正好當老婆本。」

匣子中的銀票至少萬兩，喬昭對銀錢卻向來不在意，既然這筆錢是親衛們坑來的，讓他們分了去自然不會心疼。

「多謝夫人！」晨光捧著匣子往外走時雙腿發飄，額頭「砰」的一聲撞到了門框上。

身後傳來冰綠的低笑聲，晨光揉了揉額頭，擺出若無其事的樣子出去了。

都有老婆本了，老婆還遠嗎？還是跟著夫人有肉吃。

明康二十七年的春夏，注定是八卦亂飛的時節，讓看熱鬧的人直呼過癮，就連京城的瓜子都悄悄漲價了。

當朝首輔蘭山之子居然被綠林好漢給告了！原因更讓人譁然，睿王在回京的路上被流民襲擊，居然就是這些人帶的頭。

「到底是誰指使的我不知道，反正託我們辦事的是蘭府的人，結果事成了他們卻不給錢，滿天下也沒這樣不守道義的啊！」

「什麼，我這是自投羅網？那又怎麼樣，反正銀子沒拿到我們老大也饒不了我，左右都是一個死，死也不能讓賴帳的人逍遙自在啊。」

刑部右侍郎兼順天府尹楊運之遇到這麼離奇的事，頭髮都要掉光了，因為牽扯到首輔蘭山之子，趕忙層層上報。而正因這事太離奇，才半日就傳遍了京城大街小巷。

彼時蘭松泉正一臉愜意躺在榻上，幾名侍妾只穿著肚兜綢褲，捏肩捶腿，送水餵食，把他伺候得舒舒服服。房門忽然被踹開，侍妾們驚叫著奔走躲避。

蘭山顫巍巍走了進來，揚手打了蘭松泉一耳光。「混帳東西，外頭都變天了，你還在這裡醉生夢死！」

蘭松泉被蘭山打懵了。蘭山指著蘭松泉鼻子大罵道：「你招惹的都是什麼人，全是些不帶腦子的渾不吝！你更是糊塗，既然知道他們是提著腦袋做事的人，就痛快給了錢打發他們走人。你可倒好，居然賴帳，這下好了，堂堂工部侍郎讓土匪給告了，多光彩！」

「什麼賴帳，什麼讓土匪給告了？」蘭松泉更糊塗了，問清楚後跳了起來。「父親，這是有人算計我！」他忙招來心腹問個究竟，弄明白後再找那三人，那三人卻早已出京了。蘭松泉朝裡朝外橫行霸道多年，哪吃過這樣的啞巴虧，氣得來回打轉。

「也沒什麼，土匪的話誰會當真，又沒有證據！」稍微冷靜下來，蘭松泉捶了捶椅子扶手。

蘭山卻沒有兒子這麼樂觀，嘆道：「就怕別人藉此生事啊。」

把持朝政這麼多年，特別是早期的時候，那些所謂的忠臣良將彈劾他們父子的不在少數，但他們父子一直安然無恙，靠的是什麼？當然是聖寵。

近些年敢對他們父子挑事的越來越少了，可是蘭山心情有些沉重，他已經敏銳感覺到這一、兩年來皇上對他的聖寵大不如前。對那位來說，對錯往往不重要，得他歡心才重要。接連幾次的斥責與罰俸讓蘭山隱隱覺得不妙。

蘭山的預感很快應驗了，蘭松泉被江湖中人告了只是個開始，雖然那人很快就被打入大牢等著問斬，可很快又有人把蘭松泉彈劾了。彈劾的人正是長容長公主之子池燦。

池燦在工科給事中這位子上可謂是如魚得水，短短不足一年就混成了有名的「刺頭」，誰都不敢往他跟前湊。沒辦法，面對一個三天一彈劾、兩天一告狀的言官，他們壓力也很大啊。

這次池燦彈劾蘭松泉的罪名便是暗害前御史歐陽海，並把其女歐陽微雨賣入了青樓。歐陽海原是都察院御史，兩年前因彈劾蘭山父子被貶黜到北定城，半年前卻突然暴斃而亡，而後一家人便沒了消息。這些日子明康帝因睿王的生死不明一直心情鬱鬱，沒想到蘭松泉與這件事居然扯上了關係。至於是不是真的他可不管，現在看蘭松泉不順眼是肯定了。

那些土匪怎麼不攀扯別人偏偏攀扯蘭松泉呢？可以說池燦彈劾的時機太合適了，明康帝一聽撩撩眼皮，大手一揮吩咐三法司徹查歐陽海一事。

公堂上，歐陽海之女歐陽微雨一身素衣，聲淚俱下控訴著蘭松泉的罪狀。

「歐陽姑娘，妳說令尊是被蘭侍郎所害，可有證據？」

歐陽微雨聽了眼中閃過刻骨的仇恨。確鑿的證據她沒有，那些害死父親的人豈會留下罪證，但她確定父親就是姓蘭的畜生害死的。歐陽微雨看向坐在一側的蘭松泉。

蘭松泉對著歐陽微雨露出個不屑的笑容。沒錯，歐陽海確實是他派人弄死的，他就是要讓那些自詡骨頭硬的人知道，招惹他們父子前可要想清楚代價，能承受得起家破人亡再來。

弄死歐陽海，不過是殺雞儆猴罷了，於他不過家常便飯，怎麼會留下罪證呢。他倒要看看這小賤人怎麼指控他。

「那一日父親從私塾回來明明還好好的，可到了夜裡突然開始大口大口吐血，臨去時留下一句話，一個叫崔佳的學生送他的發糕有問題……」

歐陽微雨擦擦眼淚，接著說道：「父親只來得及說那句話就去了，母親當時就昏了過去，轉日兄長去打聽那名叫崔佳的學生，才知道那人來私塾只有數日，那時再尋卻已經不見了。」

說到這裡，她用力咬了咬唇，渾身微微顫抖。「崔佳自稱家貧，跪在私塾外兩個時辰勾起我父親的憐惜才收了他，甚至免去他一切費用，連筆墨紙硯都是我父親給他置辦的，可憐我父親卻引狼入室……」歐陽微雨含淚抬頭，直視著主審官刑部侍郎楊運之，「大人，崔佳來得突然，消失得蹊蹺，我父親臨去前還指明是他送的發糕有問題，這難道不能說明父親是被人所害嗎？」

聽到這裡，蘭松泉嗤笑一聲，淡淡掃刑部侍郎楊運之一眼。

楊運之對跪在地上的女孩子有些同情。這麼大的小姑娘，比他孫女年紀還要小些，卻遭遇了這些事，境遇可謂是悲慘，不過到底還是天真，無憑無據怎麼能告倒蘭松泉呢，最後恐怕還要因為誣告而治罪。

「歐陽姑娘，按著妳說的，那名叫崔佳的學生或許有問題，但這與蘭侍郎有何關係？」

歐陽微雨慘笑一聲。「怎麼會與他沒關係？之後我與兄長一邊料理父親後事一邊告官尋找崔佳，誰知有天小女子被人打暈，再醒來後已經在北定城最大的青樓裡了！」

公堂上的人看向歐陽微雨的眼神便帶上了憐憫與異樣。

曾經是御史的女兒，現在卻淪落青樓，這境遇委實令人唏噓。歐陽微雨卻彷彿絲毫不在意眾人微妙的神色，挺直脊背死死盯著蘭松泉。「小女子生不如死在青樓待了三日，終於接了第一個客人，那個人正是他，首輔蘭山之子蘭松泉！」

此話一出，滿堂譁然，眾人紛紛看向蘭松泉。

蘭松泉連眉梢都沒動，涼涼道：「如果隨口說說就能治人的罪，那大牢裡不知關了多少冤屈之人。楊大人，你就任由一個小丫頭在公堂上信口雌黃，誣衊朝廷重臣？」

他睡了歐陽海的女兒又怎樣？他就是要弄死與他作對的人還要睡那人女兒，讓與他過不去的人做鬼都後悔害怕，卻偏偏不能拿他怎麼樣！同時也讓活著的人好好掂量掂量得罪他的下場。

「是啊歐陽姑娘，無憑無據說這些話，那是誣告朝廷命官，可要治罪的。」楊運之沉聲道。

歐陽微雨渾身不停顫抖，盯著蘭松泉的目光幾乎能噴出火來。在眾人注視之下，她忽然笑了。「誰說我沒證據？我有！」

歐陽微雨一句話無異一石激起千層浪，把眾人的心高高勾了起來。蘭松泉臉色微變，詫異看了歐陽微雨一眼。

證據？除了記住他這張臉，這小丫頭能有什麼證據？僅是如此，可是無法當做證據的。

「歐陽姑娘有何證據？」刑部侍郎兼順天府尹楊運之回神後問道。

歐陽微雨盯著蘭松泉冷笑。「他的左乳下一寸處有三顆黑痣，呈品字形排列。」

蘭松泉眼神一沉，看向歐陽微雨的目光帶了殺機。歐陽微雨絲毫不懼，冷冷與蘭松泉對視。

在青樓醒來後的那三日，對她來說無異於人間煉獄，她無數次想過死，甚至已經做好了準備，當鴇母逼著她接客時她就自盡。可是當她被人推著沐浴更衣，披上紅紗衣見到她的第一個「恩客」時，她幾乎是在瞬間改變了主意。她絕不能死，她要活著為父報仇！

恐怕蘭松泉也沒想到她一個養在深閨的大家閨秀是認得他的。怎麼能不認得呢，早在京城父親被打入大牢時她就悄悄盯上了蘭家人，若沒有黎三姑娘的插手，她恐怕早已與蘭松泉最寵愛的女兒蘭惜濃同歸於盡了。

正是因為認出了蘭松泉是誰，哪怕活著比死痛苦一百倍她都要活下去，尋找一切機會為父親、為他們一家人討回一個公道。還好，就在她快絕望時終於等到了救她出火海的那個人。歐陽微雨不自覺把視線落到池燦身上。

無論對方是為了扳倒蘭山父子還是為了什麼，她一輩子感激這個男人。

「蘭侍郎——」

蘭松泉冷冷盯著楊運之。「楊大人莫非要我脫衣？」

這時一道懶懶的聲音傳來。「要你脫衣怎麼了？」

場面頓時一靜。說話的人正是人見人愁的大刺頭池給事中。

「蘭侍郎，你現在是疑犯，疑犯懂不懂？」一直默默旁聽的池燦站了起來，冷冷看向楊運之。「楊大人，先不論蘭侍郎是否有罪，現在原告跪著，被告卻坐著，我是不是可以理解為你在徇私呢？」

楊運之忍不住揪鬍子。「池大人，話不能這樣說啊——」

「不能這樣說，你就快些命人給蘭侍郎脫衣裳！」

楊運之不由看向蘭松泉。蘭松泉大怒。「楊大人，你聽一個小丫頭胡說八道，就要命人扒我的衣裳？若是我胸前沒有那三顆痣，你可付得起這個責任？」

「這——」楊運之被問住了。他已經是快要致仕的年紀了，只求安安穩穩回家享清福，沒必要得罪蘭山父子這兩座大山。

「呵呵。」含著輕蔑的笑聲響起，池燦睨了蘭松泉一眼。「蘭侍郎，你這是當著我們大家的面威脅主審官？」

「池大人，你休要胡言！」蘭松泉恨不得衝上去抓花那張俊臉。

「我怎麼胡言了？剛剛你說的話我們都聽得清清楚楚呢。」

「我胸前若是無痣，就平白被你們侮辱嗎？」蘭松泉忍著怒火問。

池燦詫異睜大眼。「這怎麼是侮辱了？蘭侍郎，請認清你的身分，你現在是被告，原告提出證據，你要是不讓脫衣裳，那我就當你默認了。若是脫了衣裳後沒有痣，那不就正好證明了你的清白。你這般不情願，莫非是心中有鬼？」

蘭松泉被池燦堵得臉色鐵青。真是該死，早知道就像歐陽海的妻兒那樣，把這死丫頭扔湖裡弄死了，留到現在竟狠狠咬了他一口。

「還愣著幹什麼，趕緊給蘭大人脫衣裳！你們要是不幹，難不成要我動手？」池燦厲喝一聲。

「蘭侍郎——」楊運之為難喊了一聲。

池燦冷笑，拂袖便走。楊運之趕忙站了起來。「池大人這是去哪裡？」

池燦朝上拱了拱手。「去告訴我舅舅，楊侍郎沒這膽子審問被告，請他換個人來。」

見池燦說完抬腳便走，楊運之冷喝一聲。「都愣著幹什麼？還不請蘭侍郎去裡邊檢查！」

「是！」幾名衙役走到蘭松泉面前。

蘭松泉臉色變了又變，死死盯著楊運之。楊運之連連擦汗。「蘭侍郎，還望你配合一下吧。」

他也不想得罪蘭松泉啊，可他更不敢得罪池大刺頭。得罪了蘭松泉，可能將來怎麼死的都不知道，得罪了池大刺頭，那他現在就死定了。

「還不快些！」楊運之瞪了衙役一眼。

「蘭大人……」小衙役們戰戰兢兢喊了一聲。

「不用了！」蘭松泉站了起來，冷笑道：「我胸前確實有三顆痣。」

此話一出，堂上眾人都愣了。蘭松泉居然就這麼承認了？

蘭松泉絲毫不意外眾人的想法，一張臉更加陰沉。不承認又怎樣？他好歹是堂堂三品大員，難道真要一幫小衙役把他衣裳扒下來湊到胸口去看？那樣更丟臉！

聽到蘭松泉承認，歐陽微雨眼中水光閃過，感激看了池燦一眼。

池燦並沒看歐陽微雨，盯著蘭松泉擰眉。他倒要看看這個蠢貨還怎麼掙扎。

蘭松泉承認後神情反而放鬆了，輕笑著瞥了歐陽微雨一眼，不急不緩道：「歐陽姑娘是青樓頭牌，我慕名而去又有什麼不妥？這就能代表歐陽御史是我害的？」

歐陽微雨身子晃了晃，險些吐出血來。

「官員狎妓沒有什麼不妥？蘭侍郎，你臉可真大，這話敢不敢在皇上面前說？」

蘭松泉一窒。剛剛只想著甩脫謀害歐陽海的罪名，卻忘了狎妓也是個不大不小的罪過，當然，這麼幹的人不在少數，只是沒放到明面上罷了。

「池大人可以去說，但現在咱們說的是歐陽海一事，總之歐陽海的死與我沒有半點關係。」蘭松泉含笑看著歐陽微雨。「歐陽姑娘，妳只拿出了我睡妳的證據，可沒有我謀害妳父親的證據吧？那妳憑什麼這樣誣衊我？」

歐陽微雨一張臉比雪還白，咬著牙關看向楊運之。楊運之暗暗嘆了口氣。

歐陽微雨忽然伏地磕了個頭，隨後站起身，目光緩緩從堂上眾人面上掃過，挺直背脊冷然道：「我父親莫名慘死，而後我被人打暈送到青樓，緊接著蘭松泉出現成了我第一個『恩客』，各位大人，這其中關聯你們心中沒數嗎？」說到這裡，她露出一個慘笑。「我一個弱女子是拿不出確鑿證據，但我可以用我這條命保證，小女子所說絕無虛言，更不會誣衊蘭松泉這畜生！」

歐陽微雨說完深深看了池燦一眼，猛然撞向柱子。可憐如花年紀本該錦衣玉食的貴女立時撞碎頭骨，香消玉殞。

二三〇　邪星倒臺

歐陽微雨躺倒在地上，藉著衝力翻了個身露出正臉，原本白皙飽滿的額頭已經陷了下去，鮮血汩汩往外流。突如其來的狀況讓眾人愣了一下。

「快請大夫！」刑部侍郎兼順天府尹楊運之大喊道。

池燦走過去，俯身仔細看了看，直起身來淡淡道：「沒用了。」

還熱著的鮮血開始向眾人腳下蔓延，眾人看著剛剛還生機勃勃的少女，轉眼間就成了冰冷的屍體，且死相如此慘烈，皆心有戚戚，對歐陽微雨的指控早就相信了。

但相信又怎麼樣呢？僅憑一個姑娘的指控，拿不出確鑿證據，依然治不了蘭松泉的罪。

這個女孩子白死了啊。不少人默默想，暗暗惋惜。

池燦垂眸看了一眼歐陽微雨的屍體，從懷中拿出雪白手帕蓋在她臉上，面無表情直起身來。白死了嗎？不，死去的人終究不會白死的。他找到歐陽微雨時便明白這女孩子活不長了，她支撐自己活下去的信念，就是把這番話在公堂上說出來。

千里之堤毀於蟻穴。皇上對蘭山的聖寵已經不復往日，從這兩年來發生那幾件事後皇上的反應就可以窺見一二。

現在正是睿王生死不明的時候，且把睿王遇險的矛頭指向了蘭松泉，再有歐陽微雨慘死一事，只要後續籌劃得當，就是蘭松泉的死期。

「池給事中，你去哪兒？」見池燦面色平靜往外走，楊運之不由問道。
「自然是回去寫奏章了。」
「哎——」楊運之喊了一聲，卻攔不住池燦的腳步，只得看向蘭松泉。
蘭松泉不屑掃了歐陽微雨的屍體一眼，冷笑道：「現在人已經死了，楊大人還要繼續審問下去？我記得狎妓不歸刑部管吧？」
楊運之張了張嘴。蘭松泉邁過歐陽微雨的屍體，大步往外走去。
「真是欺人太甚！」直到再見不到蘭松泉影子，楊運之才喃喃道。
池燦很快就寫了一篇痛斥蘭松泉的奏摺呈了上去。
明康帝看完把摺子往龍案上一扔，滿心煩躁。這蘭氏父子是越來越沒有眼色了，明明他這正煩著呢，還鬧出一樁樁事來。老五出事，莫非真和蘭松泉有關？
明康帝心中閃過這個念頭，抬手揉了揉太陽穴，疲憊道：「魏無邪，把天師請來。」
明康帝養了一群道士在宮中，是以張天師很快就到了。
「天師，朕近來閉關屢屢出事，命睿王前往凌臺山祈福想要化解一下，誰知睿王卻生死不明，這究竟是怎麼了？」
「皇上莫慌，容貧道算算。」張天師雙目微闔，手指不停動著，一副世外高人的模樣。
約莫一盞茶的工夫過後，張天師睜開眼睛，面色凝重望著明康帝。
「天師，如何？」
張天師輕嘆。「皇上，情況確實不容樂觀。」
「此話怎樣？」明康帝對張天師越發倚重了，特別是那次閉關經由張天師指點後一切順遂，讓他更為重視張天師的話。

「去冬大雪不斷，主大臣專政致多有蒙冤，今春災亂頻發，主佞臣當道致天下不平。皇上，這是有邪星作祟，影響了紫微星的光芒……」

明康帝臉色難看。「天師，這邪星應在何人身上？」

張天師搖頭不語，皇帝頗為失望。這是天機不可洩露了，可邪星不除他實在寢食難安。

「皇上，貧道正在煉一爐九轉回春丹，以助皇上添福增壽，眼下正到了要成丹的時候——」

「天師去忙吧。」

張天師離開後，明康帝反覆琢磨著他的話，忽聽魏無邪稟報：「皇上，蘭首輔求見。」

「蘭首輔？」明康帝心中一沉，莫名就想到邪星那裡去了。

「傳他進來。」

蘭山這時過來是替兒子蘭松泉說好話的。他已得知歐陽御史之女在公堂上撞柱而亡的消息，一方面生氣蘭松泉大搖大擺離去，另一方面頭疼池燦的告狀。

他是瞭解明康帝的。放在以前，兒子暗害歐陽海一案就算證據確鑿，皇上依然會為了維護他們父子而把這件事壓下來。可是現在不同了，皇上對他們父子已流露出不耐，那麼歐陽海之女以死控訴一事傳到皇上耳裡，絕對會加劇皇上對他們父子的不良印象。

與其等皇上明日召見兒子時大發雷霆，他還是先來請罪穩妥些，至少一時半會兒皇上看在他盡心盡力伺候二十多年的份上，不會治他們父子的罪。

聽完蘭山的請罪，明康帝遲遲不語，就這麼居高臨下打量著伏在地上的蘭山，若有所思。邪星作祟，佞臣專政，說的莫非正是蘭山父子？明康帝越想越覺得是這麼回事兒。不怪他多心，這些年他忙於修道，朝中瑣事幾乎都交給蘭山處理，若說大臣專政，那除了蘭山還有何人？

「好了，朕知道了，你先退下吧。」明康帝把蘭山與邪星對上號，再看蘭山就膈應起來。蘭山瞧著明康帝臉色不對哪裡敢多說，忙告罪跪安。

「魏無邪，去問問天師的九轉回春丹煉好了沒？」

未等魏無邪應下，明康帝又改了主意。「罷了，朕過去看看吧。」

好煩，剛剛和邪星共處一室了！

明康帝走到煉丹房，正看到張天師灰頭土臉竄了出來。

「天師這是怎麼了？」

「成丹失敗了！」

明康帝一急。「怎會如此？」

張天師拍打著被燒焦的鬍子。「剛剛開爐時貧道就覺得心神不寧，應是被邪星衝撞了！」

明康帝心陡然一沉。邪星果然是蘭山！

此時許次輔府上悄悄聚了數位大臣，紛紛決定明日一早便隨著池燦狠狠把蘭松泉參上一本，卻被許明達攔了下來。

「許閣老，這可是扳倒蘭松泉千載難逢的良機。」

「是呀，蘭山已經老邁，近年來依仗其子才能維持聖眷，若是除去蘭松泉，那麼蘭山倒臺指日可待！」

「喬墨，你怎麼看？」許明達忽然問了一直靜靜聆聽的喬墨一句。

「學生認為明日不該隨著池給事中參蘭松泉，而該替他求情。」

「說得好！」許明達看向喬墨的目光不掩激賞。到底是他相中的孫婿，年紀輕輕於官場上有如此覺悟，不貪功冒進，確是可塑之才，將來對許家絕對是不小的助力。

至於謠傳喬墨與冠軍侯夫人關係密切之事，不過是愚民自娛罷了，到了他這個地位，若是信了謠言而損失這樣一位佳婿才是犯傻。

許明達心下高興，耐著性子講了為何不能跟風彈劾蘭松泉的原因，眾人頓時恍悟，紛紛讚起喬墨來。身為許次輔的親信，在場的人都不傻，許次輔這是把喬墨當自家人待呢，看來用不了多久就能喝上一杯喜酒了。

翌日，明康帝果然在御書房召見了朝中重臣，聽池燦細數蘭氏父子十大罪狀後緩緩掃視眾臣，本等著有人跟奏，好趁機把蘭氏父子懲戒一番，沒想到幾名大臣先後站出來，皆是替蘭山父子求情的。明康帝越聽臉色越陰沉，什麼國之棟梁離之不得，這大梁天下離開他這天子不行，離開蘭山父子莫非還轉不了？

蘭山聽著眾人求情，已是汗如雨下，暗道不妙。蘭松泉反而有幾分得意，他們父子勞心勞力替皇上做事這麼多年，沒有功勞也該有苦勞，這些人還算識相。

「夠了！」聽到許明達都開口替蘭山父子求情，明康帝忍無可忍，厲聲道：「給朕把這謀害皇子、貪賄納奸、殘害忠良的逆臣推出午門外斬了！」

眾臣一聽都懵了。皇上這樣是不是有點草率了？

蘭山已是癱倒在地，涕淚交加求道：「皇上，老臣就這麼一個兒子啊，求皇上看在老臣已經沒幾日好活的份上，饒犬子一條賤命吧，老臣給您磕頭了。」

明康帝看著砰砰磕頭的蘭山遲疑了下。許明達使了個眼色，幾人立刻跪下替蘭松泉求情。

「皇上，那匪人定然是陷害蘭侍郎，蘭侍郎多年來一心為國為民，微臣等都看在眼裡，還請皇上明鑒啊。」

「請皇上明鑒！」

明康帝對蘭山那點憐憫立刻煙消雲散了。

為國為民？這天下又不是姓蘭的，需要蘭家人為國為民做什麼？莫不是替他當家久了，真以為自己是大梁的主人了？現在看來邪星定然是蘭氏父子無疑，他身為天子，想要一個人的腦袋居然還困難重重，這些混帳東西全忘了身為臣子的本分了吧！

「帶下去！」明康帝面無表情道。

「皇上！皇上！」蘭山聲嘶力竭喊著。

明康帝不為所動，冷眼看著蘭松泉被拖下去。蘭松泉這才反應過來皇上是來真格的，疾呼道：「皇上，您不能殺我，沒有證據憑什麼殺我——」

明康帝冷笑。他偏殺，他是皇上他說了算。當年誅殺鎮遠侯全家也不過就憑蘭山呈上肅王寫給鎮遠侯的一封書信罷了，現在還有匪人當人證呢，難道不算證據？

漸漸聽不到蘭松泉的呼喊聲，明康帝看了癱軟在地的蘭山一眼。擇日不如撞日，既然已經開始，乾脆一併把邪星除了吧。

「魏無邪，傳朕旨意，蘭松泉謀害皇子乃十惡不赦之罪，本該誅九族，念在其父蘭山多年來盡職盡責，且年已老邁，現奪去首輔一職，沒收家產，削官還鄉去吧。」

嗯，他還曾聽外甥池燦提過，蘭家的庫房比國庫還要充盈，這下總比不過了吧？

「皇上——」蘭山眼皮一翻昏了過去。

直到蘭山也被拖了下去，眾臣還沒緩過神來。他們謀劃了無數個日日夜夜，盼星星盼月亮就盼著這一日，除奸臣蘭山父子，還朝廷朗朗乾坤，可沒想到勝利來得這麼突然。

皇上這麼草率，總讓他們有點忐忑。

明康帝撩了撩眼皮。「不求情了？」

眾臣跪在地上不敢吭聲。

「什麼時候該求情，什麼時候不該求情，需要朕教你們嗎？」

此話一出，眾臣立刻出了一身冷汗。

明康帝抬了抬嘴角。真把他當傻瓜不成？若不是因為蘭山父子是衝撞他的邪星，他會順了這些老混蛋的意才怪呢。他是皇上，只有別人順他意的份。不過──

明康帝輕輕瞥了次輔許明達一眼。蘭山已經老得眼花耳聾，首輔之位是該換人做了。

不過就一日的工夫，蘭家的結局無疑一道驚雷在京城平地乍響，上至百官勳貴，下至平頭百姓，都被這天大的消息給震住了。再然後，京中大大小小的酒肆全被一搶而空，當日不知有多少放聲高歌的醉漢，外頭的鞭炮聲響一直沒停歇過。到了第二日，地上鋪著厚厚一層紅皮，許多人家殺雞宰羊，如過年一般喜慶。喝酒的人中，自然少不了喬昭兄妹。

「大哥，這杯我敬你，終於得償所願。」

喬墨端起酒杯碰了碰喬昭的杯子，溫聲道：「同樣祝妹妹得償所願。」

兄妹二人皆一飲而盡，眉梢眼角盡是喜色。

喬墨放下酒杯長嘆一聲。「兩年來，妹妹辛苦了，能有今日，離不開妹妹的努力。」

喬昭眼中水光一閃而逝，輕笑道：「大哥說這些作甚？這些原是咱們該做的。」

「好，不說這個。」喬墨重新給二人酒杯倒滿，站了起來走到庭院中，對著南方深深一拜，把杯中酒灑在地上，輕聲道：「敬父母家人在天之靈。」

喬昭把酒舉過頭頂盈盈一拜，跟著道：「敬父母家人在天之靈。」

扳倒了蘭山父子兩座大山，他們才算有臉對父母說替他們報了仇。

「大哥、黎姊姊，你們在幹什麼呀？」

喬墨轉頭對喬晚輕輕招手。「晚晚來，給爹娘敬一杯酒。」

喬晚走過來，接過兄長遞來的酒杯頓時斂去好奇，小臉上滿是鄭重，脆聲道：「晚晚敬父母家人在天之靈。」

喬昭與喬墨對視一眼，眼角皆不由濕潤。終於等到這天，何其幸運，兄妹三人還能在一起。

喬晚把酒杯還給喬墨，好奇問道：「大哥，剛剛黎姊姊為什麼也敬酒啊？」

喬墨溫柔一笑，揉了揉喬晚的頭。「黎姊姊替妳姊夫敬呢。」

「哦。」喬晚這才沒了疑惑，滿是期盼道：「不知道姊夫什麼時候回來呢。」

喬昭已經接到了消息，邵明淵明日就能抵達京郊了。

到了翌日，兄妹三人早早起了床，收拾妥當後，喬昭姊妹乘馬車，喬墨騎馬一同前往京郊。一路上喬晚興奮不已。「黎姊姊，姊夫知道姓蘭的壞人被殺頭抄家了，一定很高興。」

喬昭看著幼妹星星亮的眼睛，笑著點頭。「是呀，他一定很高興。」

蘭山父子倒臺是多方努力的結果，當然也少不了邵明淵的謀算，那些江湖人與蘭松泉反目就是他一手促成的。想到很快就要見到他，喬昭心情飛揚，嘴角不由流露出笑意。

喬晚眨眨眼，掩口笑道：「黎姊姊，妳定然是想姊夫了。」

喬昭只笑不語。她當然不能在小姑娘面前亂說，但讓她說違心話也不大好。

躂躂的馬蹄聲近了，喬昭聽出不是喬墨，抬手掀起馬車門簾，便見一道挺拔身影騎著馬由遠及近，很快到了馬車旁放慢腳步，朝喬墨打了招呼：「去接庭泉？」

來人正是池燦。扳倒蘭山父子後，他在眾臣心中分量有所不同，這兩日端的意氣風發。

喬昭很難把現在神采飛揚的男子，與前些日子醉酒後怨氣滿腹的那人聯想到一起。再看與池燦回話的兄長同樣神色輕鬆的模樣，她心中便不由感慨：男兒果然要有所建樹才會心境寬闊。

正想著，池燦已經往她這裡看過來。

「池大哥。」喬昭笑著打了招呼。

池燦似是沒想到喬昭全然不計較不久前發生的那場不愉快，微微一怔後笑了笑。

很快一行人出了北城門，趕到了京郊官道旁的一處茶攤。邵知等人已候在那裡，見喬昭來了，趕忙來拜見主母。

「將軍大概何時能到？」喬昭由阿珠、冰綠左右扶著下了馬車，眺目遠望。

官道寬闊平整，道路兩旁樹木成蔭，遠望還是一片鬱鬱蔥蔥，彷彿無邊無際。再往側邊遠方看，則是此起彼伏的青山，這時節花開正好，滿山坡的野花給連綿青山鋪上一塊塊絢麗花毯，能遙見數輛馬車錯落停駐那處，應該是某些府上的女眷出門遊玩來了。

喬昭輕輕吸了一口帶著青草香的空氣，頓覺神清氣爽。

「剛剛接到信兒，將軍大概再過一個時辰左右就能到了。夫人，您先坐著喝口茶吧。」邵知搬了一條長凳，拿袖子掃了掃，請喬昭坐下。

出門在外喬昭不會窮講究，道了聲謝坐下來。喬墨與池燦在另一桌坐下，邊喝茶邊等待著。

喬晚在侯府中憋久了，難得出來放風，眼睛好奇張望著，忽然眉頭一皺拉了拉喬昭衣袖。

「黎姊姊，妳看那邊那些人好奇怪啊，出遠門怎麼還一家老少都去啊。」

喬昭不經意看了一眼，不由一愣。

正往他們這個方向走來的足有幾十口人，明顯看出是一大家子，最前頭是一輛老舊馬車，再往後則是幾輛無篷板車，上面堆滿了雜物，空餘地方坐著幾個幼童。車後面走著男女老少，男人們神情麻木，女人們眼眶通紅，若不是未見哀樂與白幡，還以為這是出殯的隊伍。

有那麼幾位年輕的姑娘被護著走在中間，喬昭立刻認出其中一人正是蘭惜濃。

似是心有所感，走在長長隊伍中的蘭惜濃，忽然抬眸對上了喬昭的視線。

那一瞬間，喬昭心情格外複雜。京城貴女中，蘭惜濃與江詩冉一樣，比真正的公主還要活得尊貴些，高高在上了十幾年，一朝變故卻淪落到連馬車都坐不起的境地。

「二姊，妳怎麼不走了？」蘭惜濃身邊一位少女問道。蘭惜濃目不轉睛望著喬昭，沒理會少女的話。

最前方的馬車窗簾忽然被掀開，露出一張老邁成樹皮的臉。蘭山渾濁的目光落在池燦與喬墨身上，陡然一亮，很快又變得黯淡無光，默默放下了窗簾。

池燦冷笑一聲。「還真是老天開眼，讓咱們能看到蘭山狼狽離京的光景。」

「確實是老天開眼。」喬墨淡淡從蘭家老少身上掃過，眸中毫無波瀾。

蘭山父子指使人害死他全家時，可沒想過不該濫殺無辜；蘭家老少享受榮華富貴時，更沒尋思過那錦衣玉食的日子是靠著喝別人的血換來的。享得了富貴，就該受得了貧苦，這很公平。

喬昭輕嘆一聲。「大哥，借你碧簫一用。」

喬墨解下腰間碧簫遞給喬昭。碧簫入手微涼，喬昭把碧簫湊在唇邊，吹奏起來。輕柔幽靜的簫音響起，如若風過送到蘭惜濃耳中，正是前朝名曲〈送君行〉。她與蘭惜濃同在馥山社，如果不是雙方敵對的立場，或許能成為朋友，而今這種情形更是不便交談，那便以一曲道別吧。

寧靜悠遠的簫音迴蕩在山野間，蘭惜濃目光閃了閃，露出淡淡笑容，抬腳往前而去。

「呸！」眼見蘭家人走遠了，茶攤主人狠狠啐了一口，見喬昭等人看來，忙解釋道：「蘭家人就是咱大梁的禍害，現在總算完了，以後大家就有好日子過了。哼，誰想到他們還從這裡路過啊，要是衝撞了貴人們那還了得……」

喬昭收回視線，已沒有興趣多聽。蘭山父子是十惡不赦，但這些話聽起來確實沒有什麼意思。

前方急促的馬蹄聲傳來，一道銀白色身影由遠及近快速奔來。

池燦立刻站起身來。「庭泉來了。」

駿馬如風，很快就看清了來人的模樣。銀盔甲紅披風，來人正是邵明淵。

池燦翻身上馬迎上去，邵明淵勒住韁繩，笑問：「都辦妥了？」

池燦笑著點頭。「妥了！」二人隨即相視一笑，伸手擊掌。

邵明淵看向喬昭。在他灼熱目光下，喬昭莫名臉熱起來，胡亂問道：「怎麼就你一個人？」

「我心急，把他們甩在後面呢。」話音才落，邵明淵俯身伸手握住喬昭手腕，一個用力把她拉到馬上。瞬間落入熟悉的懷抱裡，喬昭微訝。「庭泉？」

耳邊響起男人爽朗的笑聲。「夫人，咱們該回家了。」

喬昭坐在邵明淵身前，臉色微紅，垂眸盯著那隻握著韁繩的大手不語。

池燦見了不由納悶。當初他去嘉豐這丫頭非鬧著一起去，共乘一騎時可沒見她害羞吶。這是越大臉皮越薄了？

短暫的疑惑過後，看著好友喜笑顏開的模樣，池燦冷哼一聲。「注意點，青天白日的。」

邵明淵失笑。「你什麼時候也在意這些了？」

池燦翻了個白眼。「我不在意啊，但你可是堂堂冠軍侯，大梁百姓心中正直端正的大將軍。」

邵明淵低頭看了喬昭一眼，環住媳婦纖腰的大手緊了緊，笑吟吟道：「正直端正的大將軍也要娶妻生子呢，疼自己媳婦天經地義，別人管不著。」曾經他們是未婚男女，自然不能在人前越雷池一步，現在成了夫妻，妻子來接凱旋的丈夫回家，夫妻共乘一馬又有什麼大不了。

池燦看著礙眼，雙腿一夾馬腹跑遠了。

邵明淵笑笑，看向喬墨。「舅兄，我先帶昭昭走了。」

「去吧。」喬墨笑道。大妹與侯爺琴瑟和鳴，他當然樂見其成。

喬晚眼巴巴看著兩匹馬先後絕塵而去，她眼睛亮亮的。「大哥，姊夫對黎姊姊真好。」

喬墨低頭看著喬晚，溫聲問：「羡慕了？」

喬晚猛點頭。「當然羡慕啦，我以前看父親、母親相敬如賓那樣相處就覺得極好了，如今看到姊夫與黎姊姊才知道原來夫妻間還能這般要好。」

喬墨一愣，這才察覺幼妹已悄悄長大，不由笑道：「大哥忘了我們晚晚很快就該嫁人了。」

「大哥你胡說什麼呀。」喬晚小臉瞬間紅透了，小姑娘說著眼珠一轉，笑道：「倒是大哥都好大年紀了，咱們已經出了孝，不知什麼時候給我找個嫂嫂呢？」

「嫂嫂總會有的。」喬墨淡淡笑道。

「那有了嫂嫂咱們是不是就該從侯府搬出去了？」

喬墨認真看著喬晚。「晚晚捨不得？」

幼妹跟著母親長大，雖然天性活潑，但他相信該有的規矩不會忘的。

果然喬晚搖頭道：「沒有啊，姊夫雖好，但大哥成家後咱們再住在侯府就會被人笑話貪戀富貴啦，我可不想聽別人這樣說咱們。」小姑娘說著不由挺了挺脊背。她的祖父是舉世聞名的大儒，祖母是皇家郡主，母親早早就教育過她，如果一個人沒有家族榮耀感，很容易會做出沒骨頭的事來，身為喬家人，才不能被人家說這樣的閒話。

「是啊，咱們該搬出去了。」喬墨拍了拍馬背。「晚晚能上去嗎？」

喬晚得意一笑。「當然能，姊夫送我的小馬駒已經長得比這匹白馬還要高了呢。」

白馬：「……」能不能別這麼比較？馬也是有尊嚴的！

喬晚踩著馬蹬翻身而上，喬墨坐到後面，笑道：「來，大哥也帶妳騎馬。」

不久，一行人先後回到侯府。

邵明淵環視一眼熟悉的府邸，他離開時還是春寒料峭，現在已是花木蔥蔥。

「昭昭，家裡被妳打理得真好。」邵明淵抓著喬昭的手，輕輕捏了捏她柔軟的手心。

二人共乘一騎，一路上喬昭沒少被某人占便宜，此刻身子還有些發軟，瞪了他一眼。「少說些有的沒的，快去洗漱吧。」

「嗯，那妳招呼著拾曦與舅兄他們。」邵明淵頗為遺憾看了朝思暮想的人一眼，這才大步走進淨房。

喬昭早就吩咐廚房準備好了酒菜，先讓丫鬟們給池燦與喬墨奉上香茗，等邵明淵換上家常青袍出來便立刻開飯了。飯後丫鬟又上了茶水，幾人這才聊起來。

「蘭松泉被判斬首，蘭山削官還鄉，總算是除了這兩個禍害，想來很快皇上就要提許明達為首輔了，內閣又會進新人，到時又是一番新格局。」池燦喝了口茶，懶洋洋說道。

邵明淵不著痕跡看了喬墨一眼，笑道：「皇上提誰當首輔無所謂，關鍵是能替我岳父一家報仇雪恨，這才是最重要的。」朝中的勾心鬥角他雖接觸不多，卻心中通透，換誰來做不見得就好到哪去，他是武將，不摻和那些，反正誰對不住他在意的人想法子弄死就是了。

「蘭山這一倒臺，他那些門生親信還沒等我參就有無數人爭相恐後彈劾了，忽然覺得怪寂寞的。」池燦嘴角掛著譏誚。

「要真能一直寂寞下去反而是好事。」邵明淵彷彿想到什麼，問道：「拾曦，你有沒有聽說過無梅師太的往事？」

喬昭握著茶杯的手一頓。

「無梅師太？」池燦收斂起懶洋洋的樣子。「怎麼好端端提到她？」

面對至交好友邵明淵沒什麼可隱瞞，直說道：「無梅師太曾贈給昭昭一條手珠，後來昭昭幾次遇險都與那條手珠有關。前些日子我派人去南邊調查，查出無梅師太與肅王身邊一位親信隱隱有些關係——」

「我知道你說的是誰了。」池燦皺了一下眉，「那人叫薛平，是肅王的得力幹將，當初肅王造反結果短短數月就兵敗如山倒，有個傳聞便是與此人有關。」

「什麼傳聞？」

「說是薛平受肅王所託，把多年積攢的金銀珠寶兌換成銀錢用以買糧草，結果那筆錢不翼而飛，薛平拔劍自刎，從此再無人知道那筆銀錢的下落。」

「這又與無梅師太有何關聯？」邵明淵問。

「後來不知怎的，又傳說有人在京郊見過薛平，說他去見了一位長公主。」說到這裡，池燦冷笑。「本來這些似是而非的傳聞沒什麼人知道，我之所以有所耳聞，便是因為薛平把銀錢交給了長公主這莫名其妙的說法。」

幾人不由被池燦勾起了好奇心，池燦神色更冷。「我與母親當初被肅王餘孽困在凌臺山，便是受那傳聞所累，他們誤會我母親是那位長公主。」

「這樣說來，手珠中的祕密或許便與那批銀錢有關。」

池燦把茶杯往茶几上一放。「我再想法查查去。」

池燦說完後便告辭，喬墨也很快識趣離去，把空間留給小別的夫妻二人。

邵明淵深深看了喬昭一眼。

「幹嘛——」喬昭話音未落，便被攔腰抱了起來。

「睡覺！」邵明淵霸氣十足回道，不久後，他吃飽喝足，大手撫摸著喬昭光潔的背，嘆道：「還是家裡好。」

已經累癱的喬姑娘無力睨了神清氣爽的男人一眼。

「想我沒？」邵明淵探過頭來，貼在她耳邊問。

「不想。」

「真的不想？」邵明淵雙手捧住喬昭的臉，凝視著她的眼睛。

男人黑眸湛湛，滿是柔情，喬昭不由自主點頭。「想了。」

「那再來一次？」

喬昭一巴掌拍過去。「別胡來。」

邵明淵輕笑出聲，攬著喬昭不放手。「昭昭，妳喜歡北邊嗎？」

「問這個做什麼？」喬昭迎上邵明淵的眼。

「我在想，京城太亂了些，若是有可能，咱們在北邊安家挺好的。當然，前提是要妳喜歡。」

他在北地經營多年，根基無可撼動，在那裡他就不擔心昭昭受到意外傷害了。

喬昭一時沒有回答。邵明淵似是想到了什麼，面色微變，歉然握緊她的手。「當然，妳若是喜歡南方，咱們就去南方，或者習慣了京城，咱們就還在京城，都聽妳的。」

喬昭笑起來。「傻子，對我來說，咱們只要在一起，哪裡都一樣，所以這些你安排就好。」

邵明淵眼睛一亮。「妳真這麼想？」

「我幹嘛騙你？」

「昭昭，妳真好！」男人壓過來，二人笑著滾成一團。

門外，冰綠默默抬頭望天。當丫鬟真是個辛苦活，當嫁了人的主子的丫鬟更是辛苦，這日子真有點過不下去了。算了，她還是逗二餅玩去吧。

沐王府上，沐王盯著心腹祕密呈上的一個不起眼長盒，面上陰晴不定。

這長條盒子是蘭山託人送給他的，裡面到底是什麼？

沐王伸出手去，觸到盒子時彷彿被火燒般縮了回去，一顆心急跳起來。不知為什麼，他總覺得這盒子裡關著猛獸，一旦打開，局面就會變得不受控制了。

但他覺得這個念頭有些好笑，到底是好奇心占了上風，再次伸出手去，心一橫把盒子打開。

一角明黃映入眼簾，沐王幾乎在瞬間闔攏盒子，厲聲道：「都出去！」

待屋裡伺候的人退了出去，沐王依然心跳如雷。他緩了緩氣，手不停顫抖著打開盒子，這才看清盒中之物。沐王眼神一縮。那是——他迅速拿起盒中之物打開來，看完後臉上閃過狂喜。

遺詔，這居然是一道傳位於他的遺詔！

原來父皇早就寫好了遺詔，準備待百年之後把皇位傳給他！

沐王死死抓著遺詔，又哭又笑，哭笑到後來忽然表情一僵。

不對！他迅速低頭再次看了遺詔一眼，上面確實是明康帝的字跡，同時蓋了玉璽大印，無論怎麼看都不似作假。可是沐王漸漸恢復了理智。這遺詔定然不是真的，如果是真的，怎麼會落在蘭山手裡？而蘭山把這道假遺詔交給他的目的是……

沐王臉上表情變化不斷，最終轉為狠厲。不管蘭山是什麼意思，眼下這道真假難辨的遺詔就在他手裡，只要父皇在未立太子之前匆匆歸天——

他越想越激動，舉起「遺詔」親了親，小心翼翼放入盒子中，隨後四處轉了轉，先是藏在枕頭下的暗格裡，想想又覺不妥，取出來後藏到書架上的夾層裡，依然不放心，抱著「遺詔」在屋子裡亂轉起來。

蘭山父子這一倒臺，京城上下歡慶數日，許多蘭山同黨陸續被彈劾收拾，而曾因得罪蘭山父子被陷害的官員則陸續被平反，其中就包括前御史歐陽海。

只可惜歐陽海一家全都慘死，如今只剩幾座新墳。

歐陽微雨的墳前，喬昭上了一炷清香，輕聲道：「歐陽姑娘，害妳全家的人如今已得到了應有的懲罰，妳可以瞑目了。」她說完走至一旁，與等候在那處的邵明淵和喬墨站到一起。

池燦走過去，沉默片刻，揚唇笑道：「我說過妳不會白死，現在妳看，我沒有騙妳。」若是人有來生，希望妳能投胎到一戶尋常富戶，平安喜樂一生。

「走吧。」池燦上了一炷清香，對喬昭等人道。幾人一起向停靠在路邊樹下的馬車走去。

「有人來了。」邵明淵駐足。

不多時，就見一輛小巧的青帷馬車拐過岔路緩緩駛來。

喬昭眸光一閃，看向喬墨。「好像是寇府的馬車。」

馬車很快就到了眼前停下，寇梓墨與寇青嵐姊妹先後下了馬車。寇梓墨見到站在路旁的喬墨，臉色明顯變了一下，很快恢復平靜，垂眸朝喬墨屈膝一禮。「表哥，好久不見。」

寇青嵐跟著見禮，神色卻沒寇梓墨那麼平靜了。她提著裙子走至喬墨面前，彎唇問道：「表哥怎麼許久沒過來了？祖母他們一直念著你呢。」

喬墨溫和笑道：「才出了孝，衙門裡事情也多，回頭我會帶晚晚過去看望外祖母他們。」

寇青嵐眼波流轉，對喬昭三人略略屈膝，隨後問道：「表哥你們也是來祭拜歐陽姑娘的？」

「我們來給歐陽御史上一炷香，侯夫人來祭拜歐陽姑娘。」

「真是巧，我陪大姊來祭拜歐陽姑娘，沒想到遇到表哥。」寇青嵐說到這裡扭頭喊道：「大姊，妳怎麼不過來？」

幾道視線投過來，寇梓墨無法推卻，只得走了過來。面對脫去素衣換上青衫的喬墨，寇梓墨只覺心有千言萬語卻無從說起，倒恨不得立刻離開此地。偏偏寇青嵐笑道：「大姊妳那日不說有事拜託表哥嗎，既然今天遇到了，就不用等表哥來府上了。」說到這，寇青嵐看了喬昭三人一眼，大大方方一笑。「幾位不介意稍等一下吧，讓我大姊與表哥說幾句話。」

「青嵐——」寇梓墨羞惱不已，在外人面前卻不好表現出來。

「好啦，大姊妳與表哥快些說吧，我先給歐陽姑娘上香。」

喬墨心中嘆了口氣，對寇梓墨溫和笑笑。「表妹有事情找我幫忙嗎？不知是什麼事？」他一邊問一邊往不遠處的樹下走去，倒是緩解了寇梓墨的尷尬。

蔥鬱的樹下，喬墨與寇梓墨站定。寇梓墨心中有些惱怒妹妹的自作主張，可是與朝思暮想的心上人靠近了，羞愧之餘又生出不可言說的甜蜜。

這甜蜜帶著苦澀，她清楚不過是曇花一現，可即便這樣，她都覺得來之不易。她本來以為此生再無與表哥這樣靠近的機會。

喬墨對寇梓墨的情意何嘗不是心知肚明，可是他此刻除了嘆息，別無他想。

他與梓墨表妹年紀相差不小，從來都是把她當妹妹看的，後來察覺到她的情意雖未流露出什麼，卻也曾想過，梓墨表妹品性純良，若是雙方長輩有意，親上加親未嘗不好。

然而終究是世事無常，一場大火讓喬家支離破碎，也讓他心中再沒有兒女情長，寄人籬下的那段日子更是讓他看明白了許多東西。即便站在眼前的是一位深愛著他的好姑娘，他們到底回不到當初了。既然此生無緣，他自然不能讓她存著念想，為此一直鬱鬱不樂。

「表妹——」

喬墨剛開口，寇梓墨忽然抬眸打斷了他的話：「表哥，其實我沒有事找你幫忙。」

喬墨一愣，沉默了片刻笑道：「我知道。」梓墨表妹這是打算說清楚了？這樣也好。

「我自小到大，一直心悅表哥。」

這次，喬墨沉默時間更長，而後輕聲道：「我知道，但我一直把表妹當妹妹。」

這次，換寇梓墨輕輕一笑。「我也知道。」

她認真看著喬墨的眼，笑得溫柔。「所以我想告訴表哥，你不需要有負擔，在我母親被關進祠堂那一日起，我就把你放下了。要說來，今天確實有話對表哥說，那就是祝表哥仕途順遂，早日覓得佳妻。」表哥已經出孝期，又是二十多歲的人了，蘭山一倒臺更成了無數人眼中的乘龍快婿，今年訂親已是必然。

「多謝表妹了，也祝表妹早日嫁得良人。」喬墨語氣平靜無波。

寇梓墨只覺字字錐心，痛得指尖輕顫，面上卻緩緩露出個笑容。

表哥這樣說其實也好，讓她連最後一點奢望都不再有。不過這是她早就預料到的事，表哥若真是那種心思不正的人，在寇府小住的那段日子就不會對她那般疏離。

她是清楚的，那個時候表哥若是對她有一點親近，她便能做出非他不嫁的事來。還好，表哥是從不會放下自尊的人，她也是。

寇梓墨面上越發平靜，對喬墨微微屈膝。「青嵐愛胡鬧，表哥不要介意。我們祭拜過歐陽姑娘還要趕著回去，就不與表哥多說了。」

「表妹去吧。」

寇梓墨再次一福，轉身往寇青嵐那裡走去。

喬墨的視線在少女纖細的背影停留一瞬，接著面色平靜走到路旁馬車那裡，對邵明淵三人笑笑。「回去吧。」

喬昭轉頭遙望跪在歐陽微雨墳前的寇梓墨一眼，悄悄嘆了口氣，彎腰上了馬車。

一行人越行越遠。

寇梓墨已是泣不成聲，輕撫著歐陽微雨的墓碑哭道：「微雨，我來看妳了。」

京城貴女之中，除了胞妹青嵐，她與歐陽微雨自幼交好，說是情同姊妹也不為過了。猶記得歐陽微雨離京那日還說過她們總有再見的機會，誰知再次見面卻已天人永隔。

「微雨，為什麼妳會這般命苦？」

她已經得知歐陽微雨的遭遇，如果換了她被賣入青樓，為父伸冤後除了一死也沒有更好的選擇。死了，世人會讚一聲歐陽御史的女兒忍辱負重，剛烈大義；若是苟且偷生，那整個家族永遠別想再抬起頭來。她理解好友的選擇，卻心痛好友的遭遇。

寇梓墨扶著冰冷的墓碑幾乎要哭得背過氣去。

老天為何如此不公，總是讓人把種種悲苦經歷個遍。

生、老、病、死、怨憎會、愛別離、求不得。

「大姊，不要哭了，仔細身體。」

寇梓墨一把抱住寇青嵐，伏在她肩頭痛哭。「青嵐，我好難受，真的好難受……」

寇青嵐回抱著寇梓墨，輕輕拍了拍姊姊的後背。大姊難受的何嘗只是歐陽姑娘的死，還有與表哥的有緣無分吧。更可憐的是，大姊連難受都只能藉著哀嘆歐陽姑娘說出來。

寇青嵐越想越心疼，扶著寇梓墨起身。「大姊，咱們回家。」

姊妹倆回寇府後，薛老夫人已得知她們遇到喬墨，立刻喊了二人過來，問起喬墨的情況。

「表哥說過些日子就來看望祖母。」回到家中淨過面後的寇梓墨平靜回道。

薛老夫人有些不滿。「你們是嫡親的表兄妹，既然遇到了，就該請你表哥過來。」

寇青嵐笑道：「表哥說衙門裡怪忙的，我和姊姊就沒好硬勸。」

薛老夫人一聽緩了神色，笑著點頭。「這倒也是，你們表哥越發受到倚重，忙些是應當的。」狀元郎出身，有著祖父與父親兩輩人積攢下的朝中人脈，現在又進了內閣做事，將來青雲直上是毫無疑問的。思及此處，薛老夫人瞥了寇梓墨一眼，見大孫女低眉順眼，面上沒什麼表情，暗暗恨鐵不成鋼，抿了一口茶道：「梓墨，妳安排人送些補品過去，妳表哥這麼忙，可不能因為顧著差事就糟蹋了身子。」

「有祖母當家，二嬸又幫著理事，孫女一個未出閣的姑娘不好安排這些。」寇梓墨淡淡回道。

「妳這丫頭，那是妳表哥，讓妳送東西是過了明路的，又不是私相授受！」薛老夫人瞪眼。她怎麼有這麼個死腦筋的孫女呢？

「表哥住在侯府上也不缺這些，孫女知道祖母關心表哥，等表哥來看您時，您把這些給了表哥豈不更好？」

薛老夫人見大孫女油鹽不進，到底顧著臉面不好再逼，只得暗暗琢磨著等喬墨來寇府時，讓兩個小輩好好親近親近，爭取早日把親事定下來。打發寇梓墨姊妹出去後，薛老夫人立刻吩咐心腹婆子給姊妹二人裁剪新衣，只等著外孫上門了。

誰知還沒等到那日，便等來了喬墨與新任首輔許明達的孫女訂親的消息。

二三一 睿王回京

薛老夫人被喬墨訂親的消息打懵了，急急命人喊了寇行則回來質問。

「墨兒怎麼會與許家訂了親？老爺難道沒聽到風聲？」

寇行則同樣覺得臉面無光，被薛老夫人這麼一問心中惱火，語氣便帶了出來。「墨兒是外孫，不是孫子，他與誰家訂親莫非還要請示我不成？」

薛老夫人被噎得胸口發悶。「老爺，您這是什麼話？墨兒雖然是外孫，可喬家一個長輩都無，婚姻大事與外祖家商量有何不妥？」

寇行則冷笑。「妳也知道墨兒沒了長輩，當初墨兒在咱們府上住著時又如何呢？墨兒是喬拙的孫子，妳真當他是愚鈍的書呆子？妳與毛氏當賊一樣防著他，我原就說過沒必要如此，他與梓墨的品性都是好的，可妳一個字聽不進去。這也就罷了，毛氏偏偏豬油蒙了心給墨兒下毒，難道墨兒心中沒數？」

一番話問得薛老夫人啞口無言。

她當然也是疼外孫的，可是外孫當時家遭橫禍又毀了容，想娶大家閨秀是沒指望了，偏偏大孫女對他癡心一片，倘若外孫動了走捷徑的心思，豈不是鬧出天大醜事？

毛氏給墨兒下毒，她當然也是恨的。

到底是多年夫妻，寇行則發過火，語氣便緩了下來。「罷了，這也是兩個孩子有緣無分。只是有一樣夫人要記住了，墨兒已是與許閣老家訂親的人了，妳就把那些不甘收起來吧。墨兒是個懂規矩的，咱們只要別做過了，他不能不認這門親戚。」

薛老夫人一時沉默無言，可心裡到底是存了火氣卻又無處可發，沒出兩日便生起病來。上了年紀的人病來如山倒，病去如抽絲，等老夫人身子好俐落時，喬墨與許家姑娘連婚期都定了。

才好起來的薛老夫人，聽到這個消息又鬱悶病了，這一病足足臥床數月，當然這是後話了。

喬昭這些日子也不得閒。

喬墨與許驚鴻訂了親，便提出要搬出去住，喬昭雖百般不捨卻不能攔。之前喬家落難，冠軍侯出於親戚道義請他們在侯府住下，世人自然不會說什麼，而現在喬墨仕途順遂又訂了親，再住在侯府就有貪慕富貴之嫌了。好在喬家在京城本就有宅子，喬昭安排人修葺打理了小半個月，喬府已是煥然一新，連花木都生機勃勃起來。這日便是喬墨帶著喬晚搬家的日子。

說是搬家，喬府已經收拾好了，兄妹二人在侯府的東西也自有人搬過去妥當安置。邵明淵與喬昭把喬墨二人送到喬府，在喬府花園的涼亭裡熱熱鬧鬧吃了一頓飯，算是暖房。

「庭泉，這些日子多虧你了。」喬墨舉杯敬邵明淵。

邵明淵執杯淺笑。「舅兄這樣說便見外了。」

二人同時飲盡杯中酒。

喬昭笑道：「大哥閒暇時就帶晚晚過來玩。」

喬墨低頭看了喬晚一眼，笑道：「會時常過去的，不過晚晚不小了，我打算給她請幾個教琴棋書畫女紅的先生，把這兩年中斷的課業再拾起來。」

晚晚也有十歲了，聽起來小，議親不過是三、四年內的事兒。現在晚晚固然單純無暇，可妹夫乃人中龍鳳，隨著晚晚年齡漸長，到了情竇初開的年紀未嘗不會生出傾慕之心。

當然，以晚晚受到的教養應不會做出出格的事，然而情之一字對女子來說是最苦，與其到時讓幼妹為情所苦，不如現在早作安排。更何況——

喬墨看了喬昭一眼。更何況大妹玲瓏心肝，將來晚晚若真生出別的心思，又豈能瞞過她，到時姊妹生了嫌隙，那便是他這當兄長的沒有做好了。

「我不想學女紅。」喬晚聽了喬墨的話，皺著臉向喬昭求救。「黎姊姊，妳幫我勸勸大哥嘛。」

喬昭笑問：「勸什麼？」

喬晚理直氣壯道：「勸大哥不要給我請女紅先生，我一拿針就頭暈啊。」

喬昭抽了抽嘴角。到底是親姊妹，她一拿針也頭暈。

喬姑娘對幼妹頓生同病相憐之感，對著喬墨訕笑。「大哥，不如——」

喬墨以拳抵唇咳嗽一聲。「將來喜帕總要自己繡吧？」

喬昭頓時啞口無言。

「晚晚，別忘了母親的教導，我記得母親提過，女紅上，妳比妳大姊有天分。」

喬昭：「……」這真是親哥！

「那好吧。」喬晚不情不願應下，等邵明淵夫婦準備離開時，拉著喬昭不放，可憐巴巴道：「黎姊姊常來找我玩。」

「好。」喬昭想抬手摸摸喬晚的頭，發現幼妹已經不比她矮多少了，於是默默收回手。

回去的馬車上，喬昭有些鬱悶。邵明淵雖有了些酒意，對媳婦的情緒變化卻很敏銳，摟著她問道：「怎麼了？」

灼熱的氣息噴灑在頸間，喬昭往一側躲了躲，嘆道：「我原也是高䠷個子，現在卻要被十歲的晚晚超過去了。」

「那是晚晚比同齡的小姑娘個子高。」說到這，邵明淵攬著喬昭低笑。「再者說，妳怎樣我都覺得好，矮點又不影響什麼。」男人說著，一雙大手就罩到了豐盈處。

喬昭一巴掌拍過去。「才說了兩句話就沒正經的！」

邵明淵很是委屈。「夫妻敦倫本就是天經地義之事，怎麼是沒正經呢？」

他已經很正經了，二十好幾的人了才知道箇中滋味。新婚夫妻總是少些克制，才想到這裡邵明淵便有些耐不住，埋在喬昭頸間細細親吻起來。

「還在馬車上呢……」喬昭雖這麼說，卻也不由情動，到底半推半就由著某人成了事。等馬車行到侯府，喬昭這才有些慌，紅著臉問邵明淵：「會不會被人看出不妥當？」

「不會，晨光還打著光棍呢，懂什麼。」邵明淵信心滿滿道。

晨光：「……」他要娶媳婦，這車夫沒法幹了！

京城才平靜幾日，忽然平地乍響一道驚雷。

失蹤了一段日子、睿王府已準備發喪的睿王回來了！

明康帝大喜，忙召見了睿王。而沐王聽聞後，摸著藏「遺詔」的牆壁一顆心蠢蠢欲動起來。

沐王得到「遺詔」後一顆心就沒安分過，日日盼著明康帝早日歸天，之所以按兵不動，一方面是暗中準備需要時間，另一方面則是等睿王的死蓋棺定論，那他就是獨一無二的繼位者，「遺詔」便用不上了。誰成想等來等去，居然等到睿王生龍活虎地回來了，這怎能不令他抓狂。

「不行、不行，必須要抓緊了。」沐王重重捶了一下牆壁，扼腕道：「咋還不死呢！」

「老不死」的明康帝則是看著險些死在外面的兒子很是欣慰。「回來便好。」

他就說嘛，他是派老五前往凌臺山祈福的，上天應該相助才是，怎麼能讓老五死在外頭呢？果不其然，老五這不順順當當回來了。他仔細打量了睿王一眼，滿意點頭。嗯，老五瞧著比三年前那次見面時還胖了些。

明康帝又問起睿王這些日子的遭遇。睿王死裡逃生，全賴邵明淵派去的親衛相助，此刻對邵明淵滿心感激，但他深知明康帝的忌諱，自是半個字不提，揀著驚險萬分的事說了一遍。

「這樣說來，那些流民中果然混進去了匪人？」

「是的，父皇，流民中明顯有一批人身手高明，兒臣的大半護衛都折損在他們手上，剩下的人也被衝散了，然後兒臣就被人推入江中，幸虧父皇保佑才能平安回來。」

明康帝沉吟一番道：「狀告蘭松泉的匪人還關押在刑部大牢裡，讓刑部尚書帶你去認認。」

前去認人對睿王來說不過是走過場罷了，他又不是傻瓜，好不容易弄倒了蘭山父子，難不成還要替他們平反？這些年蘭山父子可沒少給他添堵，旗幟分明站在沐王那邊。

此事便算蓋棺定論，睿王回到王府沐浴更衣焚香，結結實實睡了兩天才算緩過來。想到這一趟鬼門關全靠冠軍侯的親衛才得以闖過，睿王琢磨了半天，抬腳去了黎皎那裡。

睿王生死不明的這段日子，黎皎瘦了許多，下巴尖尖幾乎能當錐子用，纖腰不盈一握，又因換了夏衫，看著竟好似要被風吹跑了。

睿王瞧了不由有些憐惜，握著黎皎的手道：「這些日子讓妳擔心了。」

黎皎立刻落下淚來。「妾擔心不算什麼，王爺沒事就好。倘若王爺真有個萬一，妾只能隨王爺去了，撐到現在便是想著王爺洪福齊天，定不會有事的……」

睿王聽了更加感動，緊了緊黎皎的手道：「皎娘，本王準備替妳請封側妃之位。」

黎氏若成了側妃，黎家便勉強算是正經親戚了，到時以黎氏的名義與冠軍侯夫人常走動，別人也挑不出毛病來。而他與冠軍侯的關係自然能更進一步。

黎皎聞言渾身一顫，心中狂喜，面上卻絲毫不露，低眉順眼道：「妾何德何能當得起側妃之位，府中姊妹不是入府時間比妾早，就是替王爺誕下了小王孫……」

睿王不以為意笑笑。「那又怎樣，府中有誰出身比妳高貴？妳伯父是朝中高官，父親是清貴翰林，說起來當側妃都委屈了。至於小王孫，妳已替本王生了長女，還愁以後生不出小王孫？」

黎皎強忍著心中激動，對著睿王一拜。「妾多謝王爺厚愛！」

她終於等到了，雖然只是個側妃，但府中沒有正妃，將來就是她一人獨大。且在王府眾多侍妾中，她能壓過生下兒子的兩名侍妾成為側妃，可見王爺是真正把她放在心上了。

睿王在外吃了一番苦頭，此刻佳人當前又一副千依百順，不由來了興致，拉過黎皎便親下去。黎皎喜不自禁，不覺放開大家閨秀的矜持，一時竟讓睿王食髓知味，連要了兩次才歇下來。

睿王此番遭難是代明康帝祈福而起，明康帝心中有數，很快便准了睿王的請封。

楊太后那邊聽到動靜把睿王召了過去。「哀家聽聞，你要替黎氏請封側妃？」

睿王便道：「孫兒府上久無主母，也該有個主事的人了。」

「茜娘不是一直打理王府事務嗎，哀家看她不錯，這些年管王府那一攤子事井井有條。」

「茜娘雖好，到底只是元妃的貼身侍女出身，且又無一子半女，請封側妃恐會惹人非議。」

太后聽到這裡笑笑。「要是按子嗣論，你府上不是有兩名侍妾替你生了兒子？」

「那二人一個是殺豬匠的女兒，另一人舞姬出身，就更上不了檯面了。」

「行了，哀家知道了。」打發走了睿王，楊太后立刻命來喜去請明康帝。明康帝對嬪妃子女雖情薄，對母后卻是個有孝心的，當下便放下手頭上的事去了慈寧宮。

楊太后看著仙風道骨的兒子，眉心跳了跳，暗念一聲阿彌陀佛，開口道：「璋兒能平安回來，哀家懸了多日的心總算放下了。」

「讓母后操心了。」

楊太后睃了明康帝一眼，語氣一轉道：「不過哀家這顆心只放下了一半。」

明康帝擺出認真聆聽的模樣。

「睿王妃已去了數年，偌大的王府連個主事的人都沒有。當時璋兒出事的消息傳來，哀家一顆心就像放在了油鍋裡煎，想著璋兒倘若有個好歹，睿王府可怎麼辦？幾個才出生的孩子連個嫡母也沒有，總不能讓小妾教養吧？」

「母后的意思是……」

「哀家覺得該給璋兒選個繼妃了。」當初睿王妃病逝，睿王幾個子女連續夭折，百官勳貴便泛起了嘀咕，皆不敢把嬌養大的女兒送進王府。當繼妃是好事，可要是站錯了隊，那就把一大家子搭進去了。明康帝與太后當時對此心知肚明，替睿王選妃一事便乾脆暫時放下。

「不知母后可有中意人選？」

楊太后抬抬眼皮。「前些日子留興侯老夫人帶著六丫頭進宮看哀家，哀家瞧著那丫頭倒是個好的。」

明康帝眼皮一跳，略一思索便應下。老五年長，又有替他去祈福的功勞，繼妃從太后娘家選也算表明他的態度吧。當然，他可沒有直說，將來老五若是不合他心意，還是能隨時換的。

三日後，內侍便帶著聖旨來到了睿王府。

黎皎大喜，忙去前邊接旨。以睿王為首，一群人黑壓壓跪了一片。

「奉天承運，皇帝詔曰，翰林修撰黎光文之長女黎氏，淑慎性成，勤勉柔順，性行溫良，淑德含章。著即冊封為睿王側妃，欽此！」

在眾人驚訝欣羨的目光下，黎皎垂頭接旨，淚盈於睫。終於等到了冊封聖旨，她懸了幾日的心終於可以放下了！起身後，黎皎瞄了一眼住著睿王鶯鶯燕燕院子的方向，唇角微翹。

從此以後她就是王府中最尊貴的女人，入府早又如何？生下小王孫又如何？憑著出身與睿王的看重，誰能越過她去？這麼一想，黎皎對黎家原本疏離的心又活絡起來。

她原覺得父親當了近二十年的翰林修撰，對她沒半點助力，現在看來倒是想岔了。非翰林不能入內閣，出身翰林之家，別的實惠沒有，提起來卻是頂清貴的。成了睿王側妃，她就不是讓人看不起的侍妾，從此可以光明正大出門作客，看來是時候回娘家走動走動了。

黎皎正尋思著，便聽睿王笑道：「公公何不留下喝杯茶？」

傳旨內侍恭恭敬敬道：「多謝王爺，不過奴婢還要去留興侯府傳旨呢。」

睿王是個老實的，不敢打探明康帝的行事，便沒有多問。誰知傳旨內侍卻笑道：「奴才還要恭喜王爺呢。」

「嗯？」

「恭喜王爺馬上要有王妃了。」

睿王與黎皎皆是一愣。

「公公此話何意？」

內侍笑道：「皇上賜婚留興侯府的六姑娘為睿王妃，恭喜王爺馬上要有正妃了。」

睿王愣了愣，驚喜不已。留興侯府是太后的娘家，現在父皇賜婚留興侯府六姑娘為他的正妃，這意味著什麼不言而喻。在他與老六的爭鬥中，一心求道的父皇終於表露出幾分態度了。

睿王因這突出其來的好消息喜形於色，黎皎卻臉色慘白一片。

此刻她一顆心彷彿直墜到冰窟裡，從骨子裡冒出寒氣來，手上那道剛剛給她帶來無限喜悅的聖旨幾乎拿捏不住。

皇上為什麼在這個時候給睿王選正妃？哪怕讓她坐穩側妃的位子一、兩年，將來即便正妃進府也有一爭之力。難道老天就見不得她好嗎？每當她用盡全力掙扎著更進一步，就總會有莫名其妙的不幸發生。黎皎越想越恨，本來柔婉的臉龐扭曲著。

「皎娘，妳不舒服嗎？」睿王帶著喜意的聲音傳來。

黎皎如夢初醒，把所有鬱悶打落牙齒混血吞，露出個脆弱的笑容。「妾是太高興了，有失儀之處還請王爺見諒。」

睿王扶起行禮的黎皎。「愛妃這麼多禮幹什麼，今天確實高興，陪本王喝上一杯吧。」

黎皎強顏歡笑陪著喝了一巡酒，待睿王走後，氣得摔碎了一個茶杯。才封側妃睿王府就要迎娶正妃，她是沒臉回娘家去了。

睿王府的侍妾們聽聞黎皎被封側妃原本豔羨不已，緊跟著知道王府將迎來正妃後，立刻把那點羨慕丟到腦後去。側妃再體面，在正妃面前依然只是個妾，新王妃來後定然先拿側妃開刀。

明康帝這一賜婚，立刻攪動了不少人的心思。沐王聽聞後反倒麻木了。

呵呵，從父皇派老五前去凌臺山祈福他就瞧出來了，父皇這是把老五當儲君培養呢，現在把太后娘家的姑娘賜給老五當正妃有什麼稀奇的。哼，他不稀罕，他有「遺詔」！

邵明淵等人聚在一起，同樣在討論這件事。

「皇上傾向睿王對咱們來說是件好事，我那位六表哥心性狹窄，倘若繼位，還不定幹出什麼事來。」池燦以手托腮，懶洋洋道。

「睿王的話，確實更好。」邵明淵想到睿王的幾次示好，加上凌臺山一行他的親衛救了睿王性命，對將來能君臣相得多了幾分信心。

「我總覺得沐王不會善罷甘休。」喬墨開口道。支持沐王的蘭山父子倒臺，親近睿王的許明達走上了首輔之位，如今睿王又要迎娶太后娘家侄孫女為王妃，這一切都對沐王太不利了。以他觀察到的沐王性情，發生這一連串事情後，沐王表現得太過異常安靜。

「沐王很可能有所依仗。」

池燦笑笑。「他總不會造反吧？別看皇上不問俗事，對親衛軍可是掌控牢牢的，沐王想要武力造反不可能有機會。庭泉，你說呢？」

邵明淵倒了杯果子露遞給喬昭，淡淡道：「皇位之爭咱們不參與，兵來將擋水來土掩。」

「說得也是，咱們還是喝酒。」池燦不願回長公主府，拉著幾人接著喝酒。

時光匆匆如白駒過隙，很快到了六月。

隨著天氣越熱，明康帝越發暴躁了。他只覺體內燥熱一日勝過一日，連閉關都無法靜心，更是不思飲食，這兩日居然流起鼻血，偏偏召來御醫看診，那些吃閒飯的又說不出所以然來。

「魏無邪，屋裡怎麼只放了這麼幾個冰盆？你是要熱死朕嗎？」

「奴婢這就再讓人搬幾個冰盆來。」魏無邪連連安撫著脾氣暴躁的皇上，心中卻詫異不已。殿中清涼無比，他都覺得有些冷了，皇上竟還覺得熱嗎？

魏無邪心情莫名沉重，卻也無計可施，很快命小太監抬來幾個冰盆。

明康帝心中燥熱依然無法舒緩，來回在室內打轉，最後吩咐道：「把天師傳來。」

不多時，張天師便趕了過來。一進門，張天師不由打了個哆嗦。真夠冷的！

「天師，今年夏日京城格外炎熱，朕準備前往清涼山避暑，你看如何？」

張天師悄悄觀察了一下明康帝的臉色，見其精神雖不錯，眼下卻一團青影，雙頰泛著紅暈，暗覺不妙，忙道：「清涼山乃風水寶地，皇上去那裡清修數月於修行是有利的。」

瞧皇上這樣子有點危險了，要是在宮中有個好歹，他這個天師估計要倒大楣，如果是在京外，說不準能提前遁走，逃過一劫。

這番話讓明康帝下了決心，很快就傳下旨意，命朝中大員、皇親勳貴隨他前往清涼山避暑。

清涼山地處河渝與北定之間，因其特殊地勢，每到炎炎夏日便格外清涼，從前朝起就在那裡建了行宮，成為歷任天子的避暑勝地。可到了明康時期，因明康帝癡迷閉關修道，自然無暇去清涼山避暑，動貴百官當然也就不能沾光了。這時傳出前往清涼山避暑的消息，京中有資格去的各府皆興奮不已，特別是可以隨行的女眷們，已經開始打點行裝了。

邵明淵毫無疑問在出行名單之上，而喬昭身為冠軍侯夫人亦在隨行之列。

池燦本不喜歡摻和這些事，但長容長公主有孕一事，到底在他心裡種了一根刺，眼下長公主肚子已經不小，他每每看了心塞不已，於是趁這次出門的機會來個眼不見為淨。

明康帝的旨意雷厲風行，很快就到了出行那日。

無數輛豪華馬車由禁衛軍護衛著緩緩駛出京城，向北而去。馬車中坐著的都是身嬌肉貴之人，速度自然快不起來，等到中午飯點時便停在了前不著村後不著店的半路上。

烈日當空，明康帝與太后前前後後有一大幫太監宮女伺候著，特別是皇帝休息之處圍滿了冰盆，舒適與宮中無異，但其他人就慘了。不管是皇親國戚還是朝中重臣，想要冰盆消暑是癡人說夢，連兩個王爺都只能坐在樹蔭底下歇著。

因睿王尚未迎娶王妃過門，這次陪睿王出行的正是剛被封為側妃的黎皎。此刻黎皎拿了把團扇替睿王搧風，很快鼻尖上便冒了汗。

「讓婢女們來就是了，妳也歇著吧。」睿王感動於黎皎的體貼，捏了捏她的手。

「能與王爺一起出遊是妾的福氣，自然該把王爺照顧好。」黎皎柔聲道。

一聲輕笑傳來。「五哥還真是好福氣啊。」

睿王看向另一棵樹下的沐王。沐王一襲天藍色長衫，面容俊美，瞧著好似個富貴人家的公子哥兒，此刻正搖著扇子笑眯眯看過來。沐王妃聽沐王這麼一說，面上不動聲色，視線在黎皎身上一掃而過。黎皎低眉順眼繼續打扇。

沐王妃眉梢輕挑，心底嗤笑：合該是當小妾的，放著那麼多婢女不用，非要自己打扇，真是為了博男人歡心什麼事都做得出來。她這般想著又掃了沐王一眼，暗暗冷笑：可恨男人就吃這個，也難怪小妾抬了一個又一個。

睿王不似沐王健談，聽他這麼說，笑了笑便收回視線，對黎皎道：「皎娘，本王聽說這次冠軍侯夫人也來了，妳要不要去打個招呼？」

黎皎雖不情願，卻也隱隱明白睿王有意拉攏冠軍侯，這種時候睿王不便出面，她去與妹妹打聲招呼任誰都挑不出錯來。可想到她是長姊，卻主動去與妹妹打招呼，心中到底有些憋屈。

當然這個念頭只是一瞬間，黎皎很快整理好了心情，對睿王露出一個笑容。「正好妾出門前準備了些消暑涼果，這就給三妹送過去。」

睿王滿意點頭。冠軍侯身分高，其實就在離他們不遠處歇著，扭頭就能看到對方的動靜，但睿王顧忌頗多，在人前並不好表露出對邵明淵的親近。

黎皎親手提著食盒往喬昭那裡走去，才走到一半就邁不開腳了。

繁茂樹冠下，邵明淵正拿了扇子替喬昭搧風，女子輕柔笑聲隨著風被送來。「我自己來就好，哪裡就用得著你了？」

「妳自己來會手痠。」

「還有冰綠與阿珠呢。」這次出門除了宮中貴人們，其他人都講究輕車簡從，喬昭便只帶了冰綠與阿珠。

「丫鬟哪有我力氣大。」身形挺拔的男子背對黎皎而坐，聲音爽朗中帶著溫柔。

黎皎冷眼看著，再想到剛剛自己小心翼翼替睿王打扇的情景，心忽然就好似被針刺了一下，疼得她幾乎要站立不穩。黎皎第一次閃過後悔的念頭。如果她當時隨祖母的安排明媒正娶成為某人的妻子，那人會不會如此對她呢？不過很快她就把這無稽的念頭驅散了。

祖母是準備把她嫁給莊戶人家的，那樣出身的男人別說給她打扇，就是給她提鞋她都嫌煩！沒什麼好羨慕的，只要王爺能夠登基，她至少能封貴妃之位，到時黎三照樣要向她下跪。

沐王妃看在眼中，噗哧一聲輕笑。一個府上出來的姊妹，在男人心中的分量截然不同，可見自甘當妾的人天生就是賤骨頭。這聲輕笑令黎皎猛然回神。沐王妃雖什麼都沒說，黎皎卻覺臉上火辣辣燒得慌，忙快走幾步去到喬昭面前。

喬昭隱下詫異，平靜看著黎皎。

邵明淵一見黎皎過來，冷冷掃她一眼，面無表情起身避開找池燦去了。趕路時昭昭坐馬車他騎馬，好不容易盼到休息的時候能說幾句話，誰知卻有阿貓阿狗來打擾。

黎皎被邵明淵那一眼看得心中莫名發寒，在喬昭的平靜注視下勉強露出一個笑容。「天熱趕路人都遭罪，我帶了些涼果給三妹嘗嘗。」

察覺不少視線投過來，喬昭淡淡一笑。「多謝大姊。」

黎皎知道就這麼回去定然會讓睿王不滿，便絞盡腦汁尋找話題。「自我進了王府就鮮少有出門的機會，沒想到這次能與三妹一同去清涼山避暑。對了，不知祖母他們可好？」

喬昭似笑非笑回道：「大姊惦念祖母，何不回黎府看看？」

黎皎碰了個軟釘子，乾巴巴坐了片刻起身回去了。

邵明淵見狀便對池燦道：「我回去了。」

池燦不由翻了個白眼。交友不慎，這是典型的重色輕友，過河拆橋！

「桃生，快給爺打扇，沒點眼力勁兒！」

行了數日總算到了清涼山，勳貴百官按著身分品級被安排著住進規格不一的院子，狠狠歇了兩日才緩過精神來。這時他們得了信兒：皇上又閉關了。

在這消暑勝地，最大的主子閉關可是個好消息，他們可以隨心所欲在這深山密林間遊玩狩獵了。百官勳貴們興致高昂，在清涼山舒舒服服過了個把月。

而就在眾人樂不思蜀之時，張天師卻憂心忡忡起來。

皇上向來守時，本該今日日落時分出關，怎麼已經到掌燈時分了，還不出來呢？

明康帝閉關講究清淨，除了定時由張天師進去送飯，不許任何人打擾，就連魏無邪都只能在外面守著。看了一眼天色，張天師決定進去一探情況。門口的魏無邪掃了一眼天師手中的食盒，不陰不晴笑道：「天師先前不是說皇上今日出關嘛，究竟是什麼時辰？」

「皇上亥時才能出關。」張天師隨口糊弄魏無邪。

魏無邪側開身子。「那天師趕緊進去給皇上送御膳吧。」

張天師不露聲色點頭，提著食盒走了進去。屋內煙霧繚繞，張天師直奔明康帝打坐之處，只看了一眼就嚇得魂飛魄散。一身道袍的明康帝歪倒在地，露出下方明黃色的蒲團。

張天師放下食盒，飛奔到明康帝身邊，壓低聲音喊了一聲：「皇上！」

明康帝毫無反應。張天師忙把趴在地上的明康帝翻過身來，露出慘白如紙的龍顏。

「皇上——」張天師伸手去探明康帝鼻息，嚇得渾身一顫。皇上居然升天了！

張天師僵硬了好一會兒，回過神來，顫抖著手貼到明康帝心口上。微弱的熱度傳來，張天師狼狽放手，大口大口喘著氣。皇上還沒死透，但看這樣子離死也不遠了，怎麼辦？

張天師心念急轉。對明康帝的身體他早就有預感，這天的到來並沒讓他太意外，只是來得未免太快，他還沒來得及跑路呢！不行，他要找冠軍侯幫忙。而在這之前——

張天師看了門口一眼。魏無邪是皇上最親近的人，與其絞盡腦汁瞞他，不如把他拉進來！

張天師下了決心，走到門口輕聲道：「魏公公，皇上傳你進來。」

門「吱呀」一聲推開，見魏無邪走進來，張天師迅速關上房門並反鎖。

「天師這是做什麼？」魏無邪問了一聲，瞬間臉色大變，推開張天師奔向明康帝。「皇上——」

反應還夠快。張天師暗嘆一聲，抬腳跟上去。

魏無邪看著毫無動靜的明康帝猶如五雷轟頂，顫聲道：「皇上，您怎麼了啊？」他想摸又不敢摸，扭頭瞪著張天師目眥盡裂。「張天師，皇上到底怎麼了？」

「魏公公你小聲點，皇上還活著。」

魏無邪臉上瞬間閃過狂喜，張天師接著道：「不過也差不多了。」

「張天師！」

張天師冷笑。「魏公公這樣喊貧道也沒用，皇上現在只有胸口一點熱氣，到底該如何魏公公快些拿個主意吧。」

「你等著，我先去把太醫叫來。」

見魏無邪起身便往外走，張天師在後面喊了一句：「魏公公最好找信得過的，皇上閉關出事的消息一旦傳出去，咱們都將性命不保！」

魏無邪腳步一頓，頭也不回走出門去。

沒過多久，一名御醫隨著魏無邪匆匆趕來，見到明康帝的樣子險些昏過去。

「李院使別愣著了，快給皇上瞧瞧吧。」

李院使忙給明康帝檢查一番，一張臉越發慘白。

「李院使，皇上到底如何？」魏無邪問道。

李院使根本顧不得回答魏無邪的話，立刻打開藥箱，取出一支老蔘切片放入明康帝口中，這才擦了擦汗，聲音顫抖道：「皇上……恐難撐過今晚……」

魏無邪與張天師對視一眼。

「沒有別的辦法嗎？」

李院使搖頭。「已經回天乏術，除非——」

「除非什麼？」魏無邪與張天師追問。

皇上是閉關修道時昏迷的，要是就這麼去了，那他們都會性命不保。眼下能保住性命的辦法，就是希翼皇上能醒來，至少召集朝廷重臣交代幾句遺言，他們才能在這件事中摘出去。

「除非李神醫在此。」

「這怎麼可能——」魏無邪話說了一半忽然頓住，遲疑道：「咱家聽說冠軍侯夫人是神醫弟子……」看一眼面色發青的明康帝，魏無邪咬了咬牙。罷了，現在只能死馬當活馬醫，無論如何要請冠軍侯夫人試一試。

「咱家想辦法把冠軍侯夫人請過來，二位就留在這裡，千萬不要輕舉妄動，尤其不要被錦鱗衛察覺端倪。」魏無邪叮囑道。現在只能慶幸他主內，江遠朝主外，短時間內還能瞞過去。

一名小太監趁著夜色去了邵明淵住處，而就在小太監離開後，從陰影裡轉出一個人來。那人身材挺拔，神色淡淡，正是魏無邪最忌憚的錦鱗衛指揮使江遠朝。

這時間為何會有內侍出去？他回眸看了皇帝修道所在的宮殿一眼，露出意味深長的笑容。

邵明淵接到內侍的傳信後神色沒多少變化，對小太監道：「稍等，本侯去與夫人說一下。」

「皇上不行了？」喬昭剛梳洗完，只穿了件半新不舊的淡粉衫子，燈光下皮膚細膩如玉。

看著這樣的妻子，邵明淵萬般不想讓她去那是非之地，喬昭卻道：「現在魏無邪派人來請，我若是不去就是對皇上見死不救，他們若嚷出來咱們便麻煩了。」見邵明淵仍皺眉，喬昭繼續勸，「眼下皇上突然陷入危機，要真去了定要大亂。庭泉，咱們總要爭取幾日時間好做準備。」

邵明淵還是被喬昭說服了，握緊她的手道：「那好，我會暗中跟妳過去。」行宮到底不比皇宮守衛森嚴，這一個月來他早就悄悄摸透守衛規律與地形，防的就是這種突發狀況。

「那你千萬小心，如果有被人發現的危險就趕緊避開，不必跟著我。我是去救皇上的，安全上不會有問題。」

邵明淵笑笑。「妳不要操心這些，換上衣服跟著內侍去吧。」

小太監專門帶來了一套內侍服侍，喬昭本就嬌小纖瘦，換上後除了過於清秀些，與尋常小太監無異。藉著夜色掩護，喬昭隨小太監盡量避開守衛，悄悄去了行宮。到達宮門口時，二人皆鬆了口氣。

就在這時，一道熟悉的聲音傳來。「這麼晚了，兩位公公這是去了哪裡？」

喬昭心中一緊，飛快抬眸看了一眼，便見宮燈下江遠朝手扶繡春刀，笑意淡淡看過來。

小內侍一見是江遠朝，一下就緊張起來，低頭笑道：「小的們是奉廠公之命出去辦事。」

「哦，是嗎？」江遠朝大步走了過來。

內侍越發緊張起來。喬昭垂首立在內侍身側，暗暗握拳。江遠朝眼神犀利，對她又熟悉，就算在這樣的夜色中她換了裝扮，恐怕也會被他一眼認出來。他認出她後，會怎麼樣？

喬昭對江遠朝從沒真正瞭解過，這一刻，聰慧如她亦有些不知所措。

「既然這樣，那二位公公快給廠公覆命去吧。」沉默片刻後，溫和的聲音響起。

喬昭只覺那道視線在她身上一落，隨後收回。江遠朝神色淡然從二人身側走過。

內侍大大鬆了口氣，低聲對喬昭道：「咱們快些走。」

喬昭卻忍不住回眸看了江遠朝一眼。他不可能沒認出她來，那他這是高抬貴手了？似是心有所感，江遠朝忽然轉過頭來。喬昭忙轉回去，加快腳步隨著內侍走進宮門。

江遠朝站在不遠處的柳樹下，望著巍峨宮宇，臉上神色莫名。

「廠公，冠軍侯夫人來了。」

門立刻被打開，露出魏無邪焦急的臉。「侯夫人總算來了，快請進。」

喬昭由魏無邪領著走進去，見到明康帝躺在榻上，一側立著張天師與李院使。

「皇上含著蔘片，但脈息幾乎沒有了。」李院使見喬昭走來，開口道。他雖對喬昭的醫術心存疑慮，可這種時候根本沒有質疑的心思，死馬權當活馬醫罷了。

喬昭點頭，先是替明康帝把了脈，再掀開他眼皮查看瞳孔變化，一番檢查後心中有了數。

「侯夫人，皇上如何？」

「如果是目前的情況，那麼撐不過今晚。」

魏無邪看了李院使一眼。這說法倒是與李院使的判斷一致。

「就沒有別的法子了嗎？要是這樣，咱們都要掉腦袋的。」魏無邪擦著冷汗道。

喬昭看著明康帝猶豫了一下。

「侯夫人有話儘管說。」

「我學過一套針法，可以讓瀕死之人吊住一口元氣，但以皇上目前的狀況只能撐三日，到時銀針一拔便回天乏術。」

魏無邪不由激動。「那能不能令皇上醒來？」

「這個——」喬昭話音未落，忽聽敲門聲傳來。

「誰？」魏無邪厲聲問。

「我。」邵明淵淡淡的聲音傳來。

魏無邪一愣，喬昭低聲道：「是侯爺。」

魏無邪心下驚疑不定，走過去把門打開。一身夜行衣的邵明淵走了進來。

「侯爺這是何意？」魏無邪沉聲問道。

邵明淵一笑。「並無他意，只是來接夫人回去罷了。」

「侯爺擅闖行宮，罪名可按謀逆論。」

邵明淵輕笑打斷魏無邪的話。「這個時候，廠公不該操心自己接下來該何去何從嗎？」

魏無邪被問得一窒。邵明淵大步走過去握住喬昭的手。「皇上可還有救？」

喬昭搖搖頭。

「那走吧，咱們回去。」

喬昭點點頭，跟著邵明淵往外走，忙被魏無邪攔住。「侯爺留步。」

邵明淵劍眉微挑，這次換他來問：「廠公這是何意？」

「侯爺，眼下皇上已經如此，您身為大梁臣子，怎能一走了之？」

「那廠公需要我們夫婦做些什麼？」邵明淵以退為進問道。

他選擇這時候進來，當然不是帶走妻子這麼簡單。明康帝命懸一線，儲君之位卻空懸，一場動盪在所難免，他要做的就是從這場動盪中全身而退，並保證以後生活無憂。

「無論如何，還請侯夫人施針替皇上延遲三日壽命，若能令皇上暫時醒來就更好了。」

「本侯不可能把夫人留在這裡三日。」

邵明淵不答應此事也是人之常情，魏無邪心一橫道：「只要侯爺助咱家度過這道難關，以後咱家定對侯爺有所回報。」

「並不是這個問題，我夫人留在這裡三日怎麼合適？」

魏無邪不由看向喬昭。

「公公其實不必糾結這個問題，我並不需要一直留在這裡，施針後只要銀針不拔，皇上就能撐到三日後。」喬昭道。

魏無邪暗暗鬆了口氣，又問：「那皇上能否醒來？」

「聚集體內三日元氣後，可以醒來一刻鐘，然後就……」

魏無邪心領神會，請教道：「三日後如何令皇上醒來呢？」

「很簡單，拔掉銀針即可。」

「也就是說，皇上只能等三日後才會醒來？」

喬昭頷首。

「魏公公，如果想不出亂子，這三日很關鍵。」邵明淵淡淡道。

「這個咱家知道，那就請侯夫人盡快給皇上施針吧。」

邵明淵對喬昭遞了個眼色。喬昭會意，對魏無邪道：「還請公公幫把手。」

「這是自然。」魏無邪不疑有他，忙應下來。這種時候任何人都會避之不及，冠軍侯夫人當然不會與皇上獨處。邵明淵與張天師走到外面，自然有了獨處時間。

「侯爺，這次您可要幫幫貧道，不然貧道是過不去這一關了。」

「皇上是挺不過去了吧？」

張天師愁眉苦臉點頭。

「既然如此，兩位王爺總有一位要繼位的。」

張天師不安看著邵明淵。他就是個道士，能呼風喚雨成為天下道士敬仰的存在，已是心滿意足，對朝廷中這些彎彎繞繞根本鬧不懂。

「天師想法子把皇上的情況告訴睿王，剩下的我自有安排。」

「那好，貧道聽侯爺的。」對於冠軍侯，張天師是十分信任的。

世人都以為信任的基礎是恩情，別開玩笑了，當然是把柄啊！他曾經坑門拐騙的把柄握在冠軍侯手中，冠軍侯要是真坑他，那也不會等到現在了。

邵明淵見張天師如此，安心笑笑。此地離山海關不遠，三日時間足夠他調邵家軍前來維護局面了，但他不能落下私自調動兵馬的名聲。

所以這件事，要由睿王來提。

二三二　風雨變天

果然不出邵明淵所料，睿王從張天師那裡聽聞消息後，立刻避人耳目找了邵明淵。

「侯爺助我！」一見到邵明淵，睿王如見親人，緊緊握住他的手求道。

「王爺如此說，讓微臣惶恐。不知道王爺遇到了什麼事？」面對驚慌失措的睿王，邵明淵面色平靜問道。

睿王凌臺山一行能夠死裡逃生，全仗邵明淵派去的親衛，如今對眼前的人莫名信賴，抓著他的手道：「侯爺，父皇命懸一線，馬上就要大亂了……」

邵明淵不動聲色抽回手，神色凝重。「王爺想讓微臣如何幫忙？」

睿王絲毫沒有察覺將軍大人的嫌棄，苦著臉道：「小王得到消息，父皇如今陷入昏迷，太醫正全力救治。只要父皇能夠醒來召集重臣交代後事，就不會起亂子，如若不然，小王擔心某些人會藉機生事。」

「所以王爺的意思是──」他倒要看看睿王什麼時候說重點。

「小王就是想請侯爺助我，在父皇昏迷這段時間維持穩定局面。」

睿王這話自然還有另一層意思，倘若明康帝醒不過來，那麼後面就是與沐王相爭了。遠在京城之外，明康帝又沒留下話的情形下，到時兩王相爭靠的就是武力。

「如果真發生亂子，僅靠微臣這次帶來的親衛恐怕無能為力，王爺過於抬舉微臣了。」

冠軍侯的婉拒早在睿王意料之中，聞言立刻拽住邵明淵的衣袖，可憐巴巴道：「這個小王自然知道，但山海關離此不遠，關外駐紮著侯爺帶領多年的北征軍，侯爺可否把那些北征軍調來助小王一臂之力？」

「這──」邵明淵劍眉微蹙，不由搖頭。「眼下並無戰事，微臣沒有調兵之權，倘若私調兵馬一事傳揚出去，那微臣就是死罪了……」

「小王願與侯爺共榮辱！」

「王爺……」邵明淵神色微怔。

睿王為了勸動老實規矩的大將軍發了狠。「侯爺應該知道，一旦父皇歸天，皇位就落在我與沐王之中。侯爺是救過小王性命的人，小王說話就不遮掩了，倘若沐王繼位，以我六弟心胸狹窄的性子，他定容不得小王！而小王的側妃與侯爺的夫人是親姊妹，到時沐王怎會放過侯爺？」

邵明淵一聽，神色有些掙扎，睿王見狀趁熱打鐵道：「小王可以向侯爺保證，只要侯爺助小王登上那個位子，絕不會讓任何人非議侯爺私調兵馬一事。將來小王登基，待時局穩定，願封侯爺為異姓王！」

邵明淵忙抱拳行禮。「王爺這話嚴重了，微臣萬不敢當。」

「侯爺，就請你助小王一臂之力吧！」

在睿王的百般懇求之下，邵大將軍終於「勉為其難」答應下來。

「從山海關調兵至少要兩日時間，事不宜遲，微臣這就去安排。」

「好，那小王就等侯爺的好消息了。」睿王懸著的一顆心暫時落下來，遮遮掩掩離開了。

睿王一走，喬昭便從屏風後轉出身來，似笑非笑看著邵明淵。

「怎麼？」邵明淵順勢攬住喬昭的肩。

「這才看出來，你其實挺壞的。」

邵明淵臉色一正。「夫人這什麼話？這叫兵不厭詐，乃我們武將行兵打仗必備技能之一。」忽悠下皇子怎麼了，奪嫡這種要命事一不小心就是萬劫不復，總不能被賣了還幫人數錢。「不過沒想到皇上會在外邊病倒。」他眉頭皺起。天子在京城之外駕崩，那真要帶來許多變數。

喬昭笑笑。「皇上能有今日有什麼奇怪，他三天兩頭服用仙丹，丹毒早已侵入五臟六腑。今日我給他檢查時就已發現，他這是積累在體內的丹毒以暑氣為引激發出來，早已回天乏術。」

邵明淵低頭在喬昭額頭親了親。「妳先休息吧，我這就去安排調兵的事。」

「小心些。」喬昭拉住邵明淵的手。

邵明淵垂眸落在妻子柔弱無骨的手上，心中一蕩，用力回捏了一下，笑道：「放心吧，我只是安排下去，不會離開妳身邊的。」他再也不會留下昭昭一個人，讓她陷入無助的境地。嗯，說來還是媳婦的手摸著舒服，睿王竟有動手動腳的愛好，實在煩人。邵明淵腹誹著大步離去。

喬昭走至窗前，看著窗外星星點點的燈火照耀不到的地方是一片漆黑，花樹影影綽綽猶如鬼魅，就連月亮都不知何時躲進了雲層裡去，濃黑翻滾的雲彷彿在醞釀著狂風暴雨。

*真的是要變天了啊。*喬昭心道。

而此刻站在窗前的還有一人。

他隱在暗處，看不清臉上表情。輕輕的腳步聲傳來，他收回看向窗外的目光，轉過身。

「大人，您有什麼吩咐？」

黑暗中響起男子淡淡的笑聲。「去把皇上駕崩的消息傳到沐王耳中。」

「領命。」來人毫不遲疑應了下來。

沒有掌燈的室內很快就只剩下男子一人，他再次把視線投向窗外。天上的雲越發厚重了，隱隱有雷鳴聲傳來。盛夏的天，風雨原就來得急。很快就是一道閃電劃破夜空，緊跟著豆大雨點便落了下來。狂風夾帶暴雨吹打著窗子，把窗櫺弄得劈啪作響。

江遠朝沒有關窗，轉身走回去躺在床榻上，慢慢閉上了眼睛。他腦海中閃過清涼山的全幅地貌，而後閃過的是喬昭笑語嫣然的模樣。

多少個日夜的隱忍，終於等到了這一天，他就看看沐王與睿王如何廝殺。

沐王得到明康帝已經駕崩的消息後，呆愣片刻，恨不得仰天大笑。終於等到父皇升天了，連老天都站在他這一邊，他果然是真命天子！

下了一夜暴雨，天才剛亮，沐王就迫不及待趕到宮門前欲要闖進去。

「王爺沒有皇上傳召就要闖進來，不知意欲何為？」魏無邪堵在宮門前，冷冷問道。

沐王冷笑。「魏公公不必說這些，父皇明明已到出關的日子，為何遲遲沒有動靜？」

「王爺莫非要揣測聖意不成？」魏無邪毫不客氣反問。

有「遺詔」在手，沐王哪裡還忌憚魏無邪，往前一步把他推開。「讓開，今天無論如何本王都要見到父皇！」

魏無邪怎可能讓沐王硬闖，立刻攔在面前厲聲道：「王爺擅闖行宮，可知是什麼罪名？」

「本王怎麼擅闖行宮了？本王要確定父皇安全，魏公公這樣攔本王，莫非心中有鬼？」

魏無邪冷笑。「咱家是隨侍皇上左右的人，皇上閉關是天大的事，別說王爺，任何人都不能打擾。現在咱家攔著王爺是怕您冒犯龍顏，是為了王爺著想！」

「本王不需要魏公公替我著想，無論如何我現在就要見到父皇！」

「王爺準備硬闖行宮？」魏無邪話音一落，數十位內侍圍了過來，虎視眈眈盯著沐王。

沐王氣勢一滯。

「王爺回去吧，等皇上出關會召見想見之人的。」

沐王看了看魏無邪身後的內侍，再看看不遠處手扶繡春刀的錦鱗衛，咬牙道：「好，你等著。」離開行宮，沐王立刻去見了內閣閣老與六部九卿的長官。雖然來清涼山避暑，但該處理的政事這些重臣們還是要處理的，所以此刻正是他們湊在一起議事的時候。

「各位大人應該知道，昨日便是我父皇出關之日，可是本王卻得到消息，父皇昨晚其實就已經出事了！」

沐王這話一出，眾臣不由面面相覷。皇上雖然任性了點，但每次出關確實會召見他們問問近來朝中之事，而昨日是出關的日子，到現在皇上卻沒召見任何人。難道說皇上真的出事了？

「王爺這樣說可有依據？」禮部尚書問道。

沐王斬釘截鐵道：「如果沒有依據，本王莫非得了失心瘋，會去與魏公公對上？」

「那皇上到底出了什麼事？」戶部尚書急聲問道。

沐王臉上閃過悲痛之色，抬袖掩面哭道：「父皇其實昨晚就已經駕崩了！」

「什麼？」此話一出眾臣譁然，個個面色大變。

沐王泣道：「本王正是得到這個消息，才不惜趕到行宮求見父皇，可是魏公公卻攔著本王不讓見。各位大人，魏無邪隱瞞父皇駕崩的消息，其心可誅啊！」說到這裡，沐王對著眾臣深深一揖，「還請各位大人與我一道去求見皇上，不能被奸人蒙蔽視聽！」

眾臣面露遲疑，沐王再次一揖。「小王可以向各位大人保證，倘若父皇安好，一切後果自有小王一力承擔，各位大人完全是出於忠君愛國之心，父皇定不會怪罪各位大人。可如果父皇真的出了事，難道各位大人就任由佞臣隱瞞消息，恃權亂政嗎？」

沐王轉向新任首輔許明達。「許首輔，父皇委你重任，現在小王懇請你做首輔該做的事！」

許明達被沐王將了一軍，一時不語。

「許首輔，要不咱們就隨王爺去看看吧。」眾臣紛紛道。

許明達雖是站隊睿王的，也正因如此，在沐王所說合情合理的情形下才不好推拒，遲疑了片刻點頭。「那好，就依王爺所言。」

很快一群大臣浩浩蕩蕩趕去明康帝所在的行宮外。小太監一見情況不對，飛奔進去稟報道：「廠公，不好了，以沐王為首來了許多大人，看樣子是來求見皇上的。」

魏無邪當然知道沐王不會輕易善罷甘休，雖奇怪消息是如何走漏出去的，可此刻不是探究這些的時候，手一揮道：「叫上孩兒們，跟咱家走！」

魏無邪領著一群宦官剛趕到宮門口，沐王就帶著大臣們過來了。魏無邪掃一眼眾臣，先發制人問道：「王爺帶領大人們前來是什麼意思？莫非意圖逼宮？」

一聽「逼宮」二字，眾臣臉色立刻變了，齊齊後退一步。這個罪名他們可承擔不起。

「魏公公不要隨口給本王扣帽子，本王得知父皇出了事，身為人子來確定父親安然無恙何錯之有？退一萬步說，就算這件事本王做錯了，到時父皇怪罪下來本王自會認錯，還輪不到魏公公說三道四。」

「王爺口口聲聲說皇上出了事，敢問有何憑據？」

「憑據自然是有的。」

「那麼王爺可否拿出來？」

沐王冷笑。「憑什麼魏公公讓本王拿出來本王就要拿出來？到了該拿出來的時候，本王自然會拿出來，現在我只想見到父皇！」

一道淡然聲音傳來。「現在皇上正到了閉關的緊要關頭，若是被擾了清靜，可不是王爺說一聲一力承擔就能過去的。」

張天師大步走出來，與魏無邪並肩而立。張天師的出現讓眾臣不由動搖了。

「天師這話糊弄別人還好，糊弄本王是不能的！父皇最是講究，無論閉關或出關每次都會提前算好時間，現在你說出關延遲，能有什麼理由？依我看明明就是父皇出了事，天師與魏公公怕擔責任，所以死死隱瞞著消息，想趁機脫身吧？」

魏無邪臉色微變。沐王究竟是怎麼得來的消息，每句話竟都說到了點子上……

沐王側頭看一眼不知何時出現的江遠朝，高聲道：「江指揮使，現在本王懷疑這二人隱瞞父皇出事的消息，想要求見父皇一面以確認父皇的安全，你身為錦鱗衛指揮使亦有保護皇上的職責，這個時候難道眼睜睜看著東廠之人一手遮天嗎！」

魏無邪對上江遠朝那雙平靜的眼睛，心中不由一沉。沒想到沐王如此豁得出去來鬧，江遠朝要是在這時橫插一腳，他們就難頂住了，可是皇上還要兩天才能醒來……

這麼一想，魏無邪心中焦急起來。

江遠朝還是一副看不出情緒的模樣，對魏無邪淡淡一笑。「皇上閉關確實是大事，不過王爺擔心的也不無道理。在下身為錦鱗衛指揮使，對皇上安危不敢掉以輕心，魏公公最好還是讓開，讓大家見皇上一面好安心吧。」

「想見皇上可以，請各位耐心等到兩日後皇上出關，到那時皇上自然會見各位的。」

眾臣一聽便萌生了退意。既然兩日後能見到皇上，那麼早一些晚一些似乎沒多大關係。

「兩日後？」沐王冷笑。「到那時恐怕就被你們瞞天過海，成功脫身了吧？各位不是好奇本王有何憑仗嗎？」沐王高舉手中之物。「憑仗在此！」

眾人被沐王手中的明黃色晃花了眼，隨著他緩緩展開手中之物，眾臣嘩啦跪倒了一片。

沐王斜睨著魏無邪。「魏公公莫非不認得這是何物？」

魏無邪端詳再三，憑他對聖旨材質的無比熟悉，確認是真正聖旨無疑，不得不跪了下去。

沐王把手中之物交給跪在大臣最前方的首輔許明達。「請許首輔代宣父皇遺詔吧。」

此話一出，眾人更是大吃一驚，死死盯著沐王手中之物。

遺詔？沐王手中怎麼會有遺詔？先皇——呸呸，皇上為何會寫下遺詔？

許明達雙手接過「遺詔」站起來，指尖輕顫打開，在無數道目光的注視下，猶豫了一瞬，顫抖著聲音念道：「沐王皇六子瑜，人品貴重，深肖朕躬，必能克承大統，著繼朕登基，繼皇帝位……」許明達目不轉睛盯著玉璽大印，越看越心涼。竟然是真的，皇上居然早就寫好了遺詔，把皇位傳給沐王！

跪倒在地的眾臣鴉雀無聲，心中同樣掀起滔天巨浪。

就在這當口，魏無邪突然站起來，最開始見到「遺詔」的震驚表情褪去，面無表情道：「咱家乃是秉筆太監，從不離皇上左右，怎麼不知皇上何時寫下這樣一份『遺詔』？」

「魏公公這是質疑遺詔有假？」沐王一臉憤怒。「那麼就請魏公公睜大眼睛仔細看看好了！」

魏無邪不客氣湊去，看完許明達手中遺詔，強忍心中震驚厲聲道：「這遺詔絕對是假的！」

眾臣此刻心情就如走山道，經歷了九曲十八彎，面上反而麻木了。天要變了，這個時候，他們還是當一個安靜低調的臣子為好。

「魏公公，你既然是秉筆太監，難道不熟悉父皇的字跡，還有這玉璽大印？」

「咱家當然熟悉。」魏無邪毫不遲疑道。

「那就請魏公公摸著良心說說，這遺詔上面的字跡與玉璽大印是不是假的？」沐王語氣咄咄逼人，望著魏無邪冷笑。

魏無邪環視眾臣一眼，最後落回沐王面上，嗤笑道：「字跡與玉璽大印不是假的又如何？物是死的，人是活的，皇上目前在閉關，兩日後就能出來召見大家，到時不就能見分明了？還是說，王爺這麼急著拿出所謂遺詔闖宮，是要意圖逼宮篡位？」

「魏無邪，你大膽！你是什麼東西，敢這樣紅口白牙誣衊本王？你別忘了，本王到底是父皇的兒子，你又算什麼東西？」

「咱家無論算什麼東西都是皇上親命的秉筆太監，兼任東廠提督，現在王爺意圖不軌危害皇上安全，咱家就要誓死攔著！」

氣氛劍拔弩張之際，許明達開口問道：「敢問王爺這道『遺詔』是從何得來的？」

沐王看向許明達，淡淡道：「自然是有人奉父皇之命悄悄傳給本王的。」

「那個人是誰？」

沐王猶豫了一下。

魏無邪冷笑道：「這種時候，王爺為何說不出那人？還是說，那人本就見不得光，居心叵測弄出了這麼一份假遺詔？」

魏無邪話音才落，一道淡淡聲音便傳來。「那個人是我。」

隨著宮門打開，一名身穿太監服飾的人走了出來。

魏無邪面色頓時變了。來人是劉淳，論地位還在他之上的掌印太監。在司禮監，掌印太監本為第一人，有內相之稱，但因魏無邪深得明康帝信任，又兼任東廠提督，鋒頭早蓋過劉淳多年，成為無人敢惹的存在，因此掌印太監劉淳為了明哲保身已低調多年。

劉淳沒有魏無邪高大，亦上了年紀，此刻看起來就是個面皮白淨無鬚的乾巴巴老頭，但氣勢全然放開後卻不落下風。他睜著有些渾濁的眼睛深沉看著魏無邪，心中卻沒有表面這般平靜。

他堂堂內相卻一直被魏無邪死死壓制，簡直成了歷任掌印太監中的笑話。多年的隱忍等待，終於讓他等到了這一天，只要扶助沐王上位，他定要魏無邪死無葬身之地！

兩名大太監無聲對視，眾臣彷彿泰山壓頂，皆不敢出聲。

如果給沐王遺詔的人是掌印太監劉淳，那遺詔十有八九是真。

眾臣正想到這裡，劉淳便開口了：「皇上春夏交接之際便感體力不支，又洞察秉筆太監兼東廠提督魏無邪排除異己，專擅朝政，是以暗中寫下這份遺詔交給咱家，交代咱家一旦皇上有什麼異常，便把這道遺詔設法傳遞給沐王爺，以防魏無邪禍害天下……」

聽著劉淳的話，沐王垂眸遮住眼中喜色。有這番話，眾臣對這遺詔的真實性應再無疑慮。

「劉淳，你休要胡說八道！」魏無邪厲聲道。

劉淳毫不示弱冷笑。「魏公公憑什麼指責咱家胡說八道？你雖是皇上身邊之人，但不要忘了，咱家同樣也是，甚至在你還是個小太監時就已經在皇上身邊伺候了。」

反正已經撕破了臉，不是你死便是我亡

「但你說這話不覺荒唐嗎？皇上若是春夏之際便厭棄了我，會留我到現在？這天下誰能讓皇上委屈心意？」魏無邪厲聲反駁。

劉淳雙手抱拳對天一拱。「咱家可不敢揣測聖意，反正遺詔確實是皇上交給咱家的。昨日咱家見皇上到了出關之日卻遲遲不出現，而魏公公行跡頗詭異，這才按著皇上早些的吩咐悄悄送了出去交給沐王爺。」

沐王適時開口：「正是如此，不然本王怎會急著來求見父皇？看到這道遺詔，本王心痛萬分，因為這代表父皇出事了。」他說著抬袖拭淚。「父皇把皇位傳給何人，這不容旁人置喙，但父皇若出了事卻被奸人故意隱瞞消息，我等若還無動於衷，那就萬死難辭其罪！」

眾臣一聽，不由點頭。

沐王見眾臣神色鬆動，趁熱打鐵振臂一呼：「各位大人，現在小王遺詔在手，又有掌印公公為證，各位還等什麼？難道父皇的安危比不過你們的個人得失嗎？小王再說一遍，若父皇安然無恙，那小王願意一力承擔後果！」

眼見眾臣已被沐王說動，分明是劉淳橫插一腳影響了局面，魏無邪暗道不妙。他盯著掌印太監劉淳，眼底閃過寒光。是他太心慈手軟了，顧忌劉淳伺候皇上多年，在內相位子上還算老實，便遲遲沒有下手。沒想到這人是條蟄伏的毒蛇，在最關鍵的時候竄出來狠狠咬他一口。事到如今，想要善了是不能了。

劉淳同樣回視著魏無邪，輕輕勾起唇角，露出譏諷的笑。

「王爺請！」劉淳收回視線，往旁邊一側，朝沐王伸出手。

沐王面露喜色，高聲道：「大人們還在等什麼，隨本王進宮救駕！」

「救駕」二字振聾發聵，又是這般情形下，不少大臣不由自主往前踏出了腳步。

魏無邪見勢不妙，知道再論嘴上功夫已經晚了，當機立斷退後一步，大喝道：「關門！」

在眾人尚未反應過來之際，宮門就已被早等在那裡的內侍迅速關攏，發出沉悶的聲響。

掌印太監劉淳大喝一聲：「江指揮使，此時你們錦鱗衛還不助我們救駕，更待何時？」

江遠朝眼底劃過笑意，冷聲道：「打開宮門！」

事情到底是按著他預料發展了，就是不知道錦鱗衛與由太監們組成的內操軍對上，到底鹿死誰手？錦鱗衛與東廠向來分庭抗禮，東廠當然不只是文職這麼簡單。在魏無邪的領導下，東廠組建了內操軍，雖然人數不多，卻勝在精貴。眼下內操軍與人數眾多的錦鱗衛對上，一個在宮門外一個在宮門內，易守難攻，究竟誰勝誰負尚難預料，但一場持久戰鬥是在所難免的。

江遠朝發話後，眾錦鱗衛很快就圍上來，開始攻宮門。

內操軍藉著梯子從宮牆上探出頭來，彎弓拉弦，毫不留情射向宮門前的錦鱗衛。

江遠朝手一抬，高聲道：「弓箭手準備！」

站在周邊的錦鱗衛紛紛舉起手中弓箭，齊發之下，箭如流星向著宮牆上飛射而去，很快就響起此起彼伏的慘叫聲。而宮門前的錦鱗衛同樣開始陸續倒下，血腥味很快便瀰漫開來，有體弱的大臣聞到，不由白了臉想要作嘔。

沐王看著這一切，嘴角露出興奮的笑容，低頭招來親信吩咐數句，親信點點頭，悄悄離去。

眼看雙方戰鬥越發慘烈，大臣們膽戰心驚移到角落裡，竊竊私語起來。

「今天這事定不能善了了，沒想到一趟避暑之行，能鬧出這樣的事。」

「一邊是掌印太監，一邊是東廠提督，再加上錦鱗衛，局面真是越來越混亂了。」

有大臣壓低聲音道：「這個時候睿王怎麼還不出現？」

正說著睿王便匆匆趕到了，跟在他身後的則是金吾衛指揮使王海濤。

睿王一看眼前情形，顧不得氣喘吁吁，大聲道：「六弟，你莫非要造反嗎？」

一見睿王前來，沐王反而更加興奮了，大笑著道：「五哥，你看看這是什麼！」

沐王把「遺詔」往睿王眼前一晃。睿王眼神一縮，隨後冷笑道：「不過是你為了逼宮篡位弄出來的假遺詔，本王為何要看這個汙了眼睛？」

「五哥，我看你是不見棺材不掉淚！」

睿王反唇相譏：「六弟，我看你才是狗急跳牆，包藏禍心！」說到這，睿王聲音揚起：「王指揮使，還不快助廠公他們一臂之力，把這些亂臣賊子拿下！」

跟在睿王身後的金吾衛指揮使王海濤乃是睿王已逝王妃的親兄長，這時自然是旗幟鮮明站在睿王這邊，聽睿王這麼一說，立刻高聲道：「是！」

而就在這時，又有無數腳步聲傳來。眾人聞聲看去，一隊身穿羽林衛服飾的人全副武裝趕了過來。那批羽林衛如風般轉瞬來到眾人面前，領頭的羽林衛指揮使萬東陽對著沐王一抱拳。「微臣聽聞皇上被奸佞所害，特來救駕！」

沐王朝金吾衛指揮使王海濤一指。「萬指揮使，快把這犯上作亂的逆臣給本王拿下！」

「是！」萬東陽轉身看一眼王海濤，露出冷酷笑容，大手一揮道：「兄弟們給我上，拿下亂臣賊子救皇上！」

王海濤當然不會被對方占了口上便宜，立刻跟著道：「大家上，剿滅逼宮篡位的亂黨！」

很快雙方就混戰在了一起。

明康帝此次出行因為定得匆忙，隨行禁衛軍只帶了三大衛，便是錦鱗衛、金吾衛和羽林衛。當然金吾、羽林二衛又分左右前後等衛不再細說。

現在三大衛及東廠統領的內操軍全都混戰在一起，爭鬥之激烈難以言表。

時間就在這樣慘烈的爭鬥中緩緩流逝，忽然一枝流矢正巧沒入禮部侍郎心口，禮部侍郎慘叫一聲倒下，被旁邊人眼疾手快接住。

「盧大人，你怎麼樣？」周圍的人圍過來紛紛問道。

盧侍郎抖了抖嘴唇，連一個字都沒說出來便雙目一瞪，溘然長逝。

「盧大人！」禮部侍郎的意外慘死很快在眾臣中掀起莫大恐慌。

許明達當機立斷高喊道：「刀劍無眼，各位大人隨我去那邊一避！」

眾臣很快便在許首輔的帶領下如潮水般退開，站在不遠不近的地方觀望著戰況。

天色慢慢黑了，廝殺依然沒有停，而血腥味越發重了。

文臣武將皆聚在一起，神色越來越凝重。這樣廝殺下去，即便最後爭出個勝負，定然也是血流成河。在這個時候，他們甚至說不清希望哪方勝出。

「冠軍侯怎麼不在呢？」氣氛越發緊張，不知誰提了起來。這番動靜鬧得這麼大，這次前來避暑的大半勳貴重臣都已過來觀望，卻不見冠軍侯的影子。

「冠軍侯才是聰明人呢，現在兩邊鬧得這麼大，都是龍子，冠軍侯要是來了幫哪邊好呢？」

眾臣都沉默下來。無論他們心向哪方，在勝負未分之際都是不能流露出來的。

「廠公，咱們堅持不了太久了！」一名內侍抹了抹飛濺到臉上的血，急聲喊道。

魏無邪回望一眼燈火通明的宮宇，面上明暗不定，招來心腹道：「你從後面溜出去求見冠軍侯，請他務必讓侯夫人過來一趟！」

行宮依山而建，後面便是陡峭山壁，雖開了一道暗門，正常出行是不能的。

接到魏無邪命令的內侍是個好手，順著陡壁靈巧滑下，只落地時踉蹌了一下身子。昨夜大雨，山路濕滑，他穩了穩身子，很快奔入濃濃夜色中。

喬昭與邵明淵此刻自然沒有睡，全都站在窗邊望著明康帝閉關所在宮宇的方向。

廝殺聲乘著夜色傳來，站在這裡彷彿都能嗅到血腥味，山風呼呼吹打在臉上，雖然是盛夏，還是涼意襲人。邵明淵把一件外衫披到喬昭身上，攬住她的肩頭，溫聲問：「冷嗎？」

喬昭抬頭笑笑。「還好，我猜要來人了。」

邵明淵嗤笑一聲。「皇上這一出事，還真是把牛鬼蛇神都引了出來。現在錦鱗衛、金吾衛、羽林衛還有東廠統領的內操軍全都摻和進去了，無論哪一方勝出，這清涼山都要被血洗過。」

喬昭望向窗外。「皇上沉迷修道，遲遲不立儲君，今日之果本就是昔日之因。」

二人正說著，晨光就在門外稟報：「將軍，魏公公手下求見。」

邵明淵與喬昭對視一眼，皆沒有意外。

「請他進來。」

邵明淵與喬昭走到花廳，見到了來人。來人三十來歲的年紀，眼神沉靜，神情剛毅，一看便知身手不錯，見到喬昭二人立刻見禮。「見過侯爺、侯夫人。」

「公公不必多禮，不知此時前來是為了何事？」

內侍立刻道：「沐王說動了錦鱗衛與羽林衛，現在正強行闖宮，我們這邊頂不了太久了，所以廠公命我來求侯爺助我等一臂之力。」

邵明淵沉默了一會兒，淡淡道：「不知廠公要本侯如何助你們一臂之力呢？」

內侍飛快看了喬昭一眼。「侯夫人妙手回春，廠公懇請侯夫人過去一趟，爭取讓皇上提前醒來，才能阻止這場宮變。」

「不成！」邵明淵斷然拒絕。「宮變危險不用本侯多說，再怎麼樣這都是男人之間的事，本侯怎麼能讓夫人涉險！」

「侯爺，我們廠公說了，只要侯夫人能去，絕對把侯夫人的安全放在第一位。哪怕宮門被攻破，我們也會及時把侯夫人從暗門送走，絕不會危及她的安全。」

「可有的時候，人算不如天算。」邵明淵口風依然沒有鬆動。

他與喬昭其實已經達成了一致，如果魏無邪派人來請，最終還是會隨來人過去的。為了以後的一世安穩，睿王必須在這場爭鬥中勝出，為此冒險是必須的，也是值得的。

但現在，邵明淵自然不能輕易答應。

「侯爺，難道您忍心看著清涼山血流成河，大梁正統被亂臣賊子顛覆嗎？」

邵明淵笑笑。「這樣的責任本侯可擔不起，還是那句話，天下之爭是男人們的事，什麼責任都落不到我夫人頭上。」

「侯爺這話不錯，但一旦被沐王得手，不知有多少勳貴大臣要被血洗，侯爺想保家人平安恐怕也非易事……」

二人你來我往，喬昭見差不多了，終於開口：「庭泉，皇上有難，我身為大梁一員確實該盡一分力，就隨這位公公去看看吧。」

內侍一聽喬昭開口，不由大鬆口氣，望向喬昭的眼神幾乎感激涕零了。廠公已經交代過了，他若不能把冠軍侯夫人請過去，那也不必回去了，直接自戕吧。

「那我陪妳一起去。」邵明淵握住喬昭的手，見內侍嘴唇一動想要說什麼，冷冷道：「這一點絕不能改。」

「那好，就請侯爺與夫人收拾一下，隨小的去吧。」

二人換上外出的鞋子，藉著夜色掩護跟隨內侍往行宮而去。

從後山進入雖然困難重重，但邵明淵應付這種事輕鬆自如，把喬昭背起來，靈巧如猿跳躍在山林間，沒等太久就見到了魏無邪。

魏無邪一見二人露出個如釋重負的笑容。「總算等到侯爺與侯夫人了，二位快隨咱家來。」

在魏無邪的引領下，喬昭很快見到了明康帝的面。

明康帝安靜躺在龍床上，層層紗帳捲起，露出蒼白泛青的一張臉。曾經站在最頂端的這個男人，如今看起來和病入膏肓的尋常老者沒有任何區別。喬昭走了過去。

「侯夫人，您看皇上能否提前醒來？」魏無邪忐忑問道。

喬昭伸手落在明康帝手腕上，遲遲抿唇不語。

魏無邪越發緊張了，忍不住抬袖擦拭額上冷汗。沐王這一鬧把所有禁衛軍捲進來廝殺成這樣，這是他沒想到的。要是皇上只能等兩日後才醒來，恐怕一切已經晚了。

時間一點點過去，喬昭收回手看向魏無邪。「魏公公，外面還能支撐多久？」沒等魏無邪開口，她又強調道：「在竭盡全力支撐的情況下，能抵擋多久？」

魏無邪想了想道：「最多到明日午時左右。」

「不行，那個時候不行。」喬昭直接搖頭。「我最多能讓皇上明日黃昏時分醒來，再提前就束手無策了。」

「可是——」

「魏公公，我只是個初入醫道之人，並不是活神仙。」

魏無邪臉上神情變化不定，猶豫良久咬牙道：「好，那就明日黃昏時分！」

喬昭又道：「即便如此，讓皇上提前醒來還是有影響的。」

「什麼影響？」

「我之前說過吧，皇上即便醒來，那也只能支撐一刻鐘，要是提前醒來的話……」

「莫非連一刻鐘都不能？」

「這倒不是，但皇上過後便會七竅流血而亡，到時該如何對百官勳貴解釋，那還是要魏公公頭疼的事。」

魏無邪臉色變了變，可在這種局面下到底別無他法，只得點頭。「這個咱家來想辦法，現在請侯夫人替皇上施針吧。」

「魏公公真想好了？」喬昭取出銀針最後確認道：「這一針下去，就再無改變的餘地了。」

「想好了，請侯夫人施針吧！」

喬昭點點頭，捏著銀針的手緊了緊，對準明康帝頭頂一處穴道刺了進去。那一瞬間，明康帝眉梢動了動，魏無邪險些趴到地上，眨眼一看皇帝還是活死人的模樣，這才緩過來。

「侯夫人，這樣就好了嗎？」見喬昭已經收手，魏無邪緊張問道。

喬昭深深看了雙目緊閉的明康帝一眼，頷首。「嗯，可以了。」如明康帝這般情況，想要救活難，若只是激發體內潛能使其迴光返照，並不是多複雜的事。

「侯夫人，明日到了黃昏時分，什麼時間拔針？」

黃昏時分本來只是個籠統時間，魏無邪不敢掉以輕心。

喬昭不由蹙眉。「這個要看當時的具體情況了。」

魏無邪對著喬昭深深一揖。「那就請侯爺與侯夫人暫且留在此處吧。侯爺與侯夫人的恩德，咱家會銘記於心的。」

喬昭笑笑。「公公不必如此，侯爺既然帶我過來，自然全力以赴，不能讓亂臣賊子得逞。」

「夫人大義！」

「那麼本侯先帶內子去歇息了。」

魏無邪立刻安排內侍把二人送去暫住之處。

喬昭看著富麗堂皇的屋子，忍不住笑。「從沒想到還有機會住在這種地方。」

「妳喜歡？」邵明淵笑問。

喬昭嗔他一眼。「你可別胡思亂想，這裡再好也比不過咱們府上睡著舒坦。」

「是呀，別說咱們，就連皇上睡在這裡又何曾安穩？」邵明淵摟過喬昭，輕輕撫摸著她的髮絲。「又把妳牽扯進來了。」

喬昭靠在熟悉的懷抱裡只覺無比踏實，回抱著男人的腰嘆道：「咱們又不是生活在深山老林裡，站在比絕大多數世人要高的位子上，那麼承受比他們更多的風雨不是應該的嗎？」

「那也應該由我來承受。」

喬昭睇了邵明淵一眼。「我是你的妻子，不是菟絲花。再者說，我相信你定會護我周全的。」

邵明淵便笑了。「最差了咱們還可以腳底抹油遠離這是非之地。好了睡吧，越是這個時候越要保持好精力。」

二人和衣而臥，喬昭躺在邵明淵身邊，過了一會兒問：「庭泉，你說遠離是非之地，是說離開大梁嗎？」

這場奪嫡之爭，如果沐王勝出，他們想要安穩日子恐非易事，然而普天之下莫非王土，只有離開大梁才不會再受沐王擺布。

邵明淵執起喬昭的手。「我想過了，往南我們可以出海，往北我們可以在大梁、北齊及西姜之間尋找一處平衡之地，真的放下這一切，總有我們的出路。不過故土難離，妳的父母親人都在這裡，不到萬不得已，我不打算走這一步。」

喬昭眸中閃過異彩。「海外與北地都有各自的好處，其實我們只要在一起，哪裡都一樣的。祖父曾不止一次對我說過，吾心安處是家鄉。」

「嗯，睡吧。」邵明淵撫了撫她的臉頰。

喬昭微微點頭，閉上眼睛。

在昏暗的光線裡，邵明淵抬手看了看。他靠手中刀劍拚得現在的一切，為何要因為當政者的不仁而如喪家犬般逃離故土，讓他的妻兒在完全陌生的地方生活？

在這一點上，邵明淵對喬昭到底沒有全盤托出。昭昭是大儒喬拙的孫女，自幼受喬先生教導，忠君愛國守禮的思想已是印在骨子裡，不到最後一步，他何必把大逆不道的念頭表露出來讓她憂心呢。身邊傳來輕淺的呼吸聲，看著妻子熟睡的容顏，邵明淵滿足笑笑，悄悄在她唇邊印下一吻，這才睡去。

二人不過睡到天才濛濛亮便醒來了。

並非二人覺少，而是外面殺聲震天，即便在宮宇深處依然聽得分明。二人爬起來穿衣洗漱，當一名眉目清秀的小太監端來豐盛早膳時，邵明淵問：「外面怎麼樣了？」

小太監忙低了頭，緊張道：「奴婢也不知道，侯爺想知道的話可以問我們廠公。」

「走吧，我們去見魏公公。」

魏無邪與張天師一直守在明康帝那裡，宮門前的戰況不斷有內侍層層傳進來。

聽邵明淵問起，魏無邪臉色難看道：「咱們的人已經折損近半了，如果真要撐到黃昏時分，恐怕十難存二三……」

邵明淵聽了神色不變。「先與公公說好，等到了那時內子替皇上拔掉銀針，無論戰況如何，本侯都會帶著內子立刻從後門離開此地。」

「這是自然。」魏無邪苦笑道。別說冠軍侯急著走，就是不走他都要想法送人走啊，不然讓外面的人看到皇上行宮裡出現成年男子算什麼回事？

「公公還是想好等皇上醒來後，該如何用最短的時間讓皇上瞭解情況吧。」邵明淵提醒道。

魏無邪與張天師對視一眼，面色凝重道：「這個咱家已經想好了，到時還是要天師出面。」

張天師對邵明淵點點頭，傳了個心照不宣的眼色。

很快便到了晌午。

毒辣的日頭掛在高空，宮門外的屍體堆了一層又一層，鮮血染透了宮牆與土地，濃郁的血腥氣熏得人喘不過氣來。那些撐了一日一夜的勳貴大臣已經搖搖欲墜，好幾個陸續昏倒，可這場奪嫡之戰不休，清醒著的人無論如何都生不出就這麼離開的念頭。

「首輔，要不您先去休息一下吧。」見許明達臉色發白，一名下官勸道。

「糊塗，這種時候怎能去休息，確認皇上是否安危才是頭等大事！」許明達義正言辭斥責道。

下官被首輔大人的唾沫星子噴得慌忙低頭，不敢再勸。

就在眾臣膽戰心驚、飽受煎熬的等待中，日頭開始漸漸西移，陸續又有七、八人栽倒過去。

沐王見已方占了上風，強攻了一日一夜的宮門開始搖搖欲墜，在刀光劍影中看向臉色慘白的睿王，不由露出興奮笑容。到底是讓他搶先了一步，這次，老天是站在他這一邊的。

就聽「轟」的一聲，厚重宮門轟然坍塌，宮門內沒來得及避開的內侍被壓在門下，未等掙扎就有無數人踩著門迅速跑過，鮮血很快從宮門與土地接觸的縫隙裡蔓延出來。

「廠公，宮門已被攻破，咱們的人在前邊死死頂著，不知還能頂多久——」內侍急急來報。

魏無邪滿頭冷汗，忽聽張天師滿含驚喜的聲音傳來。「皇上，您醒了！」

二三三　肅王之子

魏無邪一個箭步竄了進去。

明康帝已經睜開了眼睛，甚至還坐了起來，茫然道：「天師，朕怎麼了？」

張天師一臉喜色。「恭喜皇上！」

「喜從何來？」明康帝還從未見過張天師這般喜形於色的樣子，嘴角不自覺翹起來。

「皇上兩日前本該出關，卻一夢到現在，所以貧道才恭喜皇上。」

「朕竟然睡了這麼久？」明康帝大為意外。

張天師一臉正色。「皇上並不是睡，而是入定了，您已經踏入天人合一的境界。」

「天師的意思是……」明康帝眼中閃過異彩。

張天師對著明康帝拱手。「恭喜皇上，您已經是半仙之體了，最多再一刻鐘左右，就會有仙界使者接您前往仙界聆聽仙君教導，習得仙術再來打理萬里江山。」

「天師所說可是真的？」明康帝喜不自禁。

「貧道怎敢欺瞞，皇上若有疑慮，不妨屏氣凝神感覺，是否渾身輕盈，有飄飄欲仙之感？」

明康帝果然按著張天師的建議，只覺四肢百骸暖洋洋如沐浴在暖流裡，有飄飄欲飛之感。

明康帝不由欣喜若狂。「哈哈哈，朕潛心修道二十載，終於盼到了這一日……」他這才看到形容狼狽的魏無邪，不由皺眉，「魏無邪，朕終於得道成仙是天大喜事，你怎麼這副模樣？」

魏無邪痛哭流涕。「皇上啊，您修道有成，奴婢確實歡喜得要瘋了，可是您遲遲不出關的消息不知怎地傳揚了出去，現在沐王拿著遺詔鼓動錦鱗衛與羽林衛殺進來了，而今他們已經攻破宮門，馬上就要殺到這裡了！」

「什麼！」明康帝臉上喜色盡數斂去，換成了暴怒。「那個畜生哪來的遺詔？」

魏無邪趁機告狀道：「劉淳說是您提前寫好了遺詔交給他，命他傳給沐王的。」

皇上啊，您快點吧，留給您的時間可不多了。

「胡說八道！」明康帝氣得臉色鐵青。「隨朕出去，朕要好好收拾這幫畜生！」

「是！」魏無邪壓下喜色，與張天師交換了個眼色，跟在明康帝左右走了出去。

隨著宮門被攻破，站在不遠處的勳貴大臣們早按耐不住跟了過來，不遠不近看著雙方廝殺。

內操軍到底是人數少了些，經過兩日浴血奮戰已消耗大半，剩下的不過是勉力支撐罷了。而在錦鱗衛與羽林衛的合攻之下，金吾衛同樣獨木難支。

原本富麗堂皇的宮宇中隨處可見死狀慘烈的屍體，精美雕花的宮牆上飛濺著斑駁血跡，那些殺紅了眼的侍衛踩踏著屍體與鮮血一步步往行宮深處逼近。

夜色已經很深了，天上繁星滿目，與無數宮燈一起把行宮點綴得亮如白晝。

劉淳大聲道：「魏無邪，事到如今不要躲在後面當縮頭烏龜了，快告訴我們皇上在何處！」

沐王跟著高呼道：「對，你們隱瞞我父皇死訊，其心可誅，現在若還執迷不悟，那本王定要把你們碎屍萬段！」

「你要把誰碎屍萬段？」

刀劍撞擊聲在聽到這個聲音時突然一停，慘烈的廝殺瞬間凝滯。

明康帝大步走了出來，明亮燈火下能清晰看到他臉上的滔天怒火。

「父、父皇——」看清明康帝的那一刻，沐王嚇得魂飛魄散，踉蹌著連連後退數步。

明康帝環視四周，怒不可遏問道：「怎麼，你們這些混帳莫非要造反嗎？」

皇帝這話一出，嘩啦啦跪倒一片，兵器落地的聲音接連不斷響起。

「皇上還活著，皇上還活著！」不少跪倒的大臣掩面哭了起來。

「臣等拜見皇上，吾皇萬歲萬歲萬萬歲！」

無數聲音匯聚成一道，聲音之大連天上皎月都被驚擾到，嚇得躲進了雲層裡。

明康帝雙手一抬，頓時鴉雀無聲，他冷冷看向沐王。

跪倒在地的沐王早已嚇得精神錯亂，口中不斷喃喃道：「怎麼可能，怎麼可能？父皇明明駕崩了，怎麼會還活著呢？」

此刻場面一片安靜，沐王的語無倫次四周之人全都聽到了，那些人投向沐王的眼神已經與看死人無異。明康帝見沐王當著他的面還在咒他駕崩，氣得眼前陣陣眩暈，身子不由一晃。

魏無邪見狀眼疾手快從身後扶住明康帝。明康帝穩了穩神，怒視著跪在地上的兒子，眼底一片殺機。他馬上就要得道成仙了，到時壽數無盡，返老還童，想生多少兒子生不出來，留這麼一個一心盼著他駕崩、犯上作亂的畜生幹什麼？

「皇上——」魏無邪悄悄喊了聲以示提醒。時間不多了啊，您有什麼要交代的就快點吧！

明康帝顯然也想到了這一點，暗道在他去仙界遨遊之前，務必把這攤子家務事料理利索了，這樣才好安心聆聽仙君教導，遂清清喉嚨道：「沐王皇六子瑜，心懷不軌，偽造遺詔，意圖逼宮篡位，所犯之罪十惡不赦，現把沐王貶為庶民，即刻問斬……」

沐王一聽癱軟在地，高呼道：「父皇，兒臣錯了，兒臣是被奸人蒙蔽啊，求您饒了兒臣吧……」

沐王在涕淚交加的哭喊聲中，只看到明康帝面無表情的臉，一顆心徹底墜入了冰窟窿裡，發瘋般指著掌印太監劉淳喊道：「父皇，是他，是他騙了兒臣！兒臣手中的假遺詔就是他給的，父皇駕崩的消息也是他說的。父皇，兒臣是無辜的，都是被他陷害的啊！」

聽著沐王撕心裂肺的哭喊聲，明康帝一顆心波瀾不驚，淡淡道：「沐王與劉淳所犯之罪皆十惡不赦，全都即刻問斬！」

「父皇！父皇饒過兒臣吧，饒過兒臣吧，兒臣真的是被人陷害的啊——」

明康帝淡淡瞥了沐王一眼，轉身往內走去。

時間快到了，他還是先進去準備著，至於錦鱗衛與羽林衛幹的糊塗事，等他從仙界回來再說！

才走兩步，明康帝腳步一頓，發出一聲慘叫，隨後往下倒去。眾人大驚，定睛一看才發現一枝箭筆直沒入明康帝後心。這枝冷箭卻不知從何處而來。明康帝栽倒在地，一動不動。

「皇上——」眾臣肝膽俱裂。

魏無邪更是跪在地上聲嘶力竭哭喊著。什麼情況啊，他還什麼都沒做！

「太醫呢，快來救皇上啊！」魏無邪哭喊道。

李院使不知從何處踉蹌跑了出來，直奔明康帝而去。

這時一聲冷喝傳來。「沐王逼宮篡位，失敗獲罪後竟在眾目睽睽之下殺害皇上，實在罪不容恕。錦鱗衛聽令，現把沐王及其同黨羽林衛等人一併拿下！」

「是！」隨著錦鱗衛把繡春刀對著沐王等人一指，燈火下冷光閃閃令人遍體生寒。

沐王倉惶後退，不停搖著頭。「不是我，不是我——」看著逼近的錦鱗衛，加上明康帝的意外，他早已嚇破膽子，轉身便跑。

忽然刀光一閃，緊接著沐王的頭就飛了起來，腔子裡的熱血飛濺三尺，血如雨落。

「啊——」驚叫聲此起彼伏。勳貴大臣們膽戰心驚往後退，宮女太監們驚慌奔走。

眾錦鱗衛很快就在江遠朝的淡定指揮下把羽林衛包圍起來，魏無邪則在李院使正式宣布明康帝回天乏術後，臉上掛著掩飾不住的恨意，帶領內操軍與掌印太監劉淳的人廝殺起來。

「大人，咱們怎麼辦？」一名金吾衛茫然問金吾衛指揮使王海濤。

王海濤手握長刀，對疲於抵擋的羽林衛指揮使萬東陽露出一個冷笑，高聲道：「自然是全力以赴剿滅餘孽！」很快一場混亂又開始了，這次雙方力量懸殊，幾乎變成了單方面的屠殺。

勳貴眾臣眼看著一個個年輕人倒下，有熟悉的，也有不熟悉的，這其中或許還有某家兒郎，可是他們除了這麼眼巴巴看著，什麼都不能做，也不敢做。

剛剛皇上現身已經對沐王叛亂的行為定了性，而今沐王身死，睿王繼承大統已成定局。這個時候，誰敢替羽林衛求情呢？要知道羽林衛指揮使萬東陽與沐王有著千絲萬縷的關係，新帝登基後可以不介意判斷失誤的錦鱗衛，卻絕不會饒過跟著沐王走的羽林衛。

天上的月時而被雲遮掩，時而露出半邊臉，冷冰冰觀望著煉獄般的人間。

已經到了深夜，燈火通明的行宮中早已血流成河，在一面倒的屠殺中，最後幾名羽林衛帶著不甘與驚恐倒下。不知何時，邵明淵帶著喬昭站在了人群裡。

「是要結束了嗎？」山中夜涼如水，喬昭緊了緊單薄披風，語氣雖平靜，面色卻是蒼白的。眼睜睜看著一個個活生生的人就這麼倒下，說無動於衷是不可能的。

邵明淵一直抓著喬昭的手，隔著人群視線落在江遠朝身上，低聲道：「恐怕還沒有結束。」

那一箭不會是魏無邪安排的，更不可能是嚇破膽的沐王，那麼最可能的人便是錦鱗衛指揮使江遠朝！一個膽敢弒君的錦鱗衛指揮使，這其中到底有什麼陰謀，只要想想就能令人膽戰心驚，事情又怎麼可能就這樣結束？

看著最後一名羽林衛倒下，邵明淵抬頭望向天空。深色天幕上綴滿了寶石般的星，月亮恰好躲入雲層中。邵明淵心中輕輕一嘆，這哪裡是結束，或許只是才剛剛開始。彷彿心有所感，江遠朝遙遙望過來，與邵明淵視線相觸，嘴角勾起露出一抹笑意。

「大人，沐王餘黨已經全被剿滅！」一名錦鱗衛單膝跪地對江遠朝道。

江遠朝收回視線，淡淡點頭，大步向睿王走去。

「王爺，沐王餘黨已經盡數伏誅！」

「好，江指揮使快起來吧。」睿王此刻手腳還是冰涼的，連說話都喉嚨發澀。

父皇死了，六弟也死了，這麼說，皇位就是他的了？他將會名正言順繼承這大梁天下！天命來得太突然，他有點承受不住。睿王捂著胸口，強扯出滿臉悲戚。「沒想到父皇就這樣——」

沒等說完他便掩面大哭，動貴百官忙勸道：「王爺，現在不是只顧著哀傷的時候，您一定要節哀啊，許多事情還等著您處理……」

睿王幾乎要笑出聲來，幸虧用袖子擋著臉才無人看到。聽聽，還有許多事情等著他處理——原來這就是當天下主人的感覺，這感覺可真好！哎，他原該哀傷的，可是面對一個幾年見不到一面的父親，現在突然死了，他也很想哭啊！可是他真的做不到。只有高興，太高興！

為了遮掩喜色，睿王抬著袖子又哭了一會兒，在眾臣的苦勸下才平靜下來。

睿王環視了眾臣一眼，抽抽鼻子。「既然這樣，那麼——」未等他說完，忽然從四面八方傳來廝殺聲，動靜之大如驚雷滾滾，就連浸染成紅色的腳下土地彷彿都震動起來。

「什麼聲音？」眾人忙四下張望，就見黑壓壓的大片人影快速往行宮方向擁來，藉著漫天星光能清楚看到那些人手持長刀弓弩，月色下，兵器閃著寒光。

就在眾人震驚之時，黑壓壓的人影已經逼近了，看起來全是山野村民的裝扮，可雪亮的眼神如狼，令人膽寒。很快無數箭雨襲來，頓時響起一片慘叫聲。

「保護王爺！」金吾衛指揮使王海濤立刻擋在睿王身前，護著他一邊退一邊高聲喊道：「江指揮使，我先護送王爺離開險地，這裡就先拜託你了！」

江遠朝聽了彎唇笑笑。「好。」他接著手一揚，高聲道：「動手！」

話音落，一部分錦鱗衛對著擁過來的人群舉起弓弩，可還沒等他們放出一箭便慘叫一聲倒了下去。倒地的瞬間，這些年輕的侍衛雙目圓睜，一臉不可思議。

他們至死都想不明白，為何一直同吃同宿的兄弟會對他們舉起屠刀。

「江十三，你在幹什麼？」江十一很快反應過來不對勁，繡春刀對準江遠朝，冷聲問道。

江遠朝對著江十一笑了笑。「我當然是在幹該幹的事。」

「江指揮使，你手下怎會對著自己人動手？」首輔許明達在人群中喝問：「你莫非要造反？」

江遠朝睨了許明達一眼，笑道：「什麼造反？這天下主人的位子在二十多年前就該輪到肅王坐了，身為肅王之子，我不過是奪回本該屬於自己的東西而已。」

肅王之子？

這個消息猶如驚雷投入到了人群裡。勳貴眾臣滿臉驚駭看著江遠朝。燈火下，一身朱衣的年輕男子長身玉立，嘴角依然掛著令人如沐春風的笑意，但那笑意卻讓人看了膽寒。

「都是高祖子孫，當年高祖本就要把皇位傳給我父王，是楊太后與明康帝使了手段才奪走了皇位，現在我把皇位拿回來，許首輔怎麼能說我是造反呢？」

「我呸，明明就是亂臣賊子，肅王餘孽現在還要冒充正統，簡直無恥至極！只要有我們這些人在，你休想名正言順竊奪江山！」許首輔怒道。

江遠朝彎唇笑笑。「既然這樣，那就都殺掉好了。」話音落，他迅速彎弓拉弦，一枝利箭迅疾對著許首輔面門飛去。

「首輔小心──」勳貴眾臣皆嚇得大叫。

「噹」的一聲響，飛來的利箭斜飛出去，沒入不遠處的樹幹上。

邵明淵收回手，對江遠朝笑笑。「江指揮使這是演的什麼戲？」

江遠朝目光從邵明淵身邊的喬昭掃過，平靜笑笑。「侯爺能等到此時才出手，真令我意外。」

許首輔看向邵明淵的眼神帶著感激。剛剛要沒有那一箭，他此刻已經成為一具屍首了。

「江指揮使能忍到今日才表露身分，我同樣很意外。」

江遠朝大笑起來。「不忍到今日，如何能有這般大好局面呢？」

此話一出，在場之人的心全都沉了下去。如果江遠朝真是肅王之子，那他真是好算計。先是引得兩位王爺激戰，又打著剿滅叛黨的名義對羽林衛趕盡殺絕，現在羽林衛傷亡殆盡，內操軍所剩無幾，金吾衛元氣大傷，而錦鱗衛在滅員後又分化成了兩派……

而此時，那些山野村民打扮的肅王餘黨發動進攻，可謂占盡了天時地利人和，恐怕這大梁天下要易主了。

「你騙人！」睿王停了下來，躲在金吾衛指揮使王海濤身後大聲喊道：「當年肅王兵敗被誅，根本沒有一子半女活下來，全都被砍頭了，現在你口口聲聲說自己是肅王之子，不過是找個名頭造反罷了！」

江遠朝呵呵一笑。「王爺別急，等你成了階下囚，我自然會向世人證明身分。」

幾人你來我往說著時，打鬥並沒有停下來，一枝不知從何處而來的箭對著金吾衛指揮使王海濤飛去。王海濤拉著睿王險險避過，瞬間出了一身冷汗。這樣下去不行，刀劍無眼，一旦王爺出事，那就全完了。

王海濤焦急萬分之際猛然看到了邵明淵，當下眼睛一亮，高聲道：「侯爺，您武功蓋世，王爺的安危就交給您了，我帶領金吾衛擋住那些亂臣賊子！」

邵明淵護住喬昭，吩咐親衛：「把王爺護送過來。」

「是。」幾名親衛穿過槍林箭雨，掩護著睿王往這邊逃來。

睿王早已面如土色，到邵明淵身邊如遇救命稻草，死抓著他衣袖。「侯爺，現在怎麼辦？」

邵明淵把衣袖抽出來，平靜安慰道：「王爺稍安勿躁，臣這就護著您先回住處。」

明康帝的住處已經被攻破，留在這裡危險萬分，而整個行宮中，睿王與沐王的居所僅次於此處，退回到那裡至少能抵擋一段時間。

「好，小王都聽侯爺的。」睿王連連點頭，全然沒有半點主意。

睿王的表現落在一些大臣眼裡，不由暗自嘆息。王爺這樣，實在沒有一國之君的樣子啊。罷了，這時能不能保住性命還不知道，哪有時間想東想西。

金吾衛指揮使王海濤率領著護衛死死在前抵擋，勳貴眾臣眼見冠軍侯率領親衛護著睿王往後退，忙跟了上去。不少流矢穿過縫隙飛來，在退走的過程中不時有人中箭，隨後發出慘叫倒在地上，後面的人就從倒地的人身側跑過，甚至會不小心踩到那人身上。這些昔日金尊玉貴的人現在與流民別無二樣，在生死面前盡顯狼狽。

隨著睿王院落的大門被闔攏，跟進來的人們狠狠鬆了口氣，但聽到廝殺聲越來越近，一顆心又懸了起來。

睿王與沐王一樣，隨明康帝出遊都沒有帶府兵，連同候的人都是精簡過的，現在全都戰戰兢競立在院子裡，一副不知所措的樣子。而冠軍侯雖武功蓋世，名震天下，這次帶來的親衛不過十來人罷了。單靠這十來人怎麼可能抵擋得過反叛的錦鱗衛與亂黨呢？

「那些亂黨足有上千人吧？」有大臣不安道。

「不止吧，我瞧著黑壓壓漫山遍野的，說不準有上萬人！」旁邊人一臉驚懼道。

睿王聽了腿腳發軟，連連擦汗問邵明淵：「侯爺，怎麼辦啊，你的人……」說到這裡，睿王嚥下了後面的話，他私自請冠軍侯搬救兵一事自然不能在這種情形下說出來。

「王爺，先進屋吧，臣會讓親衛留意著外面情形，有情況會及時稟報的。」

「好，侯爺隨本王一道進去吧。」此時睿王覺得跟著誰都不安心，只有跟著冠軍侯才踏實點。怎麼辦，又想抓冠軍侯衣袖了。邵明淵點點頭，招來邵知交代一番，帶著喬昭走進屋去。

「侯爺，讓侯夫人去與她姊姊說話吧。」睿王見喬昭不離邵明淵左右，提議道。

邵明淵看喬昭一眼。「不必了，現在外面這麼亂，內子還是留在我身邊最好。」

「嗯，侯爺說得也是。」睿王忙轉了話題。「沒想到江遠朝是肅王餘孽，咱們的人經過兩日戰鬥大幅折損，恐怕抵擋不了多久，那些人很快就要殺到這裡來了。侯爺，山海關那邊的將士大概什麼時候能趕到？」

「微臣交代過，讓他們以最快的速度趕來，但因沒有虎符，密信用的是王爺與臣的私印，恐怕就會耽誤一點時間。」

睿王一聽不由揪頭髮。「侯爺帶了他們這麼多年，竟也不認嗎？」

邵明淵笑笑。「這還是有王爺的私印在，若是只有臣的私印，恐怕調不來一兵半卒。」

邵明淵沒有給出明確答案，讓睿王越發慌了。

這時有下人稟報：「王爺，側妃來了。」

「她來幹什麼？」睿王下意識說了一句，想到喬昭就在這裡，改口道：「請側妃進來。」

片刻後環珮響起，黎皎走了進來。她手中端了一個托盤，上面放著幾碗小巧湯盅。

外面的廝殺聲彷彿絲毫沒有影響到黎皎，她見到睿王立刻施禮。

「有事嗎？」對黎皎自作主張出現在外人面前，睿王還是有些不滿，考慮到眼下情況特殊，遂緩了語氣。

黎皎一臉擔憂。「王爺一日來連口水都沒喝，妾煮了甜湯，王爺潤潤喉嚨吧。」

「愛妃有心了。」睿王舒展了眉頭。熬了這麼久，他確實有些受不住了，之前一直緊張還不覺得，現在進了屋子裡，廝殺聲彷彿暫時遙遠了，立刻覺出不適來。

黎皎對著喬昭點點頭。「三妹與侯爺也喝一碗，等會兒恐怕還有得熬呢。」

「多謝大姊，我們還好，我與侯爺都不喜歡吃甜的。」喬昭淡淡拒絕。他們好吃好睡，並沒有像別人那般苦熬，此刻精神確實不錯。

黎皎臉上閃過受傷的神色，飛快看了睿王一眼。睿王這時候哪有憐香惜玉的心思，忙擺擺手道：「甜湯也送來了，妳回屋待著吧，這不是妳一個女人該摻和的事。」

黎皎聽了，心中一陣酸澀。既然不是女人該摻和的事，為何黎三就能堂而皇之站在冠軍侯身邊？她當然不願意摻和這些，可是她不是傻子，外頭什麼情況心中有數。倘若到了萬分危急的時候，王爺被人護著逃走，到那時難道會有人想起她來嗎？她一個妙齡女子若是落入那些亂黨手中，還是睿王側妃的身分，會是什麼下場？

「王爺，妾想一直陪著您。」黎皎哀求道。

「唉，我知道妳是擔心我，但妳留在這裡無濟於事。聽話，趕緊回屋吧。」睿王嘆了口氣，吩咐下人：「送側妃回房。」

黎皎氣個半死，面上卻絲毫不敢表露出來，只得一步三回頭回去了。

才過了半個時辰左右，就有人進來稟報：「王爺、侯爺，那些亂黨已經殺過來了！」

睿王驀地站起來，碰翻喝了大半的湯，一把抓住邵明淵衣袖。「侯爺，現在該怎麼辦？」

邵明淵視線落在睿王揪著他衣袖的那雙手上，心裡滿是嫌棄。就衝著睿王總愛抓他衣袖，真不想管皇家這些亂七八糟的事了。

「王爺稍安勿躁，微臣出去看看。」

「好、好，侯爺快些回來。」見邵明淵拉著喬昭往外走，睿王忍不住又道：「侯爺何不讓侯夫人留在這裡？外面畢竟刀劍無眼。」

邵明淵笑笑。「留內子在這裡，我會分心。」別開玩笑了，一旦事情真的不可控制了，他還要帶著媳婦遠走高飛呢。

睿王愣了愣，無話可說。冠軍侯能把愛媳婦表現得這麼露骨，他也是服氣的。

走到外面，廝殺聲越加震耳，能看到利箭越過圍牆飛進來。

見到邵明淵出來，躲在睿王院子裡避難的勳貴大臣們紛紛問道：「侯爺，現在可如何是好？」

「各位大人莫急，容我去前邊看看。」邵明淵一邊說一邊拉著喬昭往前走。眾人見狀不約而同抽了抽嘴角。

「將軍，金吾衛已經全被亂黨殺了，現在圍在外面的亂黨有上千人，他們正準備破門。」

「護好夫人。」邵明淵說完張望一下，身子平地拔起，一個旋身雙腿踩在樹幹上，交錯踩著樹幹三兩下便到了樹上。他在樹上藉著星光和燈光能清楚看到外面情形，只見手持兵器的人數不清地圍在院外，被這些人簇擁在最前端的正是江遠朝。

此時江遠朝一身朱衣被染成了血紅，夜色中雙眸燦若繁星，緊緊盯著大門方向。

邵明淵彎弓拉弦，一枝利箭對著江遠朝射去。江遠朝身側便是舉著盾甲團團護住他的人，聽到動靜立刻舉盾抵擋。然而利箭透過盾沒入那人胸口，很快又有更多人擋在江遠朝身前。

江遠朝抬頭，與邵明淵遙遙相望，露出一個淡淡的笑容。邵明淵絲毫不為所動，幾乎沒有停頓，第二枝箭又射了過去。「保護少主」的聲音頓時起此彼伏。

這箭卻不是對江遠朝而去，而是落在了門前。一聲慘呼傳來，一個黝黑的男子頹然倒地。

「將軍——」周圍人驚恐圍著倒地男子喊起來。

邵明淵神情無波，很快又是一枝箭飛出去，這枝箭帶走的是名瘦弱白淨男子的性命。

「先生——」又是數聲悲愴的喊聲響起。

邵明淵唇角緊繃，再次射出一箭，從引起的騷動來看，這一箭射死的顯然又是亂黨將領。

「給我把他射下來！」江遠朝厲聲道。

利箭如雨向著邵明淵所在的方向射來，可是那些箭還沒到他面前便紛紛落了下去。

「少主，怎麼辦，那人在咱們的射程之外！」

江遠朝神色微變。他確實低估了冠軍侯的本事。現在己方占據著絕對優勢，攻進去是早晚的事，可有邵明淵在，卻讓他這邊連損重要人物，這個損失是他不願承受的。

正如江遠朝所想，在他這方對著邵明淵反擊時，邵明淵絲毫沒有停手，又是幾箭射了出去，江遠朝這邊倒下的全是頭頭腦腦的人物。江遠朝的人開始慌神。對面樹上的男人是妖怪不成，他們明明裝扮差不多，為何能從人群中一個個找出他們的首領？

「後退，往後退！」江遠朝大喝一聲。

射人先射馬，擒賊先擒王，邵明淵石破天驚的幾箭生生把上千人逼到射程之外，門前瞬間空蕩蕩，只留下層層屍首。

「冠軍侯，莫非你以為單憑一己之力，就真能阻擋我們？」江遠朝高聲問。

邵明淵手持弓箭，黑眸湛湛，朗聲一笑。「那你儘管放馬過來！」

火光下，江遠朝白淨如玉的臉上神色變幻不定，最終遙遙一笑，抬手道：「準備火攻！」

隨著江遠朝話音一落，無數帶著火的箭矢向著睿王院子飛去。墨藍的天空瞬間被映照得流光溢彩，彷彿無數流星劃過，很快屋舍就升騰起火光。院內傳來人們的驚叫聲。江遠朝隔著火光與樹上的邵明淵遙遙相望，露出淡淡笑容。他就不信，到了這個時候，那些人還要在裡面等死。

「快救火、快救火！」院子裡的人無頭蒼蠅般亂竄起來。

「侯爺，現在該怎麼辦啊？」無數人仰頭問。

邵明淵望了一眼遠方，從樹上輕盈跳下，三兩步走到喬昭身邊。

睿王看到火光，按耐不住跑了出來，一見邵明淵便去抓他衣袖。「侯爺，這可如何是好？」

邵明淵拽了拽衣袖，沒拽成，臉色微黑。「流矢無眼，王爺還是去屋裡吧。」

睿王連連搖頭，拉得更緊了。「在屋子裡本王待不住，還是在侯爺身邊安心些。」

話音才落，一枝燃著火的箭便飛了過來，嚇得睿王猛然彎腰。利箭扎到地上，很快火苗就捲起了落葉，與其他火光連成一片。

「那些人果然是有備而來，箭上塗了油脂。」見火勢難以撲滅，不少人驚呼道。

「侯爺，現在到底該怎麼辦啊？再這樣下去，咱們都要被燒死在這裡了。」睿王狼狽問道。

該死的援兵到底什麼時候能來！之前不是說北地人只知有冠軍侯不知有明康帝，怎麼現在搬個救兵還這麼困難？那些果然都是謠言！

睿王深恨謠言不可靠，才害他落入如此險境，一個用力把邵明淵的衣袖扯下半截。混亂中無人留意到這些，只有喬昭暗暗抽動嘴角，看著邵明淵瞬間發青的臉色壓下笑意。

外面的高喊聲傳進來：「我們少主說了，只要你們交出睿王，所有人都可以不被追究，等少主登基後官升兩級，爵加一等！」

許首輔聽了氣得破口大罵：「亂臣賊子把我們當做什麼人，除非我等死絕了，不然你們休想碰到王爺一片衣角！」

不少人附和著罵起來。

「少主，那些人並不領情。」

火光中，江遠朝一張臉顯得更加冷漠。「不過就是一些沽名釣譽之徒，立刻加大火攻力度，既然他們頑固不化，那便全都給睿王陪葬好了。」

「大人——」江鶴忍不住喊了一聲。

江遠朝淡淡睃他一眼。「有事？」

「那……裡面不是還有別人嗎……」大人不是喜歡黎三姑娘嗎，難道忘了現在她還在裡面？

「多嘴！」江遠朝神色微變，很快又恢復了平靜，冷冷吩咐道：「執行我的命令！」

很快無數燃著火的羽箭飛了過去。大火乘著風已經燃了起來，連天空都被燒成一片紅色。濃煙之下，院子裡的人猛烈咳嗽起來。

「各位用衣袖掩住口鼻，從這邊走！」邵明淵高聲喊道。

煙霧中，眾人跟隨著邵明淵往後跑去，亦有少數人因吸入太多煙而倒下，宮女太監們更如無頭蒼蠅般亂竄。

「主子，外面大火，王爺他們都隨著冠軍侯逃命去啦，您也快逃吧！」小桃哭著跑了進來。

黎皎一直留意著外頭動靜，聽小桃這麼一說，身子一晃。「王爺真的走了？」

小桃連連點頭。「是呀主子，您快隨婢子走吧，再不走就來不及了。」

「好，我們走。」黎皎逼回眼角淚水，由小桃和杏兒攙扶著往外逃去。

外面已經是火光連天，煙霧繚繞下連路都分辨不清了。主僕三人跌跌撞撞往前跑，忽然一道橫樑落了下來。

「主子小心！」杏兒尖叫一聲把黎皎推開。

黎皎摔倒在地，小桃忙去扶。「主子，您沒事吧——」隨後小桃的聲音轉為尖叫。「杏兒、杏兒！」

此刻杏兒被燃著火的橫樑砸在身上，瞬間渾身就燃起了火。

「杏兒——」黎皎爬起來，嘴唇顫抖喊了一聲。雖然她對小桃和杏兒一直淡淡的，但此刻看著活生生的人就這麼慘死在面前，若說心裡沒絲毫觸動是不可能的。

「主、主子……您快走……」杏兒斷斷續續說出這句話，臉色因痛苦變得扭曲駭人。

小桃忙拉住黎皎。「主子，不能耽擱了，咱們快走，不然杏兒就白死了。」

黎皎咬了咬牙。「走！」

這一刻，湧上她心頭的是滔天恨意。她恨老天不公讓她遇到這種事，更恨黎三的好運，而最恨的則是毫不留情拋下她逃生的睿王。這個男人真的太狠心了，她好歹給他生了女兒，多少個日夜的討好奉承，難道就沒有換來他一絲一毫的憐惜？她懂了，什麼男歡女愛都是笑話，虧她以前還抱著一絲奢望，覺得王爺對她是不同的，如今看來全是妄想。

天家無情，比起皇位，比起佳麗三千，她一個側妃算什麼？

黎皎眼睛雪亮，透過光火望著前方。前面無數人影攢動，慘叫聲接連不斷。不時有人倒下去了，有的爬起來，有的再也沒有起來，場面變得越來越混亂。

她用力咬了咬唇，回望了一眼大火中變得脆弱無比的宮宇。只要能活下去，她再也不會當那個會幻想男女之情的女人，凡是擋在她前面的她都會搬走，包括那個男人！

而此時，從後門逃生的眾人看著半丈開外的懸崖，神情皆變得絕望。

「侯爺，現在呢？」睿王顫抖聲音問道。

邵明淵上前一步，往下望了一眼。崖壁上掛著一條瀑布，激流而下，濺起無數碎玉，看著就讓人頭暈目眩。他端詳片刻，環視跟上來的眾人一眼。

眾人皆凝神屏息，一個字都吐不出來。這個時候他們只能慶幸前往宮門前留下了家眷在別院，而今那些地方暫時沒有被波及，希望亂黨能饒過他們。

邵明淵看向人群中的池燦。「拾曦，你過來一下。」

池燦走過來。邵明淵用力從睿王手中抽出半截衣袖，語氣依然平靜。「倘若到了迫不得已的時候，你便帶著王爺從這裡入水。」他伸手指向崖下某處。

池燦毫不猶豫點頭。「好。」

睿王一聽腳就軟了。「侯爺，這、這麼高，本王又不會水……」

池燦彎唇一笑。「王爺放心，我水性還是不錯的。」

睿王更不放心了。他可不信到了生死關頭，這從小嬌生慣養的表弟能護著自己。

「侯爺，要不還是你帶著本王吧。」

「王爺忘了，臣還要去前邊看一下。」

睿王頓時沒了脾氣。如果援軍能及時趕到，他就不用跳崖了。

邵明淵對金吾衛指揮使王海濤點點頭。「王大人，這裡就交給你了。」

見邵明淵帶喬昭往前走，王海濤忍不住道：「侯爺，前邊火勢太猛，就這麼過去恐怕——」

邵明淵笑笑。「我會想別的辦法的。」

邵知等人默默跟上。此時已經火光沖天，火海連成一片燒得正旺。

邵明淵緊了緊喬昭的手，溫聲道：「別怕，不會有事的。」

「嗯。」喬昭輕輕頷首。

邵知突然趴到了地上，側耳傾聽。邵明淵拉著喬昭停下腳步。

不一會兒，邵知一躍而起，面露笑容。「將軍，援軍應該到了。」

邵明淵神色更加放鬆。「那就按計畫行事。」

「領命！」邵知等人立刻散開，靈巧如猿順著岩壁攀岩而下。

邵明淵蹲下來，對喬昭道：「來我背上。」

喬昭毫不猶豫伏到他背上去。男人的背寬厚如山，令人無比安心，喬昭連晃動都沒覺出幾分，背著她的男人幾個起落就從崖上落下來，穿過山壁上的縫隙拐進一條小路。

另一邊，江遠朝看著越燒越旺的大火，抬手止住了繼續進攻。

「少主，不繼續了嗎？」

江遠朝搖頭。「沒必要了。睿王院落後面就是懸崖峭壁，現在那些人應該已被逼到那裡去了，只要咱們的人堵在下面的峽谷出口，那些人就算跳崖逃生也插翅難飛。」

旁邊人紛紛笑起來。「還是少主高明，選了最恰當的時機進攻，把睿王與替他效命的走狗們來個甕中捉鱉！」

「哈哈哈，少主英明！」眾人大笑。

江遠朝望著漫天火光嘴角泛起笑意，忽然神色一變，望向某一處。正是黎明前，天上星辰全都黯淡下來，卻因為這場大火，天色並沒有變得黑暗。光亮中，他清晰看到黑壓壓的人群往這邊擁來，整齊有力的腳步聲落下，連整座山彷彿都隨之震動。

的旗號行事的。

「少主，那是什麼？」旁邊人神色驟變。

江遠朝眼神一縮，隱約看到旗幟上一個「邵」字。

「北征軍。」眺望片刻，江遠朝終於肯定了自己的猜測。那些北征軍中有一大半是以邵家軍

「怎麼會有北征軍？」

江遠朝冷笑。「定然是冠軍侯私調兵馬過來。」

兩日前那一場宮變，他在其中做了手腳，如今看來冠軍侯也沒閒著。

「少主，現在咱們該怎麼辦？」

江遠朝拔出腰間長刀。「還能怎麼辦，當然是迎戰！」

邵家軍很快便圍了上來，雙方旋即混戰在一起。邵明淵站在遠處高地，以手勢指揮邵家軍布陣作戰，他身旁立著一道嬌小纖弱的身影。在年輕將軍的指揮下，那些將士配合默契無比，人數上又占著優勢，相較之下江遠朝這邊的人便成了一盤散沙，很快開始節節敗退。

天空已經泛起魚肚白，很快朝陽便躍出地平線，爬上山頭。

大火已經熄了，露出焦黑的斷壁殘垣與同樣焦黑的屍首。而這些焦黑很快就被新的鮮血洗刷。這一次的鮮血，大部分是肅王餘黨的。

「少主，對方人數太多，又個個身經百戰，咱們的人快要支撐不住了。」激烈交戰中，一人用刀擋開刺來的長槍，氣喘吁吁道。

江遠朝用長刀挑飛一名將士，冷冷道：「撐不住也要撐！」

又是大半個時辰過去，戰況越發慘烈。

一人捂著斷掉的手臂，嘶聲道：「少主，讓屬下護送您先撤吧！」

江遠朝手上動作不停。「撤什麼？繼續！」
那人急了。「少主，留得青山在不愁沒柴燒啊！」
江遠朝雙眼通紅，不為所動。什麼叫留得青山在，不怕沒柴燒？這些人已蟄伏了二十多年，如今與冠軍侯的人一比才知道多麼不堪一擊。多年的隱忍早已把他們變得比尋常山野村夫強不到哪去，不再是合格的戰士，再繼續蟄伏下去，難道多年後要他率領一群老頭子去奪回天下嗎？
而他呢，一趟嶺南之行讓他無意中查到自己的真實身分。從流落街頭的乞兒到錦鱗衛指揮使江堂的養子，再到肅王遺孤，他還要隱忍到何時才能光明正大得到自己想要的東西？
隔著刀光劍影，江遠朝目光投向不遠處的斷壁殘垣。
都是姓姜，體內流著的都是一樣的高貴血液，憑什麼皇位就只能給睿王那個廢物？他已經爭取到最好的時機，如果依然不能成事，以後再也不會有這樣的機會。他逃走了又如何？到那時，他將一輩子如喪家之犬般東躲西藏，隱姓埋名。他絕不要過那樣的生活！
江遠朝神色越發堅定，一刀劈出砍下進攻者的腦袋。那人頭顱高高飛起，熱血濺了江遠朝滿身。男子擦擦飛濺到臉上的血跡，露出破釜沉舟的笑容。就讓他全力以赴一次，不成功便成仁！
隨著天光越亮，廝殺聲漸漸小了，開始變成邵家軍對肅王餘黨單方面的斬殺。
「少主，求您了，您快走吧，再不走真的來不及了！」
「是啊大人，咱們先撤吧，不能把命交代在這裡啊。」江鶴跟著勸道。
江遠朝掉轉長刀指著江鶴鼻尖，冷冷道：「再廢話，我就先殺了你們！」
江鶴跺跺腳，不說話了。早知會是這樣的結局，真是白瞎了他苦練易容之術扮乞丐了。
「江大人，事已至此，你還要負隅頑抗嗎？」男子平靜的聲音透過兵器相撞聲傳來，明明聽著並不高昂，卻直達人耳畔。

江遠朝看了一眼邵明淵，視線微轉，落在喬昭面上。

「江大人，你投降吧。」邵明淵淡淡道。

江遠朝彷彿聽到了最好笑的笑話，放聲笑起來。邵明淵並不催促，靜靜等他笑夠，現在勝負已成定局，江遠朝插翅也難飛了。從容永遠屬於勝利者。還在廝殺的人已寥寥無幾，豔陽高照下，能把每一處的慘烈看得清清楚楚，那股寒意卻因而越發重了。

江遠朝笑完了，開始步步後退。邵明淵拉進喬昭的手，跟了上去。

「江大人，你再退，後面就是懸崖了。」邵明淵平靜提醒道。

江遠朝腳步一頓，轉頭望了望。此刻他離懸崖不過數尺，再往下就是令人眩暈的萬丈深淵，若是跌下去定會粉身碎骨。江遠朝轉過頭來，面上看不出多餘的表情，唇角依然帶著笑意。那笑意，彷彿是喬昭初見他時便有的。

江遠朝笑著又退半步。

見他如此，喬昭一顆心莫名提了起來，臉上微顯憂色。對這個人，她一直想遠遠避著，可是眼睜睜看著發生過那麼多交集的人就這麼死在眼前，還是不願的。然而到了這時候，江遠朝的結局已經不是任何人願與不願能改變的。謀逆兵敗，下場不言而喻。

「呵呵。」一聲輕笑響起，卻沒有一絲溫度，涼涼直達人心裡。

江遠朝定定望著喬昭，問：「原來妳也會關心我？」

喬昭被問得一窒。邵明淵握緊了她的手，淡淡一笑。「江大人，這時說這些不覺沒意思嗎？」

江遠朝視線落回邵明淵面上，許久後輕嘆一聲。「邵明淵，我真羨慕你的好運氣。」

「好運？」

江遠朝唇角帶著譏笑。「不是好運嗎？你我同有著身世的祕密，可你卻是鎮遠侯之子、忠良之後，大儒喬拙為此主動把孫女許配給你，許多人更是為了保住你施以援手。而我呢？」

男子嘴角的笑意不知不覺消失了。「我卻是肅王之子，世人口中的肅王餘孽！得知身分後別說為自己正名，就連夢裡都會驚出一身冷汗。如果可能，我寧願自己永遠是那個被錦鱗衛指揮使江堂收養的乞兒，而不是那些人口中稱的什麼『少主』。」

「我記得你是孤兒身分，為何搖身一變成了肅王之子？」邵明淵沉默了片刻，問道。

江遠朝笑了起來。「孤兒？孤兒也是爹生娘養出來的，總不會是從石頭縫裡變出來的吧？」說到這裡，他的目光從喬昭面上掠過，平靜道：「既然你好奇，我也沒有什麼隱瞞的，就幫你解開這個疑惑好了。我一直以為自己是獵戶之子，爹娘死後淪落到街頭成了乞兒，後來便遇到出差辦事的義父，把我帶回了京城……直到那趟嶺南之行，本來是受義父之命，調查肅王餘孽又開始冒頭一事，卻沒想到讓我無意中查出自己的身分。」

說到這裡，江遠朝嗤笑兩聲。「這麼說也不對，與其說我查了出來，不如說那些人主動找上我。那時我才知道，原來我根本不是什麼獵戶的兒子，而是肅王外室所生之子。因為出生後沒有上玉牒，肅王準備起兵前便派人把我悄悄送了出去，算是以防萬一，為自己留一滴血脈。」

江遠朝原本平靜的眼神漸漸變得哀傷，自嘲笑道：「可惜肅王千算萬算，卻沒有算到他留下的這個兒子二十多歲尚未娶妻生子，他的血脈是延續不下去了。」

「江大人——」

江遠朝打斷邵明淵的話。「侯爺莫非同情我？這就不必了，成王敗寇，本就無話可說。你可知道我若勝了會如何？」

邵明淵沒有回答。

江遠朝冷笑道：「我會讓你死無葬身之地，然後奪回我心愛的女人！」

邵明淵眼中寒光一閃。面對著將死之人，他到底有著足夠的寬容，沒有反唇相譏。

懸崖邊颳著風，從三人間流過，一邊站了兩人，另一邊形單影隻地站了一人。

「好了，現在你的好奇心滿足了，那麼，可否讓我問一個問題。」

「你說。」

江遠朝笑笑。「這個問題不是問你的，而是問她。」

邵明淵看了喬昭一眼，與江遠朝對視。「那你不需要問我，問內子便是。」

「內子」二字彷彿刺痛了江遠朝的心，讓他眼底閃過痛苦。他立在懸崖邊，沉默了好一會兒，才直視著喬昭的眼睛問道：「妳可曾……對我有一絲心悅？」

喬昭沉默著，崖邊的風吹起她的裙襬，不再是以往一成不變的素色，而是一道明麗的風景。

「很久很久以前呢？當妳還沒有嫁給這男人的時候。」江遠朝的眼睛裡帶著期盼的光，然而連他自己都不敢相信會得到肯定的答案，那光比螢火還微弱。儘管弱，卻依然亮著，一心要等到對方的回答。

邵明淵莫名覺得江遠朝這話問得有些奇怪，自己就好像與對方一樣，知道了什麼祕密。這念頭讓他心情有些複雜，不自覺握緊了喬昭的手。

喬昭垂下眼眸。「沒有……」她抬眼看著對面的男人，雖然覺得在這般情形下如此說有些殘忍，可到底不願欺騙他，認真道：「很久很久之前也沒有。」

江遠朝又後退半步。喬昭嘴唇微動，想喊一聲小心，到底沒有喊出聲。

「為什麼呢？」江遠朝喃喃說出這幾個字，凝視著喬昭的眼。

喬昭不由看了邵明淵一眼，才道：「因為很久很久以前，我就知道長大了要嫁給一個叫邵明淵的男人。或許一開始是好奇，留意到了他那麼多事，慢慢地就忘了打開心扉，沒讓別的男人進來了。」

邵明淵神色微動，欲言又止。

江遠朝卻終於等到一個讓他心甘的答案，對著喬昭微微一笑。「喬昭，那麼來世見吧。」話音落，他拔出腰間長刀，對著頸間狠狠抹了下去。

鮮血飛濺而出的瞬間，江遠朝笑了起來。

這天下他想要，美人亦想要，可到頭來終究是什麼都沒有，就如他一開始一無所有的乞兒身分。還好他總算知道了一點，他與她遇見得其實還不夠早。他以為的很久很久以前，不是她的很久很久以前。

那麼來生，就再早些相遇吧。

二三四 劫後餘生

江遠朝倒了下來，很快往懸崖下墜去。

「大人！」撕心裂肺的哭喊聲傳來，江鶴跌跌撞撞跑過來，看著懸崖邊一地的鮮血和漸漸變成黑點的那個影子，嚎啕大哭，「大人您怎麼會死呢，我不相信，我不相信！」哭了一會兒，江鶴爬起來，警惕看著邵明淵與喬昭。

「你們別過來啊，我警告你們，你們千萬別過來！」

這個時候喬昭與邵明淵只剩下沉默。

江鶴擦了擦眼淚，往懸崖邊走了一步，似乎想到什麼，腳步一停，對著喬昭道：「黎三姑娘，雖然我們大人已經不需要了，但我還是想替他解釋一下，當初妳被肅王那些人擄走，我們大人是不知情的，等他得到消息後就去救妳了。」

江鶴越說越替自家大人委屈，抬手抹了抹眼淚。「見妳受了傷，我們大人一直覺得對不住妳，但那些人對妳下手，我們大人真的不知道，妳一定要相信我！」

「我相信。」喬昭輕聲道。

江鶴露出一個大大的笑臉。「妳相信就好。我……我要找我們大人去啦，我們大人英明神武，肯定不會就這麼死啦，說不定現在大人需要我包紮傷口呢——」

江鶴後面的話消散在風裡，縱身一躍跳下了懸崖。

崖邊的風更大了，呼呼颳在人身上，盛夏的天卻讓人渾身顫抖。喬昭默默立著，不知過了多久，覺得臉上有些癢，抬手摸去，才發現淚水滑過面頰，一片冰涼。

「昭昭，我們走吧。」邵明淵攬住喬昭肩頭。

道不同不相為謀，他與江遠朝終究是走不到一處去的，一死一生，大概是早就注定的結局。

「嗯。」喬昭點了點頭。往回走的路上，她腦海中不自覺閃過很多畫面，而最終留在腦海中的情景卻是她與江遠朝初見時。那時他還是少年，陽光正好，恍如今日。

睿王等人得到亂黨全部被剿滅的消息，不由一片歡騰。

睿王眼看邵明淵帶著喬昭走來，一個箭步衝上去，抓住邵明淵雙手道：「侯爺，今日之事多虧你了，侯爺的功勞本王定會銘記於心！」

邵明淵用力抽回手，恭敬卻不失矜貴回道：「王爺過獎，為國盡忠是臣子應盡的本分。」

「正如侯爺所說，為國盡忠是我等應盡的本分！」在許首輔的帶領下，眾臣齊聲道。

劫後餘生，他們此刻心中只剩喜悅。

縱觀史書，每次的起兵篡位，從來都是鮮血鋪就的一條路，失敗了自是不說，如果成功了，他們為了保住舊臣氣節定會被無情屠戮，甚至他們的親人都逃不了，傳承百年的家族毀於一旦。

能夠剿滅叛黨，實在是太好了，他們也算是陪著睿王共過生死的，將來加官進爵不在話下。

眾臣想到這裡，一個個喜氣洋洋，再看邵明淵的眼神越發不同了。

這一次死裡逃生可以說全賴冠軍侯，看睿王這樣子，將來對冠軍侯定會倚重非常。曾經他們想著冠軍侯功高震主，先皇早晚會收拾他的，但現在先皇已駕鶴歸去，一切自然不同了。

「辛苦侯爺了。」

「侯爺辛苦了。」

無數人朝邵明淵拱手問候。這時忽然聽到「咚」的一聲響，眾人定睛一看，才發覺禮部尚書蘇和昏倒了。

「快，快給蘇尚書傳太醫。」話音才落，又陸續有幾位老臣昏倒。熬了這麼久，經歷了一場驚心動魄，此刻鬆懈下來，自是有許多上了年紀的臣子受不住了。

「傳太醫，快傳太醫！」驚叫聲不斷響起。

睿王壓下滿腔喜悅，揮手道：「各位先回住處吧，好好休息一日，等明日再議事。」

如今父皇與六弟已死，肅王餘孽也被剿滅，大梁天下已經是他的了。這種感覺實在太美妙，竟讓他覺不出絲毫疲憊。

「恭送王爺。」眾臣畢恭畢敬道。

睿王勉強壓抑住笑意，矜持點點頭，由一群內侍簇擁著往前走去。走到一半，睿王停下來，一臉為難。「才想起來，本王的居所已經被大火燒乾淨了。」

眾臣齊聲道：「請王爺移步清華宮。」

清華宮便是明康帝來清涼山避暑居住的行宮。

睿王立刻拒絕道：「這可不行，那樣就逾禮了。」

皇位馬上要到手，這個時候更沒必要惹人閒話，萬一將來被記上一筆載入史冊，那他就虧大了。更何況父皇就死在清華宮，太不吉利了，他才不去住。

在眾臣力勸之下，睿王依然堅定拒絕。眾臣對睿王的表現頗為滿意，卻又頭疼起睿王的住處。這麼一個亂攤子想要處理非一、兩天的事，總要理順了才能啟程回京，這段時間總不能讓睿王露宿街頭吧？除了清華宮與被燒燬的睿王居所，另一個規格相當的就是沐王居所了。然而想到沐王逼宮之舉，自是沒有不長眼的臣子提起。

睿王笑笑。「這有什麼為難的，本王就與侯爺擠擠吧，反正住不了多久便要回京了。」

啥？邵明淵以為自己聽錯了，揚了揚眉。

睿王訕笑道：「侯爺，本王看你那裡也挺寬敞的，就暫時在你那裡擠擠吧。」

拒絕的話在邵明淵舌尖轉了轉，被他默默嚥下去。罷了，都支持睿王上位了，何必得罪他。

「王爺能看上微臣的住所是微臣的榮幸，那微臣這就命人把院子騰出來，讓王爺盡快入住。」

「騰出來？」睿王一愣。

邵明淵笑笑。「是啊，微臣帶著內子暫時住到拾曦那邊去。」

「這不用吧。」睿王有些不開心。

不知怎的，經歷了這場生死之劫後，在冠軍侯身邊他覺得最安心。

「王爺，您就別覺得不好意思了，您看中哪就睡哪，給您騰住處不是應該的嘛，我先帶著侯爺他們過去收拾一下啊。」池燦笑吟吟接過話來。

「哎——」睿王眼巴巴看著池燦拉著邵明淵離去，遺憾嘆氣。

「王爺……」怯怯的聲音傳來。

睿王這才發現黎皎站在不遠處，當下便有些不好意思。哎呀，逃跑時一不小心把側妃給忘了。當然，對睿王來說，這一點不好意思只是一閃而過。他都是要當皇上的人了，忘性大點算什麼？睿王很快自我安慰一番，清清喉嚨道：「愛妃無事就好，隨本王回去歇著吧。」

睿王若無其事的模樣刺得黎皎心中一痛，很快以微笑掩飾。「王爺平安，妾總算放心了。」

睿王戀戀不捨看了邵明淵一眼，帶著黎皎往新住處而去。

騰房間、換被褥床帳這些自有內侍收拾，睿王痛痛快快洗了個澡，換上嶄新舒適的衣裳，這才覺得真正活了過來。國不可一日無君，只要等到京城禁衛軍趕來護送他回京，他便立刻能夠稱帝了。稱帝……睿王越想越美，不知不覺睡著了。

漫天火光燃起，阻斷了逃生之路，睿王茫然四顧，忽然灼痛感傳來。他低頭一看，只見衣角燒著了，不由駭了一跳，慌忙用手拍打著。「嘩啦」一聲，一盆水潑到他身上，澆滅了火焰。

略顯驚慌的聲音傳來。「王爺，您沒事吧？」映入睿王眼簾的是黎皎急切的面龐。

「哪來的水？」睿王脫口而出，又不明白自己這時候怎麼會關注這個。

「就您剛才的洗腳水啊。」

睿王頓時一臉嫌棄。

「王爺，咱們趕緊走吧，再不走就出不去了。」

見睿王站著不動，黎皎忙拉起他的手，拽著他往外跑去。不知怎麼，剛剛還一片火海之處突然出現了一條路。睿王由黎皎拉著飛奔，逃到門口處時燃燒著的門板突然倒下來。

「王爺小心！」黎皎把睿王往旁邊一拉，順勢推出了門外。

得救了！睿王剛鬆一口氣，忽然劇痛傳來，低頭一看，利刃深深沒入他小腹中，再抬頭，便看到了沐王獰笑的臉。「啊——」睿王慘叫一聲。

「王爺，您怎麼了？」

睿王猛然坐了起來，臉色青白仿若見鬼，大口大口喘著氣。

見到黎皎及四周的環境，睿王一愣。「沒有走水？」

「走水？沒有啊，王爺，您是不是做惡夢了？」

睿王大大鬆了一口氣。「對、對，本王是做惡夢了。」

黎皎旋即露出溫柔的笑容。「王爺剛剛經歷一場浩劫，做惡夢也是難免的，好在王爺洪福齊天，那些傷不了王爺分毫，可見您是天命貴人……」

這話睿王聽得舒坦，可不知怎地就想起夢裡那盆水來。

這女人居然拿洗腳水潑他！還不止呢，她那麼一推，就害他被老六給殺了！

睿王當即看眼前女人不順眼起來。夢中的驚懼感覺揮之不去，睿王黑著臉吩咐內侍：「去請冠軍侯來。」嗯，還是在冠軍侯身邊覺得安心。

過了一會兒。「妳怎麼還不走？」睿王斜著眼問黎皎。

黎皎：「……」她明明什麼都沒做！

「好了，妳出去吧。」睿王閉了眼，懶懶道。

心口彷彿中了數箭的黎側妃，憋著一口氣默默退下了。

喬昭三人在花廳中相對而坐，好一會兒誰都沒開口。

「好了，別大眼瞪小眼了，該死的都死了，該活的都活著，咱們都先好好睡上一覺再說。我住的地方就不挪了，給你們把廂房收拾出來，湊合住幾日吧。」池燦說道。

邵明淵站了起來。「那我先帶昭昭去休息，回頭再聊。」

雖然是廂房，卻足夠乾淨舒適，喬昭與邵明淵都不是愛講究的，簡單洗漱一番便坐了下來，隨便吃了些東西。

「不再吃一點嗎？」見喬昭放下筷子，邵明淵問。

喬昭搖頭。「不了，其實不大餓。」與其說不餓，倒不如說沒食欲。人非草木，那麼多條性命葬送在這清涼山上，此刻心情好的大概只有那位王爺了。

邵明淵視線落在細長的六稜包漆銀箸上，沉默了一會兒道：「原來你們那麼早就認識了。」

「是啊，當年還沒嫁你時就偶然認識了。」喬昭勉強笑笑。

邵明淵伸手，覆上喬昭的小手。「別難受了，對江遠朝那樣的人來說，這樣的結局是求仁得仁。他寧願這樣死，也不想東躲西藏活著。」

「對，他便是這樣的人。」

「侯爺，睿王派人來請。」門口傳來阿珠的聲音。

「我先過去看看。」到了門外，邵明淵低聲交代阿珠，「好好陪著妳們夫人。」

池燦等在外頭，一見邵明淵出來問道：「我那表哥這時不好好歇著，又叫你過去幹什麼？」

邵明淵同樣一臉困惑。「過去就知道了。」

沒多久，年輕將軍來到睿王房前。

「王爺，侯爺到了。」

「快請侯爺進來。」

邵明淵走進時，便看到睿王站在門口，眼巴巴往外望著。

「王爺。」

睿王忙把邵明淵扶起來。「侯爺不必多禮，快裡面坐。」

睿王的熱情令邵明淵頗不適應，當下便緊繃起來。「不知王爺叫臣來有何事？」

「也沒事，小王就是睡不著……」

年輕將軍眼皮一跳。睡不著找他幹嘛？

「侯爺——」睿王對著邵明淵乾笑。邵明淵不動聲色等著。

「要不咱們聊聊天吧。」

邵明淵：「……」他為什麼放著漂亮媳婦不抱，跑來陪一個大男人聊天？

眼見邵明淵臉色不大好，睿王忙道：「小王想著回京後那麼一攤子事，就覺頭疼，還望侯爺到時能幫小王分擔一二……」

小半個時辰後，邵明淵從睿王住處走出來，開始認真琢磨一件事：如果睿王時不時像今天這樣找他閒聊天的話，他到底是造反呢，還是不造反呢？

京城那邊的官員最近都很懶散。

上至皇上下至上峰已離京月餘了，翹班鬥蛐蛐的小日子不能再過得太舒坦。不過這兩日心思敏銳的人開始嗅出幾分不尋常：好端端的，禁衛軍怎麼往外跑呢？

黎光文就在給鄧老夫人請安時，忍不住提起來：「娘，我覺得情況有些不對啊，皇上又不在京中，禁衛軍怎麼會有調動呢？難道是清涼山那邊出事了？」

沒等鄧老夫人吱聲，他又接著道：「當然，皇上愛咋樣咋樣，可昭昭與女婿也在那兒呢。」

鄧老夫人默默翻了個白眼。這傻兒子，少補充兩句大實話會死啊？

黎光文正擔憂著，恰巧二太太劉氏過來給鄧老夫人請安，把話聽進了耳朵裡，不由抿嘴一笑。「大哥擔心這個做什麼？要我說，就是皇上有事，咱們三姑娘都會沒事的。」

鄧老夫人直接伸手擰了劉氏一把。家裡傻貨這麼多，她受夠了！

黎光文反而覺得這話很中聽，當即露出個大大的笑臉。「那就承弟妹吉言了。」

「你們都給我出去！」老太太伸手一指門口。她不想說話了。

被趕出去的劉氏還在安慰黎光文：「老夫人也是關心則亂。」

黎光文頷首。「嗯，我知道的。」

回到雅和苑，黎光文便去何氏那裡看福哥兒。

「福哥兒好點了嗎？」

這兩日福哥兒有些拉肚子，一張小臉都瘦了，無精打采看著就惹人憐愛。何氏給福哥兒餵了水，有些發愁。「總不見好呢，現在的大夫都是庸醫，哪比得上咱們昭昭啊。說起來昭昭都離京一個多月了，也不知什麼時候才能回來。」

兒行千里母擔憂，女兒雖已出嫁，在當娘的心裡依然是放不下的牽掛。

黎光文怕她擔心，沒提自己的猜測，笑道：「應該快回來了，沒看天氣都開始轉涼了。」

何氏聽了便笑了，眼中含著期待。「福哥兒都會喊姊姊了，等昭昭回來聽見了一定高興。咱們福哥兒真聰明，一歲半就會喊姊姊，都是隨昭昭。」

黎光文呵呵一笑。一歲半會喊姊姊和聰明有什麼關係？算了，媳婦高興就好。

從京城被調走的禁衛軍一路急行，沒過多久便趕到了清涼山。

禁衛軍的到來讓所有人都鬆了一口氣。皇上是橫死的，這可不是什麼光彩事，一旦傳揚出去民心不穩不說，還會引起韃子們的狼子野心。經過商議，眾臣一致決定，回京前務必要把皇上山陵崩的消息死死瞞住，等回到京城再傳出皇上病重的消息，最後病重不治，傳位於睿王。

「可以回京了嗎？」睿王聽說一切準備妥當了，一顆心早就飛了起來。

總算熬到回京了，這兩日他都沒敢闔眼，哪怕住在冠軍侯騰出來的地方，一閉眼還是會做惡夢。只可惜冠軍侯太守君臣之禮了，想讓他陪睡，他總是推脫。

「是的王爺，現在就可以啟程了。」

「那就啟程！」睿王大手一揮，禁衛軍護送著一干人等開始往京城行進。粗略看去，禁衛軍彷彿與來時別無二致，但眾臣的心情卻截然不同。多年來好不容易來清涼山避暑一次，皇上與沐王就交代在這裡了，以後睿王定然不會再來，看來他們是再無公開遊玩的機會了。

明康帝的儀仗依然不變，豪華車駕後方緊跟著的是太后的馬車。

楊太后坐在馬車裡，形容頹然，看起來比來時老了足有五、六歲。兒子雖然胡鬧，但對她還是孝順的，這孫子繼了位可就隔著一層了。回京後等出了國孝，第一件事就是讓新帝與她娘家侄孫女完婚！想到這裡，楊太后神色才舒展了些。

「來喜。」

「奴才在。」

太后睜開眼，垂眸輕撫著修剪整齊的指甲。「哀家聽說，這兩日王爺與冠軍侯走得很近？」

來喜現在回答關於睿王的事，可不敢像以往那般隨意，睿王馬上要當皇上的人了。

「冠軍侯救駕有功，王爺對冠軍侯親近也是人之常情。」

楊太后勾了勾嘴角。「那個冠軍侯，可不像能屈居人下之人。」

來喜聽了心頭一跳，卻不敢胡亂接話，埋頭不語。

楊太后斜倚在矮榻上閉上了眼。功高震主，位高權重，又得了新帝偏信，長此以往，恐非祥事。她對睿王其實一直不滿，這個孫兒太過懦弱了，耳根子軟，根本不是當一國之君的材料。這樣一位天子，很容易被心思不良的權臣把持朝政，甚至……江山易主。

還是要趁冠軍侯尚未一手遮天之時，讓睿王對他疏遠了才好。

楊太后默默下了決心，在馬車輕微晃動之下，漸漸睡著了。

不出幾日，長長的隊伍就回到了京城。

百姓們圍觀看熱鬧不消多說，許多沒跟著去的官員亦悄悄派人來探聽情況，見並無異樣，這才暫且放下心。然而轉日，就傳出了皇上因長途奔波而病倒的消息。尚被蒙在鼓裡的百官勳貴心頭莫名蒙上一層陰影。

黎府可沒有陰影，早早把府中裡外打掃得纖塵不染，就等遠遊歸來的女兒女婿上門。

不出幾日，喬昭與邵明淵果然便攜手回了娘家。

黎府的門人得了主人交代一直盯著，遠遠瞧見侯府馬車過來，便把大門一開，消息飛快傳了進去。喬昭由邵明淵扶著下馬車時，黎府管事已等在大門外的石階上了。

「侯爺、三姑奶奶，老夫人他們都在青松堂等著呢。」

「辛苦了。」邵明淵對管事略一頷首，握著喬昭的手往內走去。

一路上，二人收到無數豔羨目光。在二人走過去後，丫鬟們小聲議論：「侯爺與三姑娘感情真好，青天白日的還拉著手呢。」

「就是呀，要是換了我，我才不好意思。」

一旁的丫鬟笑著打趣。「妳倒是想找到侯爺那樣的夫君呢。」

被打趣的丫鬟就笑罵了回去。

喬昭隱隱聽到丫鬟們的議論，低聲嗔道：「動手動腳，讓丫鬟們笑話了吧？」

邵明淵不以為意笑笑。「旁人的看法有什麼重要的。」無關生死大事，他已經不再需要在意別人的目光了。他就是喜歡天天拉媳婦的手，誰都管不著。

喬昭抽抽嘴角，卻也隨他去了。

聽說女兒女婿到了，黎光文恨不得竄出去，卻又顧著老丈人的臉面，端坐在椅子上頻頻望向門口。腳步聲很快就傳來，隨著門口丫鬟把竹簾掀起，喬昭與邵明淵並肩走了進來。

黎光文目光不由落在二人交握的手上，邵明淵飛快放開了手。咳咳，他雖然不在意別人目光，但老丈人可不是別人吶。年輕將軍正擔心被老丈人挑剔，卻不知此刻黎光文心中是滿意的。

他是男人，自然知道男人稀罕一個女人是什麼反應，女婿這樣雖然瞧著刺眼，但比起女兒的幸福就不算什麼了。罷了，等這小子生了女兒，將來總有感同身受的時候。

一家人吃了團圓飯，鄧老夫人與何氏拉著喬昭閒話家常，邵明淵則陪著老丈人在花園裡的涼亭中喝茶。邵明淵端起茶壺倒了杯茶奉給黎光文。黎光文半眯著眼喝了一口，舒坦嘆了口氣。

天還未完全轉涼，涼亭與花樹擋住了大半陽光，嗅著淡淡花香，令置於其中的人很是愜意。

「姑爺啊，你們這次去清涼山，沒出什麼事吧？」

邵明淵猶豫了一下。有那麼多去避暑的勳貴百官，朝中人早晚會知道明康帝死亡的真相，岳父身為其中一員自然也不例外。他現在若是糊弄過去，將來說不定會被岳父大人跳腳罵。

「嗯，是遇到點小問題。」邵明淵含糊一句。

「什麼小問題？」黎光文追問。他就猜清涼山出事了，沒想到果然如此。

「嗯，皇上駕崩了。」

「咳咳咳——」黎光文一口茶噴了出去，劇烈咳嗽起來。

「岳父大人，您沒事吧？」邵明淵忙拿出折疊齊整的手帕遞了過去。

看著黎光文接過手帕胡亂擦嘴，他又有些心疼。這手帕是昭昭疊好了給他的，媳婦雖然不會繡手帕，但比別人疊得都齊整！

黎光文此刻極度震驚，連儀態都顧不得，胡亂擦完嘴把手帕一扔，瞪著邵明淵問：「皇上駕崩是小問題？」

邵明淵一臉無辜。「怕說嚴重了惹岳父大人擔心。」

黎光文撇撇嘴。他有什麼可擔心的，天塌下來又不用他一個翰林修撰頂著。

「那皇上是病故的？沒影響到你們吧？」黎光文最關心的還是這個，喝口茶緩緩神。

「嗯，是被亂箭射死的。」

「咳咳咳——」黎光文又是一口茶噴了出去，劇烈咳嗽起來。

邵明淵想了想，沒捨得拿出最後一塊乾淨手帕，於是撿起被丟到桌上的那方手帕，給岳父大人遞過去。黎光文接過來擦擦嘴，深深吐了口氣。「到底發生了什麼事？一次講清楚！」

他雖然不在乎皇上的死活，但也扛不住這麼震撼的消息啊。

邵明淵言簡意賅把事情講了一下。

黎光文捧著茶杯慢慢喝著，聽完了把空杯子往石桌上一放，皺眉道：「這麼說，睿王就是新帝了？」糟糕了，睿王成為新君，他的長女豈不是要當妃子？一府內宅尚有那麼多勾心鬥角的事，那後宮就是修羅場，長女在那種環境中能混出個好來？好煩啊！黎光文苦惱抓了抓頭髮。長女作妖那是她自己選的路，可若是連累了這一大家子人，他找誰講理去！

「姑爺在這次事件中護主有功，但私調兵馬到底給人留了把柄，接下來一段時間姑爺還是避避鋒頭吧。」黎光文說道。女兒是皇妃，女婿是位高權重的武將，這真不是好事！

邵明淵點頭。「是，小婿想等皇上山陵崩的消息宣告天下後，等新皇登基便告假，帶著昭昭去一趟嘉豐。」

黎光文一怔。「回嘉豐幹什麼？」

「小婿成家了，想去祭拜一下喬家。」邵明淵說完才有些後悔。一不小心忘了昭昭身分的特殊了，岳父大人聽他說去拜祭前岳父，估計心裡會不爽快。

黎光文更是意外，愣了一會兒後露出幾分讚賞。「應該的。」觀一個人品質如何，看他對尋常人的態度遠比對親近人的態度靠譜。女婿能對喬家有情有義，對他們黎家自然不會差。

回侯府的路上，邵明淵便對喬昭道：「我對岳父大人提起了，過些日子就帶妳回嘉豐一趟。」

「回嘉豐？」喬昭沒想到邵明淵有此打算。

邵明淵執起她的手。「是啊，咱們成親這麼久了，也該回去看看了。」

喬昭自然是願意的，不由露出一個笑容。

「到時候，我再帶妳去見李神醫。」

「知道李爺爺在何處了？」喬昭眼中閃過驚喜。

「接到葉落的消息，李神醫在一處小鎮落腳了，與他在一起的還有位老朋友。妳猜是誰？」

喬昭略一思索，便笑道：「錢仵作？」早前錢仵作來到京城作證，後來以不習慣京城氣候為由離開了。

邵明淵笑起來。「正是錢仵作。」

「這樣的話，李爺爺也算有伴了。」喬昭心中有了些許安慰。

喬昭夫婦離開黎府後，黎光文便不緊不慢上衙去了。

聽著同僚們對皇上病倒的擔憂，以及對儲君之位隱晦的猜測，黎光文眯著眼喝了口茶。嘿嘿，我什麼都知道，但我就是不說。

然而黎大老爺的優越感保持沒多久，兩日後便傳出明康帝駕崩，遺詔傳位於睿王的消息。當然，這種對外公布的說辭主要是講給老百姓們聽的，實則內裡情況，勳貴百官都慢慢都知道了。

在眾臣三番五次請求之下，睿王終於一臉悲痛地龍袍加身，登基稱帝。

睿王登基後第一件事就是拿張天師開刀，可惜等這位新君想起來時，張天師早已不知所蹤。

新帝很是惱怒，偏偏這時錦鱗衛、羽林衛、金吾衛，乃至朝中班子都要重新調整，分不出精力大張旗鼓去尋張天師下落，此事只得作罷。新帝很快把居住宮中的道士趕了出去，滿朝文武幾乎喜極而泣。蒼天終於開眼了，他們的新帝是個正常人！

皇上守孝不同於常人，以月代年，只需守滿三個月便可，新帝卻覺日子頗為難熬。他依然會做惡夢，這可怎麼辦？苦惱於做惡夢的新帝還發現，他居然都沒心思找女人了，滿心想的就是冠軍侯，因為只有冠軍侯在身邊，他才有昏昏欲睡的欲望！

當然，守孝期間不能臨幸妃子和不想臨幸，這可是兩碼事。這個問題很嚴重！

感到深深不安的新帝這時接到了冠軍侯求見的消息。

「快請冠軍侯進來。」新帝喜出望外道。他心情雀躍等著，竟覺時間格外漫長。

終於，外頭傳來腳步聲。新帝喜上眉梢，下意識要站起來，想到目前的新身分，輕咳一聲往龍椅上一靠，擺出矜持姿態。

「皇上，冠軍侯來了。」魏無邪躬身道。

新帝登基後雖然變動不少，但魏無邪還是穩穩坐著秉筆太監兼東廠提督的位子。

新帝一是沒有合適的替換人選，二是還在守孝，如果立刻換了沒有過錯的老人，恐讓人說太過涼薄。雖然如此，比起伺候了幾十年的明康帝，新主子的秉性到底需要重新琢磨，魏無邪不得不打起十二分的精神。

「微臣見過皇上。」
「侯爺請起。」一見邵明淵，新帝不由露出個笑臉。邵明淵直起身來。
「魏無邪，給侯爺搬把椅子。」
魏無邪微微揚眉，看了邵明淵一眼。新帝對冠軍侯很是恩寵啊。
邵明淵卻還是平靜的模樣。「微臣惶恐，謝皇上賜座。」
新帝看著坐姿挺拔猶如一株青松的年輕男子，只覺神清氣爽，一臉親切笑問：「侯爺來見朕，不知有何事啊？」莫非是讓他兌現封異姓王的事？雖說他是有這個心的，但時機不對啊。冠軍侯雖然有從龍之功，但私調駐兵一事不能深究，更不能以此為功勞大張旗鼓賞賜。他是打算等將來冠軍侯再立下軍功再封賞的。
「皇上，臣想告假一段時間，攜妻南下去一趟嘉豐。」
「告假？告什麼假？」新帝面色微變。他不想冠軍侯告假！
邵明淵詫異看面色微沉的新帝一眼，心中卻無懼意，平靜解釋道：「臣想去祭拜一下喬家，還望皇上恩准。」
新帝雖百般不情願，偏偏又找不出反對的理由。當然，他是皇上，他可以任性，但這是冠軍侯呢，救了他兩次的冠軍侯，這點面子還是要給的。
「那好吧，朕准了。」新帝不情不願答應下來，囑咐道：「侯爺要早些回來啊。」
「是。」邵明淵總覺得哪裡不對勁，又說不出個所以然，走出宮門拍拍身上不存在的塵土，忙回家去了。
兩日後，輕車簡從的喬昭與邵明淵夫婦低調出京，送行的是喬墨兄妹與池燦。
十里長亭，喬墨替邵明淵斟了一杯酒。「庭泉，內閣裡事忙，我一時脫不開身，就拜託你替我給父母親人上香磕頭了。」

「舅兄放心吧，我會的。」

「姊夫，還有我呢。」

邵明淵對喬晚笑笑。「姊夫記得的。」

喬晚頗遺憾，小聲嘀咕道：「其實我好想與姊夫一道回去看看。」她也想親手給父親、母親上一炷清香，磕幾個響頭呢，可大哥卻不許，非拘著她在家中讀書繡花。

喬墨拍拍喬晚的肩。「好了，等大哥以後能告假了，帶妳回去。」

喬晚立刻把遺憾拋到了腦後，驚喜問道：「大哥不騙我？」

「大哥什麼時候騙過妳？」

喬晚眨眨眼。「大哥成親後是不是有假期啊？」

喬墨輕咳一聲，板著臉道：「那也是明年的事了。」

先皇駕崩，新帝雖只需守三個月，一年內民間卻不許嫁娶，喬墨與許家的親事自然推遲了。

「明年也行，只要大哥真的帶我回去。」

「要不讓晚晚隨我們一起去吧。」喬昭開口道。

喬晚眼睛一亮，期待看著喬墨。

「不了，這丫頭不小了，還是在家裡收收性子，明年我帶她回去。」

喬昭遂不再多言。

「好了，別磨嘰了，趕緊走吧。」池燦略顯不耐催促道。

他當然不可能有好情緒，想到這兩人遊山玩水去，他卻要擼著袖子與朝中那些王八蛋對罵，回到家裡又要面對一個大肚子的娘，真是了無生趣。

「走了。」邵明淵笑笑，對喬墨與池燦一抱拳，拉著喬昭往馬車走去。

「庭泉。」池燦看著二人背影，忍不住喊了一聲。

喬昭二人停下來。池燦眉宇間閃過幾分彆扭，故作坦然問：「你們用不了多久就能回來吧？」

「一、兩個月時間吧。」

「那行，早去早回。」池燦揮了揮手。

喬昭二人上了馬車，從車窗探出頭去，直到見不到長亭中的身影，才把車窗簾放了下來。

「拾曦一個人留在京城，定然是寂寞了。」邵明淵打開放在小几上的食盒，取出放在裡面的鮮果。那食盒是大小相套的，中間夾層放了些冰，裡面切成入口大小的瓜果新鮮無比，上面插著刻有精緻花紋的銀製牙籤。

邵明淵插起一塊西瓜送到喬昭唇邊。喬昭接過來吃下，用帕子擦拭一下嘴角，才笑道：「再過兩個月，長容長公主該生產了。」

邵明淵一愣後恍然。他是個大男人，自然不留意別家內宅的事，原來好友擔心的是這個。

「長容長公主這一胎懷相凶險，拾曦大概是怕他母親生產時出事。」

邵明淵笑著搖頭。「拾曦一貫口不對心，但妳對接生精通嗎？」

「怎麼會？最多遇到緊急情況可以施針止血助產，那時真正要靠的還是經驗豐富的穩婆。」喬昭坦然道。她的醫術傳承於李神醫，而李神醫可沒接過生。想到這一次南行會見到李爺爺，喬昭滿心期待。

這個季節江水充沛，二人很快換走水路，順順利利到了嘉豐縣。二人在縣城短暫停留修整，直奔白雲村杏子林而去。喬家一案大白於天下之後，邵明淵命人來此重新修繕喬家墳墓，並派了兩名因傷而退的老兵在此守墓。七、八月份正是南方草木茂盛的時節，因為兩名守墓老兵的維護，喬家墳地那一個個隆起的小丘竟是乾乾淨淨，沒有一根雜草。

喬昭見了感慨萬千，跪在祖父喬拙的墳前一下一下磕頭。

祖父，孫女帶著您當年親自選的孫女婿回來看您了。

您的眼光從來都是極好的。

邵明淵跪在她身邊，亦認真磕頭，心底道：祖父您放心吧，孫婿會一生一世對昭昭好的。

二人在杏子林逗留數日，再次上路，往李神醫隱居的小鎮而去。

❧

南方小鎮，青磚綠瓦，風景如畫。

邵明淵領著喬昭直奔葉落信中所說的住址。那是一處掩映在花木間的二層小樓，樓下用籬笆圍成院子，散養的雞鴨悠閒踱著步，便如小鎮恬淡的氣氛。

邵明淵走到半途停下來。

「怎麼了？」

「沒有人。」

喬昭有些失落，猜測道：「會不會出門看診去了？」

儘管是隱居，但喬昭知道，李神醫對醫道的追求是永無止境的，而醫術的提升離不開經驗的積累，得要多看診，接觸形形色色的病患。

喬昭正說著，隔壁有人探頭。「你們找誰呀？」

說話的是個五十歲上下的老婦，雖然到了這年紀，依然能看出南方女子的柔婉。老婦鬢邊甚至插了一朵盛開的淡黃色薔薇。

喬昭露出笑容。「大娘，我們找住這裡的人。」

「你們是什麼人？」老婦目光帶著警惕。

「住在這裡的人是我爺爺。」

老婦一聽，臉上多了笑意。「原來是這樣呀，他們去鎮尾張家了，他家小兒媳要生了。」

喬昭愣了愣。李爺爺還真開始給人接生了？

老婦彷彿感到了喬昭的疑惑，解釋道：「張家小兒媳難產，人已經不行了，張家小兒子不認命，這不就把李大夫給請去了，非說李大夫是活神仙，能救命……」

眼見老婦有滔滔不絕之勢，喬昭忙道：「大娘能帶我們去張家嗎？」

老婦忙擺手。「我不方便去不然早去了。你們往鎮尾走，看好多人圍看熱鬧就是他家了。」

「那多謝大娘了。」

老婦睇了喬昭一眼，一邊往回走一邊道：「謝什麼。不過小娘子叫我大娘可不合適，就叫我王奶奶吧。」

喬昭：「……」這大娘有點奇怪！

二人辭別了老婦往鎮尾走，果然很快就看到許多村民圍在一戶人家外面議論紛紛。

「這張家小子真是胡鬧啊，人都嚥氣了，怎麼還讓李大夫進去呢，李大夫又不是穩婆。」

「就是啊，女人生孩子，怎麼能讓男人進去，何況現在人都沒了……」

很快裡邊傳來一聲中氣十足的喊聲：「烈酒呢？不是說讓你把烈酒拿來！」

喬昭與邵明淵對視一眼。

「是李爺爺。」喬昭低聲道。

「你幹什麼，為什麼對著我媳婦動刀子？不許你碰她，她還活著呢！」男子聲嘶力竭的喊聲傳來。緊跟著就是一陣乒乒乓乓的聲音。

喬昭心中一緊，趕忙擠了進去，正見到李神醫被一名濃眉大眼的年輕男子往外推搡。守在門外的葉落見了上前阻止，李神醫怒不可遏道：「直接把這小子給我丟出去！」

葉落面無表情抓起年輕男子扔了出去。

「李爺爺——」喬昭見李神醫要往裡走，不由喊了一聲。

李神醫身子一頓，猛然轉頭，看清是喬昭後，沒等她再有反應，便朝她擺擺手。「昭丫頭來得正好，跟我進來！」

「庭泉，那我先過去了。」喬昭提起裙襬跑了過去。

「你們是什麼人？憑什麼闖進我家？」年輕男子對著緊跟上來的邵明淵吼道。

年輕男子的家人見邵明淵氣度不凡，又震懾葉落剛剛的能耐，用力拉住想衝去拚命的兒子。

「爹、娘，你們攔著我幹什麼？那老頭子要對春花動刀子啊！」

「四娃啊，由著他們去吧。大夫是你叫來的，現在春花母子已經沒了，最差還能怎麼樣呢？」

年輕男子的母親老淚縱橫道。

鎮上人都知道，幾個月前來此落腳的兩個老頭子可不好惹，倒不是兩個老頭有什麼本事，而是默默跟著的那個年輕人手勁大得嚇人，但凡有對老頭兒不敬的，統統都被他扔了出去。

「不行，我不能讓春花被他們這麼糟蹋！」年輕男子拚命掙扎。

邵明淵瞥他一眼，淡淡道：「你安靜點，或許還沒那麼糟。」

許是被邵明淵氣勢所震，年輕男子掙扎一停。

喬昭走進產房，便聞到了濃郁的血腥味。此時穩婆已經被趕出去了，只有李神醫與錢仵作在。床上躺著個腹部高高隆起的年輕婦人，此刻雙目緊閉，臉色青白，瞧著已經是不成了。

「淨手！」李神醫喝了一聲。

喬昭收斂心神，忙把手仔細洗淨，又用沾過烈酒的紗布拭手。

李神醫點點頭，一指托盤。「端著給我打下手。」

錢仵作舉著刀子比劃。「不是說我來嗎？」

李神醫抬腳把錢仵作踹到一邊。「死人歸你，活人歸我。」

「可這婦人已經嚥氣了啊，就剛剛嚥氣的。」

李神醫睃了他一眼，才道：「可她腹中胎兒還活著。」

喬昭吃了一驚，握著托盤的手不由一緊。

「刀！」喬昭忙把刀子遞去。李神醫握緊刀子，對準婦人高隆的肚皮劃下去，邊劃邊對喬昭道：「昭丫頭，看好了，這是難得的機會，說不準妳將來會用到。」

「嗯。」喬昭應了一聲，目不轉睛看著。

錢仵作立在一旁，見狀不由點頭。老李選的傳人不錯，雖是個小姑娘，可看著開膛破肚的場景竟連眼睛都不眨，神色也沒多大變化，可見天生就是這塊料子。

哎，他這門手藝看來是要失傳了，要不把老李的徒弟搶過來？

「別想太多！」李神醫似有所感，撩起眼皮看了錢仵作一眼，涼涼道。

「你這人，還是那麼小氣！」錢仵作嘀咕道。

二人都是見慣了這種場面的，面對著刨開肚子的婦人，依然談笑風生。喬昭面上雖保持著平靜，心中卻緊張不已。

李神醫很快從婦人腹中取出胎兒，剪掉臍帶遞給喬昭。「給這娃娃洗洗，包好了給他家人送過去。」喬昭接過初生的嬰兒，手腳都不知道往哪裡放了。

「老錢，你給娃娃洗吧，正好我還要教昭丫頭一些東西。」

錢仵作從喬昭手中接過嬰兒，用溫熱軟巾擦拭嬰兒身上血跡，屋內很快響起嘹亮啼哭聲。

「針線！」李神醫喊了一聲。

喬昭忙把針線遞過去。這線卻不是普通棉線，而是桑皮線，有促進傷口癒合之效。

「看到嗎？取出胎兒後要這樣縫合，如果是情況良好的婦人，及時施展此術的話，母子都可平安……」李神醫細細給喬昭講解著。因那產婦在剖腹前便已嚥氣，對與屍體打慣交道的李神醫來說毫無障礙，他甚至還把穿好桑皮線的針遞給喬昭，讓她練手。

喬昭接過針線，神色還算淡定，手亦沒有顫抖。李神醫看著她縫好的傷口笑著點頭。「到底是女孩子，這傷口縫得挺密實。」

喬昭動了動眉梢。她的女紅也只有在這種時候才能超常發揮了。

這時錢仵作已抱著洗乾淨的嬰兒走出去，左右環視地喊道：「這家人呢？快把孩子抱走。」

年輕人的母親幾乎是撲了過去。「孩子？哪來的孩子？」

錢仵作不耐煩地抽出衣袖。「當然是妳兒媳婦生的，妳的孫子——」

沒等錢仵作說完，年輕人的母親一聲尖叫。「孫子？你說這是我孫子？」

「不然是我的？」錢仵作越發不耐煩了。

年輕人的母親伸手抱過孩子，看著繈褓中的嬰兒紅撲撲皺巴巴的小臉，不由嚎啕大哭。嬰兒受到驚嚇，跟著放聲哭起來。

年輕人呆愣片刻，衝上來問：「春花呢？春花怎麼樣了？」

錢仵作冷哼。「你這年輕人真貪心，孩子能活下來就是積大德了，還想把大人也保下？」

「是不是你們對春花動了刀子？」年輕人伸手去揪錢仵作衣襟，卻被葉落按住。

周圍議論聲驟然響起，錢仵作冷笑道：「什麼動刀子？你聽錯了，當時我們要剪刀，把孩子從你媳婦腹中推揉下去之後好剪斷臍帶呢！」

「你放開，我要去看春花！」年輕人對葉落大吼。

葉落面無表情鬆手。只要不傷及李神醫與錢仵作，他去看猴子他都不管。

得到自由的年輕人衝進了屋裡。年輕婦人躺在床榻上，悄無聲息。喬昭正在為她整理衣裳。

「妳讓開！」年輕人衝了過去。

喬昭早早便往旁邊一避。

「春花，妳怎麼樣了？」年輕人顫抖著手伸過去。

李神醫翻了個白眼。「她怎麼樣你自己心裡沒數啊？」

這年輕人真是無理取鬧，明明把他們請來時這婦人已經不成了，放在平時一屍兩命是逃不掉的，現在孩子活了居然還不知足，這是想訛詐他們不成？

李神醫正這麼尋思著，年輕人就一聲慘呼。「春花！春花妳醒醒啊！」

他搖晃了一下身子已經冰涼的年輕婦人，似乎想到了什麼，猛然掀起婦人衣襬，看到婦人肚子上長長的傷口，一雙眼睛瞬間充了血，霍然轉頭怒視李神醫。

「你、你害死了春花，你把春花的肚子——」

沒等年輕人說完，李神醫一腳就踹在了他臉上。

「你是不是腦袋被驢踢了？」李神醫收回腳，惡狠狠問道。臉上掛著鞋印的年輕人被踢懵了，一時沒有回神。

「你媳婦死了，兒子還活著呢，難道你要全鎮人都知道，他是從娘肚裡直接剖出來的？」

年輕人轉了轉眼珠，愣愣看著李神醫。

「年輕人，咱得要點臉，你叫老夫來時你媳婦差不多就嚥氣了，現在你來跟老夫耍賴？」

「我……我媳婦死了，我怎麼辦？」

李神醫撇嘴。「我又不能給你當媳婦，你賴我也沒用！對了，準備好診金。」

「診金？」

李神醫氣樂了。「不收診金，你以為老夫餐風飲露啊？」真是搞笑，縫合傷口的針用這一次就要換了，這不要錢啊？專門製的桑皮線不要錢啊？他養的那一院子雞鴨吃喝不要錢啊？

「記住了，守口如瓶，別讓鄉里鄉親知道你兒子怎麼生出來的，他以後還能好好做人。」李神醫最後警告一句，一甩衣袖。「昭丫頭，咱們走。」

喬昭忙跟了上去。二人一出來，立刻被看熱鬧的人團團圍住了。

「李大夫，您可真是活神仙啊，俺娘癱了十幾年了，要不您去給看看吧。」

「哎呦，你娘癱瘓十幾年比得上我爹瞎了半輩子慘嗎？李大夫，求您先去給我爹看看吧。」

人們爭爭搶搶，忽然有人喊了一聲：「四娃出來了！」

場面忽然一靜，眾人不由看向門口。

「兒啊，你怎麼了，別嚇娘啊。你看看你兒子，多俊吶。」年輕人的母親抱著孩子湊過去。

年輕人看到孩子的臉，放聲大哭。「娘，春花沒了，娃娃一出生就沒娘了——」

「沒辦法，這是命啊，孩子能保住已經是老天開恩了。」

年輕人木然點頭。「是，多虧了李大夫，助春花把孩子生了下來。」

「是呀，咱們可得好好謝謝李大夫。咦，李大夫呢？」

眾人這才發現李神醫等人已經不見了蹤影。

此時喬昭一行人已經出了鎮子，走在阡陌小路上。

「李爺爺，您就這麼離開這裡了？」

「不然呢？鬧了這麼一齣，以後清淨日子沒了，不走等什麼？」李神醫顯然心情不好。

錢仵作笑呵呵插嘴道：「老李啊，你真捨得就這麼走了？隔壁翠花咋辦啊？」

李神醫暴怒給了錢仵作一拳，氣道：「當著後輩的面胡扯八道什麼！」

他真是流年不利，來這小鎮子什麼都好，就是隔壁鄰居太莫名其妙了，三天兩頭給他送雞鴨蛋。他不愛吃蛋，那麼多雞鴨蛋後來實在沒地方放，全孵成小雞小鴨了！

喬昭眼波一轉，笑道：「錢爺爺，您說的翠花是不是那位王大娘啊？」

「沒錯。」錢仵作哈哈笑起來。

「那位大娘確實是個熱心人呢。」喬昭頗為遺憾地嘆口氣。

李爺爺孤零零一輩子，眼看著紅鸞星動，就這麼離開還真是可惜了。

李神醫狠狠瞪喬昭一眼。「今天教妳的都記住了嗎？」

提到這個，喬昭立刻斂起笑意，肅然道：「記住了。」

李神醫點點頭。「記住就好，我還有話要叮囑妳。」

「李爺爺您說。」

「這剖腹產子的法子，以後不到萬不得已不得使用！」李神醫一臉嚴肅，叮囑完解釋：「世人無知，又重子女輕婦人，這個法子一旦傳揚開來，許多本能闖過生產那道關口的婦人，可能就會無辜喪命。」

喬昭肅容點頭。「您放心，我記住了。」

錢仵作撇撇嘴。「行了，別說這麼嚴肅的事兒，還是好好想想咱們之後去哪吧。」

李神醫一聽就愁得抓頭髮了。人怕出名豬怕壯，天下之大竟沒個能讓他安生久留的地方。

「李爺爺，要不您還是隨我們回京城吧。」喬昭想到這次相聚之後還要分別，而李神醫已是如此年紀，便心生不捨。眼下明康帝駕崩，新帝繼位，短期內應該不會動冠軍侯這根定海神針，李神醫在京城安全上是有保障的。

「李爺爺，您回了京城，等閒人請您看診若是不願，我們都能替您拒了的。」

李神醫搖搖頭，露出個意味深長的笑容。「真有人請我看診，你們可拒不了。」

喬昭微怔，不由與邵明淵對視一眼。李神醫這話說得就有些意思了。

此處沒有外人，李神醫掃量一眼四周，聲音放低。「現在睿王繼位了吧？」

他雖然在南邊小鎮，但明康帝山陵崩這樣的大事亦是有耳聞的。

「是。」邵明淵越發覺得李神醫有異。

老人一聲輕嘆響起。「這就對了，將來你們這位新帝啊，安穩不了。」

二三五　血濃於水

「神醫，您的意思是……」

李神醫冷笑。「新帝的長女是什麼時候生的？」

「明康二十六年十一月底。」喬昭略一思索回道。

「那就是了，當初睿王請我調養身體，我千叮萬囑一年之內不得近女色，而今看來他是把我的話當成耳旁風了。」

「李爺爺——」喬昭聽得心中發沉。

李神醫擺擺手。「好了，你們不必擔心，我只要離京城遠遠的，就不用理會這些煩人事，所以回京城的話不要再提了。」

李神醫一番話確實打消了喬昭再勸的心思，轉而問起他的打算。

「這一次我打算往北走，去採一種雪蓮入藥。」李神醫看了邵明淵一眼。「在北邊，小子的人能護得老夫周全吧？」

「您放心，在北地只要不深入北齊腹地，您便可高枕無憂。」

「那就好。」

幾人天將黑時趕到縣城，選了一間普通的客棧住下，吃過晚飯後，李神醫剔著牙對邵明淵道：「小子跟我來，咱們聊聊。」

月色如水，樹影搖動，李神醫走到開闊處停下來。邵明淵跟著停下。

「今天我說的事，你心裡要有個數。」

「神醫放心，晚輩記下了。」

李神醫輕咳一聲。「以前說的事，你心裡也要有個數。」

邵明淵一愣。李神醫重重一拍邵明淵肩頭，長嘆道：「年輕人，要有節制啊。」

說完這話李神醫揚長而去，留下邵明淵一張俊臉迅速變成了大紅布。他明明很節制的！

兩日後，郊外路邊停著一輛普通的青帷馬車，李神醫立在馬車旁，錢仵作則在順著馬毛。

「好了，咱們就在這裡分別吧，我們往北，你們愛往哪兒往哪兒，天下沒有不散的筵席。」

李神醫灑脫地擺擺手，轉身跳上馬車。

葉落坐在車板上，揚了揚馬鞭。

「葉落，照顧好兩位老人家。」

「是。」葉落言簡意賅應道。

「走了。」李神醫從車窗口探出頭來招手。

馬車緩緩駛動，喬昭立在路邊，猶能聽到馬車裡傳來錢仵作的嘀咕聲：「我說老李啊，真不給翠花留個信了？你就這麼走了？」

「要留你留！」

「可咱們養的那些雞鴨怎麼辦啊？」

「有翠花餵呢。」

「看看，到頭來還不是要人家翠花幫忙。」

「幫屁忙啊，雞蛋是她家的，連孵蛋的老母雞都是她家的，說白了那些雞鴨本來就是她的，她不餵誰餵啊？」

「哎，真替翠花心酸，你這無情無義的老頭子。」

邵明淵見馬車漸漸遠去了，牽起喬昭的手。「咱們也走吧，就像神醫說的，天下無不散的筵席，我看兩位老人家在一起很快活呢。」

喬昭收拾好心情，含笑點頭。「是啊，其實只要有個投脾氣的伴，在哪裡都不會寂寞。兩位老人家能在一起，我就放心多了。」

二人依然走水路，開始返回京城。等船行到渝水河域時，邵明淵攬著喬昭立在船頭，伸手一指。「從那邊拐過去，就是往嶺南去了。」

聽到「嶺南」二字，饒是事情已塵埃落定，喬昭依然忍不住心頭一跳，迎上對方黑湛湛的眉眼，福至心靈道：「那手珠——」

邵明淵含笑點頭，湊在喬昭耳邊輕聲道：「那些東西已經弄出來了。」江風颯颯，邵明淵把懷中人攬得更緊。「那些東西我不準備動，打算先悄悄運到妥當的地方，將來以備萬一。要是用不上，就留給咱們的閨女當嫁妝好啦。」

「想太遠了。」男人的灼熱鼻息噴灑在頸間，喬昭覺得發癢，輕輕推了推他。

邵明淵望著滔滔江水笑道：「才不遠，我都計畫好了，將來咱們生三個孩子，兩兒一女，最好女孩是妹妹，這樣有兩個哥哥疼。」

「一個兒子還嫌不夠，還要兩個？」

邵明淵認真點頭。「至少要兩個。小子都調皮，估計要時常挨揍的，總要輪換一下。」

喬昭：「……」這親爹盤算得真好，太替兒子著想了。

二人一路緩緩而行，等回到京城時已經入秋。

接到消息的喬墨帶著喬晚在京郊碼頭等候，與之同來的還有泰寧侯世子朱彥。

「大哥，你看那艘船上是不是姊夫他們？」小姑娘眼尖，遙遙瞥見一道深藍色身影，興奮地拉著喬墨的衣袖叫道。

「嗯，是妳姊夫。」

說話間船便近了，江水在夕陽下泛著粼粼波光，邵明淵拉著喬昭下船。喬墨三人忙迎上去。

「姊夫、黎姊姊，你們總算回來了。」喬晚跑了過去，挽住喬昭的手。

「回來了。」喬墨笑著拍拍邵明淵肩膀。朱彥同樣面帶笑容。

「大家都還好吧？」邵明淵看著喬墨與朱彥問道。

「家中一切都好。」喬墨道。

朱彥卻笑意微收，遲疑片刻道：「拾曦最近有些麻煩。」

「怎麼？」

「長容長公主臨產，情況不大好。」

朱彥陪邵明淵一邊往岸邊走一邊道：「我見他家那情況，便沒跟他說你今天抵達的消息。」

「回頭我還是跟他打個招呼。」

「那是自然，我在德勝樓訂了一桌酒席，給你們洗塵。」朱彥笑道。

一行人去到德勝樓，聽邵明淵隨口講起南行之事，喬墨亦把近來京城的動靜提了提，一頓飯吃完才各自散去。遠遊回來，邵明淵先帶喬昭回了一趟娘家，自是受到黎府盛情款待。

從黎府回來後，二人才要過幾日睡覺睡到自然醒的悠閒日子，邵明淵便接到了新帝的傳召。

「侯爺回來，怎沒和朕說一聲？」上方傳來新帝的疑問。不知怎的，邵明淵聽出幾分委屈。

「微臣想著皇上日理萬機，不敢因這點小事打擾。」

出門遊玩歸來這種事按說不必親自來宮中向皇上銷假吧？他又不是內閣重臣。要是人人都因芝麻大小的事來彙報，皇上恐怕連吃飯的工夫都沒有了。

「怎麼是打擾呢？侯爺是朕的肱股之臣，侯爺的任何事朕都不會覺得是打擾。」

邵明淵只剩下了乾笑。他還能說什麼？

「許久沒見侯爺了，今日侯爺便留下與朕共進早膳吧。」新帝突然說了一句，挑眉道：「魏無邪，吩咐人擺飯。」

「皇上，這個時間——」邵明淵一臉莫名其妙。皇上這個點兒還沒吃早膳？

新帝喜笑顏開道：「朕想著侯爺要進宮，正好等著與侯爺一道用了。」

邵明淵：「……」神醫說得對，新帝可能有病，病得還不輕。

年輕將軍味同嚼蠟地陪著新帝用完早膳，終於脫身回府。

「回來啦。」喬昭正逗弄著八哥二餅，見邵明淵走過來，抬頭笑著打了聲招呼。

「回來啦。」如出一轍的問候聲響起，二餅同樣扭著脖子對邵明淵打招呼。

邵明淵走過去，用手指點點二餅的頭，警告道：「再學夫人說話，拔光你的毛。」

二餅撲稜稜地躲進喬昭懷裡，鳥臉貼在女主人高聳胸脯上。「媳婦兒，人家怕——」

邵明淵瞬間黑了臉。這賊鳥，嘴和身體同時在占他媳婦便宜，簡直是可忍孰不可忍！

邵將軍擼袖伸出雙手撲去，二餅機靈地沖天飛起，於是某人一雙大手正好按到那團柔軟上。

「呀，婢子什麼都沒看見！」端著水果托盤過來的冰綠尖叫一聲，轉頭就跑。糟心啊，姑爺真是越來越不講究了，這青天白日的。她就說丫鬟難當。

啊，果盤忘了放下了。冰綠猛然轉身，急慌慌放下果盤一溜煙跑了。

「還不放手？」喬昭黑著臉道。

邵明淵眨眨眼，順勢捏了一把才收回手，一臉無辜道：「我不是故意的，都是二餅惹的禍。」

站在枝頭的二餅清清喉嚨唱起來：「伸哪伊呀手，摸呀伊呀姊，摸到阿姊頭上邊噢哪唉喲，阿姊頭上桂花香……」

這是……〈十八摸〉？

邵明淵慢慢反應過來，臉瞬間黑成鍋底。到底哪個殺千刀的教一隻八哥唱這個？

感受到濃濃殺氣，二餅翅膀一張趕忙跑了，嘴裡還哼著後面的詞兒：「伸哪伊呀手，摸呀伊呀姊……」

邵明淵對喬昭尷尬笑笑。「呵呵。」

喬昭抬手撫了撫鬢角凌亂的髮，似笑非笑道：「原來你們在北邊還愛唱這個。」

邵明淵此時給二餅拔毛的心都有了，訕笑道：「隊伍裡有幾個南邊來的，想家了就愛哼兩句，時日一久那幫混小子們就都會哼了……」

轉頭邵明淵就把晨光揪來訓了一頓：「辦事一點不牢靠，什麼亂七八糟的都往夫人那裡送！」

晨光很是無辜。「卑職最近什麼都沒幹啊，更沒給夫人送什麼東西！」夫人都嫁過來了，他再送東西，那送的就不是東西，而是命！

「不是現在，是以前。」邵明淵冷著臉提醒道。

「以前？」晨光仔細想了想，更覺無辜，「以前要送什麼都是您吩咐的啊。」

天地良心，以前將軍讓他給夫人送一箱箱銀元寶，他可連摸都沒摸過。

「給夫人送那隻八哥不就是你出的主意！」邵明淵終於忍不住遷怒道。

晨光眨眨眼，很是不解。「夫人很喜歡二餅啊，二餅很會逗趣解悶。」

「二餅還會唱〈十八摸〉。」將軍大人面無表情道。

「啥？」晨光一個趔趄險些栽倒。

「二餅會唱這個，你敢說不是你們教的？」

「這個真沒有！」晨光就差指天指地發誓，「將軍，我們又不是閒瘋了，哪會教一隻八哥唱〈十八摸〉！」

邵明淵冷哼一聲。晨光心念急轉，撫掌道：「我知道了，肯定是以前邵知他們亂唱時被二餅偷偷學會了，這八哥隱藏夠深的！將軍您別生氣，卑職這就去拔了牠的毛！」

「這就不必了，二餅是夫人的心頭好，你真敢動牠，夫人會不高興的。」

「那就這麼算了？」

「當然不。」邵明淵揚眉，「你到明年的月俸沒了。」

「將、將軍！」看著將軍大人無情無義轉身離去，晨光往前伸了伸手，一臉絕望。

入秋後，到了夜間就有些涼，喬昭窩在邵明淵懷裡，聊著白日裡新帝召見的事。

「你說皇上特意等著你用早膳？」

「是。昭昭，妳從醫者的角度來看，皇上不遵神醫醫囑破了戒，會不會影響這裡？」邵明淵指指自己的頭。他怎麼想都覺得皇上的表現有些智障。

「你想多了，如果你覺得那位這裡有問題——」喬昭噗哧一笑，指著腦袋道：「那只能說明他這裡一直有問題，絕對和李爺爺的用藥無關。」

「哦，天生的。」邵明淵恍悟，依然有些不解。「可近來尤其嚴重啊。」

喬昭認真想了想道：「可能是坐上了那個位子，不需要掩飾了吧？」

「有道理！」邵明淵與媳婦討論後，徹底解惑了。

再過幾日，秋風乍起，黃葉滿地，連宮內的小太監小宮女都忙碌個不停，裡裡外外掃灑著。

「讓開、讓開！」一名內侍往慈寧宮飛奔而去，撞開了一名正在掃地的宮婢。

「這是幹什麼？趕著投胎呢？」被撞開的宮婢極小聲嘀咕一句。那內侍很快不見了影子。

「跑什麼呢？」來喜在門口伸手一攔。

內侍停下來，氣喘吁吁道：「公公，長公主府傳來消息，長公主要不行了！」

來喜面露驚容，忙道：「跟我來！」

太皇太后正在午睡，卻睡得不安穩，聽到動靜睜開眼，啞聲問：「來喜，外頭鬧騰什麼？」

來喜帶著那名內侍走了進來，低頭恭聲道：「太皇太后，長公主有些危險。」

太皇太后目光一沉，好一會兒才問道：「太醫怎麼說？」

自從那一碗湯藥，她已能感覺出來與長容長公主母女離心，要說對那舉動後悔，並不會。

身為一名公主，可以胡鬧，甚至私下養個面首亦可以容忍，但生下一個父親身分不明的野孩子，那就是留下了確鑿證據，將來要被記上一筆的，這就是皇家恥辱了。只恨長公主有孕的消息莫名傳得人盡皆知，想要遮掩亦無能為力了。

在這件事上，長容長公主對太皇太后不滿，太皇太后同樣對長容長公主有了心結。但事已至此，得知長公主危在旦夕，她到底還是心疼的，聽來喜轉述了太醫的說辭，沉吟片刻道：「去太醫署傳哀家懿旨，命李院使等人前往長容長公主府竭力救治長公主。跟他們說，孩子不重要，重要的是盡量保住大人……」

太皇太后一道懿旨，太醫署大半太醫都趕去了長容長公主府。

此刻長公主府氣氛格外低沉，不時可以見到婢女端著臉盆等物進進出出。

太醫們不好進去，只能抓著穩婆問個不停。

穩婆苦著臉搖頭。「大人們說的婆子都聽不懂啊，長公主胎位不正，孩子出不來……」

正說著產房內傳來一陣驚呼。「不好了，殿下大出血了──」

太醫們見狀面面相覷。

「你們互相看能看出花來嗎？」池燦猛捶了下廊柱，厲聲道：「太皇太后請各位太醫過來，是讓你們竭盡全力救治長公主，不是讓你們大眼瞪小眼！這時還講究什麼，還不進去止血！」

眾太醫巴巴看著李院使。李院使遲疑了一下，提起藥箱走進產房，心道一聲晦氣。

這婦人產子哪有男人進去的，即便尊貴如長公主依然晦氣啊。

池燦立在廊廡下，目光緊緊盯著房門口，裡邊除了嘈雜聲，一絲產婦的聲音也無，令人不由心慌。過了一會兒李院使匆匆走了出來。池燦身子一動，擋在他前面。「如何？」

李院使臉色有些難看。「血暫時止住了，但殿下已沒多少力氣，孩子遲遲生不下來……」

未等他後面的廢話說完，池燦便衝了進去。

「公子，您不能進──」女官冬瑜拉了一把沒拉住，嘆口氣跟著了進去。

一見平時尊貴優雅的母親狼狽不堪躺在產床上，彷彿砧板上待宰的魚肉，池燦只覺心口一堵，張張嘴吐出兩個字：「母親！」

床榻上雙目緊閉的人眼皮微微一動，緩緩睜開，用無力的眼神看了池燦一眼，卻再說不出話來。一行清淚順著長容長公主眼角流下，滑過蒼白的面頰。池燦忽然轉身跑了出去。

長容長公主睫毛顫了顫，再次閉上眼睛。呼喊聲在她耳畔響起：「殿下，您不能睡啊，您還得使勁呢！」長公主只覺心神縹緲，漸漸聽不到了。

池燦打馬狂奔，一路趕到冠軍侯府，顧不得下馬直接衝了進去。

「拾曦？」聽到稟報的邵明淵趕了過來。

「黎三呢？」池燦急切問道。

「她剛剛睡起——」

池燦往內衝去。「我找她！」

邵明淵抓住池燦手腕，無奈道：「她就來。」

池燦一張俊臉扭曲著，手不停顫抖。

「殿下情況不好？」

「嗯。」這個時候池燦沒有心思多說，一心盼著喬昭的身影出現。

好在喬昭很快就走了出來，手中拎著個小巧的箱子。

「黎三，我母親要不行了，妳救救她吧。」池燦神情急切，全然沒了平時懶洋洋的樣子。

「拾曦，你別急，我帶昭昭騎馬過去。」邵明淵拍拍池燦肩膀，接過晨光遞過來的韁繩，抱著喬昭翻身上馬。

三人一路疾行趕到長公主府。

池燦把二人帶到長容長公主準備生產的院子，剛一進去便聽到震天的哭喊聲。

「殿下！殿下您要堅持住啊——」

「你們都讓開！」池燦推開擋在門口的人，把喬昭拉進去。

喬昭放下箱子，迅速走至床榻前檢查了一番，一邊淨手一邊道：「池大哥，留一個殿下信得過且膽子大的人給我，其他人都出去。」

「冬瑜姑姑，妳留下，其他人都給我出去！」

「公子，這……」穩婆與婢女們面面相覷。

「出去！」池燦把人們全都趕出去，輕輕闔攏房門。

「打開箱子，拿出紗布與烈酒。」喬昭迅速解開長容長公主衣襟，吩咐著。

女官冬瑜忙把東西遞去。喬昭把紗布蘸上烈酒，在長公主裸露的肚皮上擦過，喊道：「左數第二把刀。」等了一瞬沒反應，她不由看了冬瑜一眼，加重語氣催促。「左數第二把刀！」

冬瑜把刀遞過去，死死盯著喬昭。喬昭沒想到才從李神醫那裡學來的知識這麼快就派上了用場，深深呼一口氣，刀尖對準了長容長公主肚皮。

「妳要幹什麼？」冬瑜厲喝一聲，抓住喬昭手腕。

「池大哥！」喬昭並不與冬瑜理論，高喊一聲。長容長公主危在旦夕，一屍兩命就是瞬息之間的事，她自然沒有時間與人理論。

聽到喬昭的喊聲，池燦直接闖了進來。

「讓她出去，你來！」

「冬瑜姑姑，妳出去吧。」

「公子，不成啊，她要對殿下不利！」

池燦直接把冬瑜推了出去，「砰」的一聲關上房門。

「池大哥，你現在立刻用烈酒擦手，然後給我打下手，我要什麼務必毫不遲疑遞給我，你能做到嗎？」

「能，妳說吧。」

喬昭握緊了尖刀，聲音盡量平穩。「你知道，麻沸散只存在於傳說之中，哪怕李神醫研究數十年亦沒有成效，所以現在只能看運氣。目前唯一有利的情況，是長公主殿下陷入深度昏迷之中，許是能撐過去……」喬昭說著，鋒利的刀穩穩劃破長容長公主肚皮，鮮血瞬間湧了出來，甚至噴濺到池燦衣襟上。池燦死死攥著拳才克制住奪去喬昭手中尖刀的衝動。

「剪刀！」喬昭喊道。

池燦幾乎是下意識就把剪刀遞了過去。

喬昭藉著剛剛用尖刀劃開的缺口，用剪刀一路剪下去，看著裡面翻騰的血肉，要說心裡沒有半點波瀾是不可能的，然而此刻卻容不得她多想，把剪刀一扔，用力扒開傷口觀察腹中情況。

池燦已是連話都說不出來，死死盯著喬昭的一舉一動。

「左數第三把刀！」

池燦一言不發遞過去。喬昭接過刀子，抬眸看向池燦，正色道：「池大哥，現在需要你像我剛才那樣扒著傷口，我要把包裹胎兒的胞宮割開了。」

「我——」池燦用力咬了一下下唇。

「你可以的！」喬昭神色堅定，催促道：「快！」

池燦閉閉眼，復又睜開，抖著手伸出去，按住長容長公主的肚皮後反而鎮定下來，照著喬昭的指示把傷口撐大。

喬昭捏緊手中刀子，細細密密的汗珠已從光潔的額頭沁出，如露珠滾落。她卻顧不得擦拭，穩了穩心神，用刀小心翼翼劃破胞宮。這一步，當時李神醫特意叮囑過她，務必要萬分小心，否則利刃會傷及脆弱的胎兒。時間彷彿很快，又彷彿過了很久，喬昭把刀子一扔，手探了進去。

「黎三——」池燦只覺胸腔發悶，想要說些什麼，開口後卻發現腦海中一片空白。

就在他愣神的工夫，嬰兒的頭已經露了出來。嬰兒的胎髮細而稀疏，濕漉漉還帶著血絲，池燦目不轉睛看著，不知怎的卻覺得眼角發熱。他就這樣看著那小小的嬰兒一點點露出小腦袋，緊接著是幼小的身體。嬰兒那樣小，那樣脆弱，就好像一隻小奶狗。

「右數第二把剪刀！」

池燦騰出一隻手把剪刀拿過來。喬昭卻沒有接，一邊用手擠出胎兒口腔中的黏液，一邊催促道：「池大哥，你來剪斷臍帶！」

池燦看著血淋淋的場面，似乎已經麻木了，按著喬昭的吩咐便做出了相應反應。

隨著臍帶剪斷，嬰兒微弱的啼哭聲立刻傳來，喬昭見狀鬆了口氣，叮囑道：「把嬰兒交給等在外頭的穩婆處理，然後立刻回來繼續幫我。記著，手摸到門後要重新用烈酒拭手。」

池燦抱著新生嬰兒衝到門邊，一腳踹開房門，遞給外面翹首以待的穩婆，再用腳把房門勾回來，用臉把門栓推上，迅速折回喬昭身邊。

外頭傳來陣陣驚呼，更有人用力拍著門。「公子，殿下究竟怎麼樣了？」

「誰敢進來，我要誰的命！」池燦厲聲吼道。

此時喬昭正用銀針迅速刺入長容長公主傷口四周用以止血，大滴大滴的汗珠從她額頭滾落下來，滑過小巧挺翹的鼻尖，沒入頸間。她後背衣裳已經濕透了，服貼在身上，更顯得纖細柔弱。

「我、我還能做什麼？」池燦啞著聲音問。

喬昭聲音平靜無波。「幫我把汗擦一擦吧，汗珠不能滴落到傷口裡。」

池燦垂眸看了看血跡斑斑的手，遲疑瞬息，掏出手帕替喬昭拭去額頭上的汗珠，然後看她再次從長容長公主腹中取出一物。

「這是什麼？」池燦忍不住問。

喬昭把取出的那物放到案上一側的托盤裡，解釋道：「這是胞衣，也就是紫河車。」

池燦神情迅速扭曲一下。紫河車之名，他還是聽過的。

「我要替長公主殿下縫合傷口了，池大哥，現在還需要你幫忙……」喬昭細細講著注意之處。因要縫合多層，過程自是艱難，飽吸鮮血的紗布都不知用去了多少，當最後一針收起後，喬昭整個人好像從水裡撈出一般，渾身早已濕透了。

池燦此時亦好不到哪裡去。整個過程他雖只是打下手，可面對這樣的場面，心中壓力可想而知，哪怕是鐵打的漢子都熬不住。他不由看了喬昭一眼，見她面色蒼白，形容狼狽，背脊卻依然挺得筆直，一時間心情格外複雜。「我母親她……」看著從始至終都雙目緊閉的長容長公主，池燦彷彿置身於暗夜中的海邊，未知的濤浪向他襲來。

喬昭胡亂在衣裙上擦了擦手，再把一雙手浸入盆中快速洗了幾下擦乾，從藥箱裡取出一個白瓷瓶，倒出一顆藥丸撬開長容長公主牙關餵進去，這才有工夫回答池燦的話。

「長公主的危險不是現在。」喬昭此刻雙腿發軟，已累得站立不穩，靠著屏風說道。

「這是什麼意思？」池燦追問。

「能給我一杯水嗎？」

池燦立刻倒了一杯溫水遞過去。

喬昭接過來，端著水杯的手控制不住顫抖著。她一口氣喝光，水杯不小心掉落下去，瞬間摔得粉碎。此時二人誰都顧不上這個小插曲，喬昭抿了抿唇，接著道：「剛才殿下與腹中胎兒萬分危急，耽誤瞬間都可能一屍兩命，所以我來不及說。」

「嗯，那妳說。」池燦凝視著喬昭的眼睛，專注聽著。

「長公主殿下剛才的情況，用正常的助產方式已經無能為力。」

池燦點頭。「穩婆與太醫都是這麼說。」

長容長公主懷相一直不好，為此早就準備了七、八位穩婆，個個都是經驗豐富的好手，其中會替產婦正胎位絕活的就有兩、三位，然而先前嘗試都失敗了。

「這種情況只能剖腹產子，本來在沒有止痛之法的情況下，用這法子產婦幾乎不可能挺過，但因為殿下陷入深度昏迷反而給了方便。現在一切還算順利，小心呵護的話，殿下不出十日就能正常進食，但要挺過危險期，需要兩個月。」

「為何會這樣？」

喬昭緩了口氣，恢復了些精力，緩緩解釋道：「這是李神醫曾對我說過的，施展過此術之人，哪怕看起來恢復如常，兩個月內隨時都可能喪命。」

「為什麼？」

「雖然刀子等物都用烈酒擦拭過，但切開的傷口內部隨時有瘍壞的風險，只有過了兩個月才能肯定裡邊長好了。如若不然，一旦發生瘍壞，那就回天乏術……」

隨著喬昭的解釋，池燦臉色越發難看。

「池大哥，這些我本該在術前便對你說，但長公主殿下那時情況危急，根本沒有時間解釋。當時施展此術，大人與腹中胎兒尚有活命機會，若是耽誤下去，只能落得一屍兩命的結局。」

池燦勉強笑笑。「妳不用解釋，我自是信妳的。」

喬昭露出個釋然的笑。倘若不是池燦，而是換了尋常人，她就算有醫者仁心也不會在沒有提前說明的情況下就出手。

「那我母親挺過難關有幾成可能？」池燦看了躺在床榻上的長容長公主一眼。

喬昭沉默片刻，道：「兩成。」

池燦神情一震，好一會兒喃喃道：「只有兩成嗎？」

喬昭垂眸。「我……確實沒把握……」

這是她第一次施展剖腹之術，能做到這樣已經是天大的造化了。喬昭說完，把藥箱整理好背起來，「池大哥，你可以叫人進來照顧長公主了，該留意什麼我會交代她們的。」

池燦點點頭，這才拖著沉重的步伐走到門口，一把拉開房門。

「冬瑜姑姑，妳們進來吧。」

女官冬瑜帶著兩個嬤嬤走了進來。室內濃郁的血腥味讓冬瑜雙腿不停打顫，看到滿床鮮血更是險些站立不穩，倉惶喊了聲「殿下」，兩個嬤嬤更是撲了過去呼喊起來。

「嚎什麼喪？我母親還沒死呢！」池燦厲聲斥道。

呼喊聲一停。池燦沉著臉盯著冬瑜。「冬瑜姑姑，妳們仔細聽侯夫人的交代，一切都按著侯夫人說的去做。」

冬瑜猶豫了下，迎上池燦黑沉沉的眼，屈了屈膝。「是。」她走到喬昭面前，壓下心中波瀾，恭聲道：「請侯夫人示下吧。」

喬昭事無巨細把該注意的事情講解一番，最後道：「稍後我會把主要的幾點及藥方寫下來命人送過來，長公主殿下有什麼異常都可以給我傳話。」

「多謝侯夫人了。」冬瑜面色凝重道。

「我送妳出去。」池燦走過來。

邵明淵等在院子中，見喬昭出來，目光掠過她衣上血跡，迎了上去。「一切還順利吧？」

「目前還算順利。」

李院使衝過來，一臉激動道：「侯夫人，不知您是用了什麼法子讓殿下順利產子的？」

其他太醫亦圍了過來。剛才他們雖沒進去，但李院使已把情況對他們說了，那些穩婆更是篤定長公主回天乏術，怎麼冠軍侯夫人進去後，也沒聽裡邊傳出什麼動靜，就抱出一個娃娃呢？

喬昭被眾太醫團團圍住，不由蹙眉。剖腹取子這種駭人聽聞的事她當然不能說。

「各位大人問這做什麼？很多絕技都是傳子不傳女，何況是對外人說。」池燦冷著臉道。

眾太醫面面相覷，雖心癢難耐，卻被這話堵得說不出話來。

「行了，各位大人可以回去了。」

見池燦下了逐客令，眾太醫自然不好再留，拱拱手告辭離去。

「庭泉、黎三，今天多謝你們了。」

邵明淵笑笑。「咱們之間還需要客氣？我先帶昭昭回去換洗，有事你派人來說一聲就是。」

池燦點點頭準備相送，被邵明淵擺擺手制止，待二人離開，回頭看了一眼產房。此時長公主正由人擦拭身體，他不便進去，想了想便抬腳去了隔壁房間，才進門就聽到嬰兒的啼哭聲。

「公子——」裡邊的乳母、婆子等人忙站了起來。

池燦面無表情走過去，盯著繈褓中的嬰兒看了一會兒，問道：「是男孩還是女孩？」

「是個姊兒。」乳母回道。

池燦目光再次下落，仔細看著嬰兒的小臉。初生的嬰兒好看不到哪裡去，額頭一層皺皺的皮，瞧著像個小猴子般。真醜。池燦閃過這個念頭，皺了皺眉。

或許是親眼看著這孩子如何來到世間，經由他的手抱著交給別人，他驚訝地發現看著這孩子時沒了想像中的厭惡，除了覺得太醜，居然生不出其他情緒。甚至因為想著一個女孩子如此醜，竟莫名有幾分憐愛。這孩子將來一定嫁不出去吧？

「照顧好孩子。」池燦板著臉吩咐一句，又看那醜猴子一眼，負手走了。

二三六　母子冰釋

「長公主母女均安？」太皇太后聽到來喜回稟，一顆心落回一半，可想到那個孩子的存在又揪了起來。一個女孩子，那樣的出身，還不如生產時就去了……

「行吧，包些燕窩送到長公主府去。」太皇太后疲憊揉揉太陽穴，交代道：「皇上那邊就不必提了。」本來就在國孝期間，又是這麼個情況，遮掩尚且來不及，能有什麼好說的。

她恨不得長容長公主產女能夠悄無聲息，卻不知京城中人早就等著看熱鬧，連隔日還沒到，各府上就已都知道長公主府添了一位千金。

那些穩婆因為都是好手，本就是經常在各府走動的，很快冠軍侯夫人在其中起到的作用就傳遍了，不知惹得多少人動了心思。奈何現在冠軍侯夫人身分尊貴，想要請動卻是不能了。

這期間長容長公主又發生了幾次突發狀況，在喬昭的幫助下都應付了過去，這樣七、八日後，長容長公主已經能下地慢慢走動了。

「冬瑜，把公子請過來。」覺得精神恢復差不多的長容長公主溜達了幾步，由婢女扶著緩緩躺下，靠著引枕道。

不多時池燦走了進來。

「母親找我？」

長容長公主抬眸，靜靜看著池燦。

「母親覺得哪裡不舒服嗎？」等了片刻，池燦問道。

「不是。」長容長公主沉默了一下，露出個淡淡笑容。「就是想看看你了。」

池燦眼神晃了晃，移向旁處。片刻後，溫熱的手落在他手背上。

「母親？」池燦頗不自在往回縮了縮手，卻被那手按住。

長容長公主緩緩露出一個微笑。「燦兒，以前是母親錯了，母親對不住你……」

「母親說這個做什麼？」池燦用力掙扎了一下，把手縮回去，這才覺得自在。

長容長公主抬手摸了摸池燦的頭，嘆息道：「經過這遭鬼門關，才恍然明白以前那些亂七八糟的事比起生死，不值一提。燦兒，謝謝你給了母親彌補的機會……」

池燦垂眸笑笑。「過去的事，母親既然想明白了，那麼就不必再提了，以後向前看就好。」

長容長公主笑了。「嗯，以後咱們都向前看。」

「母親覺得還好嗎？傷口處還痛不痛？」

「走動時有些痛，不過冠軍侯夫人不是交代了嗎，到了這個時候需要適當活動。」提起喬昭，長容長公主神情與以往有幾分不同。「她確實是個不一樣的女子，以前，是我狹隘了。」

那個時候，她的魂兒都飄出體外了，冷眼看著那女子鎮定自若給她開膛剖腹，兒子的表現亦讓她震撼。那時她才知道了什麼是後悔。她明明是愛兒子的，從生下那麼一個精緻漂亮的小人，到把他養成粉團般的娃娃，再到他漸漸褪去了稚氣長大，那份愛從未停止過。只是她任性地視而不見，直到瀕死才明白過來。現在她活著的每一天，都是那個女孩子給的機會。

「當初若是——」長容長公主想到了什麼，話起了個頭又停下來。

池燦心思通透，哪裡不懂母親想說什麼，只覺針扎一般難受，露出淡淡的笑容。「母親，不是說了，以前的事都不必再提了。」

無論是母親的以前，還是他的以前，都沒再提起的必要。有些事錯過了尚有彌補的機會，比如他與母親的關係。而有些事，錯過了便是永遠錯過，比如那份心動。

「對，不提了。」長容長公主亦覺失言，吩咐冬瑜：「把姑娘抱過來。」

不多時，冬瑜便抱著嬰兒走了過來。天氣微涼，女嬰裹著夾薄棉的大紅織錦繈褓，冬瑜笑著道：「殿下，姑娘長開了，很俊呢。」

池燦瞄一眼，嫌棄皺眉。明明還是那麼醜，冬瑜這話可真違心。不過母親聽了高興就好。

「我瞧瞧。」長容長公主抱不了孩子，便探頭去看，一見就搖搖頭。「遠不如燦兒當初。」

冬瑜無奈笑笑。這可真是親媽和親哥。

「燦兒，你看你妹妹，渾身上下就只有耳朵這裡像你……」

「是嗎？我看看。」池燦端詳良久，點頭道：「嗯，也是兩隻耳朵。」

然而半個月後，長容長公主發熱不止，下腹墜痛，藥石無效而亡。

長容長公主死於產褥熱的消息，很快便在京城各府上流傳開來。婦人生產本就是兒奔生，母奔死，何況長容長公主如此年紀，人們聽後嘆息一聲，吩咐管事準備弔唁之物去了。

太皇太后得到消息後呆了許久，喃喃道：「該死的不死，該活的沒活……」

來喜立在一旁，不敢吭聲。氣氛凝滯了一陣子，太皇太后眼角流下兩行淚來，聲音帶著無盡疲憊。「去替哀家盯著宗人府與禮部，長公主的喪事規格不得有任何疏漏……」

「是。」來喜領命而去。

長容長公主府很快便布起靈堂，弔唁之人絡繹不絕。

池燦換上孝服跪於堂前，神色怔然猶在夢中。

「冠軍侯攜夫人前來弔唁。」

邵明淵帶著喬昭走進來上香磕頭，池燦默默還禮。

「拾曦，節哀順變。」邵明淵輕輕拍了拍池燦肩頭。

池燦抬眼，勉強點點頭，視線不由落在喬昭面上。

喬昭抿了抿唇角。「池大哥，抱歉。」

池燦搖搖頭，輕聲道：「心裡早就有準備的，哪裡用妳說抱歉，其實還該謝妳讓我多陪了母親這些天……」後面的話他說不下去了，默默對二人一低頭。

「侯爺與侯夫人這邊請。」管事把二人引到待客之處。

這期間冬瑜跪在長容長公主靈前一側，一直如隱形人般一言不發，哭腫的眼睛卻從喬昭進來後就再沒移開過。見喬昭離去，冬瑜咬了咬唇，悄悄離開靈堂。

「姑姑找咱家有事？」自從長容長公主薨後，來喜按著太皇太后的吩咐一直忙裡忙外，連口水都顧不上喝，嘴唇乾得起了一層皮。

「公公，我想見太皇太后一面，有要緊事對太后稟報。」

「姑姑想見太皇太后？」來喜有些意外，迎上冬瑜暗沉的眼神，心中不由一動。「莫非——」後面的話來喜沒有說，冬瑜亦沒有接話，只是重重一點頭。「有勞公公了。」

「好，姑姑隨咱家走吧。」

二人轉身往外走去，才走數步猛然停下來。

「公子——」看著出現在桂樹旁的池燦，冬瑜吃了一驚。

池燦一身粗麻孝衣，襯得他明珠美玉般讓人移不開眼睛，聽了她的話涼涼一笑，問道：「冬瑜姑姑這是要去哪兒？」

冬瑜面色微變，下意識往後退了一步。

池燦目光移向來喜，神色更冷。「來喜公公想帶冬瑜姑姑去哪裡？」

來喜對這個煞星很是頭疼，乾笑著道：「有點事與姑姑商量。」

「來喜公公來此是為了協助料理我母親的後事，想來能與冬瑜姑姑商量的也是這個。既然如此，為何不與我直接商量？」

「呵呵。」來喜只剩下了乾笑。

池燦掃冬瑜一眼。「正好我也有事找姑姑，冬瑜姑姑隨我來吧。」

他說完轉身便走，冬瑜想了想，抬腳跟上去。二人很快一前一後走進一間屋子。

池燦雙手環抱胸前，冷冷看著她。「現在姑姑可以說說，要去與太皇太后說些什麼了。」

「公子知道了？」冬瑜一怔。

池燦冷笑。「我不瞎。」

冬瑜遲疑了一下，在對方的逼視下終於難忍心中不忿，咬唇道：「太皇太后是殿下的母親，應該知道真相。」

聽到冬瑜的解釋，池燦瞬間怒意沖天。「真相？妳知道什麼是真相？」

「姑娘是從殿下腹中取出來的，殿下也是因此而喪命！」

「所以妳準備去找太皇太后告狀，讓太皇太后治冠軍侯夫人的罪？」池燦攥緊了拳頭。

冬瑜往後退了半步，面色卻不見多慌張。「奴婢只是想讓太皇太后知道殿下真正的死因——」

「夠了！」池燦毫不客氣打算冬瑜的話。「妳畢竟伺候了我母親二十年，別逼著我對妳動粗。母親真正的死因需要質疑嗎？母親就是死於難產，如果不是冠軍侯夫人，母親發作那一天就已經去了！」那多出來的半個多月，是彌足珍貴的一段時光，想到這些日子與母親的點滴相處，他對她便充滿感激。現在卻有人想要把她拖進麻煩之中，無論這人是誰，他都決不允許！

冬瑜動了動唇，想要爭辯。

「冬瑜姑姑有話儘管說，今天我們有大把時間。」

「公子有沒有想過，當時有那麼多太醫與穩婆，殿下或許還有機會？」

「呵呵呵。」池燦笑起來，嘴角掛著譏諷。「難怪都說做人難，做好人更難。當時是有很多太醫與穩婆在，可他們已經對母親判了死刑，冬瑜姑姑卻對此視而不見嗎？」

「公子！」

「說什麼母親還有機會，不過是妳不接受母親的死，心有不甘罷了！」

「公子，我與侯夫人無冤無仇，怎麼會故意給她找麻煩？只是每個人總要為自己的選擇負責任，當時侯夫人什麼都沒交代就敢給殿下剖腹，現在殿下去了，她難道不該承擔責任嗎？」

「她當時什麼都不做，連來都不用來，那麼我母親一屍兩命就半點責任都沒有了。」池燦上前一步，面無表情看著冬瑜。「冬瑜姑姑真的沒有不甘心？」

「公子，您為何這麼說？」

「自然是因母親去了，偌大的公主府中那些男人都要驅散，不方便姑姑與情人私會了。」

冬瑜猛然後退數步，臉上血色盡褪。池燦卻絲毫不留情面，揚眉冷笑道：「冬瑜姑姑不甘心這樣的日子被打破，又不願承認自己運氣差，所以總要拉一個人一同倒楣，是不是？」

隨著池燦步步緊逼，冬瑜不斷後退，猛然搖著頭。「公子，您把我想成什麼樣的人了？我是有情人不錯，可是想要找太皇太后稟明此事，絕對與此無關！」

「好了，冬瑜姑姑，母親已經不在了，妳的私事我亦不想關心。但妳最好安分些，過好自己的日子，倘若再想生事，我就要妳和妳的情人做一對同命鴛鴦！」池燦說罷，拂袖而去。

冬瑜呆愣許久，倚著門，痛苦地閉上眼睛。

喬昭與邵明淵回到府中，對著滿桌佳餚皆沒什麼胃口。

「昭昭，長公主的事妳已經盡力了，不要因此影響了心情。」

喬昭笑笑。「並不會，當時我已經竭盡全力，現在自然無愧於心。只是想想池大哥如今孑然一身，有些唏噓罷了。」

「放心，明天我還會過去幫忙。」邵明淵拍拍喬昭的手。

「明日我想回黎府看看了。」生兒方知父母恩，她雖沒有經歷過生產，卻親自給長容長公主實施了剖腹取子之術，更能體會母親的不易。她想母親了。

「去吧，等我幫完忙就去黎府接妳。」

另一邊，來喜回到宮中，把冬瑜的異常稟報給太皇太后。

「你是說冬瑜有事要稟報哀家，卻被燦兒攔下了？」太皇太后輕撫著長長指甲，喃喃道：「莫非長公主的死另有隱情？」

來喜把頭埋得低低的，不敢應聲。

「來喜，想辦法帶冬瑜來見哀家，燦兒總不可能一直盯著她。」

「是。」來喜得了太皇太后吩咐，到底是得了機會把冬瑜帶到了慈寧宮。

看著神色緊張的冬瑜，太皇太后笑了笑。「冬瑜，妳也是從宮中出去的，現在不過是回家而已，不要緊張。」

「是，太皇太后。」

「那天妳不是要見哀家嗎，有什麼話對哀家說？」

「奴婢——」

「慢慢說，哀家聽著呢。」

冬瑜神色變幻莫測，在太皇太后的注視下，撲通跪了下來。「回稟太皇太后，殿下生前曾對奴婢提過姑娘的生父是何人……」

公子已經警告過她，殿下剖腹產子的事萬萬不能提，那麼只有以此才能搪塞過去。

太皇太后目光一縮，聲音轉冷。「是公主府上那些男人中的一個？」

「正是。」

太皇太后擺了擺手，阻止冬瑜再說下去。「一些上不了檯面的東西，是哪個有什麼區別？罷了，妳退下吧。」

冬瑜悄悄鬆了口氣。「奴婢告退。」

太皇太后閉上眼睛，心中說不出的失望。

「等等。」冬瑜退到門口，太皇太后忽然睜開了眼。冬瑜立刻停下來。「冬瑜，妳來。」

冬瑜恭敬走上前去。

「那個孩子可還好？」

聽太皇太后提起孩子，冬瑜一顆心莫名提了起來。「姑娘挺好的，這幾日又長胖了些。」

「挺好？沒了母親的嬰兒怎麼會好？」太皇太后聲音冷冷的，沒有絲毫波動。

冬瑜忍不住抬頭看了一眼，心猛然跳了一下。

「冬瑜，妳伺候了長公主二十來年，是個聰明的，應該明白哀家的意思吧？」

「太、太皇太后！」冬瑜晃了一下身子，臉色蒼白如雪。冬瑜撲通跪了下來，不斷給楊太后磕頭。「奴婢不敢，奴婢不敢——」

太皇太后一言不發，漫不經心撫摸指甲。冬瑜仍在磕頭，一下又一下，很快雪白的額頭就一片瘀青。太皇太后始終沒有制止，就這麼冷眼看著，不知過了多久，才開口道：「夠了。」

冬瑜停下來，渾身顫抖盯著光可鑑人的金磚。

「去吧，哀家等妳的回覆。」

「太皇太后──」

「冬瑜，哀家說了，妳是從宮裡出去的，這裡原就是妳的家。慈寧宮裡正好空缺一名女官，等辦好了這件事，便回來吧。」

冬瑜伏在地上，一動不動。

太皇太后不耐煩揚眉。「還不去！」

良久後，冬瑜低低應了一聲是，默默退了出去。她離開皇宮回到長公主府，把自己關到房中痛哭一場，拿冷帕子敷了眼睛，這才走了出來。

長容長公主身分尊貴，需要停靈七七四十九日，此時外面依然忙忙碌碌，哀樂聲聲。

冬瑜去了安置女嬰之處。兩名乳母一見冬瑜來了，忙站起來問好。

「我來看看姑娘。」

「姑娘在裡間睡呢。」

「不要緊，我就是看看，妳們忙自己的吧。」

如今長公主府中除了正兒八經的主子池燦，就屬冬瑜的話管用，兩名乳母屈膝對冬瑜行了禮，任由她走了進去。內間明顯要比外間暖和一些，小小的嬰兒躺在床榻上睡得正香。

冬瑜輕輕走過去，在一旁小凳子上坐下來，仔細端詳著女嬰。女嬰的頭髮依然很稀疏，臉蛋卻豐潤許多，長而濃密的睫毛安靜垂著，兩隻胳膊舉在耳邊，握著小拳頭。

冬瑜看著看著，就落下淚來。姑娘的眼睛，很像殿下呢。

女嬰安靜睡著，忽然動了動嘴角，吐出一個泡泡。

冬瑜別開眼，咬了咬唇，伸出手去。她伺候了長公主二十來年，日子過得比一般人家的姑娘還要舒坦，一雙手白皙柔嫩如少女，悄無聲息落在嬰兒脖子上。尚未滿月的嬰兒脖子纖細脆弱，彷彿輕輕一碰就能折斷。而這份脆弱中，又帶著不可思議的柔軟溫熱。

冬瑜火燒般縮回手，額頭汗珠滾滾而落。不行，她下不了手！

女嬰彷彿察覺到了什麼，癟嘴哼了兩聲，冬瑜忙輕輕拍著她小小的身子。得到撫慰的女嬰又睡了過去。冬瑜不由扭頭看了門口一眼。

兩名乳母再過一會兒定然會進來，留給她的時間不多了。思及此處，冬瑜用力咬了咬唇，拿起一旁的軟枕往女嬰臉上一放，別過頭去。屋內一絲動靜也無，過了片刻，她又忍不住回過頭，便看到女嬰連掙扎的力氣都無，只有露在外面的兩隻小手微微動著。

冬瑜猛然掀開軟枕丟到一旁，看著臉蛋通紅的小小嬰兒，狠狠咬著手背，才克制著情緒沒有崩潰。好一會兒後，女嬰才緩過勁來，如小貓一樣發出微弱的哭聲。

兩名乳母聽到動靜，很快一前一後走進來。

「不知怎麼就哭了。」冬瑜勉強露出個笑容。

走在前面的乳母很快把女嬰抱起來，一邊哄著一邊笑道：「姑娘可能是尿了。」

見兩名乳母熟練配合著給女嬰換尿布，冬瑜站起來。「二位媽媽忙吧，回頭我再來看。」

「您慢走。」

冬瑜走到門口，忍不住回頭看了一眼。女嬰非常乖巧，兩名乳母替她換尿布時便一聲不哭了，甚至睜開眼睛，恰好與冬瑜對上。冬瑜曾聽說這麼大的孩子其實看不了這麼遠，可這一刻不知為何，就是覺得那小小女嬰在看著她。愧疚如海浪，鋪天蓋地而來。

「妳們定要把姑娘照顧仔細了，不能辜負了殿下的信任。」

「姑姑放心。」兩名乳母忙保證。

冬瑜這才挑開門簾快步走出去，到了外面越走越快，彷彿有惡犬在後面追。她一口氣跑回屋中，「砰」的一聲關上了房門，背靠著門緩緩蹲下去。

池燦察覺冬瑜久未出現，立刻吩咐人四處去找。不多時下人前來稟報：「公子，冬瑜姑姑的房門反鎖著，喊門沒有反應。」

池燦聽了皺眉。「去看看。」

來到冬瑜房門前，果然房門緊閉。

「桃生，把門踹開。」

「噯。」得到吩咐的桃生走上前去，呸呸往手上啐了兩口。

其他人忍不住翻白眼。公子怎麼選了個這麼蠢的當小廝，讓他踹門，他往手上吐唾沫做什麼？桃生才不管別人怎麼想，後退兩步，忽然加速衝了過去，猛然把門踹開了。一道身影在房樑下搖晃著。

看清裡面情形的人不由驚叫起來。

「把人放下來！」

眾人七手八腳把懸梁的人放下。池燦走過去，看著被解下來的人問：「怎麼樣了？」

「已經沒氣了。」

池燦立在那裡，一時無言。

「公子，這裡有一封信，是冬瑜姑姑留下的。」桃生從桌案上拿起一封信給池燦送過來。池燦伸手接過，打開來匆匆掃過，隨後交給桃生。

桃生瞄了一眼，失聲道：「原來冬瑜姑姑是捨不得殿下，殉主了！」

「冬瑜姑姑真是忠義啊。」

這樣的說法很快便在長公主府中流傳開來，而後又傳到外面去。

無數人提起冬瑜都要讚上兩聲，池燦默默聽著，卻無論如何都不相信冬瑜的死是這個理由。

倘若是殉主，那在他母親去世時就該殉了，又何必等到現在？

「去查查今日冬瑜都去了哪裡。」

池燦交代下去不久便得到了回稟：「角門的門房說，早上時隱約看到冬瑜姑姑從外頭進來。」

「這叫什麼話？看到就是看到，隱約是什麼意思？」

「門房說當時無人叫他開門，他正好去了一趟茅廁，回來時只看到一個背影，所以不確定。」

池燦想了想，再問：「之後呢，她還去過何處？」

雖然門房不確定，但池燦相信冬瑜定然是出去過，不然不會突然尋了短見。至於沒有經過門房就能進來，冬瑜在長公主府管事近二十年，想要弄一把角門鑰匙還是不難的。

「冬瑜姑姑還去看了姑娘。」

「把兩名乳母叫來。」池燦吩咐完，搖搖頭。「罷了，我過去問吧。」

聽兩名乳母說完，池燦揉了揉眉心，冷著臉道：「這麼說，妳們身為姑娘的乳母，卻留姑娘與別人單獨待在一起？」

兩名乳母嚇得跪地連連討饒。

池燦冷冷盯著兩名乳母。「妳們記著，以後無論任何人來看姑娘，妳們都必須守在一旁，這個任何人亦包括我！這次念在初犯，暫且饒過，再有下次我就命人把妳們活剮了餵狗！」若不是想著母親去世，那麼小的娃娃再換乳母怕難以適應，他現在就想把這兩個人推出去餵狗了。

池燦看了熟睡的女嬰一眼，無聲嘆氣。他大概能猜到冬瑜為何會走上絕路了。

他走到女嬰身邊，凝視著她的眉眼。小小的女嬰還未長開，但眉眼已經依稀能看出長容長公主的影子。修長的手指描繪著女嬰眉眼的輪廓，池燦想：這個醜娃娃還是有些像母親的，不知道長大了會是什麼樣子呢？

「妳知不知道，活下去沒那麼容易呢。」池燦低喃。

這個女嬰的存在，是皇室荒唐活生生的證據，是太皇太后的眼中釘，肉中刺。冬瑜姑姑被逼死了，以後還會有誰為此喪命呢？

太皇太后——池燦想到此，漸漸握緊拳頭。那是他的外祖母，是他任性活到現在的靠山，然而如果能選擇，他情願長於普通人家，也不想領教皇家的無情涼薄。

而太皇太后聽聞冬瑜殉主的消息，沉默了一會兒，冷笑道：「沒出息的東西。」

來喜低了低頭，沒有吭聲。

「燦兒呢？」

「公子每日都會去看那個孩子。」

太皇太后眼中閃過幾分疑惑。她以為燦兒對那個孩子恨之入骨，欲除之而後快，難道說想錯了？燦兒是個聰明孩子，定然能猜出冬瑜自盡的真實原因，那麼每日去看望那個孩子，實則是向她傳達他要保住那個孩子的意思？

這個猜測讓太皇太后很不快，顧及池燦是她一直疼愛的外孫，便把那份殺機暫且按捺下來。

時光如梭，新帝孝期已出，很快便到了新年，改年號為「泰祥」，這一年稱為泰祥元年。在太皇太后的催促下，新帝大婚一事亦提上了議程。

陽春三月，正是草長鶯飛之時，泰祥帝大婚，娶楊氏女為后。

帝后大婚的熱鬧自是不必多說，整個京城都彷彿沉浸在喜悅之中，一掃國孝的沉悶。然而洞房之夜，泰祥帝看著鳳冠霞帔的皇后卻發了愁。他目前對睡女人好像沒有一點興致，只要一靠近女人便會想到那夜大火，女人驚慌失措地尖叫奔跑，還有惡夢中黎氏那一推。

沉重的鳳冠壓得皇后幾乎抬不起頭來，可泰祥帝遲遲沒有動靜，她便只能這麼熬著。時間一點點流逝，托著小兒手臂粗的龍鳳喜燭的燭臺漸漸堆滿了燭淚。

皇后終於忍不住輕輕喊了一聲。「皇上，是不是該喝合巹酒了？」

泰祥帝眼看拖不下去了，對禮官點頭示意。很快繫著紅綢的一對龍鳳杯盞就端了上來，在禮官的主持下，帝后喝過合巹酒，女官伺候皇后脫去鳳冠霞帔，帝后二人各自去沐浴更衣。

換上大紅裡衣的皇后由宮女扶著坐回雕龍刻鳳的床榻上，靜靜等待著皇上的到來。

夜漸漸深了，外頭終於傳來腳步聲。皇后微微鬆了口氣，挺直腰板。

泰祥帝走了進來，命宮婢們全都退下，挨著皇后坐下來。

「皇上……」皇后心裡一陣緊張，紅著臉喚道。

泰祥帝執起皇后的手，眼睛半瞇。「朕好像有些醉了，睡吧。」

皇后眼巴巴看著泰祥帝一頭倒下來，很快發出輕微的鼾聲，不由目瞪口呆。皇上好像就喝了一杯合巹酒，這就醉了？滿心複雜的皇后嘆口氣，安靜躺在了泰祥帝身邊。

按著規矩，帝后大婚一個月內皇上都該歇在皇后寢宮，可人們驚訝發現，帝后成親一個月後皇上依然不翻其他嬪妃的牌子，不是睡在皇后那裡，就是睡在書房。

太皇太后對此自然是樂見其成。

宮裡已經有兩位皇子兩位公主，眼下最重要的是皇后早日誕下嫡子，坐穩后位，這樣他們楊家才能安穩。別說皇上只是月餘不臨幸其他嬪妃，一、兩年不翻其他嬪妃的牌子才好呢。

在皇后前來請安時，太皇太后特意點了出來。「皇后，這個時候，妳可不要想著什麼賢良淑德的名聲勸皇上雨露均霑，趁著現在皇上專寵於妳，早早懷上孩子才是正經。」

皇后聽了只能在心裡苦笑。大婚一個多月以來皇上連碰都沒碰過她，她占著專寵的名聲卻還是處子之身，其中苦楚又該向誰訴說呢？

太皇太后見皇后神情有異，以為她轉不過彎來，拉著她的手語重心長道：「妳是皇后，又是新婚，帝后龍鳳和鳴是國之幸事，沒有不長眼的會拿這個說話。等妳懷上孩子，再提請皇上雨露均霑，那時別人只會讚妳賢良大度，現在妳可千萬別犯傻。」

皇后越聽心裡越難受，勉強點頭道：「我知道了，多謝太皇太后提點。」

太皇太后笑起來。「妳是我的侄孫女，我不疼妳疼誰呢？」楊太后說著拍拍皇后的手。「好好照顧皇上，至於那些嬪妃與庶出的皇子皇女，都是上不了檯面的東西，不必記在心上。」

「是。」皇后乖巧點頭。

然而太皇太后口中「那些上不了檯面的東西」，很快就成了最讓人揪心之事。

春夏交接的那幾日，宮中不少人患了風熱之症，發熱的人漸多，很快伺候二皇子的內侍們便發現二皇子發燒了。新帝多年無子女，對子女的重視不同於一般帝王，二皇子一病非同小可，很快就請了御醫們會診。可令眾御醫不解的是，二皇子明明只是風熱症狀，身體卻一日比一日衰弱下去，到了第四日夜裡渾身一陣抽搐，竟然就歿了。

泰祥帝大慟，狠狠發作了兩名御醫，可還沒等心情緩過來，就有內侍急急來報：「皇上，二公主出現了發熱症狀！」

「什麼？二公主也發熱了？」泰祥帝只覺一個重錘落在心頭，險些站立不住，厲聲道：「立刻傳御醫們前去會診，倘若二公主有半點差錯，朕就要他們的命！」

御醫們戰戰兢兢前往二公主寢宮替公主診斷，泰祥帝百般不放心，乾脆移駕公主寢宮守著。有皇上在一旁，御醫們壓力更大了，偏偏公主表現的就是風熱症狀，用藥後卻遲遲不見好轉。

「廢物，都是一群廢物！」泰祥帝氣得狠狠踢翻了一把椅子。

這時響起匆匆腳步聲，一名內侍慘白著臉奔進來，撲通跪在地上說不出話來。

「說！」泰祥帝厲聲道。

「皇、皇上，大皇子不……不行了……」

聽到大皇子不行的消息，泰祥帝直接就坐到了地上，眼神發直，嚇得內侍們全都跪在地上，抖如篩糠。好一會兒後，泰祥帝伸手指著太醫們嘶聲道：「去給大皇子看診！大皇子要是出了事，朕誅你們九族！」

眾太醫雙腿打顫往外跑去，殿內瞬間空了下來。

泰祥帝眼珠轉了轉，怒道：「留下幾名太醫給二公主診治！」

跑在最後面的三位太醫腳步一頓，折返回來。

泰祥帝由內侍們扶著站了起來，冷著臉道：「治不好二公主，朕同樣要你們的命！」

留下來的三名太醫等泰祥帝拂袖而去，苦著臉互視一眼，最終其中一位低嘆道：「還好，比誅九族強多了。」

泰祥帝趕到大皇子住處，正看到李院使替大皇子針灸，才一歲多的幼童雙目緊閉，一張小臉蒼白中泛青。只看了這一眼，皇帝心中就驟然生出一絲不祥預感，身子晃了下險些栽倒。

魏無邪忙扶住泰祥帝，伸出去的手卻是冰涼的。

幾位皇子皇女陸續出事，這才安穩下來的局面看來又要發生變化了。

「太皇太后駕到——」

通稟聲才落，太皇太后就由人扶著快步走了進來。

「皇祖母。」泰祥帝一見太皇太后過來，眼角一酸流下淚來。

「這究竟是怎麼了，幾個孩子怎麼會陸續病了？」太皇太后沉著臉問道。

原本聽聞二皇子病了，她還有些不以為然，這麼大的孩子本就愛生病的，總要養到三歲以後才好些。可沒想到二皇子眨眼就沒了，她這裡一口氣還沒緩過來，二公主與大皇子又接連病倒。聽到大皇子病重，太皇太后是真的慌了。

皇上可只有這麼兩個皇子，二皇子已經去了，大皇子要是再有個好歹，那可真的是麻煩了。

這時李院使收了針，一邊擦著額頭冷汗，一邊給泰祥帝與太皇太后見禮。

「這個時候還行什麼禮！大皇子到底怎麼樣？」太皇太后急切問道。

「回稟太皇太后，大皇子患了風熱之症。」

「風熱之症？風熱之症為何會如此嚴重？先前你們說二皇子與二公主是風熱之症，現在說大皇子還是風熱之症，小小的風熱之症你們一群太醫都束手無策？」太皇太后越說越怒。「李院使，幾位皇子皇女真的是風熱之症嗎？還是有別的問題你們不敢說？」

「別的問題？」沒等眾太醫在太皇太后的逼問下有所回應，泰祥帝便大吃一驚。「難道有人給皇子皇女們下毒？」

李院使撲通跪下來。「皇上，臣等不敢欺君，幾位皇子皇女確實是風熱之症引起，只是……」

「只是什麼？」泰祥帝喝問。

李院使眼神左右掃掃，把頭低下來。

「你們都退下。」太皇太后開口道。

很快殿中只剩下李院使一位太醫。

「說吧。」太皇太后冷冷道。

李院使趴在地上，抖如篩糠，結結巴巴道：「臣反覆看診，幾位皇子皇女確實起於風熱之症，病情之所以迅速惡化，最大的可能是因為幾位皇子皇女從胎裡帶的弱症——」

「胎裡帶的弱症？」泰祥帝驚呼一聲，猛然後退數步，眼珠漸漸不動了。

「皇上，皇上您怎麼了？」魏無邪焦急問道。

泰祥帝的反應同樣讓太皇太后吃了一驚。過了片刻，泰祥帝眼珠轉了轉，失魂落魄問道：「怎麼會這樣？幾位皇子皇女出生時分明好好的！」

李院使低頭不吭聲了。那麼小的娃娃，究竟如何哪是剛出生就能看出來的，總有些病症慢慢才會顯露出來。

「李院使，太醫院中醫術以你為首，你可不要胡言！」太皇太后語帶警告道。

李院使重重磕了一下頭。「微臣不敢！」

本來這話他是半個字不敢說的，一位皇子胎裡帶弱症也就罷了，現在三位都這樣，這只能說明問題很可能出在皇上身上。倘若以後出生的皇子還是如此，那——

後果如何，李院使稍一細想便驚出一身冷汗。可是現在大皇子危在旦夕，他身為太醫署院使若是再說不出個所以然來，小命同樣不保。

「你的意思是幾位皇嗣先天體弱，所以一個小病症都可能有性命之憂？」太皇太后問道。

李院使雙手伏地，輕輕頷首。

太皇太后倒抽一口冷氣，不由看向泰祥帝。這個孫子早些年生的幾個孩子就陸續夭折了，現在又出現這種狀況，這樣說來，李院使說的十之八九是真的！

「不可能，不可能！」泰祥帝顯然無法接受這個事實，不停搖頭，忽然想起來什麼，厲聲道：「叫陳院判來！」

陳院判便是睿王府的良醫正，泰祥帝登基後升了太醫署院判，地位僅在李院使之下。

陳院判很快便趕了過來。

「陳院判你隨朕來！」皇帝一甩衣袖往內殿走去。陳院判掃了李院使一眼，匆匆跟上。

泰祥帝走進內室，雙手扶住桌案，微微顫抖著。陳院判立在一旁，大氣都不敢吭。

氣氛凝固了片刻，泰祥帝語氣沉重開口道：「陳院判，剛剛李院使說幾位皇子皇女是胎裡帶的弱症，所以一點風吹草動就受不住了，你說……你說會不會與朕當初提前破戒有關？」

陳院判渾身一震，看著泰祥帝流露出的絕望眼神，好一會兒才鼓起勇氣道：「臣……臣不敢妄斷……」

「怎麼辦，到底該怎麼辦？」泰祥帝越想越恐慌，來回在室內打轉。

如果真是因為提前破戒才有了現在的局面，難道說以後生出的孩子都會如此？

想到夭折的二皇子，以及危在旦夕的大皇子與二公主，泰祥帝一顆心都要碎了。

急切的腳步聲傳來，魏無邪在外面喊道：「皇上，出、出事了！」

一聽這話，泰祥帝心中咯噔一下，慌忙走了出去。跟在魏無邪身邊的內侍跪著爬到泰祥帝面前。「皇上，二公主歿了……」

泰祥帝眼前一黑，直直往下栽去。

「皇上——」魏無邪駭然扶住泰祥帝。

泰祥帝整個身子都壓在魏無邪身上，氣若游絲道：「大皇子……務必保住大皇子！」泰祥帝本以為自己要昏過去，交代完發現還是清醒的，強撐著站直身子。「扶朕去看大皇子。」

此時大皇子情況已經很不好了，在場的太醫們面如死灰，正竭盡全力做著最後的努力。

「皇兒，你不能有事啊——」泰祥帝撫摸著大皇子小小的臉蛋，哽咽道。

「皇上，不如請冠軍侯夫人來試試看吧！」陳院判提議道。

李院使猛地看了陳院判一眼。當初先帝出事就是靠著冠軍侯夫人一手針灸之術延續壽數的，只不過這件事除了當時在場之人，對任何人都不能再提起，包括新帝，是以他猶豫許久還是不好貿然提出請冠軍侯夫人前來。陳院判是怎麼瞭解到冠軍侯夫人醫術的？

泰祥帝眼睛一亮。「對，對，冠軍侯夫人是神醫弟子，一定能救大皇子的，快去把冠軍侯夫人給朕請過來！」

冠軍侯府接到皇上口諭後，在內侍的催促下，喬昭只顧得上換了一件衫子就出門了。邵明淵跟著鑽進宮中派來的馬車。

「侯爺。」內侍有些意外。

邵明淵一臉嚴肅。「皇子抱恙，為臣子者既然知道了哪能安心在家等著，我跟過去在前殿替皇子祈福吧。」

看著撂下來的車門簾，內侍抽了抽嘴角。

冠軍侯哪裡是不放心皇子，分明是不放心媳婦啊，難怪人們都傳冠軍侯愛妻如命。這時候他一個內侍當然沒必要與冠軍侯理論，愛去就去唄，反正大皇子若是平安一切都好說，若是不妥，不知多少人要倒楣呢。想到這裡，內侍重重嘆了口氣。

馬車內，喬昭與邵明淵挨著坐下來，由馬車的顛簸可以感覺到車夫的急切。

「看來大皇子情況很不妙。」喬昭低聲道。

這個時候，宮外尚未傳出二公主歿了的消息。

邵明淵眉頭緊鎖，壓低聲音道：「這就是李神醫所說的後患吧？」

最近這次南行，李神醫特意叫他敘話，便是提醒他注意此事，避開風波。

「十有八九便是了，李爺爺雖沒有明說，我卻請教了他老人家當初開出的藥方，根據其中幾味藥性推測，提前破戒的話對患者子嗣與本人都會有影響……」喬昭聲音越發低了。

邵明淵聽得心頭一跳。「眼下對子嗣的影響已經證實，那麼對本人的影響——」

喬昭臉色陡然紅了一下，輕咳一聲道：「因禁了一段日子，剛破戒那段時日患者會瘋狂沉迷女色，這樣就把不穩的根基越發弄壞了，時間一久，等好不容易積聚的精氣耗盡，患者恐怕會對婦人敬而遠之……」

邵明淵臉色微變。平常人遇到這種事情只能認命，可皇上要是子嗣出了問題，又不近女色，會變成什麼樣真的難以預料。

馬蹄敲擊青石板路的聲音更急了，隨著離皇宮越近，邵明淵臉色越發難看。

喬昭輕輕握了一下邵明淵的手。「別擔心，我會多加小心的。」

「這不是妳小心就能避開的問題，就怕大皇子出了事，皇上遷怒於妳。」

喬昭微微一笑。「要真是那樣，我相信皇上看在你的面子上不會把我如何的。」

二人正說著馬車突然停了下來，車門簾立刻被人掀起。「侯夫人，請您快些下車吧。」

喬昭下了馬車，發現一旁竟有肩輿等著，內侍扶她上了肩輿，還未坐穩便有四名內侍抬著她飛奔起來。

「冠軍侯夫人到了！」內侍一路大喊，喬昭下了肩輿被兩名內侍一左一右拉著往內奔去。

喬昭只覺跑得喉嚨裡冒了火，連呼吸都困難了，卻生不出抱怨來。稚子無辜，無論是不是皇子，想到那麼小的孩子性命垂危，常人都會心生不忍。

裡面傳來交織的哭聲，喬昭因奔跑而急跳的心陡然一沉。令人窒息的氣氛撲面而來。

喬昭走進去，便看到眾太醫跪倒一片，泰祥帝抱著柱子嗚嗚哭著，太皇太后則癱坐在椅子上，神情麻木。

「臣婦拜見皇上，拜見太皇太后。」喬昭恭敬見禮。

泰祥帝哭聲一停，抹了一把眼淚，像是見到救星般奔過來。「侯夫人，妳快隨朕來救大皇子，朕的大皇子難受呢……」

喬昭隨著泰祥帝進了裡邊。裡邊一位嬪妃正撕心裂肺哭著。

泰祥帝一皺眉。「哭什麼，別嚇著大皇子！」

女子哭聲一頓，看到是泰祥帝，死死咬著手背發出嗚嗚的聲音。

喬昭一眼便看到了躺在床榻上的大皇子。小小的孩子蜷縮著身體，已是悄無聲息。

她垂下眼簾，伸出手去檢查，眼角漸漸酸澀起來。

「侯夫人，大皇子怎麼樣了？」

喬昭收回手，看向泰祥帝。泰祥帝眼巴巴望過來，神情忐忑，全然看不出帝王的威嚴。

喬昭後退一步屈膝行禮。「皇上，大皇子……已經去了……」

泰祥帝眼睛猛然睜大三分，不停搖頭。「不會的，大皇子剛剛還抓著朕的手呢，抓的是朕的大拇指……」

大皇子的母妃聽了這話再也忍不住，失聲痛哭起來。

「皇上節哀——」無數人跪著痛哭。他們哭的不只是大皇子的早夭，更多的是接下來的命運。

「大皇子真的沒了？」泰祥帝失魂落魄走到床邊，把臉貼到大皇子的小臉上。

不知過了多久，遲遲感覺不到孩子溫度的泰祥帝終於徹底死了心，失魂落魄直起身子，目光死死盯著跪倒一片的人。眾人感覺到了危機，全都把頭死死低著一動不敢動。

泰祥帝神色扭曲，厲聲道：「你們都是怎麼照顧皇子的？現在主子都沒了，你們這些狗奴才還想活著？來人，給朕把這些混帳東西全拖下去杖斃！」

「皇上饒命，皇上饒命啊──」

泰祥帝不顧太監宮婢的哀求，目光轉向跪地的太醫。

「李院使，你身為太醫署眾太醫之首，卻連小小的風熱之症都治不好，耽誤了皇子皇女病情以致皇子皇女夭折，實在罪該萬死！來人，把李院使和這些庸醫統統拖下去斬了！」

二三七　皇上隱疾

「皇上饒命，皇上饒命啊——」眾太醫伏地痛哭。

先皇拿「仙丹」當飯吃，他們提心吊膽了二十年，好不容易等到新皇繼位，覺得能安心點了，誰知竟遇到了這等禍事。「太醫」這口飯真不是人吃的。

李院使癱坐在地上，反而神情麻木沒有哭喊。早在先皇出事的那日他就做好了掉腦袋的準備，能多活一年已經是運氣了，罷了，聽天由命吧。

「皇上，太醫們也算盡力了。」太皇太后一臉沉重道。她可不能由著皇上發洩悲痛，以後宮裡人頭疼腦熱還指望這些太醫呢。更何況皇嗣接連夭折實在蹊蹺，倘若李院使說的是真的，那麼根子十有八九出在皇上身上，將來總要靠太醫們想辦法。聽太皇太后這麼一勸，泰祥帝清醒了些，狠狠盯著跪倒一片的太醫，最後處置了幾名最先給皇子皇女們看診的太醫。其他太醫逃過一劫，深感慶幸的同時看著同僚的下場亦不好受，大氣都不敢出跪在一旁候著。

許久後，泰祥帝開口道：「侯夫人回去吧。」

泰祥帝看向喬昭。感受到泰祥帝的視線，喬昭規規矩矩地屈了屈膝。

「臣婦告退。」

喬昭出了後宮，與等在前殿的邵明淵碰面。

「怎麼樣了？」出了宮門上了馬車後，邵明淵悄悄問。

喬昭搖搖頭。「大皇子歿了。」
邵明淵嘆了口氣。
「二公主也歿了。」
「那麼——」
喬昭苦笑。「整個皇宮，只有大公主一個孩子了。」
「大公主情況如何？」
「目前沒有聽說，應該還沒事。」
「這有些奇怪，如果幾位皇子皇女的夭折與皇上提前破戒有關，為何大公主會沒事？」
喬昭靠著車壁疲憊垂下眼簾。「這要見到大公主才能知道了。」
邵明淵攬住喬昭的肩，嘆道：「恐怕等皇上從喪子悲痛中緩過來，就要想到大公主了，到時說不定還會傳妳進宮。」
翌日，泰祥帝罷朝，舉朝上下皆知道了三位皇子皇女夭折的消息。
公主也就罷了，皇子可是關係著江山傳承之事，短短時間內全都夭折，這可太讓人不安。皇上已經三十多歲了……勸慰的摺子如雪花飛進宮中。泰祥帝趴在高高堆起的摺子上默默垂淚。
「皇上，您多少吃點吧。」魏無邪立在一旁勸道。
泰祥帝看了魏無邪旁邊端著托盤的小太監一眼，搖了搖頭，又了無生趣趴回摺子上。
「太皇太后駕到——」
泰祥帝這才緩緩站起來，迎出去。
「皇祖母……」
看了一眼泰祥帝的狀態，太皇太后搖搖頭。「皇上，你是一國之君，無論遇到任何事都不能這般頹廢！」

泰祥帝抹了抹眼角。「皇祖母，孫兒真的好傷心……」

太皇太后重重嘆口氣。「皇上還年輕，子嗣還會再有的。」

「可是那幾個孩子都出了事，孫兒怕——」

太皇太后打斷了泰祥帝的話。「皇上不要聽御醫們危言聳聽，大公主不是好端端的嗎？」

無論如何，皇上生不出健康子嗣這種消息是斷斷不能傳出去的，現在對外面的說法是三位皇子皇女染了時疫夭折。

「大公主？」泰祥帝一怔，眼睛驟然煥發出神采。「對、對，大公主還沒事，孫兒要去看看大公主。」

「皇上！」看著急慌慌往外跑的泰祥帝，太皇太后無奈喊了一聲。

泰祥帝停下來，不解地看著太皇太后。太皇太后上前一步，替他整理一下儀容，語重心長道：「你現在是九五之尊，不是閒散王爺了，要時刻記著這一點。」

這個孫子被兒子放養了多年，本就沒儲君的樣子，卻直接當了皇上，實在讓人無奈。

「孫兒知道了。」泰祥帝辭別了太皇太后，迫不及待往玉芙宮而去。

帝后大婚後封了幾名育有子女的妾室為妃，這玉芙宮便是黎皎的居所。

黎皎這兩日心情亦經歷了大喜大悲。

最開始知道二皇子夭折後，她還竊喜過，然而當二公主與大皇子陸續夭折後，她徹底慌了。三位皇子皇女都出事了，如今只剩下她的大公主，那麼同樣的噩運會不會降臨在大公主頭上？

儘管黎皎失望過大公主不是兒子，可在這宮中，特別是皇上子嗣稀少的情況下，有子嗣與無子嗣的嬪妃地位是截然不同的。黎皎格外清楚這一點，便越發怕大公主出事。

「皇上駕到——」

黎皎抱著大公主的手一緊，剛剛起身泰祥帝就走了進來。

「臣妾拜見皇上。」

「大公主可還好？」泰祥帝迫不及待問道。

「大公主一切安好。」黎皎輕輕拍了拍大公主。「玉兒，喊父皇。」

「父皇。」奶聲奶氣的聲音響起，大公主對著泰祥帝伸出雙手，簡單吐出一個字：「抱。」

「噯。」泰祥帝應了一聲，把大公主接過來，親昵蹭了蹭她柔嫩的臉蛋。

大公主格格笑起來。

「皇上，大公主見到您來了，高興呢——」

泰祥帝冷冷掃了黎皎一眼，黎皎不由嚥下了後面的話。

「照顧好大公主。」泰祥帝把大公主交回黎皎手中，未再多言，轉身便走。

「臣妾恭送皇上。」未等到回應的黎皎待泰祥帝走遠後直起身來，神色變幻不定。

皇上剛剛那一眼是什麼意思？不得不說，自打皇上從清涼山回來後，越來越奇怪了。

泰祥帝回了前殿立刻傳來李院使與陳院判，交代道：「你們二人仔細給大公主瞧瞧，看大公主有沒有胎裡帶的弱症。」

不多時兩名御醫前來回稟，話中意思差不多：「大公主雖有些不足之症，比之其他皇子皇女卻強上許多，精心養著等成人後，便與常人無異了。」

「也就是說，大公主不會像其他皇子皇女那樣了？」

李院使與陳院判互視一眼。皇上真會為難人，壯實如牛的漢子還可能急病而亡呢，何況奶娃娃，這誰能保證啊。無論如何腹誹，皇上的話還是要回答的，李院使婉轉道：「調養得好，大公主不會因先天不足而受累。」

「那便好。」泰祥帝鬆了口氣，而後神色冷峻起來。「大公主為什麼沒事？」

李院使與陳院判吃了一驚，不由面面相覷。

泰祥帝神色越發冷了。「為何只有大公主沒事？」

「李院使，你說！」

「這——」李院使為難沉吟著。他只是個大夫，又不是活神仙，他怎麼知道啊。

「陳院判？」泰祥帝看向陳院判。

「或許……或許因為大公主是皇上調養近一年後的第一個孩子……」

泰祥帝驀地站了起來，殺氣沖天。他要去弄死黎氏！

「也或許……是大公主的母妃體質特殊？」陳院判望著拔腿往外走的泰祥帝補充一句。泰祥帝猛然停住了腳。

玉芙宮中，黎皎聽了兩位太醫對大公主的診斷後，徹底放下心來，吩咐內侍道：「去請冠軍侯夫人進宮來，就說本宮想她了。」

她的大公主沒事，這意味著她現在是唯一育有皇家子嗣的嬪妃，在短時間內她在皇上心中的地位將會無人能及。她倒要看看，這個時候黎三還怎麼對她擺侯夫人的架子。

「賢妃請我進宮一敘？」接到消息的喬昭只覺好笑，面上卻不露聲色婉拒道：「請公公回去對賢妃娘娘說，我偶感風寒，不敢進宮把病氣過給貴人。」

待內侍一走，喬昭便對邵明淵道：「看來大公主情況不錯。」

邵明淵冷笑。「賢妃大概是不知道自己的處境吧。」大公主的出生就是最好的證明，泰祥帝破戒與黎皎脫不開關係，無論她是有心還是無意，被皇上厭棄是逃不掉了。

得到內侍回覆，黎皎氣得咬了咬唇。黎三竟然拒絕了，她以為自己是誰？

「皇上駕到——」

聽到內侍傳報，黎皎平復了一下心情，唇角微彎起身迎出去。

「臣妾拜見皇上。」

泰祥帝沒有回話，抬腳往內走去。被留在原地的黎皎面上有些難堪，轉念一想，皇上許是還為夭折的三名皇子皇女傷心，這才釋然，等了一會兒不見泰祥帝開口，乾脆起身跟了進去。

「大公主呢？」看著黎皎走進來，泰祥帝沉著臉問。

「大公主睡了。」黎皎打量一下泰祥帝神情，趁機告狀：「大公主想三姨母了，臣妾派了人去請，可惜三妹不得閒——」

話音未落，一個耳光就打了過來。清脆的響聲在耳邊迴蕩，黎皎整個人懵了，捂著臉頰喃喃道：「皇上……」

「巧舌如簧的賤人！」泰祥帝一把拽過黎皎，把她推到了床榻上，欺身壓上去。

「皇上！」黎皎震驚之下，下意識推拒了著。

泰祥帝縛住她的手，反手又打了一個耳光，眼睛冒著紅光。

他倒要看看是不是因為這賤人體質特殊！一想到三名皇子皇女都是因為他提前破戒而夭折，甚至將來的子嗣都會遭遇同樣的噩運，而這一切都是拜眼前女人所賜，泰祥帝就恨得要死。

可是他還不能要這個女人的命，倘若大公主無事，不是因為是他破戒後的第一個孩子，而是因為這個賤人體質特殊，那麼他還要靠她孕育出健康的子嗣……

不知過了多久，泰祥帝狼狽起身，鐵青著臉拂袖離去。

良久後，黎皎轉了轉眼珠，抓著支離破碎的衣裳坐起身來，臉色卻難看極了。

皇上這是……不行了？不，不可能，皇上還不到四十歲，怎麼會不行了？從玉芙宮離開的泰祥帝幾乎是崩潰的。

這幾個月來他一直不近女色，因為沒有這個衝動，然而不想與不能是完全不同的。難道說他從此不能人道了？泰祥帝一想就覺暗無天日，雙腳一軟往下栽去。

「皇上！」跟在身後的內侍們大吃一驚，忙把他扶住。

「去、去鳳藻宮。」泰祥帝抖著聲音道。

他沒有問題的，一定是對那個賤人太厭惡了，才提不起興致。對，就是這樣！

泰祥帝匆匆趕到鳳藻宮，劈頭蓋臉問道：「皇后呢？」

宮婢忙道：「皇后正在花園賞花。」

泰祥帝拔腿便向花園奔去。彼時花開正好，皇后正低頭輕嗅一株盛開的薔薇，聽到動靜不由回頭，見是泰祥帝忙屈膝行禮。泰祥帝拉起皇后便走。

「皇上？」皇后詫異不已。

泰祥帝卻不說話，把皇后拉進屋中，冷喝道：「你們都出去！」

待內侍們魚貫而出，泰祥帝立刻把皇后往床榻上一推，跟著倒了下去。

「皇上，這是白日，您、您不能——」

「朕是皇上，有什麼不能？」面對皇后，泰祥帝到底多了幾分尊重，給了一句解釋。

帶著幾分狂暴氣息的吻落在身上，皇后眼角滑出一滴淚，最終順從下來。成親半載她還是處子之身，這分恥辱不能對外人道一個字，她總不能一直背負著。

約莫一刻鐘後，直挺挺躺在床榻上的皇后，臉色漸漸變得蒼白。

泰祥帝坐在她身邊，一言不發。就這麼靜靜過了許久，皇帝深深看皇后一眼，狼狽而逃。

李院使與陳院判聽聞皇上召見，心裡就開始直打鼓。

幾位皇子皇女都沒了，大公主剛剛看過，應該不會再有更嚴重的事了吧？

「李院使請。」

「陳院判請。」

到了御書房門口，二人互相推讓著。

「李院使是上官，理應先請。」

「陳院判伺候皇上最久，我雖厚顏占了院使的位子，卻遠遠不如，還是陳院判請。」

這種風雨飄搖的時候，誰衝在前面誰倒楣。

「二位太醫，皇上還等著呢。」內侍提醒一句。

李院使與陳院判互視一眼，同聲道：「一起。」

二人鼓足勇氣一同走進去，給泰祥帝見過禮，恭敬等著泰祥帝發話。

「你們都出去吧。」泰祥帝把伺候的人打發出去，視線在兩名太醫面上來回掃視。

就在二人越發緊張之時，泰祥帝開口了：「二位太醫是朕最信任之人，醫術在太醫署中亦是出類拔萃，有件事朕要與你們二位商量一下。」

「皇上謬讚。」二位太醫聽了，微微鬆了口氣。

嗯，皇上用這樣商量的口吻，看來沒什麼大事。

泰祥帝抓起茶杯一鼓作氣喝完，把杯子往龍案上一放，發出一聲脆響。

「朕好像不行了，二位太醫看怎麼辦吧。」

兩位太醫腿一軟跌坐到地上。死一般的安靜後，李院使強撐起身子，面若死灰道：「皇上，您、您——」您可不能開玩笑啊！

泰祥帝眼皮一翻。「兩位太醫一定要把朕治好！」

李院使手一軟，又趴到了地上。二位太醫輪番給泰祥帝把過脈，字斟句酌道：「皇上龍體事關重大，請容臣等商議一下。」得到泰祥帝允許，兩位太醫去了避人處商討起來。

「陳院判，你服侍皇上多年，對皇上的龍體狀況最為瞭解，還是你先說說吧。」

這個時候陳院判也不推辭，嘆道：「皇上先天便有不足，待到成人娶妻後就越發虧空了，現在這個樣子還是腎氣不足所致。」

李院使苦惱撓了撓頭。先皇長期服食「仙丹」，子嗣稀少孱弱，可以說是昔日之因今日之果，卻苦了他們這些太醫了。

「雖是腎氣不足，也不至於不成吧？」

二人商議一番，決定先開補腎固精的藥給皇上吃著，以觀後效。

十數日後，泰祥帝又召集了兩位太醫密談。

看著泰祥帝紅光滿面，二位太醫稍微放下心，問道：「皇上近來房事上可有改善？」

「倒是成了幾次。」

兩位太醫對視一眼。這才十數日就成了幾次，看來效果不錯啊。

面對兩位太醫，泰祥帝已經破罐子破摔了，坦然道：「朕把御前侍衛給睡了，對後宮嬪妃毫無興趣。」

話音未落，兩位太醫接連栽倒在地。

泰祥帝的身體狀況除了兩位太醫自然死死瞞著其他人，在兩位太醫愁白了頭髮之時，泰祥帝卻好像發現了人生新樂趣，一時間格外偏愛俊朗的侍衛們。當然，為了掩飾不妥，泰祥帝一反常態，日日都要往後宮走一遭，不是留宿在皇后的鳳藻宮，便是歇在賢妃的玉芙宮。

這樣一直到了年底，眼看著皇后與賢妃的肚皮都沒有動靜，太皇太后與大臣們都坐不住了。勸皇上雨露均霑的摺子如雪片紛紛而來，太皇太后就直接多了，叫來黎皎劈頭蓋臉罵一頓，以替她抄寫佛經祈福為由把人給留了下來。

聽著太皇太后的安排，黎皎反而鬆了口氣。

這半年來她過的根本不是人過的日子，明面上她與皇后分寵，讓無數嬪妃羨慕紅了眼，可實際上每次皇上過來都會對她凌虐一番，有那麼幾次，她甚至以為自己會死掉。還有幾次她生出了與皇上同歸於盡的念頭，若不是還對皇上身體抱著一絲奢望，恐怕她就真的那樣做了。

「妳下去吧。」太皇太后不耐煩打發了黎皎，招來皇后敘話。

看著弱不勝衣的皇后，太皇太后嘆了口氣。「皇后，哀家知道妳壓力大，但也不能為此影響了身體。皇上還年輕，對妳既然有寵，這子嗣早晚會有的。」

皇后苦笑不語。有寵？世人眼中的有寵，不過是皇上睡在她身邊罷了，卻連一個指頭都不碰她。這樣的日子還不知道煎熬到何時，有時想想，真的生不如死。

「皇后，你們成婚也有大半載了。妳既身為皇后，就該有母儀天下的氣度，也該勸著皇上去別的嬪妃那裡走走了。」太皇太后說著發現皇后神色有異，不由皺眉。「皇后，妳是楊家的姑娘，當初進了這帝王之家，就該知道與尋常夫妻不同的——」

皇后用帕子捂著嘴顫抖著。

「怎麼了？」太皇太后越發覺得不對勁了。

「姑祖母——」皇后終於忍不住撲進了太皇太后懷裡，失聲痛哭。

太皇太后左右望了一眼，好在剛才就只留了心腹在一旁，沒有外人，這才放下心來。

「皇后，妳到底有什麼心事，可以對哀家說。」

「姑祖母，我、我至今仍是處子之身……」皇后壓低了聲音哭訴道。

「什麼？」太皇太后直接站了起來，滿臉震驚。「皇后，妳、妳不是開玩笑？」

皇后掩面而泣。「姑祖母，若不是實在沒指望了，我又怎麼會說出這種事。」

太皇太后抬抬手。「等等，讓哀家靜靜。」冷靜了一會兒，她問起來龍去脈，越聽越心驚。

泰祥帝最近過的是痛並快樂著的日子。

說痛苦，沒有子嗣這座大山壓在心頭，自然是格外痛苦的。然而當嘗到男人的滋味後，那份快樂又不可言說。他現在似乎能理解父皇沉迷長生之道的心情了。

「太皇太后請朕過去？」聽了內侍稟報，泰祥帝抬腳去了慈寧宮。

太皇太后一臉沉重。「皇上，你有隱疾，怎麼不對哀家說？」

泰祥帝一怔，隨後眼中帶怒。「皇祖母聽誰說的？」

「聽誰說的不重要。皇上，你的身體關乎江山傳承，難不成你想一直瞞下去？」

偷偷吃了大半年的湯藥卻遲遲不見起色，泰祥帝已經經過了痛苦、絕望、麻木到心灰意冷等階段，現在順利進入破罐子破摔的新時期，聽了太皇太后的問話，長嘆一聲。「皇祖母，孫兒也沒辦法啊，不瞞下去難道要昭告天下不成？」

太皇太后萬萬沒想到泰祥帝會如此「堅強」，愣了好一會兒後抖著唇道：「當然不能昭告天下，但要及時醫治啊！」

「沒用的，孫兒發現身體出了問題後，就叫李院使與陳院判聯手診治了，湯藥都喝了大半年，根本沒有半點效果。」效果還是有的，只可惜不是對女人，而是對男人，他就不說出來嚇人了。

「李院使與陳院判不行，那就請別人！」

「皇祖母，陳院判伺候孫兒多年，最瞭解孫兒的身體變化，而李院使是太醫署醫術最出眾的了，他們兩個不行，還能請誰呢？」

他的身體已經沒希望了，當初李神醫就警告過他，必須忍一年才行，如若不然就是神仙都沒得治。現在別說神仙了，連神醫都沒了。早已心灰意冷的泰祥帝想著這些竟平靜了。

「冠軍侯夫人不是習得了李神醫的醫術嗎？」太皇太后淡淡道。

泰祥帝忙搖頭。「不能請她！」

「為何？」太皇太后不解問道：「哀家記得，大皇子病重時，皇上還傳冠軍侯夫人進宮過。」

泰祥帝連連搖頭。「那不一樣，怎麼能讓臣子之妻知道孫兒這個隱疾呢？」

太皇太后臉色微沉。「皇上，難道臉面比你的子嗣還重要？」

泰祥帝依然神色堅決。「皇祖母，別說冠軍侯夫人十有八九無能為力，就算她真治好了孫兒，孫兒在她面前豈不是永遠抬不起頭來？」

太皇太后定定看了泰祥帝一眼，不緊不慢道：「皇上還怕在死人面前抬不起頭來嗎？」

泰祥帝渾身一震，好一會兒才道：「皇祖母，您、您這是何意？」

「皇上的隱疾乃是天大祕密，當然不能讓外人知曉。無論冠軍侯夫人能不能治好，她的命當然不能留了。」

「可是、可是她是冠軍侯的妻子！」

太皇太后似笑非笑看著泰祥帝。「冠軍侯難道不是皇上的臣子嗎？」

泰祥帝慌得隨手抓起茶杯喝了一口。皇祖母不知道冠軍侯的本事，他可是知道的，他先後兩次遇險都是靠冠軍侯保住了性命，他怎麼能對冠軍侯下手！

「莫非皇上不敢得罪冠軍侯？」

不敢？泰祥帝眨了眨眼睛，有種被猜中心思的尷尬。

他確實有些不敢。他太怕了，怕江水淹沒他時那種灌頂的絕望，更怕清涼山上那漫山遍野的大火。他好不容易坐上這個位子，再也不想有什麼波折。儘管有時他也很遺憾，這種遺憾在他臨幸侍衛時越發明顯。要是冠軍侯只是一名普通侍衛就好了……

「皇上在想什麼呢？」

泰祥帝回神，尷尬咳嗽一聲。「皇祖母，北邊還要靠冠軍侯守著，孫兒才剛登基不久，又膝下無子，不好輕易動朝中重臣。」

「想要一個人的命有很多法子，讓冠軍侯誤以為他夫人死於意外，就沒有皇上的擔心了。」

泰祥帝不由心動了。自己現在舉止這般肆無忌憚又出格，是因為子嗣無望而心灰意冷，倘若能有一絲辦法當然還是願意試試看的。退一步講，無論冠軍侯夫人能不能把他治好，倘若冠軍侯夫人一死，冠軍侯定然傷心，到時他好好安慰一番……想到某種可能，泰祥帝就心跳加速。

「馬上就是正旦了，到時外命婦會來給哀家與皇后朝賀，哀家會尋個由頭把冠軍侯夫人留下，皇上就趁百官朝賀間隙先找她一看。」說到這裡，太皇太后神色轉冷。「若是她有法子調養皇上龍體，就暫且留著她性命，若是沒有，回去的路上天寒地凍，出個意外也不足為奇。」

很快就到了正旦那日，大雪如鵝毛撲撲簌簌落著。

邵明淵把一個精緻小巧的琺瑯手爐塞進喬昭手中，看她上了馬車，才翻身上馬跟在一旁不緊不慢往皇宮而去。到了宮門前，二人這才分開來，各自隨著引路的內侍離去。

這一年的命婦朝賀與往年並無多少區別，太皇太后見過幾位國公夫人後便召見了喬昭，閒話幾句便道：「眼下宮中只有大公主一個孩子，很是寂寞，侯夫人難得進宮，又是大公主的姨母，就去看看她吧，大公主見了侯夫人定然高興。」未等喬昭說話，又催促道：「來喜，陪侯夫人過去。」眾目睽睽之下，喬昭只得站起來，對太皇太后與皇后福了福，隨著來喜往後面走去。

雪越發大了，紛紛揚揚落在人身上。喬昭緊了緊手爐，走了不久便停下來。

來喜跟著停下。「侯夫人？」

「公公，這應該不是玉芙宮的方向吧？」

來喜公公詫異看著喬昭。這位侯夫人好像沒有去過玉芙宮吧，怎麼會知道玉芙宮方向？

喬昭自然不會給來喜解惑，立在原處等著答案。大雪很快落在她的髮絲眉梢，連眉毛都染白了，襯得肌膚如玉一般在雪光中泛著光澤。

來喜一嘆，壓低聲音道：「侯夫人，皇上身體有些不適，想請您給瞧一瞧。考慮到您的身分，才假借看望大公主的名義的。」

人在宮中，這時候想要拒絕是不可能的，喬昭平靜點了點頭。「那就請公公帶路吧。」

見喬昭沒有激烈反對，來喜鬆了口氣，露出個笑容。「侯夫人這邊請。」

門「吱呀」一聲開了，等在室內的泰祥帝回過頭來。

「侯夫人來了。」

「臣婦見過皇上，皇上新年如意。」

「侯夫人請起。」泰祥帝見了喬昭，心下生出幾分內疚，轉念一想眼前女子整天與冠軍侯膩歪在一起，他卻只能與侍衛廝混，那點內疚又沒了。

「朕近來少眠多夢，侯夫人替朕瞧瞧吧。」

喬昭頷首，搭上泰祥帝手腕，漸漸擰起眉。泰祥帝有心試探喬昭，見她擰眉，便問道：「朕的身體有何不妥之處嗎？」

喬昭收回手，深深看了泰祥帝一眼，心底一片冰涼。皇上的身體狀況已不是一、兩日了，他自己不可能沒有察覺。這種隱疾卻把她找來診斷，想來對她已動了滅口的心思。

喬昭心思玲瓏，轉眼間就把其中利害想個明白，面上反而越發坦然起來。無論如何，礙於冠軍侯的威勢，他們不可能在皇宮中動手。

「侯夫人，朕的情況如何？」

喬昭看泰祥帝一眼，言簡意賅道：「不舉？」

泰祥帝張了張嘴。這女人是不是太直接了點！

喬昭暗暗冷笑。都打算殺人滅口了，她還需要含蓄嗎？

好一會兒後，泰祥帝才緩了過來，尷尬問道：「那侯夫人可有辦法？」

喬昭笑笑。「皇上抬舉臣婦了，臣婦一個婦道人家，對此沒有研究。」

當初不遵醫囑，這種情況換了李爺爺來都沒有辦法，她當然更無能為力了。退一萬步講，就算她真有法子，就天家動不動殺人滅口的做法，她也不想管。

「這樣啊，呵呵呵，那實在是勞煩侯夫人了。」泰祥帝乾笑著，越發尷尬。就不該聽皇祖母的，當初李神醫就說過，要是忍不了一年就會功虧於饋，神仙都沒辦法，偏他不死心，結果平白讓一名女子看了笑話。「咳咳，朕還有事，侯夫人也回去吧。」泰祥帝黑著臉落荒而逃。

喬昭由來喜領了回去。此時太皇太后正與後進來的夫人們說著話，察覺喬昭回來，話音一頓，扯出一抹笑容。「侯夫人回來得真快。」

喬昭從太皇太后浮著淺淡笑意的眸光中看出了殺機，面上依然一派平靜。「大公主睡了，臣婦略坐了坐便回來了。」

「那還真是不巧了。」太皇太后一字一頓道。

就有夫人笑道：「大公主聰慧可愛，難怪侯夫人當姨母的喜歡，不過說不準用不了多久，侯夫人就有好消息了……」在座的夫人們皆笑起來。算起來喬昭與邵明淵成親兩年多了，落到旁人眼裡，女方肚子遲遲沒有動靜，子嗣自然成了問題。

喬昭有著侯夫人的尊貴封號，偏偏又有這些貴夫人羨慕的好年華，再加上冠軍侯寵妻的傳聞近來愈盛，這麼一個把好事都占了的人兒，無子這個缺點自然被人們在背後嚼碎了說。

喬昭對此心知肚明，掃量著眾人意味不明的笑，大大方方道：「那就承夫人吉言了。」

她已經十七歲，再過一年身子骨就長開，確實該考慮懷孕一事了。並非在意世人眼光，而是經歷了這麼多風風雨雨，想要看到一個小小的粉團子喊她母親，喊邵明淵父親。

不過，在這之前大概要把這些糟心事解決才好。

喬昭的坦然自若讓在座之人覺得沒趣，笑聲便少了。喬昭向太皇太后提出告退，卻被太皇太后留下來，一同說了好一陣子話才放她離去。

喬昭發現今年正旦太皇太后召見的外命婦明顯多了許多，以至於比往年離宮時間晚了個把時辰。往年得不到召見，而今年有機會陪著太皇太后說話的夫人們笑容滿面，上了各自的馬車，在風雪中緩緩離開了皇宮。

「夫人，您快進來吧，外頭冷。」一見喬昭過來，百無聊賴哼著小曲的晨光抖了抖身上雪花。他現在可不是車夫了，不過這麼盛大的場合還是得他出馬，沒辦法，誰讓他深得將軍大人信任呢，離了他不行。

喬昭提起裙襬上車，側頭低聲道：「回去的路上可能會有人對我動手。」

晨光眼神一縮，面上卻沒有絲毫變化，低聲道：「夫人放心，卑職定會把您平安送回府。」

喬昭輕輕頷首，彎腰鑽進車廂。雪依然在下，車輪碾過厚厚的積雪，發出「吱吱呀呀」的聲音。馬鞭在空中捲起一個清脆響亮的鞭花，緊跟著是一聲悠揚的嘯聲。

喬昭掀起車門簾，正巧晨光轉過頭，對她得意一笑。她放下心來，安安靜靜在車內等著。

車行一段距離忽然慢下，晨光壓低的聲音傳來：「夫人，您打開馬車後門立刻跳出去。」

喬昭沒有猶豫，跪坐在靠近車尾的矮榻上拉開門栓，呼呼風雪立刻灌來，迷了她的眼睛。想著晨光的話，她咬咬唇跳了出去，本能的恐懼讓她的心急跳起來，瞬息之後一雙手扶住了她。

年輕男子的聲音在耳畔響起：「夫人別怕。」

幾乎是轉瞬之間，喬昭還沒反應過來就覺身體倏地一輕，再睜開眼已身處馬車中。喬昭快速掀起車門簾一看，那輛熟悉的馬車正在大雪紛飛中遠去，被她推開的車門不知怎地又闔攏了。

「夫人把門簾放下吧，當心雪飄進去著涼。」端坐在前方車板上的人輕聲道。

「嗯，有勞了。」喬昭放下細棉布門簾，靠著車壁緩緩吁了口氣。

馬車拐了個彎，走上另一條路，而先前那輛馬車卻沿著原先的方向遠去了。

回到冠軍侯府後馬車直接向內駛去，喬昭由早就等在二門處的阿珠扶著下了馬車，問道：「侯爺回來了嗎？」

「侯爺還不曾回。」

「等侯爺回來立刻請他過來。」

喬昭回到主院，換過衣裳，手捧熱茶慢慢喝著，開始惦記起晨光來。

對晨光的能耐她自然是清楚的，但太皇太后與皇上已經動了殺心，恐怕不是那麼簡單能應付的。希望晨光不要有事，不然她就對不住冰綠了。

就在前不久，在晨光死皮賴臉央求並拿出所有私房錢的誠意下，喬昭終於點頭允了他與冰綠的親事，只等天暖後二人便成親。

「夫人，侯爺回來了。」

隨著侍女的稟報，熟悉的腳步聲傳來，很快門簾便被人掀開了。

「本想與妳一道回來的，今年皇上留的時間久了些。」邵明淵大步走進來，在門口處脫下大氅交給婢女，這才走向喬昭。

喬昭斟了杯熱茶遞過去，邵明淵伸手接過，觸及喬昭的指尖，不由皺眉。「怎麼這麼冷？」

喬昭使了個眼色，阿珠會意，領著丫鬟們退出去。

「怎麼？」邵明淵立刻覺出幾分不同尋常來。

喬昭低頭啜了一口茶，才道：「今天太皇太后假藉看望大公主的名義，命人把我領到後殿，結果是為了給皇上看診。」

邵明淵一聽，臉色就沉了下來。昭昭是外命婦，不是太醫，先前因為大皇子被傳召進宮也就罷了，現在偷偷摸摸給皇上看診像什麼樣子？雖說這天下是皇上的，可這樣未免太輕慢人。

「皇上身體虛空如朽木，十有八九在房事上出了問題……」喬昭說出自己猜測，苦笑道：「希望是我多心吧，不然成了太皇太后與皇上的眼中釘，恐怕要麻煩不斷了。」

邵明淵臉色冷如冰雪，緊了緊喬昭的手。「多不多心，等晨光回來就知道了。」

約莫半個時辰後，二人終於等到晨光回府。

「如何？」邵明淵淡淡問道。

晨光伸手比劃了一下。「奶奶的，那些人真不是東西，這麼大一個石磨砸下來，把車廂頂砸了好大一個窟窿！」

一番話說得邵明淵臉色鐵青。

「到底是哪個不開眼的對夫人下手啊，卑職帶人去滅了他！」

「好了，你先下去。」

晨光悄悄看喬昭一眼，退了出去。

喬昭笑笑。「看來不是我多心，太皇太后與皇上既然出手了，不會就這麼算了的，咱們以後的麻煩不小。」

「有麻煩，解決就好了。」

有麻煩總是要解決的。自從清涼山開始，邵明淵便覺出泰祥帝的古怪，到了近來這種感覺越發強烈，而今天百官朝賀時，泰祥帝看他的眼神更是讓他生出打人的衝動。

當然這些都可以忍，可太皇太后與皇上對昭昭下手，這個絕不能忍。

邵明淵輕輕摩挲著下巴，眼神越發冷然。

正月初八燈市便開始了，身著新衣的人們走上街頭，白日奇巧百端的表演令人眼花撩亂，到了晚上，那些花燈便亮了起來，可謂是家家燈火，處處管弦。

宣德樓前的山棚已經搭好，到了元宵節當日，按著慣例天子會攜後宮嬪妃與皇親貴族登上宣德樓宴飲賞燈。

皇子皇女陸續夭折，身體又出了問題，泰祥帝心情抑鬱，這一年的元宵節就沒了賞燈的興致。

太皇太后卻道：「如今皇上膝下無子，朝裡朝外定然諸多猜測，為了穩固人心，皇上也不該如此頹廢，連元宵賞燈都不去了。」

泰祥帝還在猶豫，太皇太后語重心長道：「皇上，這是你登基的第三個年頭，元宵賞燈是難得與民同樂的好機會，你若不出現，對民心也是一種打擊。」

泰祥帝只得應下來：「雖是與民同樂，畢竟天寒地凍，就不帶著大公主去了。」

太皇太后笑笑。「大公主還小，就由她母妃陪著留在宮裡吧。」

很快就到了元宵節那日，百姓們知道天子會登上宣德樓賞燈，早早爭相恐後向御街擁去。

到了吉時，在一片歡呼聲中泰祥帝領著浩浩蕩蕩的人群登上了宣德樓。彼時華燈初上，龍燈、傘燈、蓮花燈，數不清的花燈造型各異，富麗清雅，萬燈爭輝。樂聲中，歌舞、雜技、丸劍、角抵等百戲賣力表演著，個個節目精彩絕倫，引得人們爭相觀看。

「皇上，燈樓要亮了，請您移步樓前。」

泰祥帝站了起來，對太皇太后道：「皇祖母，孫兒扶您。」

眾人面前，泰祥帝的孝順讓太皇太后覺得甚有光彩，含笑點了點頭。

泰祥帝扶著太皇太后，皇后緊隨其後，再後面是有封號的嬪妃，由內侍們簇擁著走出雅室，站到宣德樓的白玉欄杆前。百姓們發現了宣德樓上的天子，立刻口呼「萬歲」跪倒一片。把宣德樓圍得密不通風的侍衛們緊張起來，不由握緊腰間刀鞘。

燈光如晝，泰祥帝登高遠望，黑壓壓的人群全都跪倒於腳下，那一刻頓時生出萬丈豪情來。這些都是他的臣民，當一國之君的感覺實在太好了！

享受了片刻成千上萬人的跪拜，泰祥帝舉起雙手往上托了托，百姓們陸續站了起來。很快樂聲大作，當那喜氣洋洋的樂聲到了最高昂時，離宣德樓不遠處的燈樓猛然亮了起來。

燈樓高百餘尺，自下往上一點點亮起，就好像天上的繁星一顆顆墜落人間，令觀燈的人們不由屏住呼吸。轉瞬間，整座燈樓便全都亮堂起來，璀璨生輝，金碧輝煌。

地動山搖的歡呼聲，伴隨著口呼「萬歲」的聲音如浪潮般傳來。

泰祥帝倚著白玉欄杆，不由放大了笑容。皇祖母說得對，在這種時候，享受著無數人的敬仰與膜拜，再大的煩惱都會暫且拋在腦後了。

「快看天上！」

隨著無數人的呼喊，泰祥帝不由跟著抬頭。絢麗煙花在天空中爭相綻放，猶如把春景帶到了夜空。彼時天空是亮的，地上也是亮的，天上煙花與地上花燈在這一刻光芒交錯，照得那屋簷上的積雪與樹梢頭的冰凌熠熠生輝，竟彷彿把一切黑暗都驅散了。

人們癡癡欣賞著眼前盛景，只覺心神俱醉，連宣德樓上的貴人們亦不例外。

而就在此刻，隱沒在暗中的人彎弓拉弦，一枝透明的箭穿過燈光與煙火往宣德樓飛去，在這般熱鬧下竟無人察覺。那箭準確無誤擊中太皇太后後腦，瞬間化作無數冰晶碎末，消失無蹤。

太皇太后的慘呼被人們的歡呼聲淹沒，樓下百姓甚至連那些護駕的侍衛們都絲毫未察。只有近在咫尺的泰祥帝眼睜睜看著祖母就在面前倒下，一張臉瞬間蒼白如雪。

「救、救命——」泰祥帝張嘴喊著，巨大的恐懼好像無形的大手扼住他的喉嚨，讓他只發出含糊的嘶叫聲。

「太皇太后，您怎麼了？」皇后反應過來，驚慌去扶。幾名嬪妃見狀發出尖叫聲。

「皇上，快進裡邊！」魏無邪把愣在原地的泰祥帝拉了進去。

泰祥帝嘴唇哆嗦茫然環顧，彷彿要找到那個能令他安心的身影，可在漫天煙花熄滅後那驟然暗下來的瞬間，他只看到一雙雪亮如星辰的眼睛。那雙眼漂亮如寶石，卻冷冷沒有一絲溫度。

泰祥帝眼前一黑，徹底昏了過去。

二三八　各得其所

不知過了多久，等泰祥帝再次醒來，人已身在熟悉的皇宮中了。

「皇上，您醒了！」驚喜的喊聲傳來。

泰祥帝猛然坐了起來，看看熟悉的環境，喃喃道：「難道又是噩夢？」迎上魏無邪驚喜的臉，皇帝冷靜了下，問道：「太皇太后呢？」

魏無邪臉上的喜悅頓時斂去，換上了哀戚。「皇上，太皇太后……」

「說，太皇太后到底怎麼了？」

「太皇太后薨了！」魏無邪伏地而泣。

泰祥帝身子一晃，扶著床柱閉上了眼睛。

一枝箭，一雙眼。泰祥帝猛然打了個激靈又睜開眼，聲嘶力竭問道：「那枝箭呢？」

「什麼箭？」魏無邪神色茫然。

「射殺太皇太后的那枝箭！」

魏無邪更加茫然了。

「去把錦鱗衛指揮使給朕叫來！」泰祥帝心中的恐懼猶如浪濤一波波撲來，幾乎要把他淹沒，但執著於太皇太后死因的執念讓他苦苦支撐著。

不多時，江十一趕了過來。在清涼山的宮變中，江十一率領錦鱗衛與江遠朝頑強對抗，泰祥帝對他的表現頗為滿意，遂在登基後提了他為錦鱗衛指揮使。

聽了泰祥帝問話，江十一如實回道：「微臣帶人仔細搜過，宣德樓上並無任何傷人之物。」

並無任何傷人之物。這個答案猶如一盆冰水兜頭潑了過來，泰祥帝只覺透心涼，從裡往外冒著寒氣。那枝箭，他只要閉上眼就能感覺到它的溫度。那枝箭擦著他而過，寒氣逼人，然後便如煙花般絢麗過後就不見了。那是一枝什麼樣的箭？射出那枝箭的又是什麼人？

沒有問到答案，泰祥帝驚駭地發現，留意到那枝箭的竟只有他一人，注意到那雙眼睛的同樣只有他一人。那枝箭好像從來不曾存在過，殺害太皇太后的凶手亦不存在。

❦

太皇太后的死因，對外以賞燈後染了風寒病故而告終，對內召集太醫們會診，太醫們雖發覺太皇太后頭部創傷，卻因錦鱗衛等單位連凶器都沒查到而不敢張揚。

更何況太皇太后在元宵節登樓賞燈被刺殺，這種事哪怕證據確鑿，逮到凶手同樣會祕而不宣，不然引起天下人效仿，那就大大不妙了。

太皇太后的喪事在宗人府與禮部等部門的協同下有條不紊進行著，皇宮內卻是一片愁雲慘霧。泰祥帝徹底被嚇到了，只要一閉上眼睛，那枝寒芒閃閃的箭就對著他的面門射來，而後便是那雙冷冰冰的眸子。

「冠軍侯，宣冠軍侯進宮！」泰祥帝大汗淋漓，聲嘶力竭喊道。

傳進宮的旨意很快就送到了冠軍侯府中。

邵明淵暫且把傳旨的內侍留在花廳，寬慰喬昭：「不用擔心我，我去去便回了。」

喬昭抓住邵明淵衣袖，到底是有些不安。「庭泉，會不會是宮中察覺了什麼端倪？」

她對邵明淵解決麻煩的能力有信心，卻沒想到他竟然直接對太皇太后出手。而在這之前，邵明淵並沒有告訴她刺殺太皇太后的事，事成之後才對她坦白。不得不說，這個男人太大膽了。

「不會。」邵明淵輕笑起來，親暱撫了撫喬昭臉頰。「安心等我回來。」

「嗯。」喬昭點點頭，因為對方篤定的態度，放鬆了心情。他說會平安回來，她便相信。

邵明淵再次拍了拍喬昭的手，轉身走了出去。

等在花廳中的內侍立刻站了起來。「侯爺，走吧。」

外面依然飄著雪花，北風寒冷徹骨。邵明淵輕輕呼出一口白氣，隨著內侍趕往皇宮。

「皇上，冠軍侯到了。」

呆呆坐著的泰祥帝猛然回過神來，迫不及待道：「宣冠軍侯進來！」

不多時邵明淵走進來，行禮道：「微臣見過皇上。」

泰祥帝直直看了邵明淵許久，開口道：「魏無邪，給冠軍侯搬一把椅子。」

「多謝皇上賜座。」

泰祥帝癡癡看著面色沉靜的年輕男子，久久不語。邵明淵筆直端坐，猶如一株青松。

許久後，泰祥帝開口：「侯爺，昨晚……昨晚朕很恐慌……」

他可憐巴巴望著眼前的年輕男子，想從對方身上得到些許寬慰。對面的男子如他所願抬起眼眸，微微一笑。那雙眼睛很漂亮，如最上等的寶石，沒有絲毫雜質，可又冷冰冰沒一絲溫度。

泰祥帝猛地打了個激靈，臉色瞬間煞白，驚慌失措間打翻了手邊茶盞。魏無邪默不作聲收拾著地上的碎瓷片，壓下心中疑惑。

泰祥帝站了起來，睜大眼睛驚恐瞪著邵明淵。邵明淵面色依然平靜，隨著皇帝的起身跟著站起來，含笑寬慰道：「皇上莫要恐慌，微臣會竭盡所能保護您的。」

皇帝彷彿從水中撈出來般，額頭已是冷汗淋淋，無力道：「有、有侯爺這句話，朕就安心了……」面對著嘴角含笑的俊美男子，泰祥帝只覺眼前陣陣眩暈，再也無力多說，匆匆把人打發走後虛脫跌坐回椅子上。

魏無邪拿來溫熱的軟巾替泰祥帝擦拭額頭。「皇上，奴才扶您躺著去吧。」

泰祥帝搖搖頭，把整個身體埋進寬大的龍椅中，眼神呆滯。魏無邪猜不透皇帝情緒的變化，只得小心翼翼伺候著。令人窒息的沉默過後，泰祥帝睃了魏無邪一眼，問道：「魏無邪，你說冠軍侯是個什麼樣的人？」

冠軍侯？一聽皇上問起邵明淵，魏無邪立刻打起了十二分的精神。他與冠軍侯還有張天師那可是有著共同祕密的，這個問題，他可要仔細回答。

「奴婢與冠軍侯接觸不多，但覺得冠軍侯是個有大毅力的人，咱大梁北地的安寧離不得他。」

「大毅力？」泰祥帝喃喃念著這幾個字，臉色越發白了。大毅力，這是說一旦得罪了他，他就會憑藉著超凡的毅力找人算帳嗎？

想到那雙沉靜如星辰的眼，泰祥帝後背發涼，彷彿渾身力氣都被抽空了。

喬昭等在花廳裡，直到下人稟報將軍回來了才鬆口氣，起身出迎。

「怎麼在外面等著？」邵明淵大步走過來，挽住喬昭的手往屋內走去。

「皇上找你說什麼？」

邵明淵回想著泰祥帝的樣子，不由笑了。「大概是覺得後怕，所以從我這裡尋安心吧，畢竟我武功高強嘛。」

「說正經的。」邵明淵的放鬆感染了喬昭，她笑著打了他一下。

「這就是正經的，皇上確實找我說了這些。」

至於後來泰祥帝表現出來的異樣，邵明淵覺得沒必要多提。他並不怕泰祥帝對太皇太后的死有所猜測，甚至在他射殺太皇太后的那一刻，便有意給皇上留下了印象。

泰祥帝與別的帝王不一樣，雖然繼承大統，但從未當作儲君被培養過，甚至連先皇的面都沒見過幾次，是個生性懦弱之人。這樣的人幾經生死，對死亡的恐懼遠超常人，當發現威脅太過棘手時，更多的選擇是逃避與妥協。

他希望能用太皇太后的死，逼著那位帝王收起對妻子的殺心，如果這次出手還是不能護得妻子周全，那他也不在乎更進一步。當然，不到萬不得已，他並不願走上那一條路。

無論興亡，只要戰事一起，從來都是百姓苦。

太皇太后的喪事辦得隆重，泰祥帝卻在這時病倒，到春暖花開之時，竟已臥床不起。

泰祥帝這一病，急壞了朝中重臣們。皇上如今只有一位大公主，萬一有個三長兩短，這江山該由何人繼承呢？

大臣們憂心忡忡之時，原本還算安分的宗室子弟們開始活躍起來，個個打了雞血般走動著，那些與宗室結親的府上亦跟著心思浮動。不幾日，就傳出某某宗室子弟禮賢下士的美談，亦或是天降祥瑞於某某宗室子弟府上的奇聞。

「首輔大人，上書立儲的事不宜再耽誤了，不然大梁危矣！」

「是啊，首輔大人，此事您該拿主意了。」

許明達嘆了口氣。「皇上正值壯年，眼下雖無子嗣卻不代表以後沒有。倘若現在過繼宗室子為皇儲，萬一將來皇上有了親子——」

「首輔大人，皇上現在病重，我們不能不未雨綢繆啊！」

「不錯，以後的事以後再說，眼下卻不能再猶豫了。」

許明達沉默良久，終究點了點頭。

「皇上，許首輔、蘇次輔與幾位尚書求見。」魏無邪湊在泰祥帝耳邊道。

臥床十數日的泰祥帝已經形銷骨立，雙鬢斑白，瞧著哪裡是三十多歲的壯年男子，反而更像四、五十歲的人。聽了魏無邪的話，他艱難地睜開眼睛，啞聲問：「幾位首輔與尚書都來了？」

「是，都來了。」

泰祥帝便沉默下來。他又不是傻子，這時候焉能不知這些朝中重臣求見的目的。

其實自他病倒之後，皇位傳承一事就壓在了心頭，想要過繼宗室子弟心有不甘，不過繼又怕自己突然閉眼，到時儲君不明必然引起動盪，他豈不愧對列祖列宗。

想到這些，泰祥帝就覺得一顆心彷彿在油鍋裡煎。當了那麼久的窩囊王爺，好不容易登上帝位，這才是他繼位的第三個年頭，而實際上在位時間連兩年都不到。他不甘心啊！

「讓他們回去吧，就說朕睡了。」泰祥帝閉上了眼睛。

「是。」魏無邪在心底悄悄嘆了口氣，出去傳信。

聽了魏無邪的傳信，幾位大臣面面相覷。皇上這哪裡是睡了，分明是不想見他們，但皇上不想見，他們總不能硬闖進去。許明達說不出是失望還是鬆了口氣，開口道：「勞煩魏公公了，既然如此，我們就先告退了。」

天漸漸暖了，太醫署卻籠罩著一層陰雲，上上下下都為泰祥帝的病忙碌著。

可令太醫們無奈的是，皇上並不是患了某種急病，更像是快要耗盡油的油燈，除了努力延緩燭火熄滅的時間，束手無策。泰祥帝的身體一日比一日虛弱了，不安在朝中上下蔓延。

以許明達為首的朝中重臣在第三次求見泰祥帝未果後，已是急得如熱鍋上的螞蟻。此時的皇宮裡，氣氛壓抑如暴風雨來臨的前夕，宮人們走路都小心翼翼不敢發出聲音。

魏無邪照例接過太醫熬好的湯藥，伺候泰祥帝喝藥。

「皇上，該喝藥了。」喊了一聲沒有動靜，魏無邪心中就咯噔一下，忙把藥碗放到一旁，湊上前去放聲喊道：「皇上，皇上，皇上！」

就在魏無邪一顆心將要跳出胸腔之際，泰祥帝猛然睜開了眼，額頭上一片汗水。

魏無邪狠狠鬆了口氣，眼角已是濕了。「皇上，該、該喝藥了。」

泰祥帝睜著渾濁如老朽的眼睛，望著魏無邪搖了搖頭。「朕不喝藥了。」

「皇上——」魏無邪心中陡然生出幾分不詳的預感。

泰祥帝看著魏無邪，反而笑了。「魏無邪，你把許明達等人傳進宮來吧，朕有話對他們說。」

魏無邪死死低著頭，聲音顫抖。「是……」

接到皇上召見消息的許明達等人幾乎是飛奔而至，走入藥味濃郁的內室，在紗帳前跪了下來。「臣等拜見皇上，吾皇萬歲萬歲萬萬歲。」

帳中的泰祥帝聽著臣子們口呼「萬歲」，只覺諷刺。這世上哪來的「萬歲」，只有才得到就失去的倒楣蛋罷了。

「魏無邪，把紗帳掀起來吧。」

魏無邪忙掀起紗帳，見泰祥帝微微動著身子，上前去扶。泰祥帝靠著引枕半躺著，目光落在下方跪著的幾位大臣身上，啞聲道：「你們都起來吧。」

許明達等人都站了起來。

「那儲君的人選，你們擬了幾位？」

泰祥帝這話一出，眾臣面上皆帶出幾分尷尬。

泰祥帝笑了。「諸卿三番五次求見朕，不就是為了此事嗎？」

許明達等人立刻再次跪下來。「臣等有罪！」

泰祥帝咳嗽了一聲，魏無邪忙拿來金痰盂，一隻手輕輕撫著他後背。

那咳嗽聲聽得眾臣心生悲涼。皇上看來真的不成了。

泰祥帝緩了緩神，才道：「朕沒有精力與你們客套了，把你們擬的人選跟朕說說吧。」

幾位大臣皆看向許明達。

許明達清清喉嚨道：「臣等共擬了六位人選，首先是恭親王之嫡長孫，年二十……」

泰祥帝閉著眼聽許明達把六位皇儲人選一一說完，搖了搖頭。

許明達等人不由困惑了。雖說這六位人選有勳貴重臣們角力的結果，但也確實是從血緣、年齡、嫡庶等方面綜合考慮後最合適的，皇上搖頭是覺得都不佳嗎？

幾位大臣悄悄對許明達擠擠眼，示意他開口詢問。許明達定了定神，恭敬問道：「對幾位人選有何不滿，還請皇上示下。」

泰祥帝睜眼看向許明達，靜了片刻道：「只考慮三歲以下的。」

此話一出，眾臣不由吃了一驚。他們推選的都是成年宗室子，考慮的便是一旦皇上山陵崩就可以順利繼位，穩定局面。結果皇上竟只考慮三歲以下的宗室子，先不說這麼大的孩子一旦登基必然需要輔政大臣，這個年紀的幼兒夭折風險實在太大了……

「皇上——」眾臣紛紛開口，想要再勸。

泰祥帝語氣雖虛弱，神情卻堅決，再次重複道：「只考慮三歲以下的。」任泰祥帝如何病重，到底是一國之君，這般堅決眾臣見狀只能應下來。

「皇上放心，臣等這就重擬合適人選。」

「要相貌俊美的，醜的不行。」泰祥帝又叮囑一句。

眾臣：「……」

幾日過後，泰祥帝病情嚴重，如一座大山壓在大臣們心頭，宗室近親子弟三歲以下、模樣周正的孩子名單很快報了上來。

泰祥帝聽著許明達一個個報名字，剔除了幾名對其父輩或祖父輩沒好感的，緩緩問道：「留下的有幾個？」

「回稟皇上，還有四位。」

「叫這四個孩子的母親抱著孩子進宮，朕要看看。」

到了這個時候，泰祥帝的話眾臣自然不打折扣執行，四名孩子很快就由母親抱著進宮面聖。

雖然都是宗室媳婦，這般直面天顏的機會還是少之又少，更別說這次面聖意義重大，四位見慣了場面的命婦抱著稚子無比緊張，心情都處於患得患失之中。

「妳們抱著孩子上前來，讓朕瞧瞧清楚。」泰祥帝半靠著床頭，有氣無力道。

「是。」四位命婦恭敬應了，抱著孩子上前數步，在離泰祥帝不遠處停下來。

泰祥帝睜著渾濁的眼睛一一掃過稚兒。這個時候的泰祥帝骨瘦如柴，雙頰都深深陷了進去，渾身散發著油盡燈枯的腐朽味道，令人見了心生不適。

四名幼兒皆不足三歲，自然學不來成人的掩飾，其中一名幼兒目光與泰祥帝對上後，不由嚇得哭泣起來。抱著幼兒的命婦頓時嚇白了臉，撲通跪下來請罪。

在家千叮萬囑孩子見了皇上要嘴甜乖巧，誰知到底因為孩子太小壞了事。儲君之位啊，只要皇上駕崩那就是新皇，她就是皇上生母，現在孩子一哭是徹底沒戲了。

婦人越想越懊惱，這麼一想，她也想哭了。

誰知泰祥帝卻淡淡道：「起來吧，稚子哭鬧很正常。」

婦人感激涕零站了起來，懷中稚兒卻仍在大哭，只得緊張哄著，額頭已是冒了汗。

聽著孩子的哭聲，泰祥帝卻沒有任何不耐之色，反而對另外一位婦人道：「妳可以帶著孩子回去了。」

那婦人只覺青天一個霹靂打下來，打得她頭暈目眩。

「皇、皇上——」婦人哀求喊了一聲。明明哭的是別人家孩子，她兒子乖乖的，為什麼落選的卻是她兒子？難不成皇上看著別人家孩子比她家的好看？

「去吧，魏無邪，賞孩子一塊玉珮，兩匣子糕點。」泰祥帝疲憊道。

婦人終究不敢多說，含淚抱著孩子行了一禮，默默退下去。其他三名婦人見此不由翹起了嘴角，可轉念一想帝王的喜怒無常又趕忙收起得意，垂目抱著孩子規規矩矩等著。

泰祥帝顯然有些乏力了，卻還強撐著：「魏無邪，請皇后過來。」

三名婦人心中一陣忐忑，越發猜不透皇上用意了。

不多時，皇后由宮婢簇擁著趕來，向泰祥帝見禮。

泰祥帝看了一眼皇后。隨著太皇太后過世，皇后衣著越發樸素，明明還不到雙十年華，頭上卻只有簡單一對玉釵，神情更是不見年輕女子的靈動。

「皇后，妳看一下那三個孩子，喜歡哪個？」

皇后倏地一驚，三名婦人更是難掩震驚，下意識抱緊了懷中幼兒，就連經過大風大浪的魏無邪都忍不住悄悄看了皇上一眼。皇上這是把選擇儲君的權利交給皇后了？

泰祥帝臉上卻一片平靜，催促道：「皇后，妳喜歡哪個？」

「臣妾——」皇后漸漸回過神來，看向三個孩子，攏在袖口中的手忍不住微微顫抖。皇上為何問她喜歡哪個孩子？難不成要她來決定儲君人選？不，一定是她想多了，這簡直荒謬。她喜歡哪個？皇后目光從三名孩子臉上一一掃過，可以明顯看出孩子生母的緊張與忐忑，而三名稚子卻不知發生了什麼事，或是天真望著她，或是自顧玩著，還有一個竟然睡著了。

皇后腦海中快速掠過三名孩子的出身，卻發覺與楊家皆沒什麼關係。既然選哪一個對家族來說影響不大，又不是她所出，那該如何選擇呢？

皇后此刻說不清心中是何滋味，一步步往三名稚子走去，在第一個婦人面前停下來。

「快給皇后娘娘請安。」

婦人懷中稚子粉雕玉琢，一雙眼睛尤為靈動，脆聲道：「娘娘萬福金安。」

皇后不由笑了，走向下一個孩子。那孩子好奇看著皇后，在母親的催促下喊了一聲「娘娘」，便又被一旁柱子上的金龍吸引了注意。

皇后笑笑，來到最後一名孩子面前。那孩子正睡得香，其母輕輕拍著他。「冬兒，快醒醒！」

幼童在睡夢中頭一扭，像鵪鶉般埋進母親懷裡，把小屁股露在了外面。

婦人尷尬極了，不由在孩子屁股上拍了一下，孩子拱了拱小身子醒過來，轉頭恰好迎上皇后視線，純真笑起來。皇后只覺心驀地一軟，彎唇微笑起來。

「皇后覺得哪個孩子好？」

皇后回身對著泰祥帝略略屈膝。「三個都是極好的，真要選一個，臣妾委實拿不定主意。」

三名婦人聽了更加緊張了，卻見皇后忽然回眸看了那才醒來的幼兒一眼，淺笑道：「這個孩子倒是合臣妾的眼緣。」

此話一出，那名孩子的母親不禁喜出望外，其他兩名婦人卻大失所望，只有三名幼童不知道發生了什麼事，還是原來的模樣。

泰祥帝點點頭。「魏無邪，記下來，傳給許首輔他們吧。」

「是。」

「把他們帶下去吧，朕累了。」

「臣婦告退。」三名婦人或是欣喜或是失落，由內侍領著退了下去。

皇后亦跟著告退，泰祥帝卻道：「皇后，妳來朕身邊坐坐吧。」

摸不透皇上心思的皇后默默走了過去，在一旁床沿坐下，卻覺針扎般難受。坦白說，自打皇上病倒，她反倒鬆了口氣。現在的清淨日子比以前皇上留宿鳳藻宮卻尷尬躺在她身邊強多了。

「朕記得皇后嫁給朕時，比現在要豐腴些。」

皇后不由看了泰祥帝一眼，卻在望進他眼中時怔住了。自從成親，她是第一次見到皇上這般溫柔的目光。泰祥帝伸手握住了皇后的手。

「皇上……」

泰祥帝緊了緊皇后的手，輕輕道：「朕這些日子思來想去，覺得最對不住的就是皇后……可有什麼法子呢，朕也不想的……還好，那孩子小，皇后真心待他，能養熟的。」

皇后淚如雨落。

泰祥帝請來皇后選定儲君一事，很快就在宮中傳遍了。

皇上正當盛年卻病重不起，整個後宮除了賢妃育有大公主，其他嬪妃連一子半女都無，想想以後光景便一片淒風苦雨，對被皇上安排好後路的皇后自然羨慕不已。

這時就有許多嬪妃暗暗嘆息：這作妾和作妻到底是不一樣的，哪怕那個男人是皇上也不例外，可是現在後悔卻遲了。

玉芙宮中，黎皎彎唇冷笑。

太好了，她終於熬到皇上死了。她這麼年輕，當然不甘心只有大公主一個女兒，可是皇上連男人都當不了，對她非但沒有憐愛還日日折磨虐待，這樣的日子簡直生不如死。她慶幸沒有在自己崩潰弒君前皇上就要死了。死了好，她是唯一有子嗣的嬪妃，將來總不會太差。

急促的腳步聲傳來，緊跟著是宮婢的稟報聲：「娘娘，魏公公來了。」

黎皎一怔，而後一喜。皇上剛剛安排好了皇后，現在是不是要安排她了？是了，她可是大公主的生母，而大公主是皇上唯一的孩子。雖然為了江山傳承不得不過繼宗室子為儲君，真論疼愛，皇上當然是疼自己的親骨肉。

一愣神的工夫，魏無邪已經走了進來，後面還跟著兩名內侍。

黎皎回神，在魏無邪這伺候了兩任帝王的秉筆太監兼東廠提督面前不敢托大，起身笑道：「魏公公來了。小桃，快給魏公公上茶。」

「上茶就不必了。」魏無邪嘆息一聲，身體側開，露出在他後面的內侍來。

兩名內侍各端著一個托盤，一個托盤上放著白綾，一個托盤上放著鴆酒。黎皎眼睛猛然睜大。

「賢妃娘娘，您選一樣吧。」

黎皎眼睛睜得更大，連連後退。「為什麼？我要見皇上！」她說完繞過魏無邪往外跑，撲到門上才發覺門從外面鎖住了。

「開門、開門，我要見皇上！」黎皎用力拍打著房門。

「賢妃娘娘，您這樣鬧，引來旁人看笑話就不好了。」

「為什麼？」黎皎美目圓睜瞪著魏無邪，滿臉不甘心。「魏公公能不能告訴我為什麼？」說到這裡，她猛然打了個激靈，失聲道：「難道皇上要我殉葬？」

魏無邪頓時臉一黑，冷笑道：「娘娘說笑了，皇上萬壽無疆，哪裡需要您殉葬呢？」這個賢妃，皇上還活著呢就說殉葬的話，也不怕禍及家人！魏無邪不由想起泰祥帝的話：跟她說明白了，朕不需要她殉葬，朕只想要她死。

「那、那這是什麼意思？」

魏無邪臉色一正，肅容道：「傳聖上口諭，賢妃心思不正，照顧大公主不力，現貶為庶人賜死，不得葬入皇陵。」

黎皎踉蹌後退，連連搖頭。「不可能，皇上怎麼可能用這種理由賜死我？我不相信，我要見皇上！」她衝到門前又用力拍起門來。「放我出去，我要去找皇上問個清楚！」

魏無邪嘆道：「賢妃娘娘，您還是給自己留點體面吧，這兩個托盤選一個，也好讓咱家回去交差，皇上可還等著呢。」

「我一定要找皇上問個清楚！」看著兩名手端托盤的內侍上前一步，黎皎駭得面無血色，用力去撞房門。

魏無邪冷下臉來。「送賢妃娘娘上路！」

兩名內侍把手中托盤往桌案上一放，上前按住黎皎的肩膀。

「放開我，放開我！」黎皎掙扎著，見一名內侍端起了放在托盤上的鴆酒，便低頭咬了另一名內侍的手。那名內侍雖吃痛，卻有功夫在身，這點痛苦算什麼，不過皺了一下眉便掙開了。

黎皎被禁錮得動彈不得，眼見鴆酒已經端到唇邊，拚命搖頭。「大公主，我要見大公主。我是大公主的母妃，皇上怎麼能以照顧大公主不力賜死我？」

魏無邪看著黎皎垂死掙扎，不由嘆息。賜死賢妃的理由明顯只是個藉口，這賢妃也是個傻的，到底什麼地方得罪了皇上，別人不清楚，難道她自己心裡沒數嗎？

「賢妃娘娘，雷霆雨露皆是君恩，既然這是皇上的意思，您還是體面地去吧。」

「你住口！我不相信皇上會賜死我！」發覺根本無力掙脫，黎皎腦海中名為理智的那根弦崩斷了，歇斯底里喊道：「皇后，你們一定是皇后派來害我的！」

魏無邪翻了個白眼。這麼蠢的女人，難怪皇上不願意留著以免禍害大公主呢。

「還等什麼，皇上等著回覆呢。」魏無邪冷冷催促著兩名內侍。

一名內侍禁錮住黎皎，任她怎麼掙扎都掙不脫，另一名則捏住她下巴，把毒酒往嘴裡灌。

「嗚嗚嗚——」大滴大滴的淚從黎皎眼角滾落下來，可她的掙扎卻漸漸沒了力氣。

那酒的毒性格外霸道，內侍把一杯酒灌完，烏血就順著黎皎的嘴角流出來。

魏無邪對兩名內侍點點頭，兩名內侍鬆開了手。黎皎踉蹌著往前走了兩步，栽倒在地。她伏在地上，已經說不出話來，痛苦使她渾身顫抖，一雙眼卻死死盯著魏無邪，充滿了絕望與不甘。

魏無邪就這麼默默等著。賢妃娘娘不嚥氣，他是不能回去覆命的。

「我、我——」黎皎嘴唇翕動，聲音卻悶在喉嚨中，五臟六腑那種烈火焚燒般的痛苦，她卻連指尖都動彈不得。她不甘心，更不懂這到底是為什麼。

不知過多久，地上那美貌依舊的女子徹底不動，睜得大大的眼睛彷彿還在控訴著什麼。

魏無邪嘆了口氣，吩咐道：「除掉黎氏身上超出庶人身分的衣裳與首飾，用席子裹了丟出去。」他也不明白皇上對賢妃的處置為何如此殘忍，但當奴才的不需要懂，只需執行就夠了。

躺在病榻上的泰祥帝等到魏無邪的覆命，彷彿又了卻一樁心事，罕見地露出個笑容來。他才不要那個殺千刀的女人殉葬呢。一想到若是到了地下還要面對著那個賤人，他都不想死了！

「傳朕旨意，陳妃跟隨朕最久，打理王府多年，朕甚感念，現封她為德妃，以後大公主交由德妃撫養。」

黎皎的死在這愁雲慘霧的關頭猶如一朵水花，雖激起後宮嬪妃的諸多猜測與恐慌，卻沒有掀起半點風浪。相反的，過繼宗室子為皇子，把大公主交由新封的德妃撫養，種種舉措都預示了泰祥帝的情況不妙。後宮中各處都有壓抑的哭聲。

眾多嬪妃沒有皇后與德妃的幸運，膝下無子的她們，結局離不了兩個，一是殉葬，二是進皇家寺廟從此青燈古佛一生。她們的人生彷彿才剛剛綻放出絢爛就匆匆謝幕，卻無能為力。

這個時候，宮外無人關心這些嬪妃的命運，而是等待著泰祥帝再一次的傳召。

皇子年幼，一旦皇上賓天，必然需要大臣攝政，這個權力就太誘人了。

泰祥帝心知自己的狀況，確實沒讓那些人等多久，便對魏無邪道：「傳內閣首輔許明達、次輔蘇和、六部尚書、常山王、冠軍侯、錦鱗衛指揮使等人覲見……」

眼見泰祥帝已是連說話的力氣都無，魏無邪忙打發內侍前去各處傳話。

接到消息的眾人匆匆趕至宮中。泰祥帝已是難以下榻，接見眾臣的地方便在寢宮。偌大的養心殿空闊寂靜，只有大臣們走過發出的衣料摩擦聲與腳步聲。

隔著繡福壽紋的天青色紗帳，眾臣跪倒在地。「臣等拜見皇上，吾皇萬歲萬歲萬萬歲。」帳子裡沒有傳來動靜，眾臣不由面面相覷。難不成皇上還沒來得及交代後事就——

這個念頭一起，眾臣就越發緊張了。

魏無邪從帳子裡出來，朗聲道：「皇上請諸位大人先去外間稍後。」

眾臣不由鬆了口氣，原來皇上打算單獨召見人。在內侍的引領下，眾臣來到外間默默候著。

很快魏無邪出來，掃視眾臣一眼，最後視線落在邵明淵面上。「侯爺，皇上請您先進去。」

眾臣紛紛看向邵明淵。邵明淵得以第一個被召見，心中雖詫異，面上卻絲毫不露聲色，對魏無邪略一頷首，隨他走了進去。

留下的眾臣用目光無聲交流著，皆困惑為何皇上首先召見的人竟是冠軍侯。

邵明淵進去看到泰祥帝時，不由心中一震。

當初得知太皇太后與皇上對昭昭動手，他惱怒非常，沒有猶豫就對太皇太后出了手，且有意給皇上留下印象，算是敲山震虎。可讓他沒想到的是，皇上竟如此不禁嚇，短短時間竟成了這副模樣。當然，既然動手了，他沒有什麼後悔的，卻難免心生感慨。

「微臣見過皇上。」

泰祥帝定定望著邵明淵，好一會兒後輕聲道：「侯爺來啦，到朕身邊來坐。」

邵明淵依言走了過去坐下。泰祥帝挪動眼珠看向魏無邪。「魏無邪，朕要與侯爺單獨說說話。」魏無邪忙退了出去，在外面守著。

室內只剩下邵明淵與泰祥帝二人，那藥味似乎越發濃郁了。

邵明淵一副恭敬的樣子，等著泰祥帝開口。泰祥帝卻只是眨也不眨地望著他。

時間一點點過去，久得邵明淵都詫異了，不由抬眸迎上泰祥帝的視線。泰祥帝眼眸深沉，竟一時讓人辨不出情緒。邵明淵又垂下眼簾，繼續等著。

泰祥帝終於開口了：「那一晚……是不是侯爺？」

邵明淵眉梢微動。他萬萬沒想到皇上第一句是問這個。難道人之將死，行事便出人意料了？「微臣不懂皇上的意思。」邵明淵平靜回道。難道說皇上見自己不成了，便不顧一切想要除了他洩憤？這個念頭只是在邵明淵心中一閃而過，他面上依然平靜淡定。

泰祥帝把他的神情盡收眼底，居然輕輕笑了。「侯爺，朕知道，那天是你。」

如何會不知道呢，自從清涼山之後，無數次惡夢裡都是這個人救他於水火之中，這人的眉眼已被他在夢中描繪了千萬次。

那一晚，儘管隔了那麼遠的距離，人又隱在暗處，可那雙眼睛他不會認錯的。

邵明淵乾脆垂了眼眸不語。這種時候他不屑否認，卻又不能承認。無論皇上準備如何對他，他都不會在口舌上落下把柄。

出乎邵明淵的意料，泰祥帝沒有再追問下去，轉而問道：「侯爺，對於你最珍貴的事物，你會好好守護吧？」

邵明淵沉默一瞬，抬起眼來與泰祥帝對視，認真回道：「會的，對微臣來說，誰若想毀掉我最珍貴的事物，那麼微臣定會竭盡所能地回敬。」

這算是他給皇上的那個答案吧，相信皇上聽明白了。

泰祥帝聽了卻微笑起來。「那麼大梁百姓的安寧，在侯爺心中是最珍貴的事物嗎？」

邵明淵眸中閃過一絲詫異，但他很快回道：「大梁百姓的安寧在微臣心裡是珍貴的事物之一。」他從十四歲便千里北上征戰沙場，無數次的浴血奮戰，為的就是保護大梁百姓不受韃子蹂躪之苦。因為付出過，所以才越發放不下。

「那朕便放心了，咳咳咳——」泰祥帝咳嗽起來，雙頰很快就因劇烈咳嗽而漲紅。

邵明淵掃視一下，彎腰捧起床邊的金痰盂。

泰祥帝搖搖頭，虛弱指指外邊的魏無邪。邵明淵只得站起來，喊道：「魏公公，皇上叫你進來。」

魏無邪匆匆走了進來，一見泰祥帝如此，立刻從邵明淵手中接過痰盂遞過去，泰祥帝卻不吐，又指指邵明淵。

魏無邪愣了一下，很快反應過來，對邵明淵苦笑道：「侯爺，皇上讓您先出去。」

「微臣告退。」邵明淵鄭重給泰祥帝磕了一個頭，退了出去。

泰祥帝這才張口吐痰，卻吐出幾口血來。

「皇上！」魏無邪駭得面無人色，捧著痰盂的手劇烈顫抖著。

「去把他們都叫進來吧。」

不多時眾臣跪了一地，隔著紗帳聽泰祥帝緩緩說著：「許首輔，太子年幼，以後國家大事就要你多操心了……王叔，宗族中您德高望重，以後請替朕約束太子……」

紗帳內漸漸沒了聲息。眾臣哭聲一片。

不久後，喪鐘響起，宮裡宮外哀聲不絕。

泰祥二年暮春，泰祥帝駕崩，授首輔許明達與常山王為輔政大臣，江十一連任錦鱗衛指揮使，冠軍侯封鎮北王，從此守衛北地一方安寧，無召不得進京。

獨家收錄

一、那個傻瓜

泰祥帝駕崩，幼主繼位，一時動盪在所難免，北地有鎮北王駐守還算安寧，南邊局勢卻驟然緊張起來。

「你們，走到這邊來蹲下，抱頭！」倭人打扮的數十人舉著明晃晃的倭刀，指著被逼得無處可逃的一艘客船上的人大喊著。

客船上的人陸續走上倭寇的船，按著倭寇的吩咐抱頭半蹲在船緣邊。倭寇首領指了指客船，很快分出一隊倭寇往客船去了。

甲板上蹲著的楊厚承對一旁打扮差不多的同伴擠擠眼。那名同伴雙目清亮有神，狠狠白了楊厚承一眼，正是作男裝打扮的謝笙簫。

楊厚承低聲說：「那個首領交給我——」

話音未落，謝笙簫就出其不意跳了起來，抽出纏在腰間的軟鞭，勾住倭寇首領的倭刀，手腕一用力就把倭刀奪了過來，手握倭刀對著倭寇首領砍過去。

倭寇首領哇哇大叫起來。留在船上的倭寇們見狀立刻舉刀砍來，抱頭蹲下的人紛紛一躍而起，與倭寇激戰在一起。

「支援、支援！」倭寇首領被謝笙簫逼得左支右絀，大聲對客船喊著，想把那隊倭寇喊回來。回應他的卻是客船中傳來的廝殺聲。

「中計了，哇哇！」倭寇首領氣得大叫，一個分神，肩膀就被謝笙簫砍中。

謝笙簫另一隻手長鞭一掃，逼退衝上來營救倭寇首領的人，手起刀落砍掉了倭寇首領的腦袋。倭寇首領的腦袋高高飛起，鮮血從腔子裡飛出來，濺了謝笙簫一臉。她卻眉梢都不動，反手一抹露出一張俊俏的面龐。

「妳不講規矩，說好了這次的倭寇首領歸我的！」楊厚承氣急敗壞嚷道。

謝笙簫得意一笑。「殺倭寇還要講規矩，你是不是傻？」

楊厚承抬腳踹飛一個趁機衝過來的倭寇，怒道：「等完事再找妳算帳！」

「怕你不成？」明媚陽光下謝笙簫大笑，反手又砍殺一名倭寇。

倭寇被分化成兩隊，楊厚承等人又個個身經百戰，激戰半個多時辰就把那些倭寇盡數拿下。數十名倭寇只剩下四、五名，全都跪下來等著發落。

「這次不錯，抓了幾個活的。」楊厚承笑嘻嘻道。

謝笙簫唇角緊繃走了過去，手起刀落把一名倭寇的腦袋砍了下來。

「妳幹嘛，這是俘虜！」楊厚承急道。

謝笙簫輕瞥他一眼，不屑撇嘴。「什麼俘虜，帶回去浪費糧食不成？」

「可是肖老將軍交代了——」

謝笙簫打斷楊厚承的話。「反正我沒聽見。這些狗雜種說不準就是吃不飽才當倭寇禍害咱大梁百姓的，現在不殺了難不成還要把他們帶回去吃白飯？那不正遂了這些狗雜種的心願！」

幾名被俘虜的倭寇一聽氣個半死。這人也忒瞧不起人了，他們當強盜是要發大財的，誰只是為了當俘虜混口飯吃啊。

「看看這些人的表情，個個不服氣的樣子，明顯是覺得吃白飯還不行，還要燒殺搶掠才划算呢，這樣的人不殺了留著過年嗎？」謝笙簫如砍白菜般砍掉幾名俘虜的腦袋，把屍首踹進海裡，笑道，「人不能帶回去，這些倭刀還有這船還是可以帶回去的，好了，收工了。」

楊厚承看著手下們低頭忍笑清理戰場，黑著臉道：「妳好歹是個姑娘家，能不能不要開口狗雜種，閉口狗雜種的？」

謝笙簫把長鞭往腰間一繞，往衣袍上隨意擦了擦手上鮮血，邊往客船上走邊冷笑道：「那你為什麼可以這麼叫呢？」

楊厚承抬腿跟上去。「說過八百次了，我是男人！」

「呵，那我問你，倭寇禍害咱大梁人時，會優待大梁女子，只殺大梁男人？」

「那倒不會……」

「這不就是了，那我怎麼不能叫倭寇狗雜種？」

「妳這樣的，誰敢娶呀。」楊厚承小聲嘀咕著。

「你說什麼？」謝笙簫停下來。

楊厚承頭皮一麻。「沒說什麼，趕緊走吧，肖將軍還等著咱們回去覆命呢。」

二人帶著手下與戰利品乘船返回營地，並肩走入帳中。

肖將軍正在營帳裡看海圖，聽到動靜把海圖放下來，笑道：「回來了，如何？」

楊厚承眉飛色舞講著戰鬥經過，謝笙簫涼涼插了一句嘴：「倭寇首領是我殺的。」

「急著邀什麼功！」楊厚承嘟囔道。

謝笙簫卻不理他，雙目晶亮問肖將軍：「將軍，當時說好我與楊將軍誰先殺了十個倭寇首領，誰就當先鋒將軍，另一個人只能給那人當副將，現在您該履行承諾了吧？」

肖將軍大笑起來。「謝將軍提醒我了，是該履行承諾。」

「等等！」楊厚承大急，「將軍，謝笙簫明明只斬殺了九個倭寇首領，還不到十個呢！」他目前雖然落後一個，但還有趕上的機會啊。都是謝笙簫狡詐，不然今天就是他領先一個了。

肖將軍撫摸著短鬚笑起來。「是這樣的，昨晚謝將軍祕密執行了一個任務，斬殺了一名倭寇首領，所以加上今日的正好十個。」

楊厚承眼珠子都快瞪了出來，伸手指著謝笙簫。「謝笙簫，妳使詐！」

謝笙簫輕輕撥開他的手，冷冷道：「目無尊卑，你就是這樣對上峰說話的？」

「妳！」

謝笙簫對肖將軍一笑。「將軍，那末將就先回去洗漱了。」

「去吧。」肖將軍笑瞇瞇道。

「末將告退。」謝笙簫抱拳，轉身走出去。

「謝笙簫，妳給我站住！」楊厚承氣急敗壞追出去。

謝笙簫停下，轉身，瑩白的臉上還沾著血跡。「楊將軍有事？」

楊厚承一想到以後要聽謝笙簫指揮就覺得暗無天日，怒道：「我就沒見過妳這般厚顏無恥、狡詐如狐、粗魯野蠻……的女人！」

聽楊厚承艱難蹦出一串貶低人的詞兒，謝笙簫掏掏耳朵，不緊不慢問道：「說夠了嗎？」

「沒有！」楊小將軍都快氣哭了，最後鏗鏘有力總結道：「總之妳這樣的女人這輩子別想嫁出去了！」

謝笙簫聽了轉身便走。看著她的背影，楊厚承眨眨眼，又有些後悔說得過分了。

謝將軍走出兩步後轉身，笑盈盈道：「誰說我嫁不出去的，曾經有個人說過要對我負責任的。哎呀，讓我想想，那個健忘的混蛋是誰呢？」

楊厚承眼睜睜看著謝笙簫瀟灑遠去，這才回過神來。

有傻子想娶謝笙簫？誰這麼想不開啊？等等，那個傻子好像是他——

二、齊共嬋娟

天寒地凍，月光在青石板路上灑落一地霜華，車輪碾過，發出冷硬的咯吱聲。

馬車到了懸掛著紅色燈籠的喬府門口，車門簾被小廝掀起，長身玉立的青年男子從中走了出來，踏著一地銀霜往內走去。才進大門，就聽到渺渺琴聲傳來。

喬墨駐足聆聽。那琴音平靜祥和，在這寒冷夜色中宛如夏日的鳥語蟲鳴，低低的，溫柔的，讓人聽了身心放鬆。

遙望著昏黃的燈火，喬墨不由加快了腳步。

「老爺回來了。」侍女對喬墨屈膝行禮。

喬墨擺手示意侍女不要驚擾正在彈琴的妻子，放輕腳步走了進去。

許驚鴻端坐在琴桌前，素手調弦，抬眸看了門口一眼，便站起身來。琴聲一停，睡在小床上的幼童便癟癟嘴，哼唧起來。許驚鴻無奈對喬墨一笑，重新坐下來繼續撫琴。平和的琴聲響起，幼童翻了個身，繼續睡起來。

喬墨進了隔間換衣淨手，轉回後端詳著睡夢中的幼童，輕輕摸了摸孩子的臉頰。琴聲漸漸歇了。許驚鴻走過來，抬手替喬墨整理了一下衣領，問道：「餓了嗎？」

「餓了。」

許驚鴻吩咐婢女把夜宵擺到東稍間，又叮囑奶娘照顧好小主子，二人相攜過去用飯。東稍間燒著地龍，屋子裡暖如春日。喬墨與許驚鴻相對而坐，接過婢女奉上的熱茶喝了幾口，歉然道：「這些日子衙門裡事多，陪妳和孩子的時間越發少了。」

許驚鴻淡淡一笑。「這有什麼，總不能耽誤了正事，靈兒有我照顧呢。」

喬墨與許驚鴻成婚後性情相投，隨著時間推移夫妻間感情日篤，生有一女取名喬靈，如今已經快四歲了。

提到女兒，許驚鴻一貫冷清的眉眼柔和起來。「這丫頭越發難纏了，晚上總要我彈琴才肯睡。」

喬墨笑了。「靈兒隨了妳，將來定會成為琴藝大家。」

許驚鴻看了一眼窗外。這兩年京城開始流行玻璃窗，富貴人家多換上了這種窗子，明亮又保暖。此刻玻璃窗上結滿了美麗霜花，擋住了外面景致。

許驚鴻收回視線。「論琴藝，我覺得黎三妹妹在我之上。」

喬墨與喬昭是義兄妹，許驚鴻自然以姑嫂相稱。

「她許多方面都有涉獵，琴藝上並不如妳專精。」

喬墨說得隨意，許驚鴻卻詫異看他一眼。

「怎麼了？」

許驚鴻皺眉，坦然道：「總覺得你是在我面前替黎三妹妹客氣。」倒好像他們是嫡親兄妹，比她與喬墨的關係還要親近。喬墨欣賞的便是許驚鴻這份坦然。朝廷上他需要耗費的心神已然太多，實在不需要一個心思深沉，一舉一動都要人猜測的妻子了。

喬墨笑起來。「不是客氣，我確實這樣覺得。」

「對了，黎三妹妹來信了。」許驚鴻性情疏淡，疑惑過也就罷了，起身去了書房，不多時拿著一封信回來，問喬墨：「要看嗎？」

喬墨雖然很想看，奈何在世人眼中他與喬昭只是義兄妹的關係，沒有大剌剌看義妹寫給妻子的信的道理，便問道：「義妹信上都說了些什麼？」

「黎三妹妹說她在北地一切安好，等明年春夏之際第二個孩子就要出世了。」

喬墨眼睛一亮，喜道：「那可是好，我原想著她會不適應北地氣候，日子便要苦一些，現在看來是我多慮了。」

「黎三妹妹與鎮北王夫妻情篤，又有家人相伴，無論在何地都會適應的。」

喬墨點頭。「就是不知他們的第二個孩子是男是女。說起來他們去北地三年多了，咱們還沒見過他們的長子澤哥兒呢。」

「不如我們明年開春帶靈兒去看看？」

喬墨眼底的光芒暗了下去。「衙門事多，脫不開身。」

他與邵明淵不同。邵明淵封了鎮北王，雖然以後無召不得進京，卻是當朝唯一的異姓王，從此在封地上便是最尊貴之人，就算呼風喚雨，京城這邊也是管不到的。而他走的卻是最正統的科舉路子，憑著自身能力與岳家支援，這幾年來可謂順風順水，卻一刻都不敢懈怠。別說衙門事忙，即便清閒下來，他想去北地，恐怕妻子的祖父許首輔是第一個反對的。

夫妻二人用過宵夜，洗漱就寢。

翌日，許驚鴻睜開眼睛，卻發現喬墨並沒有如往日那樣，天還未亮就去上衙了。

「今天不是休沐日。」許驚鴻想了想，肯定道。

喬墨笑起來。「是，我請假了，今天在家陪妳。」

「可也不是我的生辰。」許驚鴻越發糊塗了。

「再猜。」

「晚晚的及笄禮也辦過了。」

見喬墨還不點頭，許驚鴻乾脆放棄。「猜不出，夫君告訴我吧。」

「今日是咱們成親五年的日子，應當小慶一番。」

許驚鴻呆了呆。原來成親的日子也需要慶祝嗎？莫不是夫君連日上衙辛苦，想趁機偷懶？她狐疑掃了喬墨一眼。

「看看我給妳準備的禮物。」

喬墨待許驚鴻收拾妥當，牽著她的手去了內書房。許驚鴻掃視一眼便察覺內書房的變化。

原本她為哄女兒，已把擺在書房的琴搬到了女兒住處，琴桌上早就空了下來，而此刻那花梨木的琴桌上卻多出一張琴來。

許驚鴻快步走過去，觀琴的外在便是一喜，再撥弄聽音，那喜意更是遮掩不住。「這是名琴『獨幽』？」

喬墨望著許驚鴻，眼中是淺淺柔光。「當年妳贈義妹名琴『冰清』被傳為佳話，現在我贈娘子『獨幽』，還望娘子笑納。」

許驚鴻美目異彩連連。「夫君從何處得來的？」千金易得，名琴難覓，她現在相信夫君請假不是為了偷懶了。

「成親後就託人尋覓，沒想到過了這些年才覓到。」

「多謝，我很喜歡。」許驚鴻毫不掩飾得到中意禮物的欣喜。
「請娘子彈奏一曲，讓我一飽耳福。」
許驚鴻跪坐於琴案前彈奏起來。悠揚歡快的琴聲中，喬墨微微一笑。
都道但願人長久，千里共嬋娟，他想，北地的月與京城的月都是一樣明亮的。

三、絕不將就

這一年的京城冬天格外冷，路上行人匆匆，酒肆的生意卻越發好了起來。天寒地凍，出門在外的人辦完了事，去酒肆就著炭火銅爐燉的羊肉喝上一口燒酒，那才是人生美事。

春風樓裡圍滿了酒客，混著肉香與酒香，有種熱氣騰騰的熱鬧。

馬蹄聲敲擊著凍得硬邦邦的青石板路，發出清脆的躂躂聲，眨眼的工夫就近了。站在春風樓外的夥計立刻迎上去，接過韁繩，彎腰笑道：「池爺，您來了。」

翻身下馬的年輕男子穿了件石青色素面錦緞棉袍，外罩玄色大氅，眉峰英挺，唇紅齒白，明明穿得這般素淨，可隨著眼中波光流轉，便光彩奪目如驕陽，令人不敢逼視。

他穿過酒肆大堂，堂中便是一靜，直到那挺拔中又帶出幾分散漫的背影消失在樓梯盡頭，才重新恢復了熱鬧。

「嘖嘖，剛剛上去的那小哥兒是誰啊，真他娘的俊！」說話的人明顯有了酒意，眼神癡迷盯著樓梯口，嘴角流涎。「比娘們還俊俏呢，要是——」

同桌的人忙拉了他一把，變色道：「快別胡說了，你才來京城有所不知……」

話才說了個開頭，便有兩個孔武有力的壯年男子走了過來，一左一右架起那醉漢，俐落從門口丟了出去。大堂中喝酒的人們見慣不慣，等那同伴追了出去，紛紛笑了起來。

「這是第三個了吧？一個月之內總有幾個不開眼的這麼被丟出去。」

「就是，也不打聽打聽剛剛的公子是誰，能是咱普通百姓招惹得起的？」

池燦進了酒肆二樓的雅室，等在裡面的人笑了。「拾曦，又有不開眼的被丟出去了？」

池燦來到朱彥對面坐下來，挑眉一笑。「這有什麼稀奇的。」

朱彥忍不住嘆氣。「咱們在後面喝酒不就好了，省得有這些麻煩。」

池燦看了他一眼，冷笑。「我就生成這樣，難道為了心思齷齪的混帳玩意便要蒙臉做人？」

「我不是那個意思。」朱彥苦笑。

「我不想去後邊喝酒。」池燦伸手端起白玉酒壺，替自己斟了一杯酒。

白皙修長的手指扣住與酒壺同質地的酒杯，那手指卻比白玉酒杯還要瑩潤。

「以前是四個人在那裡喝酒，現在只有咱們兩人，去了有什麼趣？」池燦晃了晃杯中酒，一口飲盡。

朱彥聞言沉默了。他們四個從小玩到大的好友，如今只有他與池燦留在京城了。

楊厚承忙於抗倭無暇回京也便罷了，邵明淵封王北地，此生想要再見恐怕無望。

「對了，你家次子的滿月酒什麼時候辦？」池燦開口打破沉默。

「到時會給你下帖子的。」聽池燦提起才出生不久的次子，朱彥眉梢眼角便存了笑意，看一眼好友，勸道：「我都有三個孩子了，連重山都已經在南邊成了親，你怎麼還沒動靜。」

池燦斜睨好友一眼，懶洋洋笑道：「這你也操心？」

朱彥心中嘆息。三名好友裡，拾曦可算是真正的孤家寡人，沒有任何長輩會操心他的終身大事。且隨著幼主繼位，拾曦與皇家的關係越發淡薄，這兩年若不是有許首輔關照著，在朝廷中恐怕都不會這麼順當。

當然，拾曦能得到許首輔關照並不是靠誰的臉面，而是當年扳倒蘭山時出了大力，與許首輔達成了某種默契。

「這不是操不操心的事，你老大不小的，難道要一直這樣？」

「這樣有什麼不好？」池燦又喝了一杯酒，笑眯眯道：「沒人管，想喝酒就喝酒，想什麼時候回便什麼時候回。不像你，出來一趟還要向嫂夫人告假。」

「拾曦，你不要岔話題，這麼些年了你就沒有中意的姑娘？」

「沒有。」池燦毫不遲疑給出了答案，神色認真。他曾遇見過最好的，幹嘛只為了成家而將就？見朱彥還想再勸，池燦撇嘴。「成了親的人就是這麼黏黏糊糊，喝酒就喝酒，說這些作甚？」

朱彥見此不好再多說，舉杯相碰，對飲起來。

二人離開時外邊飄起了雪花，如柳絮漫天飛舞。

望著雙頰酡紅的池燦，朱彥吩咐夥計：「送池公子回府。」

池燦眼睛微眯，擺了擺手。「不用，這點酒還喝不醉我，給我把馬牽來吧。」

邵明淵離開京城時把春風樓轉給了池燦，池燦便成了春風樓幕後東家，夥計對他自然言聽計從，很快便牽馬過來。

池燦俐落翻身上馬，朝朱彥擺擺手。「走了。」

隨著馬兒跑起來，被冷風一吹，人就清醒了大半。不多時見到熟悉的府邸，池燦撣撣身上雪花，下馬往內走去，剛剛過了二門口就聽到女童的歡笑聲傳來。

「不要胡蘿蔔鼻子，用土豆的！」

「姑娘，人家雪人都是胡蘿蔔鼻子。」

女童脆生生道：「人家都用胡蘿蔔給雪人當鼻子，我就不能用土豆給雪人當鼻子啦？哪有這樣的道理！」

「池嬌。」

聽到喊聲，女童不由四顧，見到池燦飛奔過來。「大哥，你回來了。」

女童不過五、六歲模樣，高不及池燦腰間，穿了件大紅斗篷，踩著一雙鹿皮小靴子，如粉團一般可愛。

「說過多少回，不要抱我大腿！」池燦嫌棄皺眉。

女童絲毫不以為意，轉而拉著池燦的手道：「大哥，你說用胡蘿蔔給雪人當鼻子好看，還是用土豆好看？」

「妳想用什麼用什麼，雪人是妳堆的，又不是我堆的。」

女童撫掌笑道：「我就說嘛，大哥也是支持我用土豆給雪人當鼻子的。」

池燦看著女童歡快地跑去往雪人臉上塞土豆，不由摸摸鼻子。小孩子真蠢，也不知黎三那般的聰明人，生出的孩子怎麼樣呢？前不久接到庭泉來信，他們馬上要有第二個孩子了。

池燦摸著下巴琢磨了下，對女童招手。「池嬌，妳過來。」

「怎麼了，大哥？」女童跑回來，對自家俊俏無雙的大哥顯是極仰慕的。

「妳也不小了，要不要隨我出一趟遠門？」

「好呀！」女童忙不迭點頭，「大哥，咱們去哪裡呀？」

池燦目光投向遠處。「等開了春，咱們去北邊。」

四、清明時分

清明時節，草木吐綠，正是踏青的好時候。

池燦帶著幼妹池嬌坐著馬車出京城，一路向北。

池嬌孩子天性，掀起不久前才換上的雨過天青色紗簾，好奇向外張望著。京郊路上青帷馬車三三兩兩，有去踏青的貴女頑童們，也有帶著香燭燒紙去祭奠先人的行人。

「看什麼呢？」池燦大手落在池嬌頭頂，揉了揉，把人拉了回來。

池嬌護著頭，埋怨道：「大哥，頭髮都讓你弄亂了。」

池燦斜靠著矮榻，掃她一眼。「看妳小小年紀臭美的，亂不亂還不是個醜丫頭。」

池嬌立時板起了小臉。雖然聽大哥喊過無數次醜丫頭，可每聽到一次還是這麼扎心。她哪裡醜啦，她明明很好看。哼，這次大哥要是不哄她，她就堅持一日不理他！

小姑娘抿緊嘴唇等了會兒，暗暗把一天的期限改成了半日。

池燦才不準備慣著幼妹這嬌氣的毛病，從固定在車板上的桌几下方拿出個食盒，放在桌几上。池嬌忍不住瞄了一眼，那食盒方方正正，雕漆描彩，隨著池燦把蓋子打開，她眼睛就再也移不開了。

十六格的食盒上層擺著各式點心，色彩斑斕，琳琅滿目，這倒也罷了，下層則是香辣鴨舌、蜜汁雞翅、滷牛肉、紅油肚絲等葷食。

池嬌定定看著那格蜜汁雞翅。大小適中的雞翅中，裹著醬紅色的汁，看起來油光發亮，彷彿能聞到蜜香。

池燦斜睨池嬌一眼，又從食盒裡摸出一雙烏木筷子，準確挾起一塊翅中，慢條斯理吃起來。

忍了片刻，小姑娘忍不住了，巴巴喊道：「大哥……」

「嗯？」

「我想吃。」

「想吃什麼？」池燦吃相斯文優雅，可轉眼工夫已經吃完了翅中，吐出光溜溜的骨頭，伸出筷子向第二塊雞翅挾去。

池嬌不由急了。食盒中的小食種類雖多，卻樣樣精緻，蜜汁雞翅不過小小三塊而已。

「吃雞翅！」池嬌忙道。

池燦看她一眼，筷子一動，把雞翅放進口中。

「大哥！」小姑娘一副萬箭穿心的模樣。

「自己沒有手？」池燦用雪白的帕子優雅擦擦嘴角。

池嬌忙舉箸挾起最後一塊雞翅吃起來，鹹甜結合的美妙滋味讓她瞇了眼，吃得心滿意足。

兄妹二人在馬車上用著飯，間或說上兩句，卻絲毫不聞碗筷相碰聲與咀嚼吞嚥聲。待到用完飯，池燦捧著一杯香茗喊道：「桃生，進來收拾一下。」

片刻後車門簾掀起，吹了一肚子涼風的桃生彎腰進來，認命收拾殘局。

真是命苦，別人家的公子出門都帶著美婢，只有他家公子把丫頭們趕到後面馬車上，讓他留在車外跟車夫擠在一塊，隨時準備伺候著。嚶嚶嚶，可憐他白嫩的小臉都成老樹皮了，還怎麼找媳婦啊。說到找媳婦，桃生越發怨念了。

想想冠軍侯府的那個晨光，早早就娶了侯夫人身邊的大丫鬟，日子不定多快活。可是他呢，至今還是光棍一條兒。唉，說白了，還不是自家主子不爭氣。

桃生忍不住抬頭看了池燦一眼。

池燦臉一黑，用象牙扇柄敲了桃生的腦袋一下。「看什麼，給爺滾出去！」這小子，別以為他不知道他想什麼，不就是想媳婦了嘛。哼，他都沒媳婦，這小子想真多。

「大哥，我也想踏青，你以前都沒帶我出門踏青過呢。」

「京郊有什麼好看的，沒見識。」池燦不以為然道，望著窗外，嘴角卻掛著譏誚的笑。就京城那些愛嚼舌的女子，到時說些亂七八糟的話給池嬌聽，讓池嬌傷心了，他還要天天哄孩子，想想就煩。池燦嘴上不說，對怎麼受他言語打擊依然笑得沒心沒肺的幼妹還是挺滿意的，斷不想幼妹隨著世人的看法移了性情。這也是他決定帶著幼妹北上的原因。

才這樣想著，便聽到清淺的呼吸聲。池燦看一眼，發覺小姑娘已經靠著車壁睡著了。他笑笑，把幼妹抱到了矮榻上，自己則掀起車窗簾，百無聊賴地發起呆來。

車行幾日，兄妹二人離京城漸遠。

車外細雨如絲，比離京時冷了些，池嬌卻依然興致不減，探著頭打量沿途風景。她在長公主府中長到這麼大，鮮少出門，甚至都沒去別人府上走動過，對外頭世界並非不好奇。原來郊外的綠色是一望無際的，天空比她在府中抬頭看到的還要廣闊。

池燦把池嬌拽了回來。「下著雨，染了風寒妳就哪也不用去了。」

池嬌被嚇到了，趕忙坐了回去。池燦欲要放下車窗簾，手卻一頓，如玉般的手指不由捏緊了簾子，骨節隱隱發白。

隨著他的視線，不遠處一名男子策馬而過，側臉俊美，衣著卻極不起眼。彷彿感覺到池燦的視線，那名男子忽然回了一下頭。二人目光相撞，那名男子面色倏變，急忙回過頭去，夾緊馬腹一騎絕塵。池燦的目光卻久久沒有收回來。

「大哥，你在看什麼呀？」池嬌按耐不住好奇問道。

「看風景。」池燦心不在焉回答，思緒卻飄遠了。

那個人，雖然一晃而過，他卻有些印象。究竟是在哪裡見過呢？

池燦摩挲著下巴，蹙眉陷入思索，不知過了多久眼睛驟然一亮，神色隨之冰冷起來。

他想起來了，那人是江遠朝的手下，曾經打過照面的，只是後來不知被江遠朝派去了哪裡，再沒見過。這個人，怎麼會出現在這裡？

望著綿綿青山，池燦白玉般的面龐越發冷凝。

如果他沒記錯，這個人叫江霖。而這片山，便是與山海關相隔不遠的清涼山……

馬車沿著原本的路繼續往前，與通往山內的路漸漸遠了。

池燦帶著心事放下了車窗簾，轉而笑笑。無論怎樣，主子都死了，那人想掀起什麼風浪來是不能了。

年輕男子到了狹窄山道，翻身下馬，頂著紛飛細雨爬到山頂，立在斷崖前。

崖邊的風把他衣袍吹起，伴著如梭細雨，寒意透骨。

年輕男子緩緩跪了下來，伸手一揚，紙錢紛紛灑灑飄散開來。

「大人，卑職來看您了。江鶴，兄弟來看你了。」江霖跪下，額頭貼著冰涼冷硬的岩石，喃喃道。

五、長兄如父

北地的春天依然是冷的，卻天高地闊。

位於寶平城的鎮北王府不似尋常王府占地那般廣，外觀瞧起來亦只是尋常，倘若進了裡面才會發覺另有乾坤。

那一座座錯落屋宇且不必說，就是抄手遊廊都鋪設了地龍，尚未換上薄衫的婢女們穿著軟底繡花鞋走過，便能感覺到暖意從腳心傳來，若是行走快了，額間竟會沁出一層薄汗。

鎮北王府建成三年，王府上下都知道，王爺怕王妃不適應北地寒冷，但凡屋舍覆蓋之處都在地板下置了地龍，這樣一來，哪怕是滴水成冰的冬日，王妃無論走到何處依然溫暖如春。

但這樣一來，光買炭的花費就占了王府一年開支的大半。每當想到白花花的銀子隨著地龍燒起就如流水般淌走了，下人們就一陣肉疼。

王爺養媳婦的花費頂一座城的人養媳婦了。嘖嘖——

再往下，饒是在心裡，下人們亦不敢腹誹了。媳婦是王爺的，銀子也是王爺的，王爺想幹嘛就幹嘛，他們當下人的就跟著享受好啦。

「王妃，您要的書來了。」捧著書的婢女走到廊廡下，把書卷遞給喬昭。

喬昭此刻已經很不方便了，高高隆起的腹部讓她連坐下都有些吃力。

她接過書，靠著廊柱隨手翻閱著。

春日的風帶著幾分凜冽吹到她雙頰上，把垂落兩側的青絲吹起，露出凝脂般的肌膚。

瞧氣色，來北地四載，喬昭要比在京城時好得多，彎而舒展的黛眉讓她看起來少了幾分少女時的冷銳，多了些說不出的溫柔寧和，倒像是歲月把一塊有稜角的頑石打磨成了溫潤的鵝卵石。

遠處，邵明淵牽著個粉雕玉琢的小人兒往這邊走來。小人兒遠遠看到喬昭靠著廊柱翻書，陡然停下腳步。

「怎麼了？」邵明淵低頭看著胖乎乎的兒子，眉眼間甚有耐心。

「父親，要不咱們等會兒再過去吧。」小胖子磨蹭著，蹬著羊羔皮小靴子的腳在地上畫著圈兒。

「為何？」

「娘在看書呢，不能打擾她。」

「嗯，是不能打擾你娘，還是怕你娘問你識不識得一、兩個字了？」

小傢伙一副被父親揭穿後尷尬的樣子，對著邵明淵嘿嘿一笑。

邵明淵照著小傢伙屁股拍了一下，板著臉道：「再不過去，老子揍你！」

他以前擔心的事情終於發生了，這傻孩子絕對隨他！不對啊，他這麼大的時候好歹「天」、「大」、「人」這般簡單的字已經認得了，這孩子莫不是撿來的吧？

邵明淵摸著下巴沉思著。

小屁股上挨了一巴掌，小傢伙頓時老實了，唯恐再挨揍，邁開小短腿就朝喬昭奔了過去。

「娘，父親又打我啦。」

一聽兒子上來就找媳婦告狀，邵明淵抬抬眉梢。喬昭看著虎頭虎腦的兒子，柔聲問道：「打得澤哥兒疼不疼？」

小傢伙倒是實誠，搖頭道：「不疼。」

喬昭拍拍兒子的頭。「等哪次打疼了，再跟娘說。」

小傢伙眨眨眼。好像有什麼地方不對。

好在澤哥兒年紀小，很快就拋開了疑問，伸出小手摸著喬昭的腹部，一臉期盼。「娘，這裡面真的住著個小弟弟嗎？」

面對兒子，喬昭不自覺帶著笑。「或許是個小妹妹。」

澤哥兒一聽就撇起了嘴，連連搖頭。「是小弟弟，是小弟弟。」

老話說小孩子眼睛靈，對於孕婦腹中胎兒是男是女說得很準，喬昭便問道：「澤哥兒感覺裡面住著的是小弟弟？」

「不是感覺啊，我希望娘肚子裡是個小弟弟。」

「為何？」喬昭把書卷隨手交給立在一側的婢女，笑著問道。

澤哥兒瞥了邵明淵一眼，才道：「等有了弟弟，父親就可以打弟弟了，我也可以打弟弟。」

「……父親教導弟弟那是應當的，澤哥兒為什麼也要打弟弟？」

澤哥兒小臉一板，嚴肅道：「長兄如父。」

「噗哧。」婢女們忍不住輕笑起來。

喬昭覺得肚皮跳動了幾下，拿了帕子給澤哥兒擦擦嘴角，交代奶娘道：「把大公子帶下去沐浴更衣吧，後背都是汗。」

剛剛父子二人是從演武場過來的。用邵明淵的話說，兒子在讀書上好像沒啥天賦，習武就不能再懈怠了。文韜武略，將來好男兒總要像他爹這樣有一樣出色的，才能娶到他娘這樣的媳婦吧。

待澤哥兒一走，喬昭就嗔了邵明淵一眼。「好端端的孩子都讓你帶歪了，一心等著弟弟出生了打弟弟，這都是什麼事？」

「放心，他敢打弟弟，我就打他。」邵明淵不以為然道，見喬昭還要再說，他笑起來。「老二還沒出生呢，就不要操心了。這養兒子和養女兒不一樣，一個男孩子享著這潑天富貴再不受些磨礪，將來才要我們頭疼呢。再說了，倘若這一胎還是兒子，他們兩兄弟年齡差距不大，打打鬧鬧感情反倒好些。」他伸手落在喬昭隆起的腹部，輕輕摸了摸。「李神醫說就是這幾日了吧？」

「原是這樣，不過聽著你們父子倆研究將來輪流揍他，說不定就嚇得不敢出來了。」

聽邵明淵提到李神醫，喬昭臨近產期日漸焦灼的心便安定下來。當初李爺爺決意北上，原是想受邵明淵留在北地勢力的庇護能過上安穩日子，那時何曾想到邵明淵受封鎮北王，最終大家又聚在了一起。

「快別亂說，我還等著再次當爹呢。」邵明淵話音才落，便見喬昭變了臉色。

「怎麼？」

喬昭抓著邵明淵的胳膊。「我好像要……」

邵明淵先是一愣，而後攔腰把喬昭抱了起來，匆匆吩咐道：「立刻請李神醫過來，黎府那邊速去報信。」他抱著喬昭直奔產房，雖然步子邁得又快又大，懷中人卻覺無比安穩。

隨時候命的穩婆們忙接手過來，見邵明淵還杵在產房裡，無奈道：「王爺，王妃生產，您還是出去吧。」

邵明淵不由看向喬昭。

「你快出去吧。」喬昭把人趕出去。

看著緊閉的產房門，邵明淵扶著廊柱皺了皺眉。雖說已經經歷過一遭，李神醫又斷言胎位很穩，可他該有的緊張半點不少。

那些說一回生二回熟的，都是騙人的！

六、有朋遠到

產婆緊張而有序地忙碌著，邵明淵卻如無頭蒼蠅在長廊裡來回踱步。

他遙遙瞥見李神醫背著藥箱匆匆過來，忙迎上去，一把抓住老人家的手腕。「您可算來了，昭昭要生了！」

李神醫被那老大的手勁弄得齜牙咧嘴，甩了甩手道：「瓜熟蒂落，生就生唄。」

邵明淵眼睛依然緊盯著產房門口，念道：「萬一有什麼意外呢？要是胎位有變化呢？」

「今日早晨我才給昭丫頭檢查過，胎位很正。」

「那要是胎兒太大了出不來怎麼辦？」

李神醫睃了邵明淵一眼，不耐道：「我早就叮囑昭丫頭孕後期飲食要得當，不要過於進補以免胎兒太大，王爺不是知道嗎？」

邵明淵訕笑。這兩個月他見昭昭吃得偏清淡，怪心疼的，吩咐廚房把蒸鴨子、醬肘子、爆仔鴿等輪番做了端上來，最終被李神醫罵了一頓的事還歷歷在目。

產房裡有十來個經驗豐富的穩婆，產房外有李神醫，這樣想想，似乎真沒有什麼好擔心的。可是他的心為什麼還是上不著天下不著地呢？

憋了半天，邵明淵問：「要是胎兒不想出來呢？」

李神醫忍無可忍，抬手一指月亮門。「王爺要是再添亂，就出去逛逛吧。」

邵明淵咳嗽一聲，不敢再問了。那些候在廊下與院中的下人皆低頭，不敢笑出聲來。

外人都道王爺嚴肅端方，只有他們才知道王爺面對王妃時和尋常怕媳婦的漢子沒啥區別。老話說得好啊，怕媳婦的漢子有福氣，瞧瞧王爺這一片家業，古人誠不欺我！

不少人暗暗想著以後得向王爺學習，對家裡的婆娘再好一點。

「父親——」澤哥兒掙脫了奶娘的懷抱跑過來。

「澤哥兒怎麼過來了？」兒子的到來讓邵明淵緩解了下高度緊張的精神，半蹲下來問道。

「娘是不是要生小弟弟了？」

「對，不過這些不用澤哥兒操心。」

澤哥兒直接無視了父親的話，奶聲奶氣吩咐一旁的婢女：「拿三個小凳子來，給太爺爺、父親還有我坐。」

「我們澤哥兒可真孝順。」李神醫拍了拍澤哥兒的頭，睨了邵明淵一眼。那意思：瞧瞧，關鍵時候，你還沒有你兒子懂事。

邵明淵瞧著兒子的眼神頓時微妙了。這小子果然又需要收拾，都學會爭寵了。

父子二人並排坐在小凳子上，一大一小，一高一矮。

「父親，娘要多久才能把小弟弟生出來啊？」

「我怎麼知道。」邵明淵板著臉道。本來就心煩，臭小子還問。

澤哥兒雙手托腮，眼巴巴盯著產房門口。「父親，小弟弟要是不想出來呢？」

邵明淵一臉嚴肅。「再添亂你就回屋睡覺。」

澤哥兒忙捂住嘴，朝父親大人搖了搖頭。他才不要回去呢，他要等著看弟弟。

李神醫默默翻了個白眼。果然是父子倆。

時間彷彿被拉長了，不知過了多久，蹬蹬的腳步聲傳來。

「王爺，有一人自稱您的舊友，前來拜訪。」

「可有通報姓名？」

「沒有。」

邵明淵皺眉。「請他去前邊花廳坐著，問清楚情況再來回我。」

這種時候會有什麼人來？簡直是添亂。

邵明淵自從封了鎮北王在北地紮根，不知多少人蜂擁而至，想方設法攀關係，對此已經見怪不怪。「舊友」二字雖引起他幾分注意，但比起此時媳婦正在生產，那就什麼都不是了。

池燦帶著池嬌被引至花廳落座，一杯香茗喝光也不見動靜，登時不樂意了。「你們將軍人呢？」

奉茶的小廝一身青衣，俐落清秀，聞言笑道：「公子稍後啊，我們王爺在忙。」

「你們沒告訴他是故友？」池燦特意在「故友」二字上加重了語氣，越發不爽了。怎麼著，當了王爺就連老友都晾著了？

池嬌捧著水杯眨眨眼。「大哥，你不是說邵家大哥聽到你來了，就會飛奔而至嗎？」

池燦白玉般的臉上閃過尷尬的紅潤，狠狠剜了池嬌一眼。「閉嘴！」他說完站了起來，拉著池嬌抬腳就往外走。

小廝忙把人攔住。「對不起了，公子，您還是在這裡等著吧。沒有王爺的吩咐，閒雜人等是不准許在王府中亂走的。」

「閒雜人等？」池燦眼神如刀射向小廝。

小廝反而挺了挺胸脯。呵呵，他可是一等小廝，什麼上門攀關係打秋風的無賴沒見過，又不是被嚇大的。要不是見這位公子樣貌委實生得好，他早拿笤帚掃出去了。

「告訴你們將軍，我姓池，要是他再不來，我就走了。」

「公子啊，您能不能安生在這裡等著，我們王爺真的有大事，走不開。」小廝無奈勸道。王妃生孩子呢，這時三番兩次去煩王爺，等著挨板子啊。

「大事？」聽小廝這麼說，池燦火氣消了消。「什麼大事？」

池嬌好奇看著兄長。平時兄長不是這樣的人啊，今天好像格外……任性。

小姑娘找到一個精準的詞兒形容今天的兄長大人。任性的兄長大人好像格外好看呢。小姑娘托著腮默默想。

「公子，這是咱們王府的家務事，不便對外人講。」小廝冷著臉道。這人忒不識趣。

「家務事？」池燦喃喃重複著。

這時從外頭傳來一聲喊：「你們王妃發作了，怎麼早不報信呢？」

那中氣十足又急切的吼聲，正是黎大老爺無疑。

發作？池燦猛然反應了過來，拔腿就往外跑去。「黎大人，您等等——」

「喂，你怎麼能亂跑啊？」小廝趕忙追了出去。

眨眼間花廳裡只剩下了池嬌一個人。小姑娘呆了呆。

大哥，你還有個妹妹落在花廳裡，你還要不要啦？小姑娘邁著短腿追了出去。

黎光文聽到叫喊腳步一頓，扭頭看過來，見到池燦朝他擺手，想了一下恍然大悟。「是你啊！」

「對啊。」池燦笑道。

「不和你說了，我忙著呢！」黎光文揮揮手，往前跑去。

「哎，黎大人，咱一起啊。」

「好，那一起吧，我女婿看到你來了說不準就不緊張了。」

小廝一看收起了阻止的心思，忽覺有人輕輕拉他衣角，不由低頭看去。

女童仰著小臉，認真問：「能帶我去找大哥嗎？」

七、意外驚喜

池燦被黎光文一路拽著趕過去，遙遙就看到廊廡下一大一小兩個背影。那一大一小皆坐在小凳子上，頭微微前傾，背脊卻依然挺得筆直，看姿態竟如出一轍。

池燦莫名就瞧出幾分喜感，揚聲喊道：「庭泉！」

那個高大的背影微微一僵，而後霍然轉身。小的那個跟著轉過來。

邵明淵見是池燦，眼眸中迸出喜悅光彩，大步走了過來，舉手相擊。「拾曦，原來是你！」

「等了你半天。」池燦不滿嘀咕著，而後目光下移落在澤哥兒面上，感嘆道：「你兒子可真像你。」

邵明淵嘴角一抽。真是哪壺不開提哪壺！

「澤哥兒，這是你池叔叔。」

澤哥兒仰著頭，很是嚴肅。「池叔叔好。」

池燦隨手拽下懸在腰間的雙魚玉珮塞給澤哥兒。「拿著，叔叔給你的見面禮。」

那玉珮質地極好，綠得能滴出水來，一看就價值不菲。

澤哥兒還小，並不懂物事好壞，卻仔細揣進懷中，一本正經道謝：「多謝池叔叔的禮物。」

「咳咳咳——」黎光文見女婿把他忽略了，猛然咳嗽一聲。

「岳父大人，您來了。」邵明淵忙見禮。

「昭昭進去多久了？」黎光文望著產房門口問。

「有一陣子了，昭昭一發作，小婿就派人去您那裡報信了。」

黎光文眉頭擰成一個川字。「應該沒問題吧？」

「神醫說這第二胎了，會比頭胎要順當。」邵明淵忙寬慰岳父大人，亦是寬慰自己。

「誰說的！」黎光文一聽更不放心了。

他的元配妻子就是生第二胎時難產過世的，說什麼二胎比頭胎順，都是騙人的！

黎光文越想越不放心，掃眼瞄見李神醫，忙湊了過去。「神醫，昭昭會順利吧？」

李神醫回答這個問題已經煩了，懶懶道：「沒問題。」

「可是胎位——」

「很正！」

「萬一變了呢？」

李神醫翻了個白眼。「才檢查過，胎位變不了，胎兒也不會過大，更不會賴著不想出來，還有什麼要問的嗎？」

黎光文：「……」李神醫這麼貼心，把他想問的都說了，他還能說什麼？「那就好。」他揉了一把臉，乾笑著。

這時傳來奶聲奶氣的童音：「給外祖父與池叔叔搬兩把小凳子來。」

片刻後，幾人排排坐在廊下。

池燦小聲對邵明淵道：「你家小凳子夠多的。」

「管夠。」

不多時，何氏與二太太劉氏趕到了，瞄見產房外的廊下坐著一圈大老爺們，不由怒了，何氏柳眉一豎道：「都坐這幹什麼？」說完柳眉一彎，笑盈盈對李神醫道：「神醫，您坐啊，我不是說您。」

以黎光文為首的幾人訕訕站起來。

「岳母大人，小婿先把岳父大人他們領到花廳去坐。」

「我不走。」黎光文不高興道。他閨女生孩子，他憑什麼走？

「外祖母，澤哥兒也不想走啦。」澤哥兒眨巴眨巴眼，對何氏伸出小手。

何氏登時心軟，瞪了黎光文一眼，彎腰抱起澤哥兒，哄道：「那澤哥兒就和外祖母一起。」

池燦默默摸了摸鼻子。既然都不走，他才不想一個人坐在花廳呢。

咦，等等，好像忘記了什麼。池燦蹙著眉想了好一會兒，恍然大悟：糟糕，把妹妹落前邊花廳裡了！

「庭泉，我先去前邊一下。」

「大哥——」細細的女童聲傳來。

池燦鬆了口氣，對妹妹說道：「來了就好。」

這個時候自然不便把池嬌介紹給邵明淵等人，眾人一顆心全都懸在了那兩扇緊閉的房門上。過了正午，日光漸漸暗了下去，灑落在紅木地板上的碎金少了許多，就在人心開始焦躁時，一聲響亮的嬰啼傳來。眾人大喜，不由往產房門口邁了兩步。

很快一名穩婆就抱著包好的嬰兒出來，喜笑顏開道：「恭喜王爺，王妃給您添了一位千金！」

澤哥兒拽拽邵明淵衣角。「父親，『千金』是弟弟還是妹妹啊？」

邵明淵哪有空閒搭理兒子，忙往門口奔去。

「王爺，您不能進去！」穩婆攔住欲要往裡闖的邵明淵。

「讓開！」邵明淵冷喝。昭昭都生了，他當然要進去安慰一下。

「王爺，您真的不能進去啊，王妃肚子裡還有一個！」

「什麼？」隨著穩婆把嬰兒交給早就候在一旁的乳母後，又「砰」的一聲關上產房門，邵明淵愣在原地。

「什麼？」黎光文跟著跳起來。

邵明淵如夢初醒，衝到李神醫面前。「神醫，昭、昭昭她，她肚子裡多了一個！」

「什麼多了一個，本來就是雙生子。」李神醫雲淡風輕道。

邵明淵一臉懵。「我怎麼不知道？」

李神醫更加淡然。「嗯，因為沒告訴你。」

邵明淵一時之間神色複雜得難以言表。還是黎光文忍不住問道：「神醫，既然我閨女懷的是雙生子，您為何不早說啊？」

李神醫瞥了廊下那一排小凳子一眼，捋捋鬍子道：「要是早說了，我怕被吵得天天睡不著覺。」沒說什麼還一個個這麼多問題呢，要是讓這些人一早知道昭丫頭懷的是雙生子，那他這日子就沒法過了。

何氏幾人已是把初生的嬰兒團團圍住，歡喜議論起來。

「這孩子生得像昭昭呢。」

「眉毛像王爺，帶著幾分英氣呢。」

邵明淵一聽就慌了。啥？一個女孩子眉毛像他？不行，他得瞅瞅。

邵明淵大步走到隔壁敞開的屋子裡，探頭去看。跟在他腳邊的澤哥兒急得扒著父親大人的褲子。「父親，我要看妹妹，我要看妹妹。」

邵明淵大手在兒子頭頂一揉，把小傢伙抱了起來，順勢在他小屁股上拍了一下。這混小子，差點把他老子的褲子扒掉了，果然一天不打是不行的。

父子倆總算瞧見了小嬰兒。

許是雙生子的緣故，嬰兒看起來很纖小，讓澤哥兒不由想到了他小書房裡那只水晶鵝。澤哥兒憂愁地想：果然妹妹是打不得的，這可真讓人苦惱啊。

不過眨眼的工夫，外頭又傳來穩婆的道喜聲：「恭喜王爺，王妃又誕下一名小公子。」

小公子？澤哥兒瞬間不苦惱了。

八、長居不走

穩婆抱著小公子出來邀功，就覺一陣旋風從身邊颳過，連髮絲都隨之揚了起來。她茫然扭頭，勉強看到一片衣角。

王爺這是……看王妃去了？

穩婆低頭，看著懷中乖巧的嬰兒心情複雜。這孩子莫不是大風颳來的吧？

好在很快一群人就把小嬰兒團團圍住了。

何氏原想進去看望女兒，可從門縫中瞧見女婿背影，悄悄改了主意。罷了，還是讓他們夫妻倆說說話吧。

產房內還瀰漫著血腥味，穩婆有條不紊做著收尾工作，邵明淵三兩步趕至床前，看著床上躺著的人百感交集。

「昭昭，辛苦了。」他抓起喬昭的手，放到下巴上磨了磨。

男人下巴上冒出了短而粗的胡茬，粗糙的觸感讓喬昭多了幾分清醒。

「現在進來做什麼？」

「我就是想瞧瞧妳怎麼樣了。」

「現在瞧見了，快出去吧。」

邵明淵賴著不動。「怎麼是兩個呢？」

「驚喜嗎？」

邵明淵揉了揉臉，老實回道：「驚多一點。」他簡直不敢想像，要是一開始就知道昭昭懷的是雙生子，他該怎麼辦。

喬昭推了推他。「你快出去吧，等婢女替我換過衣裳，我想睡了。」

一聽喬昭要睡，邵明淵忙站了起來。「好、好，妳先好好睡一覺，兩個孩子我會讓人照應好的。」

見邵明淵總算出去了，喬昭疲憊閉上了眼睛。

兩個初生的嬰兒裹著一樣的大紅繡花繈褓，並排躺在隔壁暖閣裡的小床上。

池燦總算擠到前邊，居高臨下打量兩個孩子。咦，這麼一看，池嬌當初好像也沒那麼醜了。

「大哥，我也要看。」池嬌個子矮，只能踮著腳瞧。

池燦掃妹妹一眼，絲毫沒有把妹妹抱起來的自覺，落井下石道：「誰讓妳光吃肉不長個。」

「大哥！」當著這麼多人的面，小姑娘有些不好意思了，捂臉跺跺腳，氣鼓鼓跑了出去。

廊下一排小凳子，小姑娘隨便揀了個坐下來，正憂傷著，忽然覺得有什麼靠近。小姑娘忙扭頭一瞧，原來是個比她還小的小娃娃。

澤哥兒挨著池嬌坐下來，安慰道：「沒事的，我也看不到。」

「你叫什麼名字呀？」面對比自己還小的孩子，池嬌顯得很有耐心。她要做一個和哥哥不一樣的人，讓小寶寶感受到春天一樣的溫暖。

「我叫澤哥兒。」澤哥兒乖巧答了，偏頭想了想，忽然眼睛一亮，總算想明白該如何稱呼眼前的小姑娘了。「大姑。」

「啥？」池嬌呆了呆。

「大姑，我叫澤哥兒。」

池嬌驀地站了起來，滿臉通紅。「誰是大姑啊，亂叫！」天啦，這小胖子說話比哥哥還扎心。

一聲低笑傳來，隨後就有一隻大手落在池嬌頭頂揉了揉。「小丫頭，我們澤哥兒是該管妳叫姑姑呢。」

池嬌盡力仰著頭，看到那張與澤哥兒十分相似卻放大的俊臉，不由咬了唇。

邵明淵蹲下來，耐心解釋道：「我和妳大哥是兄弟，妳是妹妹，所以是我們澤哥兒的姑姑。」

「嗯。」池嬌乖巧點頭。

邵明淵覺得兩個小傢伙應該能友好相處了，笑著起身離去。

「大姑，澤哥兒沒亂叫。」

池嬌嘴角抖了抖，咬牙切齒道：「是姑姑，不是大姑！」小孩子最討厭啦。

池燦見邵明淵過來，笑道：「庭泉，你這雙生子瞧著一點也不像。」

邵明淵這才顧上仔細瞧孩子。兩個小娃娃此時全都閉著眼睛，一個眉毛疏淡，臉型秀氣；另一個的眉毛卻黑而濃密，有那麼幾分劍眉星目的味道。

「是不像。」邵明淵打量半天，盯著那個眉毛濃密的嬰兒瞧了好幾眼。總不會這個才是閨女吧？他伸出手想扒開包被驗證一下，手觸到包被時縮了回去。直接看似乎有點不合適，現在兩個孩子裡有一個閨女，到底和臭小子不一樣了。

「咳咳，哪個是姊兒？」

「回稟王爺，離著您手邊近的就是姊兒。」

邵明淵低頭瞧瞧眉峰英挺的寶貝閨女，心情瞬間複雜了一下。女生男相，不知道昭昭瞧見了會不會和他急。

「王爺既然瞧見了孩子，就和池公子去外頭吧，這麼點的孩子不能總圍著。」何氏出聲提醒道。

對岳母大人的話，邵明淵自然給足面子，抓著池燦手臂道：「走，去廳裡喝茶。」

花廳裡，婢女很快奉上香茗，二人各拿起一杯緩緩啜著。

茶香裊裊中，池燦嘆了一聲。「真想不到啊，你這麼快都是三個孩子的爹了。」

邵明淵剛剛對女兒的那點擔憂立刻煙消雲散了，得意道：「誰說不是呢，雙生子多麼難得，偏偏就讓我得了。」

「看把你能的。」池燦沒好氣翻了個白眼，一杯茶飲盡，整個人懶懶靠在紫檀木椅背上，有一搭沒一搭拈起手邊茶几上的松子吃。「讓你閨女給我當乾閨女唄。」

「不行、不行，我就這麼一個閨女。」邵明淵忙拒絕。小閨女呢，又嬌又軟，會甜甜喊「爹」的小閨女，怎麼能便宜了別人。

「那讓你小兒子給我當乾兒子唄。」池燦退而求其次。

「也不行。」邵明淵想也沒想拒絕。嘿嘿，這時就體現出交情鐵的好處了。想拒絕就拒絕，都不帶猶豫的。

池燦一拍桌子。「怎麼還不行？你可兩個兒子！」

「一個兒子不夠啊。」邵明淵長嘆。

池燦嗤笑。「行了，活像只有你能生孩子似的，若不是想著黎三聰明，生的娃娃或許能隨了娘，給我我還不要呢——」

後面的話被邵明淵的咳嗽聲打斷。

「怎麼了？」池燦斜睨著他。

邵明淵緩了緩，輕咳一聲道：「好了，別說孩子的事了，說說你這兩年在京中的情況吧。」

廳中只剩二人的交談聲，婢女續了一次又一次茶水，從窗欞透進來的日光漸漸由淡金色變成了淺橘色。

池燦打了個呵欠。「光喝茶水都喝飽了，京城那些破事委實沒什麼好說的，你們惦記的人除了我，都混得尚可。」

「你這次來，想來瞞不過錦鱗衛。」

「這倒是，錦鱗衛在江十一的把持下越發賣力了。不過無所謂，知道我來見你又如何，反正我這次過來，不打算走了。」

邵明淵先是一怔，而後喜悅從心底湧出來。「不走了？」

「嗯，不走了。」

九、多謝壯士

山峰連綿，樹木參天，一支隊伍在山道上趕著路，快到前方一處峽谷時，整支隊伍頓時緊張起來。

那個地方本來就崎嶇難行，近來又頗不太平，從那處經過時不得不打起十二分小心。

「都打起精神來，過了鬼臉崖就好了。」領頭的人喊道。

這是一支商隊，那些板車上堆滿了這趟要運的貨物。光這一趟來回，他們便能賺上數百兩銀，可以舒舒服服花上好一陣子，然而卻要面對劫匪的風險。

富貴險中求，對於他們這些當了半輩子行商的人來說，當然是值得的。

隊伍越來越靠近鬼臉崖，護衛們悄悄把手放到了腰間刀鞘上，手心處全是潮濕黏膩的冷汗。一步步靠近，隊伍越來越緊張，彷彿漸漸繃成一道張力十足的弓，一個風吹草動，那弦上的箭就能射出去。

這個季節草木是繁茂的，微風從峽谷口穿過，帶來各種蟲鳴聲交織而成的曲子，此刻卻無人欣賞。終於，在這般緊張之下，鬼臉崖順利走了過去，隊伍中的人不由長吁了口氣，嘴角露出笑意來。

然而人們嘴角笑意還沒有散開，利箭便破空而來，緊跟著就是滾石轟轟而下。

「保護貨物，保護貨物！」原本整齊的隊伍瞬間亂了起來。

那些從天而降的石頭最終堵住商隊的去路，順便帶走了兩人性命，砸傷數人。呻吟聲此起彼伏，不安在商隊中瀰漫，進退不得的護衛握緊長刀，心中恐懼滋生。

大笑聲傳來，很快十數名男子出現，手持弓箭站在石頭堆上居高臨下看著困獸般的隊伍。隊伍登時一陣騷亂。

「要錢還是要命？」劫匪頭子拎著明晃晃的長刀，獰笑著問。

隊伍中的人齊齊後退。

「退？你們能往哪兒退？老子數到三，要嘛貨留下你們走人，要嘛都給老子留下！」劫匪頭子看著板車上堆得滿滿的貨物很是滿意，中氣十足喊道：「一，二，三——」

每一個數字吐出，對被困住的人來說，便像是一道催命符。

待到「三」字說出，不見商隊有所反應，劫匪頭子手一揮，厲聲道：「殺光他們！」

撲通一聲，商隊的人接連跪下來，戰戰兢兢道：「好漢饒命，好漢饒命啊，這些貨我們不要了，孝敬給各位好漢了。」

「這還差不多，還不快滾！」

商隊的人抱頭鼠竄。劫匪紛紛從石頭上跳下來，開始清理戰利品。

一聲奇異的響聲傳來，好似尖銳急促的哨聲，很快一枝箭伴隨著哨聲而至，筆直沒入劫匪頭子心口。

劫匪頭子慘叫著倒下去。

「頭兒！」劫匪們駭了一跳，舉刀四顧，「誰？哪個王八蛋偷襲？」

劫匪中一名秀才模樣的男子忽然面色大變，聲音都抖了。「鳴、鳴笛箭！」

此話一出，劫匪們紛紛色變。

近來有一位神龍見首不見尾的高手，專門射殺他們這些綠林好漢，從不失手。至今還沒有人見過這名高手的真面目，只知道他的箭很特別，射出時會發出鳴笛般的聲響。

嗚笛聲再次響起，很快第二枝箭呼嘯而至，又帶走了一人性命。

「撤——」劫匪們方寸大亂，如潮水般撤退了。

山道上瞬間安靜下來，只有留下的幾具屍體提醒著剛剛發生的一切。

好一會兒後，躲在不遠處的商隊中人悄悄冒出了頭。又等了片刻，確定那些劫匪果然跑遠了，那些人忙趕了回來，對著留在原地的貨物歡呼雀躍。

「快走！」歡騰過後，商隊首領提醒眾人快些離開這是非之地。

「大哥，你看那邊。」

在手下的提醒下，商隊首領順著望去，就見亂石上不知何時站了個玄衣人。那人身量頎長，頭戴斗笠遮去了面容，手中玄弓在陽光下閃著寒芒。

「是救了咱們的人。」

商隊首領想了想，向前走了幾步，深深一揖道：「多謝壯士相救。」

「一百兩銀子。」

「什麼？」商隊首領懷疑自己聽錯了，呆呆望著大石上站著的神祕男子。

男子聲音聽起來很年輕，有種不諳世事的乾淨，認真提醒道：「謝禮。」

「啥？」商隊首領再次發出疑問。他可能是在做夢，或許剛才的那群劫匪還沒走！

「不是要道謝嗎？」男子再次提醒道，語氣已經帶出幾分不耐。

「對、對，多謝壯士相救。」

「那沒有謝禮嗎？」

整支隊伍鴉雀無聲。從沒聽說救了人主動收謝禮的！

男子似乎等得不耐煩了，頭一偏揚聲道：「喂，剛剛打劫的，你們還是回來吧。」

這聲喊動靜頗大，在山谷間迴蕩著。商隊的人見狀差點跪下。

「多、多謝壯士相救。」商隊首領強忍著昏過去的衝動，遞去一百兩銀子。

男子看一眼，把銀子收了起來，弓箭往肩頭一扛，冷冷道：「走吧。」

「啊？」

「送你們到安全地方。」

這次商隊的人露出了真心笑容，連連道謝。罷了，一百兩銀子就當請個頂尖的保鏢吧。

男子薄薄的唇勾了勾，一言不發轉身，大步往前走去。世人大多奇怪，明明他替他們挽回了許多銀錢，收一百兩銀子還不願意了，好像做好事不但不能要錢，最好倒貼銀子才合理。

富平鎮西頭一處賃來的小院收拾得乾淨整齊，荊釵布裙的年輕婦人坐在院中海棠樹下繡著花。

一個三、四十歲的婦人把洗好的衣裳晾到曬衣繩上，扭頭笑道：「娘子還是休息吧，不然等郎君回來瞧見又該心疼了。」

正說著院門「吱呀」一聲開了，面容俊美的男子手拿斗笠走了進來。

婦人懂得規矩，對著男子行了個禮便趕忙離開，走出院門後還在感嘆：女子生得好就是福氣啊，龍家明明比尋常人家強不了多少，男人卻把媳婦當眼珠子疼，但凡粗活都請人幹了。哎呀，下輩子她也要投生成貌美如花的小娘子。

「回來了呀。」海棠樹下，真真抬頭對著走來的龍影一笑。

龍影從懷中取出銀子遞給真真。「一百兩。」

真真忙接過來，數得飛快。「這次收穫不錯呢。」

龍影乖乖蹲在真真身邊，聽她誇讚不由露出一口白牙。「嗯，盤纏錢攢夠了，我可以帶妳去北邊遊玩了。」

真真一聽，不由撫掌。「就去北邊吧，這幾年咱們走過許多地方，就北邊風景沒看過了。」

翌日，當幫庸的婦人再次來到小院，卻發現已經人去屋空，只在慣常藏鑰匙的地方放了一塊碎銀子。

郊外官道上，年輕男子牽著毛驢不緊不慢走著，毛驢上坐著個頭戴帷帽的女子。

「龍影。」坐在毛驢背上的真真喊了一聲。

「噯？」

「你說北邊有什麼？」

龍影仔細想了想。「有大蟲，到時我打了大蟲給妳做一條虎皮裙，好不好？」

真真掀起面前白紗，睨了他一眼。「笨蛋，我才不要穿虎皮裙！」

「好、好，妳想穿什麼我就去獵來，雪狐怎麼樣？」

「尚可。」

朝陽才剛升起，小夫妻沐浴著柔和的橘色陽光，在官道上漸行漸遠。

十、順心如意

與鎮北王府相隔只有一條街的黎府，今日格外熱鬧。

府裡府外張燈結綵，每條小徑都打掃得纖塵不染，門前馬車絡繹不絕，穿戴整齊、笑容滿面的小廝時不時就把前來的賓客引進去。

今日是黎府的老太君過大壽的日子。

這黎府的大老爺雖不是什麼高官勳貴，單只是鎮北王的泰山大人這一條，就足以讓整個寶平城乃至四郊五縣有頭有臉的人物前來賀壽了。

應付賓客自有男人們，鄧老夫人上了年紀，不耐煩這些應酬，便在同樣被命名為青松堂的院子裡接受晚輩們的祝福。

「澤哥兒祝曾外祖母福如東海、壽比南山。」

鄧老夫人眼不花耳不聾，瞧著下方與孫女婿越發相似的小小少年，歡喜便從心底蔓延開來，笑瞇瞇問道：「澤哥兒給我準備了什麼禮物呀？」

澤哥兒把手中錦匣高高舉起。「曾外祖母，這是澤哥兒親手雕的。」

鄧老夫人忙命婢女把禮物呈上來。打開錦匣，裡面竟是一個手捧仙桃的壽星，那壽星額頭高隆，白鬚及腰，整個用白玉雕成，就連那臉上的皺紋與衣裳皺褶都雕得栩栩如生。

鄧老夫人讚嘆不已。「我們澤哥兒可真有本事。」

喬昭挨著鄧老夫人坐著，暗暗好笑。這話要是讓邵明淵聽見了，又該發愁了。

他們的長子不喜讀書，偏偏喜歡鼓搗這些東西，為此不知道挨了老子多少頓胖揍。

澤哥兒趁機飛快看了喬昭一眼，見娘親嘴角含笑，悄悄鬆了口氣。還好，總算順利過關了，他當兄長的排在第一個給曾外祖母祝壽，壓力好大。

接著給鄧老夫人祝壽的是那對雙生子，姊姊乳名阿早，弟弟乳名叫淳哥兒。

時光如梭，這對雙生子如今已經六歲了。

「阿早/淳哥兒祝曾外祖母泰山不老，福海無窮，年年有今日，歲歲有今朝。」

鄧老夫人笑聲連連。「我們阿早和淳哥兒嘴可真甜，快起來。」

「曾外祖母，這是淳哥兒親手抄寫的佛經，請您笑納。」淳哥兒乖巧道。

鄧老夫人忙命婢女接過來看過，未等說話旁人就讚起來。

「小公子的字真不錯，可見是得了王妃真傳的。」

淳哥兒最喜歡聽別人讚他與母親相似，聞言不由咧嘴一笑，觸及兄長警告的眼神，又老實了。兄長最擅長打擊報復，他還是低調點吧。

「阿早給曾外祖母準備禮物了嗎？」鄧老夫人見阿早兩手空空，故意問道。

阿早一躍而起，抱拳道：「曾外祖母，阿早給您打一套拳法吧。阿早新學會的，還沒演給別人看過呢。」

「好啊。」鄧老夫人笑瞇瞇道。

阿早擺出個起手式。澤哥兒見了悄悄抽了抽嘴角。

有個這樣的妹妹，日子簡直沒法過了，每當他想擺出兄長的架勢教訓一下，最終結果是被妹妹收拾了。

「曾外祖母，阿早拳法打得怎麼樣？」一套行雲流水的拳法打完，阿早臉不紅氣不喘，站得筆直。

「阿早有乃父之風，以後要當女將軍的。」

聽了鄧老夫人誇讚，阿早歡喜極了，得意地看了哥哥與弟弟一眼。

「還有我，我也要給曾外祖母賀壽。」一名紮著沖天辮的小娃娃擠了過來。

這小娃娃不過三歲，是四姑娘黎嫣的小女兒。

「不急，不急，一個個來。」鄧老夫人坐在太師椅上，看著小豆丁們笑得闔不攏嘴。

子孫滿堂，平安和樂，這是她最大的期盼，如今都實現了。這樣安穩的日子，以往從沒想到。鄧老夫人把目光移向了下手邊的喬昭。正如她從沒想到她這個孫女能有這般造化。

「好了，你們去花園裡玩吧，不要吵曾外祖母了。」喬昭出聲趕人。

等一群小的走了，屋子裡才算清淨下來。

一群人陪著鄧老夫人又說了一會兒話，見老太太露出疲態，忙請老太太進裡邊歇了，三三兩兩湊在花廳裡閒聊起來。

二太太劉氏瓜子嗑得飛快，白了小女兒黎嬋一眼。「嬋兒，我看妳這次回來神色有點不對勁，莫不是夫妻倆吵架了？」

黎嬋掃量幾眼，見屋子裡都是親近的，也不瞞著了，攥著帕子道：「那個沒良心的，背著我在外頭養了外室！」

「什麼？」劉氏到嘴邊的瓜子殼掉了下去。

談笑聲一停。何氏與喬昭對視一眼，很是詫異。黎嫣則擔憂地看著妹妹。

「不是說姑爺出門了嘛，這才沒趕上給妳祖母賀壽的。」

黎嬋撇了撇嘴。「那不是哄祖母的嘛，實際上是被我打成了豬頭，沒法出門見人啦。」

「嗯，這也不應該，打就打吧，好歹別打臉。」劉氏念叨一句，到底挨打的是女婿不是兒子，旋即咬牙切齒起來。「哼，平時瞧著那麼老實的人，居然養外室，可見是個混的。」

黎嬋用力扯了扯帕子。「我把那個外室賣了，這次回來打算長住些日子。」

「住吧、住吧，隨妳住多久。」何氏與劉氏異口同聲道。

黎嬋有些懵。人家不都勸著嫁出去的女兒趕緊回去嗎，怎麼她娘和大伯娘都這樣？

想起以前劉氏叮囑無數次，遇事多問三姊的意見，她不由望向喬昭。「三姊，妳覺得呢？」

喬昭微微一笑。「六妹就多住些日子吧，等心情好了再回去。」

「那我要是不想回去了呢？想到那混蛋養外室，就不想和他過了！」

「過不下去咱就和離，北邊三條腿的蛤蟆不好找，兩條腿的男人大把。」劉氏不緊不慢嗑了一粒瓜子，心中感慨。女人的底氣是娘家給的，說到底，還是跟著三姑娘走才有好日子過。

劉氏抬手把碎髮捋到耳後，只覺今日的瓜子格外香甜。人活在世，求的就是個順心如意呀。

繡五福臨門的細布簾子掀起，婢女匆匆走了進來。「王妃，小主子們打起來了。」

「什麼情況？」

婢女一臉尷尬。「小郡主去淨房，把正好去淨房的一個小姑娘嚇哭了，那小姑娘罵小郡主是登徒子，還喊了兄長來替她出頭……」

何氏忙催促道：「昭昭，快去瞧瞧吧，來賀壽的都是客，咱們阿早把人家打出個好歹來就不好了。」

喬昭默默嘆口氣。回頭準備一塊搓衣板讓邵明淵跪著去，誰要他非教阿早功夫！

前邊與岳丈大人等人喝酒的邵明淵忽然打了個噴嚏。

「姑爺著涼了？」

「沒。」邵明淵用手帕擦了擦鼻尖，心中美滋滋的。媳婦大概是想他了呢，酒席散了回家抱媳婦去。

入夜，鎮北王府的主院燈火通明，一大一小面面相覷。

「父親，阿早又連累您了。」

邵明淵摸摸女兒的頭。「沒事，習慣了。」

「可是今天本就不是阿早的錯……」小姑娘想起白日裡花園中發生的事，仍覺得委屈。

邵明淵長嘆道：「閨女啊，就算一開始錯不在妳，妳把人家哥哥打掉兩顆牙就不對了啊。」

阿早跟著嘆氣。「知道了，以後輕點兒。」

「你們父女倆還要嘆氣到什麼時候？睡覺了。」喬昭隔著珠簾，淡淡喊了一句。

邵明淵忙站了起來。「阿早啊，妳也快去睡吧，父親就不陪妳了。」

望著晃動的珠簾，小阿早揉了揉臉，心道：父親這麼愛睡覺，怎麼不長胖呢？

紗帳落下來，邵明淵擁著喬昭，笑道：「咱們阿早就這樣了，妳要是喜歡乖巧些的女兒，咱們再努力生一個好了。」

「閉嘴吧，睡覺。」

「好好，睡了。」

（全書完）

國家圖書館出版品預行編目資料

韶光慢 / 冬天的柳葉著. -- 初版. -- 臺北市：春光, 城邦文化出版：家庭傳媒城邦分公司發行, 民108.1-
冊； 公分

ISBN 978-957-9438-53-4（卷8：平裝）

857.7 107016888

韶光慢〔卷八〕（完結篇）

作　　者／冬天的柳葉
企劃選書人／李曉芳
責任編輯／王雪莉、劉瑄

版權行政暨數位業務專員／陳玉鈴
資深版權專員／許儀盈
行銷企劃／周丹蘋
業務主任／范光杰
行銷業務經理／李振東
副總編輯／王雪莉
發 行 人／何飛鵬
法律顧問／元禾法律事務所　王子文律師
出　　版／春光出版
臺北市 104 中山區民生東路二段 141 號 8 樓
電話：(02) 2500-7008　傳真：(02) 2502-7676
部落格：http://stareast.pixnet.net/blog　E-mail：stareast_service@cite.com.tw
發　　行／英屬蓋曼群島商家庭傳媒股份有限公司城邦分公司
臺北市中山區民生東路二段 141 號11 樓
書虫客服服務專線：(02) 2500-7718 / (02) 2500-7719
24小時傳真服務：(02) 2500-1990 / (02) 2500-1991
服務時間：週一至週五上午9:30～12:00，下午13:30～17:00
郵撥帳號：19863813　戶名：書虫股份有限公司
讀者服務信箱E-mail: service@readingclub.com.tw
歡迎光臨城邦讀書花園 網址：www.cite.com.tw
香港發行所／城邦（香港）出版集團有限公司
香港灣仔駱克道 193 號東超商業中心 1 樓
電話：(852) 2508-6231　傳真：(852) 2578-9337
E-mail : hkcite@biznetvigator.com
馬新發行所／城邦（馬新）出版集團　Cite(M)Sdn. Bhd
41, Jalan Radin Anum, Bandar Baru Sri Petaling,
57000 Kuala Lumpur, Malaysia.
Tel: (603) 90578822　Fax:(603) 90576622　E-mail:cite@cite.com.my

封面設計／黃聖文
插畫繪製／容境
內頁排版／極翔企業有限公司
印　　刷／高典印刷有限公司

■ 2019 年（民 108）1 月 28 日初版
■ 2022 年（民 111）5 月 20 日初版 2.4 刷
Printed in Taiwan

城邦讀書花園
www.cite.com.tw

售價／320元

本著作物繁體中文版通過閱文集團上海玄霆娛樂信息科技有限公司 www.qidian.com，授予城邦文化股份事業有限公司春光出版獨家發行。

版權所有・翻印必究

ISBN　978-957-9438-53-4

廣	告	回	函
北區郵政管理登記證			
臺北廣字第000791號			
郵資已付，免貼郵票			

104 臺北市民生東路二段 141 號 11 樓

英屬蓋曼群島商家庭傳媒股份有限公司
城邦分公司

請沿虛線對折，謝謝！

愛情 · 生活 · 心靈
閱讀春光，生命從此神采飛揚

春光出版

書號：OF0053	書名：韶光慢〔卷八〕(完結篇)

請於此處用膠水黏貼

讀者回函卡

謝謝您購買我們出版的書籍！請費心填寫此回函卡，我們將不定期寄上城邦集團最新的出版訊息。

姓名：＿＿＿＿＿＿＿＿＿＿＿＿＿＿＿＿＿＿＿＿

性別：☐男　☐女

生日：西元＿＿＿＿＿＿年＿＿＿＿＿＿＿月＿＿＿＿＿＿＿日

地址：＿＿＿＿＿＿＿＿＿＿＿＿＿＿＿＿＿＿＿＿＿＿＿＿＿＿＿＿＿＿

聯絡電話：＿＿＿＿＿＿＿＿＿＿＿＿ 傳真：＿＿＿＿＿＿＿＿＿＿＿＿

E-mail：＿＿＿＿＿＿＿＿＿＿＿＿＿＿＿＿＿＿＿＿＿＿＿＿＿＿＿＿＿

職業：☐ 1. 學生 ☐ 2. 軍公教 ☐ 3. 服務 ☐ 4. 金融 ☐ 5. 製造 ☐ 6. 資訊

☐ 7. 傳播 ☐ 8. 自由業 ☐ 9. 農漁牧 ☐ 10. 家管 ☐ 11. 退休

☐ 12. 其他 ＿＿＿＿＿＿＿＿＿＿＿＿＿＿＿＿＿＿＿＿＿＿＿＿

您從何種方式得知本書消息？

☐ 1. 書店 ☐ 2. 網路 ☐ 3. 報紙 ☐ 4. 雜誌 ☐ 5. 廣播 ☐ 6. 電視

☐ 7. 親友推薦 ☐ 8. 其他 ＿＿＿＿＿＿＿＿＿＿＿＿＿＿＿＿＿＿

您通常以何種方式購書？

☐ 1. 書店 ☐ 2. 網路 ☐ 3. 傳真訂購 ☐ 4. 郵局劃撥 ☐ 5. 其他 ＿＿＿

您喜歡閱讀哪些類別的書籍？

☐ 1. 財經商業 ☐ 2. 自然科學 ☐ 3. 歷史 ☐ 4. 法律 ☐ 5. 文學

☐ 6. 休閒旅遊 ☐ 7. 小說 ☐ 8. 人物傳記 ☐ 9. 生活、勵志

☐ 10. 其他 ＿＿＿＿＿＿＿＿＿＿＿＿＿＿＿＿＿＿＿＿＿＿＿＿

為提供訂購、行銷、客戶管理或其他合於營業登記項目或章程所定業務之目的，英屬蓋曼群島商家庭傳媒（股）公司城邦分公司，於本集團之營運期間及地區內，將以電郵、傳真、電話、簡訊、郵寄或其他公告方式利用您提供之資料（資料類別：C001、C002、C003、C011等）。利用對象除本集團外，亦可能包括相關服務的協力機構。如您有依個資法第三條或其他需服務之處，得致電本公司客服中心電話 (02)25007718請求協助。相關資料如為非必要項目，不提供亦不影響您的權益。

1. C001辨識個人者：如消費者之姓名、地址、電話、電子郵件等資訊。
2. C002辨識財務者：如信用卡或轉帳帳戶資訊。
3. C003政府資料中之辨識者：如身分證字號或護照號碼（外國人）。
4. C011個人描述：如性別、國籍、出生年月日。

請於此處用膠水黏貼